AF373146

Kurt Aram

Oh Ali

e-artnow 2018

Julius Wolff
Das Wildfangrecht: Historischer Roman

Walter Scott
Das Kloster: Historischer Roman

Alexandre Dumas
Die Gräfin Charny: Historischer Roman

Richard Arnold Bermann
Die Derwischtrommel: Historischer Roman

Walter Scott
Der Talisman: Historischer Roman aus dem Zeitalter der Kreuzzüge

Elisabeth Bürstenbinder
Um hohen Preis

Alfred Schirokauer
Alarm: Historischer Krimi

Octave Mirbeau
Der Garten der Qualen

Annette von Droste-Hülshoff
Gesammelte Werke von Annette von Droste-HülshoffDie Judenbuche +
Bei uns zu Lande auf dem Lande + Bilder aus Westfalen + Gedichte …Am
Bodensee, Carpe diem! und vieles mehr)

Wilhelm Raabe
Gesammelte Werke: Romane, Erzählungen und Novellen (49 Titel in einem
Buch): Die schwarze Galeere + Die Chronik der Sperlingsgasse …Großen
Kriege + Keltische Knochen und mehr

Kurt Aram

Oh Ali

e-artnow, 2018
Kontakt: info@e-artnow.org

ISBN 978-80-273-1499-7

Inhaltsverzeichnis

Erstes Kapitel

Die Hauptstadt des persischen Gouvernements, das im Norden nur durch den Araxes daran gehindert wird, mit russisch Transkaukasien zusammenzufließen wie Milch und Sahne, zählte etwa zehntausend Einwohner. Sie beanspruchten aber einen Raum, der in Europa für Zweihunderttausend hätte ausreichen müssen. Fast jedes Haus war von den ihm zugehörigen Blumen-, Gemüse- und Weingärten umgeben, die eine gemeinsame Mauer umfriedete. So konnte man auf einem guten Pferd zwei volle Stunden reiten, um die Stadt zu durchqueren, und sah dabei fast nur Mauern, hinter denen kleinere oder größere Baumgruppen neugierig zu dem Reiter hinüberblickten. Im Sommer versanken die Pferdehufe in feinem Staub, der unter ihnen in dicken gelben Wolken aufwirbelte, den Pferde-, Esel- und Kamelmist beizte. Im Winter zogen die Hufe Roß und Reiter nur mühsam durch den zähen Schlamm, der sie durchaus festhalten wollte, um nicht ganz auf jede Gemeinschaft mit dem Leben verzichten zu müssen. Den eigenen Füßen vertraute sich außerhalb der Mauern nur selten jemand an. Auch die Ärmsten besaßen einen Esel, der für sie die Beine rühren mußte, wenn sie draußen zu tun hatten.

Im Westen grenzte das Gouvernement an die Türkei. Aber Mutter Natur hatte vorsorglich einen hohen und wilden Gebirgszug zwischen die beiden Länder gelegt, ohne welchen sich Perser und Türken längst ausgerottet hätten. So sehr liebten sie sich. Auch bevölkerte sie diesen mächtigen Schutzwall noch mit Kurden, die weder Persern noch Türken wohlgesinnt sind. Den Sommer über treiben sie ihre Schafherden von Süden nach Norden durch die Berge, den Winter über rasten ihre gut bewaffneten Trupps, wo der erste Schnee sie gerade überrascht. Erst bei Tauwetter wandern sie weiter dem Araxes zu; und wie die Herden keinen Grashalm ungerupft lassen, so auch ihre Hirten keinen Perser oder Türken, der ihnen über den Weg kommt und kein stärker bewaffnetes Geleit mit sich führt. Vom Araxes wenden sie sich dann wieder südwärts. Stoßen sie dabei auf Trupps, die nach Norden unterwegs sind, so gebrauchen sie, wenn zwischen ihnen nicht besonders feierliche Verträge bestehen, fleißig die Flinten, um die Zahl der gegnerischen Hirten zu vermindern und so ihre eigenen Herden zu vergrößern.

Da die Stadt von der russischen Grenze nur drei und von der türkischen sogar nur eine Tagereise weit entfernt ist, und da die Karawanenstraße von Trapezunt am Schwarzen Meer nach Täbris, der Hauptstadt Nordpersiens, dicht an ihren Mauern vorbeiführt, so leben auch zahlreiche russisch-armenische Handelsleute, einzelne Türken und wohlhabende Kurden in ihr. Diese, die ihre engeren Stammesgenossen am besten kennen, haben sich am östlichen Ende der Stadt möglichst weit fort von den Bergen angesiedelt. Die russischen Armenier hingegen zwang die mohammedanische Übermacht, sich ganz im Westen der Stadt bei ihren persischen Glaubensgenossen niederzulassen, damit sie feindliche Überfälle aus den Bergen zuerst auszuhalten und abzuwehren hätten. Die Masse der einheimischen Perser hatte sich möglichst breit dazwischen gebettet.

Die natürliche Folge von alledem war, daß die Armenier ihren westlichen Stadtteil ganz festungsmäßig ausbauen mußten. Ihre einstöckigen, langgestreckten Häuser lagen nicht friedlich inmitten ihrer Gärten, sondern mit der Rückseite hart an den hohen Mauern, das Gesicht und alles Leben mit seinen Fenstern und Veranden nach innen gekehrt. Als Zugang gab es in den dicken Umfassungsmauern, die reichlich mit Schießscharten versehen waren, nur je ein niedriges schmales Tor aus schweren Holzbohlen, stark mit Eisen beschlagen. Die flachen Dächer konnten jederzeit durch lange Laufbretter miteinander verbunden werden, so daß man besonders bedrohte Stellen sofort mit bewaffneten Männern besetzen konnte; und die Gassen zwischen den hohen Mauern waren so eng, daß man sie zwar leicht von den Schießscharten unter Feuer halten konnte, aber in den Gassen selbst die Flinten zum Angriff so steil in die Höhe richten mußte, daß sie ohne Schwierigkeiten nur in den Himmel Löcher schössen, der damit noch nie erobert worden ist. So hatte die mohammedanische Stadt das ihrige dazu getan, daß ihre christliche Bevölkerung die kampftüchtigste wurde, was sie keineswegs beliebter machte.

Der größte Besitz im äußersten Westen der Stadt gehörte dem Fürsten Hakob Akunian, dem jüngsten Sproß eines alten armenischen Geschlechts aus Karabagh in russisch Kaukasien. Er hatte zwei Jahre in Paris studiert und war jetzt mit dreißig Jahren ein Mann, der als russisch-armenischer Bankier wie als kampferprobter Führer seiner Rassegenossen – eine Mischung, die im zivilisierten Europa nicht mehr vorkommt – von den Mohammedanern des Gouvernements gleicherweise beneidet, gehaßt und gefürchtet wurde. In Paris war im letzten Semester seines dortigen Aufenthalts Sureja sein Zimmernachbar geworden, der jüngste Bruder des Fürsten von Maku, des einzigen noch selbständigen Kurdenfürstentums, das mit seiner Spitze in die kurdischen Berge wie ein Dreieck hineinstößt, dessen eine Seite durch den Araxes gegen Rußland, dessen andere Seite mit wilden, zerklüfteten Bergketten gegen die Türkei geschützt wird, dessen Basis sich aber breit nach Persien hin öffnet.

In der Heimat wären Hakob und Sureja bald mit den Dolchen aufeinander losgegangen. In Paris wußten sie, was sie der europäischen Zivilisation schuldig waren, und ließen den Haß zwischen zwei Völkern, die sich seit Jahrhunderten bekämpften, unsichtbar unter gestärkten Hemdbrüsten weiterglimmen. Als sie dann durch gemeinsame Pariser Freunde einander vorgestellt wurden, benahmen sie sich so korrekt, wie es sich im Café de Paris gehörte. Bald fühlten sie sich als Asiaten unter Europäern näher zusammengehörig und streckten vorsichtig immer mehr Fühler nacheinander aus. Sie fanden sich im gemeinsamen Haß gegen die Türkei, die es schon unter Abdul Hamid vortrefflich verstanden hatte, die Kurden gegen die Armenier auszuspielen. Hakob Akunian und Sureja von Maku bereisten dann zusammen das übrige Europa, bevor sie nach Asien zurückkehrten. Da sie hierbei zu denselben Einsichten in europäische Kultur und Zivilisation gelangten und ihnen die Feindschaft gegen alles Türkische ohnehin geläufig war, blieb für einen Haß gegeneinander unter ihren immer noch gestärkten Hemdbrüsten kein Raum mehr. Er verglomm und erlosch. An seine Stelle trat schon in Moskau immer deutlicher der Plan, der sich dann in Tiflis zum erstenmal vorsichtig auf die Zunge wagte. Auf der letzten russischen Zollstation am Araxes wurden sie darüber einig, sich fortan dem erst reiflich im Herzen erwogenen, dann reichlich besprochenen Plan mit vereinten Kräften zu widmen, ohne daß dritte Personen bis auf weiteres etwas davon zu erfahren brauchten.

Hakob Akunian vermehrte seinen Besitz im Westen der Stadt. Sureja von Maku hatte sich ein weitläufiges Gehöft im Osten der Stadt gekauft.

An einem heißen Vorsommertag saß der kurdische Prinz bei dem armenischen Fürsten in einem kleinen, abgelegenen Raum des weitläufigen Hauses, der trotz der sengenden Sonne dämmerig und trotz der flimmernden Hitze im Freien kühl war. Den Boden deckte ein Täbriser Teppich, auf dem kein Schritt laut wurde. Nahe der Fensteröffnung stand ein Tisch mit zwei Stühlen. Auf dem Tisch arbeitete der Prinz an einer kleinen Wachsfigur. Im Hintergrund des kahlen, düsteren Raumes wurde ein amerikanischer Schaukelstuhl sichtbar, der sich nicht bewegte. Seitlich hinter ihm brannte eine hohe Wachskerze. Ihr Licht fiel auf ein altes Kurdenweib in schmierigen Kleiderfetzen, das in dem Schaukelstuhl lag, zwischen den gelben Händen ein gläsernes Gefäß mit Wasser. Es schien zu schlafen, obwohl die nackten Füße fest in einen hölzernen Block eingespannt waren.

»Macht ein Ende, Prinz«, sagte Hakob Akunian ungeduldig. Er vollführte mit Energie die Bewegung des Hängens, und seine schwarzen Augen funkelten.

»Nur Geduld, Fürst«, erwiderte Sureja und bosselte an der kleinen Wachsfigur weiter, deren Gesicht immer mehr die Züge des alten Weibes im Schaukelstuhl annahm. Aufmerksam verglich er, nickte zufrieden, trat zu dem alten Weib, schnitt ihm mit einer scharfen Klinge seines vielseitigen Taschenmessers die langen Finger- und Fußnägel ab, ohne daß die Schlafende sich rührte, und drückte die Nägel tief in die Hände und Füße der Wachsfigur. Er ließ eine kleine Schere an seinem Taschenmesser aufspringen und trennte einen größeren Fetzen des alten Leinenhemdes ab, das dem mit Schmutz und Schweiß bedeckten Weib an der Haut klebte, sowie einen Büschel Nackenhaare. Die Haare drückte er der Wachsfigur tief in den Kopf, und mit dem Hemdfetzen umwickelte er sie liebevoll wie eine Mumie.

»Diese Künste habt Ihr wohl in einem Teufelskloster in Kurdistan gelernt, Prinz?« fragte Hakob ungeduldig, neugierig und doch ein wenig geringschätzig.

»Und bei Dr. Durville in Paris wissenschaftlich vervollständigt, Fürst.«

Sureja trat wieder zu dem Weib im Schaukelstuhl und strich mit der flachen Hand dicht über dem Gesicht langsam einige Male von der Stirn bis zur Brust. Die Augen des Weibes öffneten sich und starrten gläsern, leicht vorquellend, ausdruckslos ins Leere.

Eindringlich und langsam sagte Sureja zu dem Weib: »In einer Stunde wirst du dich wieder zu Scharef Pascha aufmachen und ihm berichten, daß wir in acht Tagen zwei russische Generäle erwarten. Sie bleiben acht Tage. Scharef Pascha muß seine Expedition um drei bis vier Wochen verschieben. Dann wird sie Erfolg haben.« Dreimal wiederholte er die Sätze, bis sich die Lippen des Weibes leise mitbewegten.

»Das geht nicht, Prinz«, flüsterte der Fürst erregt. »Aufhängen! Im Hof steht ein Baum, der hat schon oft solche Früchte getragen.«

»Ich verstehe Sie nicht, Durchlaucht. Sie genossen doch länger als ich europäische Zivilisation. Man hängt niemand mehr auf. Das ist barbarisch, asiatisch. Man beraubt ihn nur für den Rest seines Lebens des freien Willens, wacht darüber, daß er sich nicht selbst tötet und sorgt durch geeignete Diät, Bewegung, Hygiene und Ärzte, daß ihm der Atem nicht vor der Zeit ausgeht. Das ist human, Durchlaucht, bei diesem Verfahren wird kein Tropfen Blut vergossen. Lernen wir von Europa, Durchlaucht.«

Der Kurde strich mit beiden Handflächen dicht über den ganzen Körper des Weibes vom Kopf bis zu den Füßen, bis sich der Körper in einem leichten Bogen aufbäumte, in dieser Lage verharrte und nur noch mit Nacken und Fersen auf dem Schaukelstuhl auflag, der sich leicht und gleichmäßig zu wiegen begann. Langsam, leise und eindringlich sagte er: »Wenn du weißt, wann Scharef Pascha aufbricht, verkleidest du dich wieder als altes Kurdenweib, kommst hierher, klopfst viermal laut an das Tor, sagst dreimal laut, zu dem Pförtner: ›Ich will für dich zum Opfer werden‹ und verschwindest nach Stambul. Am ersten Tag des nächsten Ramasan, in dem Augenblick, da die Sonne untergeht und die Freude erwacht, springst du von der Galatabrücke und ertrinkst ... Wiederhole, was ich dir gesagt habe.« Das Weib tat es.

Lächelnd wandte sich der Prinz zum Fürsten. »Sind Sie jetzt einverstanden, Durchlaucht?«

»Wenn ich nur daran glauben könnte, Prinz.«

»Daran erkennt man, daß Sie zu lange in Europa geblieben sind. Europas Wissenschaft ist im Begriff, die ältesten Zauberkünste Asiens bis in die feinsten Einzelheiten zu erforschen und ihre Technik auf das äußerste zu vervollkommnen. Aber die Europäer glauben nicht daran. Zu ihrem Glück, denn bei der allgemeinen Schulbildung wäre sonst bald keiner mehr seines Lebens sicher. Zu unserem Unglück, denn dann drückte Europa bald nicht mehr wie ein Alp auf uns. Ich aber erlaube mir, europäische Theorien mit alter asiatischer Praxis zu vereinen. Zu unserem Vorteil, Durchlaucht.«

Sureja trat wieder zu dem alten Weib und vollführte die Striche über seinem Körper, diesmal in umgekehrter Richtung, bis sich der Starrkrampf gelöst hatte.

»Merkwürdig, daß Sie immer noch glauben, als altes Weib verkleidet am sichersten zu sein«, murmelte der Fürst.

»Bei uns ehrt man noch in jedem alten Weib seine Mutter, in zivilisierten Ländern legt man weniger Wert darauf«, meinte der Kurde spöttisch und drückte einige Zentimeter von der Schlafenden entfernt Daumen und Mittelfinger der rechten Hand zusammen, als befände sich ein Stück Haut dazwischen, in das er kniff. Das alte Weib zuckte zusammen.

»Fabelhaft«, sagte Sureja. »Wenn Doktor Durville nicht Pariser wäre, verkaufte ich ihm diesen jungen Türken. Er müßte ihn mit Gold aufwiegen. In Europa findet er ein solches Phänomen kaum einmal. Hier laufen sie zu Hunderten herum.«

Er ließ aus seinem Taschenmesser einen Pfriem aufschnellen und bohrte ihn langsam über der rechten Hand im Schaukelstuhl in die Luft, als sei sie Leder. Der verkleidete Türke stieß einen leisen Schmerzensruf aus. Sureja nahm schnell das Gefäß mit Wasser aus den Händen des Schlafenden und stellte es auf den Tisch. Dann bohrte er mehrmals den Pfriem durch die Luft und setzte sich auf den noch freien Stuhl.

»Ich beneide Sie um die Gelegenheit, mein Fürst, Ihre Leute so bald gegen Scharef führen zu können.«

»Tüchtige Leute, aber noch zu wenig Disziplin. Ein paar preußische Unteroffiziere müßten sie erst noch vierzehn Tage unter die Finger bekommen.«

Sureja sprang lachend auf. »Vielleicht täten es auch ein paar russische? Reiten Sie nach Djulfa, drei Kosakenregimenter liegen am Araxes. Ich müßte russische Wachtmeister schlecht kennen, wenn sie Ihnen nicht für eine Handvoll weißes Geld gefällig wären.«

»Bei meiner Seele.« Auch Hakob sprang auf.

»Da es sich um ein Geschäft mit Christen handelt, mein Fürst, kann ich Ihnen zu meinem Bedauern den Weg nicht abnehmen.«

»Ich reite noch heute nacht.«

Der Fürst beugte sich aufmerksam über die rechte Hand des Türken im Schaukelstuhl. Auf dem Handrücken zeigte sich ein roter Fleck wie von einem Stich, der langsam anschwoll. »Gott ist groß!« entfuhr es dem Prinzen, »Doktor Durville ist wirklich ein großer Gelehrter.« Er strich dem schlafenden Türken mit der flachen Rechten wieder einige Male über den Körper von den Füßen bis zum Kopf.

»Vorwärts!« zischte Hakob.

»Schade, daß Sie nicht auch bei Doktor Durville experimentiert haben. Es gibt sechs Stadien des Tiefschlafs. Man muß den Mann langsam, von Stufe zu Stufe wieder zum Tagesbewußtsein bringen, wie man in Europa sagt. Sonst schadet man dem Mann. Schaden möchte ich ihm erst wieder, wenn er bei vollem Bewußtsein ist.«

Endlich war es soweit, und es kam wieder Leben und Farbe in Haut und Augen des Türken.

»Habt Ihr wohl geruht, Schwert des Staates?« fragte der Prinz höflich.

Der Türke blickte zur Decke und rührte sich nicht.

»Ich könnte einen Teppichbreiter rufen und Euch die Bastonade geben lassen. Eure Fußsohlen laden dazu ein. Aber ich bin ein Heiligensohn und ehre jedes alte Weib, wie es der heilige Prophet vorschreibt.« Der Prinz setzte sich und zog das Gefäß mit Wasser näher.

»Scharef lagert mit seinen Hunden noch bei Wan?«

Der Türke blickte stumm zur Decke.

»Ihr wollt nicht? So paßt einmal gut auf.« Der Prinz zog sein Taschenmesser und stach mit der größten Klinge schnell und tief in das Wasser.

»Oh Ali!« entfuhr es dem Türken.

»Ihr seid also gar kein echter Sunnit, sondern ein halber Schiit. Um so schlimmer für Euch.« Er senkte die Messerklinge langsam tief in das Gefäß mit Wasser und hielt sie darin fest.

Der Türke begann zu stöhnen und wand sich. Dicht hinter dem rechten Handgelenk quollen auf der Haut des Unterarms ein paar dicke, dunkle Blutstropfen auf. Er starrte wie entgeistert auf den Prinzen, dessen Messerklinge immer noch rief im Wasser stak. Jetzt drehte er sie langsam im Wasser um ihre Achse. Das Blut kam reichlicher wie aus einer breiter gewordenen Wunde.

Sureja nahm das Messer aus dem Wasser. »Ihr seht, ein Heiligensohn kann auch mit dem Satan im Bunde sein. Lagert Scharef Pascha mit seinen Hunden noch bei Wan?«

Der Türke biß Zähne und Lippen fest aufeinander.

»Es tut mir leid um dich, altes Weib. Sieh her!« Sureja hatte das Gefäß mit Wasser in beide Hände genommen und wiegte es langsam auf und ab. Der Türke wand sich unter Grimassen.

Sureja schüttelte das Gefäß mit Wasser heftiger. Der Türke stöhnte, schnappte mühsam nach Luft, und sein Gesicht färbte sich blaurot, als drohe ein Schlaganfall.

Sureja stellte das Gefäß auf den Tisch. Langsam erholte sich der Türke wieder.

»Laßt ein heißes Wärmbecken kommen«, flüsterte der Kurde dem Armenier zu. Dieser rief durch das Fenster nach dem Hof, und bald darauf brachte ein Diener ein glühendheißes Wärmbecken, das in einen kleinen Teppich gehüllt war.

Sureja spritzte mit den Fingern einige Tropfen aus dem gläsernen Gefäß in das Wärmbecken, daß sie zischend verdampften. Der Türke wimmerte.

Wütend sprang der Fürst auf. »Du bleibst immer noch stumm, du Hund? Jetzt werde ich dich heulen lehren!« Mit beiden Händen schöpfte er Wasser aus dem Gefäß und schleuderte es auf das Wärmbecken. Immer wieder. Der Türke schrie, und auf seiner Haut zeigten sich große Brandblasen.

»Lagert Scharef mit seinen Hunden immer noch bei Wan?« brüllte Sureja von Maku.

»Ah! Akh! ei wei! ei dad! ei aeman!« brüllte der Türke.

»Lagert Scharef noch bei Wan?«

»Ja, Herr! Ja, Satan!« stöhnte der Türke.

»Wie Gott will!« meinte Sureja befriedigt und trocknete sich die Hände.

Sureja näherte sich dem Türken, der wehrlos in seinem Schaukelstuhl lag, und öffnete den hölzernen Block, so daß die Füße des Gefangenen wieder frei wurden.

»Ihr seid frei, Sohn einer Hündin. Beeilt Euch, bevor ich mich eines anderen besinne. In Gottes Namen, Pfeiler des Königreichs.« Er verneigte sich hoheitsvoll.

Hakob Akunian hatte eine Pistole gezogen und brachte sie in Anschlag.

Wieder verneigte sich Sureja vor dem Türken. »Das Leben Ihres geehrten Erzeugers möge lang sein.«

Schwerfällig, mit zusammengebissenen Zähnen rutschte der Türke mühsam aus dem Schaukelstuhl und gab dem ihm fremdartigen Gegenstand, den er irgendwie für mitschuldig an der Marter halten mochte, unter einem leisen Fluch hinterrücks mit der linken Ferse einen kräftigen Tritt.

Hakob Akunian klatschte dreimal kräftig in die Hände. Im Rahmen der Tür erschien ein schwer bewaffneter Diener, der das alte Kurdenweib auf einen Wink des Fürsten auf die Arme nahm, durch den Hof trug und vor das Tor warf, das er hinter ihm sorgfältig verschloß und verriegelte.

»Und wenn er nicht wiederkommt, um den Aufbruch Scharefs zu melden?« fragte Hakob Akunian unruhig.

Sureja lächelte: »Da merkt man wieder, wie sehr ihr Christen Ungläubige seid, mein Fürst.«

»Und wenn er nicht nach Stambul geht und sich nicht von der Galatabrücke stürzt? ...dann haben wir einem heimtückischen Feind ohne Grund das Leben geschenkt.«

Der Kurde nahm die Mumie vom Tisch und bat um einen sicheren, verschließbaren kleinen Schrein. Er hielt die Mumie dem Fürsten dicht unter die Augen. »Dann durchbohre ich sie mit einem langen Nagel oder schmelze sie langsam auf einer heißen Pfanne. Dann ist der Feind tot.« Der Prinz lachte laut und zeigte das kräftige Gebiß eines Raubtiers. »Ich habe mehrere solcher Puppen in meinem Haus und schon mehr als einer mit Erfolg einen Nagel in die Eingeweide getrieben. Darauf könnt Ihr Euch verlassen, Fürst.« Er blies die Wachskerze aus.

Die beiden verließen den Raum, der finster wurde. Nur der Schaukelstuhl bewegte sich immer noch ruckartig, aber geräuschlos auf dem Täbristeppich. Immer noch beunruhigt von dem Fußtritt des Türken.

Zweites Kapitel

Hakob Akunian geleitete seinen Gast quer über den Hof, durch einen langgestreckten Gemüsegarten, dessen Beete mit Wassermelonen und Kürbissen wie mit Kinderköpfen bedeckt waren, zwischen denen sich lange grüne Gurken wie Schlangen dicht am Boden wanden, zu einer östlichen Seitenpforte.

In der Nähe der Mauer auf der staubigen Straße wartete ein Reiter mit Surejas Hengst Jussuf.

Der Prinz warf einen raschen Blick nach beiden Seiten. »Man hätte dem türkischen Hund jemand nachschicken sollen«, flüsterte er.

»Ich habe es nicht unterlassen, mein Prinz, und Riza ihm nachgeschickt.«

»Segen über dich!« sagte Sureja laut und trat zu seinem Pferd. Der Diener sprang aus dem Sattel.

In demselben Augenblick erhob sich die Stimme des Ausrufers zum Gebet auf der Galerie des nächsten Minaretts. Der Diener riß seine leeren großen Satteltaschen vom Pferd, breitete sie vor seinen Herrn als Ersatz für einen Gebetsteppich und warf sich selbst in den Staub. Auch Sureja fiel nieder, richtete sein Antlitz nach Mekka und vollzog sein Gebet. Hakob trat in die Büsche zurück. Er wußte, daß der Prinz kein Fanatiker war. Gerade bei Kurden findet sich das häufiger. Aber auch bei lauen Mohammedanern weiß man nie, ob sie nicht doch plötzlich beim Blick nach Mekka rabiat werden. Auch darin unterscheiden sie sich sehr von lauen Christen.

Als die Zeremonie beendet war, trat Hakob Akunian Sureja wieder näher, der sich in den Sattel schwang. Vom Pferde aus blinzelte er dem Christen spöttisch zu, und dann verabschiedete er sich um des Dieners willen in den besten persischen Höflichkeitsformeln, wobei Hakob dem Prinzen ironisch zulächelte. In Spott und Geringschätzung des wehr- und machtlosen Persiens waren sich beide einig.

»Werden Sie bald wieder in die Wohnung Ihres Sklaven Verherrlichung bringen?«

»So Gott will, werde ich bald wieder zu Ihren Diensten sein.«

»Ihre Freude mehre sich.«

»Ihr Schatten möge nicht abnehmen.«

Der kurdische Prinz sprengte von dannen. Der armenische Fürst schloß die Seitenpforte hinter sich und schlenderte nachdenklich zu seinen großen Weingärten, die nach Süden lagen.

Ein Glück, daß der türkische Spion noch vor der Mauer gefaßt worden war und so keine Gelegenheit hatte, einen Blick in die Weingärten zu werfen. Hier lagerten und übten seit einigen Wochen dreihundert Freiwillige, die Hakob Akunian aus allen armenischen Dörfern Nordpersiens möglichst unauffällig in kleinen Trupps hierher zusammengezogen hatte, seit kurdische Hirten aus den Bergen, die in Surejas Sold standen, die Nachricht brachten, Scharef Pascha ziehe bei Wan in Ostanatolien zu einem Raubzug nach Persien Hamidiekurden zusammen.

Wenn ihr besonders hoch bemessener Sold für einige Zeit ausblieb, suchten die Hamidiekurden sich selbst zu helfen, so gut es ging. Sie brandschatzten dann nicht nur die Armenier, sondern auch die Bergkurden und dezimierten ihre Herden. Die freien Kurdensöhne der türkischpersischen Grenzgebirge haßten sie tödlich, weil die Hamidiekurden nicht nur im türkischen Sold standen, sondern sich auch noch an den Herden ihrer Bluts- und Glaubensvettern so rücksichtslos vergriffen.

Um die Perser dabei nicht über Gebühr zu reizen, beschränkten sich solche Raubzüge der Kurden möglichst auf rein christliche Dörfer oder christliche Vororte. Wenn Sunniten die Christen ausplünderten und ihre Häuser zerstörten, konnte das den Schiiten doch nur recht sein. Haßten sie doch Armenier und Syrer, diese Ungläubigen, gleichermaßen. Der einzige Glaubensartikel, in dem beide mohammedanische Bekenntnisse einig waren.

Hakob Akunian schritt durch die Gruppen der Freiwilligen. Sie lagerten unter einzelnen Rebenstämmen, die besonders stark und den Tag über schattenspendend wie Bäume waren. Man begrüßte einander leise, nickte sich zu, flüsterte, und des Fürsten Wort lief von Gruppe zu Gruppe schnell und munter wie ein Füllen, das bald den Reiter tragen wird. »Nur noch ein wenig Geduld, bald ist es soweit.«

Der Fürst winkte einem lebhaften Priester in ergrautem Bart, mit unendlich guten, lachenden Augen. Er war der verehrte Liebling aller und hatte sich schon häufig als ebenso tollkühn wie verschlagen erwiesen, ohne je für seine Person eine Waffe zu benutzen. Einst war er vom Katholikos in Etschmiadsin, dem Papst der Armenier, nach Europa geschickt worden und hatte auch in Berlin zwei Jahre Theologie studiert. Damals gelobte er sich, niemand mehr zu töten, aber seinem Volk doch mit allen Kräften gegen alle Feinde beizustehen. Selbstverständlich trug er Waffen, aber benutzte sie nicht.

Hakob Akunian ging mit Vater Grigor ein wenig beiseite, um über den türkischen Spion zu sprechen. In diesem Augenblick erschien Riza und berichtete, noch ein wenig außer Atem, er sei dem alten Kurdenweib ins freie Feld gefolgt. Ein Pferd mit zusammengebundenen Vorderbeinen habe auf dasselbe gewartet. Der Türke sei nach Süden in der Richtung auf Salmas fortgaloppiert. Riza zog sich wieder zu seinen Leuten unter einen Weinstock zurück.

»Da er nach Süden abgebogen ist statt nach Norden, wie ich erwartete, was meint Ihr, Vater Grigor?«

»Dann ist Scharef ebenfalls nach Süden unterwegs.«

»Aber unter der Folter erklärte der Spion ausdrücklich, Scharef lagere noch bei Wan.«

»War sie scharf?«

Der Fürst lächelte. »Scharf und ungewöhnlich.«

»Dann will er den Weg von Derik nach Wan auskundschaften. Von dort aus suchen sie ja meist den Salmasdistrikt heim.«

»Ihr glaubt immer noch, es gilt Salmas, nicht uns?«

»Die Dörfer sind ärmer, die Häuser schwächer; und solange sie Delivan umgehen, haben sie es nur mit Armeniern zu tun. Ohne Konflikte mit Mohammedanern.«

»Aber hier wäre mehr zu holen.«

Der Priester lachte. »Aber schwerer zu kriegen.«

»Weshalb kam er dann überhaupt hierher?«

Der Priester lächelte verschmitzt: »Um nachzusehen, ob Ihr schlaft oder wacht, Hakob ... Er kann ja auch Riza bemerkt und nur einen Haken nach Süden geschlagen haben, um uns irrezuführen.«

»In Salmas haben sie heute nacht die Augen auf. Ich habe sie gestern gewarnt.«

»Dann werden wir ja morgen wissen, wohin er geritten ist.«

»Ich reite nach Djulfa. Für vier, fünf Tage. Seid wachsam, Vater Grigor.«

»Wann reitet Ihr?«

Der Fürst sah nach dem Himmel. »Sowie die Sterne leuchten. In zwei Stunden, denke ich.«

Nachdenklich meinte der Priester: »Wenn Scharef noch bei Wan lagert, braucht der Spion sechs Tage bis zu ihm. Ebensolange braucht Scharef mit seinen Leuten von Wan bis Derik, wenn sie zwischendurch nicht Rast machen, was sie sicher tun. Vor vierzehn Tagen werden sie schwerlich in Salmas oder hier sein. Wir haben Zeit.«

»Es braucht niemand zu wissen, daß ich fort bin.«

Sie schüttelten sich die Hände, der Priester schlug das Kreuz über dem Fürsten. Dieser antwortete stumm, lächelnd mit dem mohammedanischen Gruß, indem er mit der Rechten leicht Stirn, Mund und Brust berührte.

Im Pavillon neben dem Haus brannten schon Kerzen. Die Mutter des Fürsten las dort in einem französischen Roman, den unvermeidlichen Samowar auf einem kleinen Nebentisch, von dem aus ein Diener ständig für Tee und Gebäck sorgte. Der Sohn eilte zu ihr, küßte sie erst nach russischer Sitte auf beide Wangen, dann europäisch ihre ringgeschmückten Hände, und ließ sich auf dem nächsten Stuhl nieder.

Die Fürstin schlug den Roman zu, legte ihn beiseite und betrachtete den Sohn eine Weile stumm und aufmerksam.

Er lächelte ihr aufmunternd zu. Sie war eine große, stolze, energische Frau, der die meisten Schiffe auf dem Kaspischen Meer gehörten, und die seit zwanzig Jahren, seitdem sie Witwe war, die Kaiserlich Russische Post über den Kaukasus in Pacht hatte und musterhaft in Schwung hielt.

»Ein weiser Mann, der eine Schlange und einen Kurden sieht, läßt die Schlange laufen und tötet den Kurden«, sagte sie grollend mit tiefer Stimme.

Der Sohn lachte. »Wenn der weise Mann sich mit dem Kurden verbündet hat, töten sie die Schlange.«

»Können Wolf und Lamm sich verbünden?«

»Aber Mama, Lämmer sind wir doch gewiß nicht.«

»Dann ersetze das Lamm durch den Fuchs. Ein Kurde bleibt immer ein Wolf, wie schon sein Name sagt; und ein Fuchs kommt gegen ihn nicht auf, wenn die Beute geteilt werden soll.«

»Soweit sind wir noch lange nicht, Mama. Ich weiß ja, daß Sureja nicht nach deinem Geschmack ist...«

»Kein Kurde ist nach meinem Geschmack!« unterbrach sie energisch.

»Aber wenn Wolf und Fuchs zusammen auf die Jagd gehen, ist die Chance größer, das Wild zu erlegen.«

»Und dann? Der Wolf frißt, und du kannst dir dann den Mund lecken.«

»Abwarten, Mama, abwarten.«

»Oh Ali!«

Diener brachten Essen. In der Nähe des Pavillons stellte sich der Schwerbewaffnete auf, der den Spion vor das Tor geworfen hatte.

Der Fürst rief ihm zu: »Gib Husein Gerste, Mähmäd, und dann sattle ihn. Ich reite in einer Stunde. Allein. Für vier, fünf Tage.«

»Nichts als Heiden, lauter Heiden«, brummte die Fürstin.

»Aber Mama, Husein ist mein neuer Hengst.«

»Natürlich auch ein Kurd?«

»Aus dem Gestüt des Kronprinzen, er ist schwerer als sonst die Perser. Mit arabischem Blut. Darauf verstehst du dich doch, Mama.«

»Unsere Orlower sind mir lieber.«

»Aber in den Bergen nicht zu brauchen.«

»Für den Mähmäd könntest du ruhig einen Russen nehmen, wenn es schon kein Armenier sein soll.«

Eine Weile aßen sie stumm, dann fragte die Fürstin: »Wieder Wolf und Fuchs zusammen?«

»Diesmal der Fuchs allein, Mama. Und ein paar Russen hoffe ich von dieser Jagd auch mitzubringen. Was sagst du nun, Mama?«

»Wenn ein Mann erst zwanzig ist, kann ihn kein Weib mehr hindern, ob sie jung ist oder alt, Dummheiten zu machen. Auch die Mutter nicht.« Sie steckte sich eine dicke Importe an. Der einzige Luxus, den sie sich gönnte.

Als Husein gesattelt im Hof auf und ab geführt wurde, verließen sie den Pavillon.

»Mein Husein schreit wenigstens nicht unausgesetzt wie deine Orlower«, neckte der Sohn.

»Auch das hat sein Gutes, Hakob. Wenn ich ausfahre, hört es ganz Tiflis schon von weitem, sagt: ›da kommt die Akunowa‹ und richtet sich danach.«

»Für die Jagd wäre das nichts, Mama«, neckte der Sohn.

Die Fürstin umschritt mit Kennermiene den schwarzen Hengst, der ungeduldig tänzelte und stieg. »Ein echter Kurd«, sagte sie, und ehe sich das Tier dessen versah, griff sie nach seinem Maul und entblößte die Zähne. Da sie gegen den Hengst nichts einwenden konnte, schwieg sie.

Mähmäd warf seinem Herrn einen weiten, losen, schwarzen Mantel aus zartester Lammwolle über die Schulter. Der Fürst wollte sich in den Sattel schwingen, und Mähmäd hielt schon die verschlungenen Hände unter den erhobenen linken Fuß seines Herrn, als dieser den Fuß noch einmal auf die Erde setzte, denn seine Mutter hatte unwillkürlich eine Bewegung auf ihn zugemacht. Sie standen ganz dicht voreinander, fast gleich groß, breit und sehnig, dunkelhaarig, dunkelhäutig, fest und energisch.

»Mache nicht mehr Dummheiten, als unbedingt nötig ist, mein Söhnchen, und Nachtsche-
wan ist nicht weit von Djulfa. Als ich herfuhr, habe ich deinen Bankvorsteher mit einer Ohrfeige
wecken müssen, so fest schlief er schon fünf Stunden vor Sonnenuntergang.« Sie küßte ihn
auf beide Wangen, segnete ihn erst russisch, dann armenisch und sah ihm vom Tor aus nach.
Dann kehrte sie zum Pavillon zurück, schlug wieder ihren französischen Roman auf, ließ sich
Tee bringen und zündete eine neue, dicke Importe an.

Vier Stunden nach Sonnenaufgang stampfte Husein mit seinem Herrn in den letzten langen
staubigen Hohlweg vor dem mohammedanischen Dorf mit seinem Posthaus für die Reitpost,
wo Hakob Akunian einige Stunden zu ruhen gedachte. Das Fell des Hengstes glänzte feucht.
Wenn der Reiter ihm aufmunternd den Hals klopfte, schäumte es unter den Händen, als sei
das Tier eingeseift zum Rasieren. Den Mantel hatte der Fürst längst über die Satteltaschen in
seinem Rücken geschnallt. Es wurde zu heiß, um noch lange weiterzureiten.

Der tief eingeschnittene Hohlweg war so schmal, daß kaum zwei Reiter aneinander vorbeikamen. Knarrte ein Büffelkarren auf seinen zwei riesigen Rädern, die nicht rund, sondern acht-
eckig sind, durch den Hohlweg, gab es kein Vorbeikommen. Wollte es aber Allah, daß von der
anderen Seite auch ein Büffelkarren eingefahren war, mußte einer von beiden wieder zurück. Es
gab eine lange Diskussion zwischen den Fuhrleuten, wer zurück müsse, wenn sie beide Mohammedaner waren. Sie überschütteten einander mit einer Flut von Flüchen aus dem Persischen,
und wenn irgend möglich, auch aus dem Türkischen und Russischen, den drei fluchreichsten
Sprachen der Welt, sie gingen aufeinander los, hielten sich drohend die Fäuste und Ochsensta-
cheln unter die Nase und schäumten vor Wut. Dann hockten sie bei ihren Büffeln nieder, um
neue Kraft zu schöpfen. Diese hatten sich längst gelegt, denn sie wußten Bescheid. Gemächlich ließen sie aus einem ihrer vielen Magen eine Futterkugel ins Maul aufstoßen, mahlten sie
zwischen den Zähnen und schoben sie geruhsam und behaglich mit der dicken, rauhen Zunge
von einer Backe zur anderen wie der Matrose seinen Priem, wenn er sonst nichts zu tun hat.
Von Zeit zu Zeit gingen die Fuhrleute wieder aufeinander los, ohne aber jemals handgreiflich
zu werden; und schließlich gab der nach, der es eiliger hatte, was er aber erst merkte, wenn
schon ein bis zwei Stunden über dem leidenschaftlichen Disput vergangen waren. Nur wenn
einer der Fuhrleute Christ war, mußte selbstverständlich dieser zurück.

Als Hakob Akunian in den Hohlweg einritt, hockte hoch oben an seinem Rand ein graubär-
tiger Bauer, ließ die nackten Füße, deren Nägel mit Henna gefärbt waren, in den Weg hängen,
saugte an seiner Wasserpfeife, in deren Wasserbehälter bei jedem Zug ein paar Rosenblätter
durcheinanderwirbelten, worauf er wie hypnotisiert starrte, und näselte leise einen monotonen
Singsang dazu. Hinter ihm weidete an einem langen Strick, der angepflockt war, sein Grauschimmel. Der Bauer warf auf den Reiter nur einen mißtrauischen Blick aus den Augenwinkeln,
ohne in seinem Singsang aufzuhören, ohne Gruß. Er hielt den anderen also für einen Christen.

Aber der Grauschimmel begann zu wiehern, erst leise grollend, dann lauter. Husein antwortete ebenso. Der Grauschimmel wieherte immer lauter in offener Feindseligkeit. Husein nicht
minder. Plötzlich erschien der Schimmel am Rand des Hohlwegs, schreiend, den Boden stampfend. Husein schlug mit den Vorderbeinen in die Luft und seine Mähne sträubte sich. Erst jetzt
wurde Hakob aufmerksam und rief dem Bauer zu. Der Schimmel hatte sich losgerissen. Der
Bauer rührte sich nicht. Mit geblähten Nüstern streckte der Schimmel die Vorderbeine steif
und schräg nach vorn, um sich in den Hohlweg hinuntergleiten zu lassen. Aber die Stelle war
ihm zu steil, er trabte ein paar Schritte weiter, den Boden stampfend, den Schweif in weitem
Bogen abgestellt.

Da sich der Bauer nicht von der Stelle rührte, auch dem Schimmel nicht rief oder pfiff, setzte
sich Hakob fester in den Sattel. Eine unangenehme Lage, und schon deshalb nicht ungefährlich,
weil er den Schimmel weder niederschießen noch niederstechen durfte, wenn er ihm auf den
Leib rückte, da der Bauer dann das ganze, nahegelegene mohammedanische Dorf rebellisch
gemacht hätte. Der Schimmel glitt den Abhang hinunter und kam schreiend mit gespitzten
Ohren und entblößtem Gebiß näher. Er war ebenso groß wie Husein, aber leichter. Dafür aber
durch keinen Reiter behindert. Einen Augenblick dachte der Fürst daran, abzuspringen und den

Schimmel beim Strickrest zu greifen, der neben dem Maul herabhing. Aber wenn der morsche Strick wieder riß? Dann stand er zwischen den zwei wütenden Hengsten, und auch für Husein würde es ohne Verletzungen nicht abgehen, welche zum wenigsten die Weiterreise gefährdeten.

Die Hengste tanzten mit aufgestelltem Nackenhaar und entblößtem Gebiß unter hellen, schmetternden Schreien wie aus einer Trompete aufeinander zu. Der Fürst griff nach der schweren Reitpeitsche aus Büffelleder, In deren Griff eine Bleikugel eingelassen war. Bisher hing sie unbenutzt neben dem hölzernen, lederüberzogenen Qubul, dem Behälter für die Wasserpfeife, vorn am Sattel. Mit ihr konnte er den Schimmel vielleicht zur Raison bringen, ohne sein Leben zu gefährden. Die Hengste stiegen und schlugen mit den Vorderbeinen in die Luft. Husein drehte sich um seine Achse, fiel auf alle viere und feuerte mit den Hinterbeinen aus. Er erreichte aber den Gegner nicht, der auf den Hinterbeinen stand, des Rappen Kruppe mit den Vorderbeinen umklammerte und, die Zähne gefletscht, die Augen blutunterlaufen, nach dem Reiter biß, der ihm mit einer halben Seitenwendung nach rückwärts mit der Bleikugel im Griff der Reitpeitsche zwischen die Ohren hämmerte, ohne daß der Schimmel in seiner Wut etwas zu merken schien und dem Reiter mit dem schnappenden Maul immer näher rückte. Jetzt stieg auch Husein wieder, so daß der Schimmel von der Kruppe abglitt, warf sich herum, und nun suchten die beiden sich im Genick zu fassen und einander Hautfetzen aus dem Hals zu reißen. Wieder drehte sich Husein und feuerte dem Gegner die Hinterbeine in den Bauch, daß es in ihm dröhnte und kollerte. Aber da kein besseres Pferd in Persien beschlagen ist, schadete es nicht viel. Der Schimmel stand schon wieder auf den Hinterbeinen und ging auf den Rappen los. Die Vorderbeine wirbelten wie Trommelschlegel, denen der Reiter blitzschnell ausweichen muß, denn wenn sie ihn treffen, gibt es einen Schenkelbruch, einen Schädelbruch oder mindestens ein gebrochenes Schlüsselbein und eine verrenkte Schulter. Die Hengste schreien wie die Teufel, schnauben Feuer aus roten, geblähten Nüstern, die Augen quellen vor und drohen aus dem Kopf zu springen. Der Speichel schäumt in Flocken aus den Mäulern; und während Hakob Akunian sich duckt, den Oberkörper bald nach rechts oder links wirft, die Schenkel vorwärtsrückt oder nach rückwärts strafft, mit dem Bleiknopf der Reitpeitsche immer wieder zwischen die Ohren des Schimmels haut und die Zügel ganz locker läßt, denn sein Husein weiß von Natur besser als der Reiter, wie man solchen Gegner trifft, zuckt es ihm durch den Kopf: Schade, daß Rodin nicht hier ist, das wäre etwas für ihn, und damit wäre es doch für etwas gut.

Endlich taucht der Bauer hinter seinem Grauschimmel auf und reißt ihn so hastig und unerwartet an dem Strickfetzen, daß das Tier sich überschlägt und dann ganz verdutzt und dumm ohne Laut, leicht zitternd wieder auf alle viere kommt. Hakob zieht seinem Rappen eins mit der Peitsche über, der in gestrecktem Galopp an dem Schimmel vorbeisaust. Der Bauer steht so verdutzt in einer dicken Staubwolke, daß es eine ganze Weile dauert, bis er wütend hinter ihm dreinschimpft. Ärgerlich, immer noch vor sich hinfluchend und heftig hustend, kehrt er mit dem Schimmel zur Wasserpfeife zurück. Allahs Wege sind unbegreiflich. Gab es eine schönere Gelegenheit, daß einem Isävi, einem Christen, von einem mohammedanischen Grauschimmel alle Knochen im Leib gebrochen wurden, ohne daß ein Muselmann einen Finger dabei zu rühren brauchte? Oh Ali! Maschallah! Wie Gott will.

Am nächsten Tag stellte der Fürst für die heißesten Stunden sich und sein Pferd bei dem Telegraphisten Feddersen unter, einem Beamten des anglo-indischen Telegraphs, der hier schon seit zehn Jahren ohne viel Worte, aber zufrieden seinen Dienst tat. Sein Diensthaus, das aus zwei Räumen, einer kleinen Scheune und einer Dachkammer bestand, lag in einem kleinen, von ihm sehr gepflegten Garten, einsam und allein inmitten einer weiten Ebene, sechs Kilometer vom nächsten mohammedanischen Dorf, eine Tagereise von Djulfa entfernt, der nördlichsten anglo-indischen Telegraphenstation auf persischem Boden. Das Rede- und Anschlußbedürfnis des geborenen Friesen war nicht groß. Es genügte ihm schon im zweiten Jahr seines Hierseins vollkommen, einmal am Tag außerdienstlich seinem Telegraphen abzuhorchen, was in der Welt vorging. Nach fünf Jahren Dienst fand er sich neugierig wie ein altes Weib, lernte sich besser beherrschen und behorchte seinen Draht außerdienstlich nur noch alle acht Tage einmal. Die alte Mohammedanerin aber, die ihn aus dem nächsten Dorf mit Brot, Eiern, Reis, Büffelmilch, Zucker, Salz und Tee versorgte, traute sich mit ihren Neuigkeiten überhaupt nicht heraus, denn Feddersen Khan summten ja alle Neuigkeiten der Welt, die nahen und die fernen, in einem Draht Tag und Nacht durch die Stube. Herrlich mußte das sein. Doch diese Herrlichkeit kam nur einem so großen Herrn wie Feddersen Khan zu, nicht einem armen alten Dorfweib.

Alle Mohammedaner achteten Feddersen mit einer fast heiligen Scheu, denn er besaß von Natur einen rötlichen Vollbart, eine besondere Gunst Allahs, die nur wenigen zuteil wird; und andere Leute kamen nur selten des Wegs. So konnte er denn mit aller Ruhe und Umsicht seinen Garten betreuen, kurze Pfeife rauchen, seinen Kanarienvogel bewundern, der um so lauter wurde, je stärker der Telegraph summte, des Abends seines Flasche Wein trinken, die er sich aus dem Kaukasus besorgen ließ und in seinen Büchern blättern, die hauptsächlich aus Grammatiken bestanden. Pflege des Englischen war er seiner Stellung schuldig, für die er anständig bezahlt wurde. Persisch trieb er, um seiner Umgebung willen, damit er doch auch ein Wort sagen konnte, wenn Mohammedaner vorbeikamen. Nur Russisch studierte er aus Verehrung für den Zaren, weil er sich von seinem hessischen Schwager Weinsachverständige aus Geisenheim hatte kommen lassen, welche die russischen Weine so veredelten, daß es eine Lust war, sie zu trinken.

Den Fürsten Hakob Akunian mochte er gut leiden, weil er nicht vergessen hatte, ihm aus London ein Dutzend kurze Pfeifen mitzubringen, die reichen würden, bis er wieder an die Nordsee kam. Außerdem war ihm jederzeit jedes Mitglied der amerikanischen Baptistenmission in Täbris besonders willkommen. Erstens waren die Leute wenig schwatzhaft und zweitens Blutsvettern seiner Brotgeber wie er selbst. Auch gefiel es ihm sehr, daß diese Mission dreißig Personen zählte, die bisher in zehn Jahren zusammen nur drei mohammedanische Seelen gerettet hatten. Das war eine solide und gründliche Arbeit, die nichts überstürzte. Ganz nach seinem Geschmack.

Der Fürst traf den Telegraphisten im Schatten der Rückwand seines Hauses. »Guten Tag, Gospodin Feddersen.«

Feddersen reichte dem Gast die Hand, ohne etwas zu sagen, als wohnte er um die nächste Ecke, und man sähe sich jeden Tag mehrere Male. Nachdenklich sah er auf den Hengst.

»Worüber denken Sie nach, Gospodin?«

»Den Hengst kenne ich doch?«

»Ich hatte ihn schon vor einem halben Jahr, als ich das letztemal bei Ihnen war.«

Feddersen lächelte befriedigt. »Ich wußte es doch, als sei es gestern gewesen...«

Der Fürst versorgte seinen Hengst in der Scheune, während Feddersen ins Haus ging, Essen zu richten.

Sie setzten sich an den kleinen Tisch und labten sich an einer der herrlichsten Sommergaben Allahs, dicker Milch von einer Büffelkuh. Da der Fürst seinen Gastgeber kannte, störte er ihn nicht durch Gespräche. Plötzlich legte Feddersen erschrocken den Holzlöffel hin und horchte. »Ist denn heute die ganze Welt unterwegs?« murmelte er beunruhigt und lauschte angestrengt.

»Ein Reiter, wie es scheint auf einem Maulesel«, meinte der Fürst.

Erleichtert griff Feddersen wieder nach seinem Löffel. »Er reitet vorbei.« Aber er irrte sich, es wurde an die Tür geklopft, und da der Reiter offenbar die Gewohnheiten des Hauses kannte, die Tür geöffnet, ohne das Herein abzuwarten.

Feddersen sprang auf und half dem Reiter, freundlich lächelnd, von seinem Tier. »Mr. Boxton.«

Der amerikanische Missionar, dem der Kopf über dem langen, schwarzen, zugeknöpften Rock blaurot angelaufen war vor Hitze, gab dem Maulesel einen aufmunternden Klaps, daß er sich ringsum sein Futter suche, wie es ihm behage, trat ein, begrüßte den Fürsten, den er kannte, und warf sich erleichtert auf einige Kissen an der Erde, da ein dritter Stuhl nicht vorhanden war. Feddersen reichte ihm ebenfalls einen Holzlöffel und eine Schüssel mit Dickmilch. Mr. Boxton rückte sich auf den Kissen möglichst bequem zurecht und schob die Schüssel in Reichweite auf den Boden, bis er sich ein wenig abgekühlt hätte.

Feddersen schien etwas sagen zu wollen, unterließ es aber, weil Mr. Boxton sofort mit dem Fürsten ein Gespräch begann, bei welchem er in jedem Satz mindestens zu Anfang und zu Ende einmal das Wort Durchlaucht, Hoheit, hohe Exzellenz anwandte, denn er liebte wie viele Amerikaner an anderen Leuten nichts so sehr als schöne Titel, und es gefiel ihm immer wieder, daß er endlich in einem Lande mit unendlich vielen, schönen und umfangreichen Titeln seine Arbeit verrichtete.

Mr. Boxton kam aus Salmas, wo er Chinin verteilt hatte, denn die Malaria gedieh überall infolge der Reisfelder noch üppiger als das Titelwesen, und Mr. Boxton war zugleich der Arzt der Baptistenmission in Täbris, und sein Chinin geschätzter als alle seine und seiner Brüder Predigten.

Mr. Boxton war sehr beunruhigt von den Gerüchten, die in Salmas über nahe bevorstehende Kurdenüberfälle umliefen. Er kam nur selten dorthin, denn es war weit von Täbris bis Salmas, und er wußte nicht, daß solche Gerüchte in Salmas zum Leben gehören wie das tägliche Brot.

Hakob Akunian machte ihm das klar, denn es lag ihm durchaus nichts daran, daß die amerikanische Mission womöglich den Generalgouverneur Amenisan mobil machte. Es gäbe diesem einen gar zu bequemen Vorwand, wieder einmal ein persisches Heer nach Salmas zu legen, das keinerlei Schutz bot, dafür aber um so gründlicher die ganze Gegend kahl fraß wie ein Heuschreckenschwarm.

»Mister Boxton«, begann Feddersen wieder.

»Ja?«

»Sie könnten mir einen Dienst erweisen.«

»Gerne.«

»Sie sehen doch das Loch in der Wand dicht am Boden?«

»Man kann es nicht gut übersehen, Mister Feddersen.«

»Ihre Schüssel steht ein bißchen dicht dabei. Sie erweisen mir einen Dienst, wenn Sie die Schüssel von dem Loch weiter fortrücken wollten.«

Wenn Feddersen einmal einen ganzen Satz sprach oder gar mehrere, war er nicht ganz leicht zu verstehen. Er mischte dann die Worte nach den Regeln einer nur ihm verständlichen Grammatik aus all den Sprachen, mit denen er sich abgab, aus Persisch, Russisch, Englisch und Friesisch, etwas wild durcheinander. Aber so viel verstand Mr. Boxton doch, daß er die Schüssel mit Milch näher an sich heranzog.

Hakob Akunian gab sich weiter alle Mühe, den Missionar dahin zu bringen, daß er von selbst auf den Gedanken kam, den Generalgouverneur keinesfalls mit den Gerüchten in Salmas zu belästigen. Hätte er ihn direkt darum gebeten, war der Erfolg zweifelhaft, denn einigermaßen verläßlich ist der Mensch nur seinen eigenen Gedanken gegenüber.

»Tun Sie mir den Gefallen, Mister Boxten, und essen Sie jetzt Ihre Schüssel leer«, begann Feddersen wieder.

»Aber was haben Sie denn, Gospodin Feddersen? Haben Sie Fieber, daß Sie so gesprächig werden?« fragte der Fürst.

Unruhig, errötend sagte der Telegraphist: »Ich möchte nicht, daß Mister Boxton vielleicht doch noch einen Schrecken bekommt.«

»Aber Mister Feddersen.« Der Missionar griff lächelnd zu Löffel und Schüssel.

»Ich danke Ihnen, Mister Boxton.«

Der Missionar schob die Schüssel bald wieder von sich. Er sei noch zu erhitzt.

»Dann erlauben Sie, daß ich die Schüssel solange auf den Tisch stelle.« Der Telegraphist nahm die Schüssel vom Boden.

»Haben Sie Ratten oder Mäuse in dem Loch?« fragte der Fürst.

Feddersen lächelte. »Das nun nicht gerade, Durchlaucht. Aber es ist da eine Schlange.« Mr. Boxton sprang entsetzt auf.

»Nun haben Sie sich doch erschreckt«, klagte Feddersen. »Sie ist noch nicht lange hier, aber es gefällt ihr, denn sie geht nicht wieder fort. Ein ganz nettes großes Tier, fast schwarz und macht fast gar keinen Lärm. Ich setze ihr immer Milch hin für den Durst. An mich hat sie sich schon ganz gut gewöhnt. Meist kommt sie nur, wenn es dunkel wird. Aber wenn Sie ihr eine so große Schüssel mit Dickmilch hinsetzen, Mister Boxton, kommt sie vielleicht jetzt schon, und ich weiß nicht, ob sie fremde Personen leiden mag. Vielleicht spuckt sie dann oder beißt. Ob sie giftig ist, weiß ich auch nicht. Abends kriecht sie ganz gerne ein bißchen herum, und ich sehe ihr ganz gerne zu, weil sie so gar keinen Lärm dabei macht.«

»Um des Himmels willen, Feddersen, wenn das Biest Sie nun beißt und giftig ist!«

»Ich glaube das nicht, Mister Boxton. Es ist mir jetzt eine ganz angenehme, stille Gesellschaft, wobei sich gut nachdenken läßt. Setzen Sie sich auf meinen Stuhl, Mister Boxton.« Feddersen warf sich zwischen die Kissen auf den Boden. Niemand hatte ihn schon solange und zusammenhängend sprechen hören.

»Essen Sie nur ruhig Ihre Milch, Mister Boxton«, sagte der Fürst und schwang die Reitpeitsche mit der Bleikugel im Griff.

»Nun ihr keine Milch mehr dicht vor der Nase steht, brauchen Sie keine Bange zu haben, nun kommt sie erst, wenn es dunkel wird.«

»Können Sie die Schlange nicht ein wenig aus dem Loch locken, Gospodin Feddersen? Ich kenne mich aus. Wir wüßten dann wenigstens, ob es eine Giftschlange ist und könnten sie unschädlich machen.«

»Ich möchte das auch ganz gerne wissen, Durchlaucht, aber sie kommt nicht, wenn man sie ruft, sondern nur, wenn sie Lust dazu hat. Wie alles, was in Persien geboren wird.«

Mr. Boxton aß seine Dickmilch schneller als unter normalen Verhältnissen und ließ das Loch mit der Schlange nicht aus den Augen.

Mr. Boxton verließ den Telegraphisten, als die Sonne noch recht hoch am Himmel stand, und der Fürst ritt weiter, als es Abend wurde, ohne daß die Schlange aus ihrem Loch hervorkroch. Maschallah! Wie Gott will.

Schon kurz nach Sonnenaufgang konnte sich Hakob Akunian mit seinem Hengst über die Araxesfähre nach Djulfa übersetzen lassen, denn niemand läßt ein gutes Pferd weiter aus der Hand, als der Zügel reicht. Sonst verschwindet einer mit ihm, ehe man sich dessen versieht; und ihm auf einem anderen Pferde nachfolgen ist um so aussichtsloser, je besser das gestohlene Pferd ist. Es rettet die Seele. Auch wenn sie einem Dieb gehört. Ihn abzuschießen geht nicht an, weil der Dieb eines Christenpferdes immer Mohammedaner ist. Christen stehlen nur Mohammedanern ein Pferd, wenn sie unbewaffnet sind, was aber bei Mohammedanern, deren Pferde zu stehlen sich lohnen würde, nicht vorkommt.

Noch an demselben Abend trat der Fürst mit fünf Unteroffizieren der russischen Grenzregimenter, die für vier Hände voll weißes Geld für vier Wochen krank gemeldet wurden, nachdem er sie in persische Kleider gesteckt hatte, wieder die Rückreise an. Die Wachtmeister, denen er sie abgemietet hatte, drängten selbst zu möglichst schneller Abreise. Zwei Generäle aus Tiflis wurden erwartet. Wenn der Teufel seinen Schwanz im Spiele hatte, konnten die hohen Exzellenzen sofort eine Parade abhalten, und dann mußten die fünf Unteroffiziere längst ordnungsgemäß als choleraverdächtig krank gemeldet sein.

Schon seit einem Jahre warteten hier drei Regimentsärzte auf die Cholera, die von Indien her kommen sollte. Aber sie kam nicht. Der Weg war ihr zu weit und beschwerlich. Die Exzellenzen in Tiflis aber waren schon ungeduldig geworden und drohten, die unfähigen Ärzte abzurufen, wenn sie nicht bald die Cholera entdeckten, von der höheren Orts nun einmal feststand, daß sie von Indien durchaus nach Rußland wollte.

Als Hakob Akunian mit seinen russischen Unteroffizieren in persischem Zivil am nächsten Tag über Mittag in einem Posthaus Rast machte, hockte unter dem Eingang ein altes, zerlumptes Kurdenweib. Für einen Augenblick stutzte er, ging aber, ohne anzuhalten, weiter. Daß ihm bei diesem Anblick sofort der türkische Spion einfiel, war nur zu begreiflich. Aber es gab mehr als ein zerlumptes Kurdenweib in diesen Dörfern. Als er sich jedoch in dem kahlen Raum für Reisende auf einer Holzpritsche ausstrecken wollte, wurde es ihm plötzlich fast gewiß, daß ihn Männeraugen und nicht Weiberaugen aus der schmutzigen Burqä angestarrt hatten. Er schlich sich wieder zur Tür, aber von dem alten Weib war nichts mehr zu sehen.

Ein zweites Erlebnis beunruhigte ihn bald von neuem. Er ritt absichtlich von Osten her in die Hauptstadt des Gouvernements ein und mußte so die ganze mohammedanische Stadt durchqueren, ehe er das Christenviertel erreichte. Auf diese Weise erfuhr Sureja am schnellsten, daß er wieder da war. Nach den Straßen zu gab es zwar keine Fenster, aber hier und da stand ein Tor offen, und wo es verschlossen war, lungerte sicher ein Teil der Dienerschaft am Tor und lugte durch Ritzen und Schlüssellöcher nach Neuigkeiten auf die Straße. Kein Telegramm erreichte so schnell und sicher sein Ziel wie eine Neuigkeit auf diesem Wege jedes Haus, zumal der armenische Bankier, Allah verdamme ihn, fünf Reiter hinter sich hatte, die kein Mensch kannte, trotzdem sie persische Tracht trugen. Nicht einmal ihre Fingernägel waren rot von Henna.

Der Fürst ritt schneller voran, denn seinen Hengst trieb es zum Stall. Als der schmale Weg eine scharfe Biegung machte, sah er am anderen Ufer des Baches, dem der Weg folgte, ein altes Weib, das Wäsche wusch, eine aufrechte Gestalt in der alles verhüllenden Burqä neben sich. Er sah darüber hinweg, wie es die Sitte gebot, und es war ja auch ein durchaus alltäglicher Anblick. Da sprang das alte Weib mit einem Satz hinter die aufrechte Gestalt und riß mit einem Ruck deren Burqä von der Stirn bis zu den Füßen weit auseinander. Vor ihrem schwarzen Hintergrund stand ein blutjunges, nacktes Mädchen. Ein leiser Schrei der Jungen, die vor allem ihr Gesicht zu decken suchte, ein schrilles Gelächter der Alten. Schon hatte das Mädchen die Burqä wieder um ihre Glieder geschlungen und entschlüpfte wie eine Eidechse durch eine schmale, niedrige Pforte hinter die schützende Mauer. Die Alte, die Wäsche zusammenraffend, hinterdrein.

Der Hengst setzte sich fast auf die Hinterbeine, so scharf hatte ihn der Reiter zurückgerissen. Er starrte auf die kleine Pforte, die sich geschlossen hatte. Was sollte das? Es war kein Zufall. Dahinter steckte eine bestimmte Absicht. Der Zufall war dabei nur zu Hilfe gekommen. Oder hatte man gar ausgekundschaftet, daß er um diese Zeit hier vorbeikommen wird? Hatte ihm einer schon vor der Stadt aufgelauert? Ein Köder war ausgeworfen, eine Falle gestellt. Galt es seinem Geld oder seinem Leben? Ein Kuppelversuch oder was sonst?

Die fünf Unteroffiziere kamen um die Biegung, und Hakob Akunian setzte Husein wieder in Bewegung. Auf seiner Netzhaut blieb das Bild so klar und deutlich bis in alle Einzelheiten, als er für einen Augenblick die Augen schloß, wie auf der Platte eines vorzüglichen Apparats für Momentaufnahmen und senkte sich langsam vom Gehirn immer tiefer in sein Blut. Er wußte nicht, wer hier wohnte. Unzweifelhaft Mohammedaner. Und das alte Weib kannte ihn. Das stand sofort bei ihm fest. Er mußte Mähmäd auf die Spur setzen. Man mußte den Gegner finden, der den Köder ausgeworfen hatte. Ein Freund war es gewiß nicht. Nur hemmungslose Geldgier oder hemmungsloser Haß konnten etwas so Ungewöhnliches wagen. Auch war es für den Fürsten klar, daß das alte Weib nur auf einen Befehl hin so gehandelt hatte. Ob das Mädchen mit im Komplott war, schien zweifelhaft. Aber traue einer den Weibern.

Drittes Kapitel

Die beiden Generäle aus Tiflis waren in geräumigen Tarantas, hinter sich eine bescheidene Kalesche mit zwei Popen, in Djulfa eingetroffen. Die Kosakenoffiziere rissen verwundert die Augen auf, und sehr schnell war der erwartungsvolle Respekt vor den hohen Exzellenzen dahin. Die beiden dicken Herren standen irgendwo am Ural, wo die Füchse sich gute Nacht sagen, Linienoffiziere. Nicht einmal dazu hatte es bei ihnen gereicht, daß sie zur Gendarmerie oder zur Geheimpolizei übertraten. Sie blieben wohl bei der Linie bis an ihr alkoholisches Ende. Und war es nicht der reine Hohn, daß sie zwei Popen nach Urmia in Persien zu geleiten hatten? Dem jüngsten Leutnant aus einem Garderegiment hätte man so eine Schande nicht angetan. Zwei Generäle als Begleitung für zwei ganz gewöhnliche Popen, über die sogar das gemeine Volk lacht, wenn sie nicht gerade im Amtskleid am Altar in der Kirche stehen!

Die beiden dicken Herren dachten gar nicht an Parade, sondern setzten sich sofort im Kasino bei Sakuska und Wodka fest, und die beiden Popen verloren sich in die heiße Stadt, nachdem ihnen befohlen worden war, sich anderen Tags um zehn Uhr zur Weiterfahrt bereit zu halten. Spaßige, trunkfeste alte Kerle, die beiden Generäle, die viel lachten, schwatzten, Witze erzählten, saftige Witze, ohne mit einem Wort zu verraten, was diese kuriose Pilgerfahrt mit zwei Popen in das Land der aufgehenden Sonne eigentlich zu bedeuten hatte. Noch wunderlicher aber war es, daß die hohen Exzellenzen nach durchzechter Nacht ihre Uniformen auszogen, sie dem Kasino zum Aufbewahren gaben und ein ganz phantastisches Räuberzivil anlegten. Als ginge es zu einem Maskenfest.

Als die Fähre mit dem geräumigen Tarantas und der bescheidenen Kalesche hinter ihm die Mitte des Araxes erreicht hatte, hielten die Kosakenoffiziere am russischen Ufer nicht länger mehr an sich, klatschten sich die Schenkel und brüllten vor Lachen. Der eine Regimentsarzt aber meinte zu seinem Kollegen, der Balte war wie er: »Da setzen vier ganz geriebene russische Füchse übers Wasser.«

Am anderen Ufer wartete schon der persische Bürgermeister mit den Vornehmsten des Dorfes auf die hohen Gäste und lud sie zu einem Imbiß. Die beiden dicken Herren verstanden Neupersisch wie ihre Muttersprache, deshalb waren sie zu dieser Mission bestimmt worden, aber sie taten, als verständen sie kein Wort, so daß erst ein Dolmetscher besorgt werden mußte, der alle guten Wünsche des Bürgermeisters und seine Einladung ins Russische übersetzte. Dankend nahmen die Gäste an und fuhren zum Haus des Bürgermeisters. Im Hofe wurde schon der Hammel von den Söhnen des Hauses bereit gehalten und in dem Augenblicke, da die Gäste den Hof betraten, vor ihren Augen abgestochen, daß sie sähen, wie ihnen das beste vorgesetzt würde, was das Haus zu bieten hatte, aber kein Fleisch, über das schon das Verderben der Sonne gekommen war.

Einer der dicken, jovialen Herren überreichte dem Ortsvorsteher, der zugleich Paß- und Grenzkontrolleur war, die Pässe. Zwei lauteten auf die Namen der beiden Popen mit dem Bestimmungsort Urmia. Die beiden anderen gehörten zwei Kaufleuten erster Gilde aus Rostow am Don, die in Geschäften nach Urmia reisten.

Der Bürgermeister warf aus Höflichkeit nur einen flüchtigen Blick auf die persischen Visa und gab die Pässe sofort wieder zurück. Ob er ihren russischen Text verstand, war nicht zu erkennen. Inwieweit er ihn ernst nahm, erst recht nicht.

Es gab eine lange, feierliche Mahlzeit, in deren Mittelpunkt der weich gekochte Hammel stand. Die Gäste hockten mit den Vornehmsten des Dorfes auf dem Fußteppich mit gekreuzten Beinen um die Riesenschüssel nieder, auf welcher der Hammel in seiner natürlichen Gestalt und Größe, mit Kopf und Schwanz und Beinen, nur enthäutet, lag. Jeder riß sich mit den Fingern, die man durch ein Stück Brotfladen möglichst vor Beschmutzung schützte, seinen Bedarf ab. Aus anderen Brotfladen formte man kleine Trichter, mit denen man die Brühe aus der Schüssel schöpfte. Der älteste Sohn des Hauses ging mit einer Wasserkanne herum, der jüngste mit Becken und Handtuch. So konnte man sich immer wieder die Hände reinigen.

»Plump und schmutzig wie Bären sitzen sie zu Tisch«, flüsterte ein Vornehmer spöttisch dem Bürgermeister zu. Hastig gebot er ihm zu schweigen und sah besorgt auf die Gäste. Hatten sie die unhöfliche Bemerkung verstanden? Es schien nicht so. Allah sei gelobt. Zuweilen flüsterten auch die Russen miteinander. Aber nur, um ihrem Entzücken über das herrliche Mahl Ausdruck zu geben. Der Bürgermeister verstand ja doch wohl nicht viel schlechter Russisch als sie Persisch.

Nach dem Hammel gab es gekochte Hühner mit Reis, die aber ebenfalls nach Hammel schmeckten, weil sie in derselben Kasserolle gekocht waren. Als Getränk heißen Tee und erst zu den Süßigkeiten aus Pistazien, Rosinen und Honig kalten Tee, wie man in Persien den Reisschnaps nennt, damit es der heilige Prophet nicht allzu übel aufnimmt, da er den Genuß von Alkohol verboten hat. Es ist nicht nur in Persien ein alter guter Brauch, einer schlechten Sache durch einen hübschen Namen immer wieder zu allgemeinem Ansehen zu verhelfen.

Nach Tisch kam es mit Hilfe des Dolmetschs zu einer längeren Unterhaltung, die immer hinreißendere Höflichkeitsformen zutage förderte. Der Bürgermeister wollte durchaus, daß seine hohen Gäste über Täbris nach Urmia reisten. Über Täbris führe die einzige fahrbare Straße, und der erlauchte Generalgouverneur, der Pfeiler des Königreichs, der Berater des Staates und Vertrauter der königlichen Gegenwart, Amenisam, der Bismarck Irans, werde untröstlich sein, wenn so hohe Gäste in seine Wohnung nicht Verherrlichung brächten. Die hohen Gäste versicherten, es sei ihnen eine Kopferhöhung, dem Berater des Staates, dem Pfeiler des Königreiches, dem Bismarck Irans auf der Rückreise zu Diensten zu sein, aber ihr böses Geschick verhindere es für die Hinreise, da sie dringende, unaufschiebbare Geschäfte hätten; und sie nannten einige Dörfer nahe der türkischen Grenze, die dem Weg nach Täbris gerade entgegengesetzt lagen. Darauf bedauerten alle Anwesenden dies böse Geschick und waren untröstlich.

Endlich verabschiedete man sich. »Ihre Freude mehre sich. – Ihre Güte mehre sich. – Ihre Freundschaft mehre sich.«

So ging es sechs Tage bis zur Gouvernementshauptstadt, und die hohen Gäste waren in der ganzen Zeit keinen Augenblick allein. Jedes Dorf stellte ein neues Ehrengeleit, welches das vorherige ablöste, und ein Dorf überbot das andere an Gastfreiheit und Fürsorge, daß es nirgends ein Entrinnen gab. Man kann einen Feind auch auf solche Weise wehrlos machen. Das machtlose Persien verstand sich meisterhaft hierauf.

Am Osttor der Gouvernementshauptstadt erwartete die hohen Gäste sogar eine ganze Reiterkavalkade unter Hochrufen und mit Flintenschüssen. An ihrer Spitze ein schöner, verwöhnter, weichlicher, zwölfjähriger Knabe in kostbarer Gewandung, der »Mignon« des Gouvernements. Wo anders wartet in solchem Fall der Oberbürgermeister, eine goldene Kette um den Hals, den Zylinderhut in der Hand oder ein Adjutant, zwei Finger am Helmbusch. Hier erwies der Gouverneur durch Entsendung seines »Mignon« die höchste Ehre. Andere Länder, andere Sitten.

Der persische Konsul in Rostow am Don hatte dem Gouverneur rechtzeitig die beiden Generäle avisiert und der Gouverneur die entsprechenden Maßregeln getroffen. Sie reisten als Kaufleute. Die Hölle verbrenne jeden, der daran zweifelt. So stand es in den Pässen, und der persische Konsul hatte sein Visum darunter gesetzt. Aber warum sollte man zwei große Kaufleute Rußlands, des besten Freundes Persiens, nicht mit allen Ehren aufnehmen, die solchen Freunden gebührt?

Auch über die beiden Popen wußte der Gouverneur recht gut Bescheid. Wanderten nicht jedes Frühjahr Tausende von christlichen Syrern, die am persischen Urmiasee wohnten, als viel begehrte Maurer über den Araxes nach Transkaukasien und dann in Scharen über den Kaukasus nach Südrußland, um erst im Spätherbst wieder in ihre Heimat zu Frau und Kindern zurückzukehren? Waren sie nicht nach und nach immer zahlreicher durch silberne Rubelchen zur russischen Kirche bekehrt worden, so daß jetzt schon über viertausend russische Christen am Urmiasee wohnten? War es nicht höchste Zeit, daß man ihnen zwei Popen schickte, daß die neu bekehrten Lämmer sich nicht wieder in einen verkehrten Stall verliefen? Wenn sie in ihrer Bedrängnis eines Tages nicht mehr aus noch ein wußten und Rußland zu Hilfe riefen, konnte das heilige Mütterchen dann seine rechtgläubigen Kinder im Stiche lassen, mußte es ihnen nicht doch, wenn auch blutenden Herzens, wenigstens eins der Kosakenregimenter vom anderen Ufer des Araxes zu Hilfe schicken? Allah verderbe alle Ungläubigen!

Der Gouverneur hatte die Vornehmen der Stadt zu Ehren der hohen Gäste auf die Stunde des Sonnenuntergangs zu einem Festmahl geladen. Unter ihnen auch Sureja von Maku und Hakob Akunian, den geborenen Russen, der als repräsentativster Christ der Stadt den christlichen Generälen gewiß willkommen war. Auch der türkische Konsul war geladen.

Diese drei Männer waren gebeten worden, schon drei Stunden vor Sonnenuntergang die Weinberge des Gouverneurs durch ihre Herrlichkeit zu erhellen. Mögen ihre Zeiten schlecht sein wie die eines Hundes!

Hakob Akunian brach erst zwei Stunden vor Sonnenuntergang mit seiner Dienerschaft auf. Eine Beleidigung für den Gouverneur, die er durch das Geschenk einer besonders schönen Wasserpfeife aus edelstem Holz, Kopf und Deckel mit Türkisen und Smaragden auf das üppigste geschmückt, wieder gut zu machen gedachte. Er war durch Mähmäds Bericht solange aufgehalten worden, denn dieser hatte erst jetzt einiges Genauere über das mohammedanische Haus und seine Bewohner ausgekundschaftet, wofür sich sein Herr seit einigen Tagen so sehr interessierte. Es gehörte Mussa-Riza, einem Schreiber des Gouverneurs. Außer ihm wohnte dort nur noch seine Schwester, deren verstorbene Schwester ihr als einzige Hoffnung für die Zukunft eine Tochter hinterlassen hatte. Miryäm hieß sie und war jetzt zwölf Jahre alt. Geringe Leute, deren ganzes Streben dahin ging, Miryäm als eine der vier Hauptfrauen, die das Gesetz erlaubt, in den Harem eines Reichen zu bringen, und sei es auch schlimmstenfalls zunächst über den Umweg als Nebenfrau, deren Zahl das Gesetz nicht beschränkt. War sie doch schön wie eine weiße Lilie, wie schon ihr Name besagt, duftend wie Jasmin, anschmiegend wie Efeu, fest wie Ebenholz, ein Blumengarten.

In der Nähe der Weingärten des Gouverneurs war ein lebensgefährliches Gedränge Neugieriger aller Art und der ganzen heulenden Verwandtschaft derer, über die der Gouverneur gerade in seinen Weingärten den hohen Gästen zu Ehren zu Gericht saß. »Platz, Platz, es kommt ein großer Herr!« schrien die Diener des Fürsten und trieben die Leiber ihrer Pferde rücksichtslos in die Menge, daß Raum für ihren Herrn wurde.

So drangen sie langsam bis zum Gartentor vor. Rechts und links waren die Pferde der Herrn angebunden, die schon im Garten waren, schrien, stiegen, keilten aus und hielten Dienerschaft aller Art und Reitknechte in Atem. Den Eingang durch das Tor schützten Türhüter und Teppichbreiter, die sich vor Hakob Akunian bis zur Erde neigten, als er vom Pferd gesprungen war. Er winkte einem der Teppichbreiter und übergab ihm die in eine leichte blaue Seidendecke, die mit bunten Blumen bestickt war, gehüllte Wasserpfeife.

Immer tiefer schritten sie in die Weingärten hinein. Bald war von all dem Lärm der Hengste, Diener und Menschen vor dem Tor nichts mehr zu hören. Still, balsamisch stand die Luft, vor den sengenden Strahlen der Sonne durch die blätterreichen Äste stämmiger Weinstöcke, Moschusweiden und Mandelbäume geschützt, die wie ein Laubdach über die schmalen Wege hingen und sie mit ihren letzten würzigen Blüten überschütteten.

Hakob Akunian atmete auf, als er endlich den freien Raum erblickte, wo der Gouverneur mit seinen Gästen saß. Die Tafel stand im Schatten einiger alter Eichen. In der Mitte des freien Raumes hockte unter der brennenden Sonne mit nacktem Oberkörper nur noch ein Delinquent. Das Schlimmste war offenbar schon vorüber. An weiter entfernten Bäumen sah er einige Gerichtete hängen. Diesen letzten Delinquenten erwartete wohl nur noch die Bastonade, denn Scharfrichter oder Henker waren nirgends zu erblicken. Nur noch ein Teppichbreiter hielt sich in der Nähe mit dem nötigen Gerät und langen Ruten. Der Fürst ging dicht an ihm vorbei und schob ihm einen Tuman zu. Mochte der Delinquent, wenn er nachher die Bastonade bekam, auch noch so erbärmlich schreien, für einen Tuman streifte ihm der Teppichbreiter kaum die Sohlen und schlug kräftig daneben. Hakob Akunian haßte solche Quälereien.

Der Gouverneur saß genau in der Mitte der Tafel. Rechts und links von ihm die beiden hohen Gäste. Hinter dem Gouverneur räkelte sich in einem weichen, üppigen Sessel der »Mignon«. Neben ihm hockte ein Schreiber auf einem niedrigen Stuhl und hatte die Beine hochgezogen und auf dem Sitz gekreuzt, weil er gewohnt war, die Urteile des Gouverneurs in zierlichen, feinen Buchstaben über dem gerundeten Knie in schwarzer Tusche auf das feine Reispapier zu malen. Nur in dieser Stellung brachte er die ganze Schönheit seiner Schreibkunst, die mehr Malkunst war, zustande.

An den hohen Gast zur Rechten des Gouverneurs reihten sich die Herren des Gerichts. Der nächste Stuhl neben dem anderen hohen Gast war noch frei, also für Hakob Akunian bestimmt. Es folgte der türkische Konsul und Sureja, so daß der türkische Konsul seinen Platz zwischen dem Armenier und dem Kurden hatte. Boshafter hätte es der Gouverneur gar nicht einrichten können.

Hakob Akunian verneigte sich vor dem Gouverneur, der ihm finster entgegenblickte, berührte Stirn, Mund und Brust ehrerbietig mit zwei Fingern der rechten Hand, brachte eine langatmige Entschuldigung vor, wie es sich gehörte, derweil der Diener den in blaue Seide gehüllten Gegenstand in der Nähe des Gouverneurs auf den Tisch stellte.

»Gum schou, geh verloren!« fuhr der Gouverneur den Diener an, der sich aus Neugier nicht von dem verhüllten Gegenstand trennen konnte. Erschreckt sprang er hinter die nächsten Büsche, damit das Angesicht des Herrn nicht länger an ihm Anstoß nehme, stand einen Augenblick schwer atmend, wartend und schlich sich dann eilig in großem Bogen hinter Bäumen, Büschen und Weinstöcken wieder dem Tore zu.

Hakob Akunian enthüllte die wertvolle Wasserpfeife, flüsterte ehrerbietig: »Ich will dein Haupt umkreisen« und verneigte sich mehrmals. Das Geschenk wurde gnädig aufgenommen, und der Gouverneur wies ihm mit einer einladenden Handbewegung seinen Platz. Die Zeremonie der Begrüßung vollzog sich von Gast zu Gast in aller Umständlichkeit, derweil der Delinquent stumm weiter in der Sonne schmorte. Es wurde nur französisch gesprochen. Wer nichts von der Sprache verstand, hatte zu schweigen. Der Gouverneur, der Konsul und der Kurde warteten nur darauf, daß den hohen Gästen irgendeine Bemerkung in russisch entschlüpfte, die nicht für andere Ohren bestimmt war. Aber die hohen Gäste waren hier erst recht auf der Hut und tauschten in ihrer Muttersprache höchstens einmal eine enthusiastische Bemerkung über den erhabenen Gouverneur, seine Gerechtigkeit, die strahlte wie die Sonne, und seinen Tabak, der duftete wie das Paradies, untereinander aus. Hingegen stachen Sureja von Maku und Hakob Akunian bald mit den spitzfindigsten französischen Bosheiten nacheinander, daß es jedem Mohammedaner, der sie verstand, in der Seele wohltat. Daß sie sich kannten, war selbstverständlich. Wer kannte diesen Bankier, Gott gebe ihm Böses, nicht? Wer hatte ihn nicht schon einmal bei den Augen seines Sohnes, beim Grabe seines Vaters um ein Darlehn angehen müssen? Ohne eine Miene zu verziehen, saß der türkische Konsul steinern, aber mit gespitzten Ohren zwischen den beiden. Es machte immer wieder Freude, anzuhören, wie dieser Kurde wenigstens in seinem Haß gegen diesen Isävi ein echter Sohn des heiligen Propheten, mit ihm sei Friede, war. Und nun schossen sie ihre Pfeile sogar persisch aufeinander, so daß jedermann es verstehen konnte.

Der Fürst und der Prinz taten es natürlich in dem sicheren Instinkt, dadurch am besten jeden Verdacht, als bestehe zwischen ihnen irgendeine Gemeinschaft, schon im Keime zu ersticken, wenn er einmal auftauchen sollte. Sie brauchten das gar nicht erst zu verabreden.

Selbst die von Natur so finstere Miene des Gouverneurs hellte sich ein wenig auf, und der Delinquent, der immer noch in der Sonne briet, kam mit einer Bastonade von fünfundzwanzig Rutenhieben für jede Fußsohle davon. Schließlich hatte er ja auch nur einem niederen Schriftgelehrten hundert Dinar, gleich acht Pfennig Kupfer, gestohlen und sich dabei erwischen lassen. Er schrie, als stecke er am Spieß, und flehte Ali, Hassan und Hussein um Erbarmen an. Alle sahen heimlich und befriedigt auf die hohen Gäste, denen es bei dem Geschrei unbehaglich wurde, und wunderten sich nur über den Gleichmut Hakob Akunians. Alle Ungläubigen benehmen sich doch wie alte Weiber, wenn sie eine Rute nur von ferne sehen.

Während der Teppichbreiter sein Opfer, das weiterächzte und stöhnte, wie es sich gehörte, tiefer in den Garten schleppte, um ihm dort noch möglichst viel Kupfergeld abzupressen, weil er seine Sohlen fast völlig verschont hatte, lag schweigendes Behagen über der Tafelrunde, die aber plötzlich und jäh gestört wurde.

Der Gouverneur richtete sich auf und horchte, während sein Gesicht wieder finster wurde. Alle lauschten, und die Gesichter der Perser drückten zunehmende Niedergeschlagenheit aus. Kein Zweifel, man hörte Militärmusik, die immer näher kam. Der »Mignon«, der schon begeistert in die Hände klatschen wollte, erschrak vor dem Gesicht seines Herrn und duckte sich ängstlich zusammen, ohne noch ein Glied zu bewegen.

Die Musik verstummte, und alle Mohammedaner blickten entgeistert drein. Die beiden hohen Exzellenzen sahen sich mit kugelrunden Augen in roten Köpfen verständnislos an. Hatten sie vielleicht schon zuviel kalten Tee getrunken, oder was ging vor?

Vom Tor her näherten sich viele Schritte, die immer deutlicher vernehmbar wurden. Die ganze vor und hinter dem Tor zusammengeknäulte Masse der Dienerschaft entrollte sich wie ein Band bis zum Platz des Gouverneurs. An diesem Band schritt ein junger Mann in prächtiger Generalsuniform entlang, ein königlicher Prinz, ein Sohn des Schatten Gottes, des Zufluchtsortes der Welt, des Mittelpunktes der Erde. Segen über ihn. Nicht mit einem Herzen, sondern mit tausend Herzen sind wir zu seinen Diensten.

An der Tafel hatte sich alles erhoben, und die Perser verneigten sich so tief, daß sie mit der grüßenden Rechten den Boden berührten.

Der Prinz begrüßte den Gouverneur, der ihm die beiden höhen Exzellenzen vorstellte. Daß sie Kaufleute waren, vergaß man für diesen Augenblick mit Absicht. Der Prinz hieß die hohen Exzellenzen im Namen des Sultan, Sohn eines Sultan, Gott erhalte seine Herrschaft, willkommen. Der Schatten Gottes habe ihn, den Stellvertreter des Königtums, zur Begrüßung der hohen Exzellenzen aus Täbris hierher gesandt. Gott sei gepriesen, daß er sie noch antreffe, um die Ehre einer Parade vor so hohen Exzellenzen zu haben. Fußvolk und Reiterei habe er mitgebracht. Nur die Kanone könne wegen der beschwerlichen Wege erst mit Sonnenaufgang zu Diensten sein.

Das Gesicht des Gouverneurs wurde grüner, die Haltung aller Perser immer beklommener. Einen ganzen Sack voll Goldtuman würde das kosten, die das Gouvernement aufzubringen hatte. So schaffte sich Amenisam, der Bismarck Irans, Vertrauter der königlichen Gegenwart, die unnützen Fresser für eine Weile vom Halse und verordnete dem Gouvernement zugleich die wirksamste Radikalkur gegen jede etwa aufkeimende Vorliebe für Rußland.

Da die Sonne schon tief im Westen stand, brach man bald auf, um nicht von der Dunkelheit überrascht zu werden. Voran der Prinz mit dem Gouverneur und den hohen Exzellenzen, die jetzt wieder Kaufleute erster Gilde waren. Hinter ihnen der türkische Konsul mit unbeweglichem Gesicht. Aber sein Herz frohlockte, denn jede unvorhergesehene Brandschatzung des Gouvernements trieb ihm neue brauchbare Helfer und Spione für billiges Geld in die Arme. Ihm folgten die Perser mit hängenden Köpfen. Den Schluß bildete Sureja, der aus seinem Vergnügen an dieser Überraschung kein Hehl machte, und Hakob Akunian. Er hatte keinen Grund vergnügt zu sein. Ein gut Teil der Brandschatzung würde schließlich doch an ihm und seinen Glaubensgenossen hängen bleiben. Entweder in der gefälligeren Form einer Anleihe, die nicht zurückbezahlt wurde, oder in der offenherzigen Form einer neuen Kopfsteuer für Christen.

Seit Sonnenaufgang wurde in dem Küchenhaus des Gouverneurs geputzt, geschnitten, gesotten, gebraten, gehackt, gewürzt, gestopft, gespickt, gerieben, gemahlen, gerollt und in junge Weinblätter gehüllt, zerstampft, zerstoßen, geknetet, geklopft, bestreut, bestrichen, begossen und parfümiert. Alles drehte sich um den Aschpäz Agha, den Koch, und alle Diener und Sklavinnen umkreisten ihn mit Kesseln, Pfannen, Spießen, Krügen, Gläsern, Körben und Töpfen wie die Sterne die Sonne. Ein Aschpäz Agha ist ein Mann, der seine Sache versteht, seine Schlacht zu schlagen und in ihr zu siegen weiß, denn eine Niederlage kostet ihn unweigerlich den Kopf, während sich ein General von jeder Niederlage loskaufen kann, weshalb denn auch jeder Prinz hier General, nicht aber Koch werden kann, was sich nicht nur in Persien so verhält. Auch muß der Koch ein ausgesucht schöner Mann von besten Umgangsformen und ohne Nerven sein. Er hat in Gegenwart aller Gäste jede Schüssel, die aufgetragen wird, mit gutem Anstand vorzukosten, damit jedermann erkennt, daß die Speise nicht vergiftet ist. Wehe ihm, wenn der Hausherr oder einer der vornehmeren Gäste im Verlauf eines Festmahles, das mehrere

Stunden dauert, Leibschmerzen bekommt und der Aschpäz Agha darüber in Unruhe gerät, rot oder blaß wird, zittert oder auch nur mit der Wimper zuckt. Dann droht ihm sofort die Bastonade. Nur wenn geringeren Leuten übel wird, schadet es nichts, denn sie kennen keine Zucht und überfressen sich gern, was ein vornehmer Mann nicht tut. Es kann sogar zur Erheiterung der Vornehmen beitragen und die Hochachtung vor der Kunst des Aschpäz Agha noch mehren.

Die Tafel war in einer auf zierlichen Holzsäulen ruhenden Veranda gedeckt, die in edlem Schwung um einen kleinen Rosengarten herumlief. Durch hohe Mauern im Hintergrund wurde er vor jedem Windhauch geschützt. Das blühende Viereck teilten zwei schmale, mit hellgelb gefärbtem Sand bestreute Wege, auf denen gewaltige Fackeln loderten, in Quadrate, deren üppige Rosen in allen Schattierungen vom dunkelsten Samtrot bis zum zartesten Rosa junger Kinderwangen leuchteten. Auf der mit weißem Leinen gedeckten Tafel strahlten sanft und silbern in edlen Leuchtern große Kerzen, die süß wie Honig dufteten. An der Rückwand hingen auf silbernen Dreifüßen kleine Roste mit hellglühender, nicht mehr riechender Holzkohle, auf der von Zeit zu Zeit feine Stäbchen Sandelholz verbrannt wurden. Garten und Veranda ganz durchtränkt und berauscht von Rosen-, Honig- und Sandelholzdüften.

Eilig liefen Tscherkessenmädchen zwischen Küchenhaus und Rosengarten hin und her, brachten vergoldete Teller, Messer und Gabeln, silberne Schüsseln und Platten, Teetassen aus hauchzartem chinesischen Porzellan, edel geschliffene Kristallgläser für Limonade und Eiswasser und geräumige Champagnerkelche. Champagner hat der heilige Prophet nicht verboten. Daß er ihn nur deshalb nicht verboten hat, weil er ihn nicht kannte, steht nicht im Gesetz.

Vor dem Aufgang zur Veranda stellte sich eine Reihe Knaben mit Becken auf, die parfümiertes, warmes Wasser enthielten, in dem Zitronenscheiben schwammen. Ihnen gegenüber eine zweite Reihe mit Kannen und Handtüchern. Der oberste Mundschenk erschien und der Hausmeister, der die jetzt vollzählig versammelten Gäste zu ihren Plätzen wies. Als alle saßen, klatschte er in einem bestimmten Rhythmus so laut in die Hände, daß es weithin schallte. Der Aschpäz Agha tauchte auf, in würdiger Haltung, ein schlanker, schöner Mann, und trat hinter den Stuhl des Gouverneurs, seines Herrn. Auf dessen Wink klatschte auch er in einem besonderen Rhythmus in die Hände, die einzige Art, wie Hausmeister und Koch in einem vornehmen Haus Befehle erteilen und das Personal dirigieren, und in langem Zug brachten in großen Kupferkasserollen die Diener die ersten Speisen. Gott gebe nichts Böses, betete Aschpäz Agha.

Sureja machte es Spaß, seinem Nachbar zur Linken, dem Buluk Baschi, dem Bezirksvorsteher, zuzuflüstern, wie es bei solchen Gelegenheiten in Europa zugehe. »Oh Ali!« flüsterte der Buluk Baschi immer wieder erschrocken. Es gibt keine Überraschungen, erzählte Sureja, denn vor jedem liegt ein Papier, auf dem alles aufgeschrieben steht. Höchstens fünf oder sechs Gerichte. Aber von allem möglichst viel, daß einem vom bloßen Ansehen der Appetit vergeht. Und immer dasselbe. Nur einiges in anderer Reihenfolge wie bei dem vorigen Festmahl. So wenig Phantasie haben sie. Alles schwatzt und gestikuliert und lacht so laut wie auf dem Basar. Plötzlich wird alles stumm wie das Grab, weil einer aufgesprungen ist und redet, denn selbst beim Essen müssen sie lügen. Und dann haben sie ihre Frauen mit. In aller Öffentlichkeit. Ihr Rücken ist so nackt wie der Rehrücken vor ihnen. Selbst beim Essen zeigen sie ihre Brüste ebenso unverhüllt wie die Zähne. Und wenn sie den Arm heben, sieht man, daß sie nicht einmal die Achsel rasiert haben, die Schamlosen, und die Vierzigjährigen tun, als ob sie zwölfjährig wären. Es dauert gar nicht lange, so steht allen der Schweiß auf der Stirn, weil nur wenige Diener da sind, und alles zu hastig und zu viel ißt, weil es ja nur fünf bis sechs Speisen gibt, und man nie weiß, ob die einzige Schüssel, die einem schmeckt, noch einmal gereicht wird, da es an Dienern fehlt. Man schlingt und schmatzt und trinkt und ermuntert einander zur Liebe. Alles durcheinander wie Kraut und Rüben. Alles zugleich mit demselben Mund. Oh Ali!

Im Rosengarten reckte sich ein blinder Greis in die Höhe. Sein weißer Bart, von Henna gerötet, leuchtete grell in der heiligen Farbe. Zur Harfe sang er von den alten Helden Irans, bis der Champagner eingeschenkt wurde. Dann erschien ein hübscher, feuriger Junge und sang von der Liebe, wozu ihn ein zweiter auf der Gitarre begleitete.

Sureja flüsterte: »In Europa setzen sie sich in einen großen Saal, nur um solche Dinge anzuhören. Als ginge es um eine ernste Sache. Die Sänger sind schwarz angezogen wie Diener, die man bei ihnen Kellner heißt. Und wenn sie fertig sind, klatscht man in die Hände wie der Aschpäz Agha bei uns, und sie kommen und verneigen sich tief und sind glücklich, weil sie keine Bastonade bekommen haben. Man erhält dazu eine besondere Einladung. Wenn man aber in den Saal will, muß jeder einzelne vorher noch besonders bezahlen. So gastfrei sind diese Europäer. Zuerst wundert man sich, daß sie die Liebe so ernst nehmen und sich bei dem Gesang so feierlich betragen, wie in einer Sammelmoschee, das Gesicht immer starr auf den Sänger gerichtet, als läge Mekka in seinem Munde. Wenn du sie aber zu Hause in ihrem Männergemach aufsuchst, merkst du bald, daß sie die Liebe überhaupt nicht ernst nehmen. Es sind große Lügner.«

»Oh Ali! Und die Russen?«

»Es sind die größten Fresser und die größten Lügner von allen.«

Das Festmahl neigte sich seinem Ende zu. Die weniger Vornehmen zogen erleichtert die Beine auf die Stühle und kreuzten sie, so daß sie endlich sitzen konnten, wie sie es gewöhnt waren. Im Rosengarten hockte auf einer himmelblauen Decke ein Zwerg und erzählte kräftige Schnurren und saftige Späße, wie sie durch die Araber und durch die Kreuzzüge auch in Europa heimisch geworden sind. Nur daß man hier nur insgeheim darüber lachen darf.

Es ging schon auf Mitternacht und wurde kühl. Der Hausherr fröstelte leicht. Die weniger vornehmen Gäste verabschiedeten sich unter unendlichen Dankes- und Ergebenheitsbeteuerungen. Die anderen geleitete der Hausmeister zu einem Saal, den hundert Riesenkerzen erleuchteten, vor dem jedermann seine Mäläki, seine gestrickten Zeugschuhe abstreifte und sie dem Teppichbreiter überließ, wie man in Europa Schirm oder Stock im Vorzimmer ablegt. Die Wände waren mit kostbaren Seidendecken behangen, den Boden bedeckte ein dicker Teppich, in den Jagdszenen und Landschaftsbilder hineingewebt waren, woran sich das Auge immer wieder ergötzen konnte wie an einem Bilderbuch. In einem Halbkreis ließen sich die Vornehmen nieder, Diener schoben ihnen riesige Daunenkissen in die Rücken, setzten die Wasserpfeifen in Brand und hielten sie im Zug, bis der Gast zu rauchen begehrte.

Der Gouverneur gab dem Hausmeister einen Wink. Dieser klatschte in die Hände, ein Vorhang teilte sich und fünf jugendliche Tänzerinnen trippelten in den Saal. Hinter dem Vorhang ließen sich Gitarre, Tamburin und Flöte vernehmen. Der Gouverneur beobachtete verstohlen die Russen. Für sie schien es das richtige zu sein, und er beschloß, ihnen zwei, die Russisch verstanden, das aber nie verraten würden, weil es den Hals kostete, als Bedienung mit auf das Zimmer zu geben. Vielleicht würden sie im Lauf der Nacht einiges aus ihnen herausbringen, was zu wissen nützlich sein könnte. Er verständigte den Hausmeister und befahl, den beiden Russen ein Zimmer gemeinsam zuzuweisen, weil das Haus durch den Besuch des Prinzen, Segen über ihn, in den Räumlichkeiten beengt sei. Zu zweit waren sie sicher gesprächiger.

Die beiden Russen wurden sehr vergnügt und aufgeknöpft. Das war doch wirklich einmal etwas anderes. Schon die Tracht der Tänzerinnen. Von den Knöcheln bis über die Hüften steckten sie in enganliegenden dunklen Trikots. Von den Hüften hing ein zartes Röckchen aus hellgelber Seide zu den Oberschenkeln herab wie Blumenkelche, die sich bei jedem Schritt leicht bewegten. Die kurzen Röckchen waren mit silbernen Glöckchen bestickt. An der Außenseite der Beine waren die Trikots mit goldenen Glöckchen besetzt. Die silbernen und goldenen Glöckchen waren aufeinander abgestimmt und kicherten leise und verstohlen bei jeder Bewegung. Aus den dunklen Trikots schauten unten die nackten kleinen Füße heraus, gepflegt und beweglich wie Hände. Oberhalb der Hüften ein Streifen nackter Haut, aus dem der Nabel hervorsah. Bald finster, bald drohend, bald grotesk und lustig. Wie ein vorweltliches Auge. Über ihm ein kleines, silberdurchwirktes, schmiegsames schwarzes Jäckchen, in dem die Brüste lagen wie junge Vögel im Nest. Für die Gesichter interessierten sich die hohen Exzellenzen schon deshalb nicht, weil alle Kunst der Tänzerinnen immer wieder in einem Bauchtanz gipfelte, bei dem der Nabel bald auftauchte, bald entschwand wie ein schmucker Kahn im Meere bei stürmischer See. Dann lachte er wieder friedlich wie die Sonne vom Himmel. Zuweilen richtete er sich inmitten aller unruhigen Bewegtheit des Leibes ein wenig auf und blinzelte den hohen Exzellenzen zu, rosig, verstohlen und einladend wie hinter dem Gitter eines Haremfensters, an dem der Sturm rüttelt.

Die Tänzerinnen verschwanden. Es wurde eisgekühlter Schärbät gereicht.

Hinter dem Vorhang begann eine einsame Flöte zu schluchzen wie eine Nachtigall im Busch. Leise klagend, lauter werdend, tirilierend wie unter aufsteigenden Tränen, heißer, hitziger schmetternd wie besinnungslos vor Liebe und Verlangen. Ein blutjunges Mädchen steht plötzlich vor dem Vorhang. Unbeweglich, lauschend. In derselben Tracht wie die anderen. Aber diesmal zieht zuerst das Gesicht aller Augen auf sich. Schmal und fein im Flaum lieblichster Jugend und doch die roten geschminkten Lippen schon üppig, wissend gewölbt. Die Lider vor den Augen herabgelassen, daß die langen Wimpern wie schwarze Seidenfäden auf Elfenbein ruhen. Zierlich, wie ein junger Vogel in kleinen Schritten, die immer wieder aussetzen, bewegt sie sich ruckartig vorwärts. Vom Ton der Flöte wird sie spielerisch getrieben wie ein Blatt vom Hauch des Windes, der sich schmeichlerisch erhebt, um im nächsten Augenblick schon wieder wollüstig zu ruhen. Ihre Augen sind immer noch geschlossen. Nur der Mund lebt, sehnt sich, wölbt sich, spitzt sich und ruht wieder in sich selbst, kaum bewegt. Ganz leicht kräuseln sich die Lippen und ein verhaltenes Lächeln huscht über die Wangen. Die Flöte hinter dem Vorhang schweigt, mitten in einer schluchzenden Kadenz bricht der Ton ab. Das junge Gesicht ist starr, unbeweglich, wie tot. Da setzt die Flöte leise klagend wieder ein. Die Wimpern regen sich, durch die Augenlider rieselt es, langsam heben sie sich. Höher und höher. Die Augen sind weit aufgetan, erwacht, aber noch wie traumbefangen. Sehr große, mandelförmige Augen, schwer und dunkel wie Samt, der ganz von innen heraus zu leuchten beginnt, Augen, wie sie nur im Harem kleiner Leute gedeihen, in dem immer Halbdunkel herrscht.

»Khäbärdar! Vorsicht!« raunt Sureja und legt Hakob Akunian, den er schon eine Weile mit wachsender Verwunderung beobachtet, schwer die Hand auf die Schulter.

Die Flöte beginnt wieder leise schluchzend das Lied der Nachtigall. Die blutjunge Tänzerin, die dem Lied bisher nur mit Lippen und Wangen Ausdruck gegeben hat, spielt es jetzt mit den Augen, wobei Lippen und Wangen ruhen. Dann spielt sie es zu der Flöte, die wieder anhebt, mit Lippen, Wangen und Augen. Wieder bricht die Flöte jäh ab. Starr, unbeweglich, wie tot ist die Tänzerin.

Sureja hat dem Hausmeister gewinkt und von ihm erfahren, was er wissen will. Ein wenig spöttisch flüstert er dem Fürsten zu: »Miryäm heißt sie, wohnt bei ihrem Onkel Mussa-Riza, einem Schreiber des Gouverneurs. Das soll heute wohl das erste große Geschäft des Schreibers werden, und der Gouverneur wird dabei stiller Teilhaber sein. Recht geschickt haben sie das eingefädelt, wo alle Vornehmen und Reichen hier versammelt sind. Seht sie Euch an, wie sie jetzt schon grübeln und rechnen, welchen Preis die Kleine für ihr Harem wert ist. Er wird hoch sein, da der Gouverneur mitbeteiligt ist.«

Leise schluchzt die Flöte wieder hinter dem Vorhang. Miryäm steht ganz dicht vor den Gästen, die Augen wieder geschlossen, das Gesicht unbewegt. Nur der Leib spielt jetzt das Lied der Nachtigall. Die Flöte übertreibt, karikiert ein wenig, und der Nabel der Tänzerin hilft dabei mit, so daß eine leichte Heiterkeit durch die Reihe der Perser geht, die angenehm entspannt. Das ist gut so, und die Vornehmen wissen es. Man leert sein Glas Schärbät, lehnt sich fester in die Kissen und rückt sich bequemer zurecht. Sie kennen das Lied der Nachtigall und wissen, daß nun der Höhepunkt kommt, der für den Preis ausschlaggebend ist, denn jetzt hat sie mit jedem ihrer jungen Glieder und mit Leib und Blut ihres ganzen Körpers zu zeigen, was sie kann; wieweit ihr Temperament reicht und was es noch verspricht. Namen und Wohnung haben alle, die sich dafür interessieren, vom Hausmeister erfahren. Nun heißt es, genau zusehen und danach den richtigen Vorschlag machen, wenn der Handel in den nächsten Wochen zur eigenen Zufriedenheit abgeschlossen werden soll. Auch gilt es, scharf auf geheime Fehler aufzupassen, so geschickt sie auch verborgen sein mögen, damit man nicht allzu sehr übers Ohr gehauen wird. Bei Frauen ist das eine fast so schwere Kunst, in der man nie auslernt, wie bei Pferden. Zwar bringt sie nur ganz wenig mit in die Ehe, denn sonst würde sie nicht vor Fremden tanzen. Das ist gut, denn die Scheidung wird dann glatt und ohne Ärger vonstatten gehen, wenn man sie satt hat. Aber da sie beim Gouverneur tanzt, wird der Onkel nicht billig sein, denn der Gouverneur muß auch sein Teil bekommen, weil er sie bei einem solchen Fest tanzen läßt. Das alles will ganz genau überlegt und berechnet sein, bevor man auch nur daran denkt, der Angelegenheit ernsthaft näherzutreten.

»Soll ich sie für Euch kaufen?« flüsterte Sureja dem Fürsten zu. »Ihr selbst dürft es ja nicht.« Unwillig schüttelt Hakob Akunian den Kopf. Die Flöte hebt von neuem an, und Miryäm tanzt mit allen Gliedern und jedem Blutstropfen das Lied der Nachtigall. Die Gesichter der Perser beleben sich. Es lohnt sich, einen anständigen Preis zu bieten. Das Mädchen kann etwas und verspricht noch mehr. Nur Sureja wird immer verdrossener, je sorgfältiger er Hakob Akunian beobachtet. Wenn das so weiter geht, wird der Fürst über dem Mädchen alles andere vergessen und an ihm zum Narren werden, wie es in den Liedern besungen wird, aber im Leben nur selten vorkommt. Das muß unter allen Umständen verhindert werden. Gerade jetzt stehen wichtigere Dinge auf dem Spiel. Man wird das kleine Mädchen entweder beseitigen oder ihm irgendwie zuführen müssen, damit ihm der Kopf wieder klar wird.

Die Gäste brachen auf. Eine sehr umständliche und zeitraubende Zeremonie.

Es war nicht mehr weit bis Sonnenaufgang, als Hakob Akunian sich mit den Dienern seinem Hause näherte und alle müde aus dem Sattel stiegen. Vor dem Tor lag einer lang ausgestreckt auf dem Rücken und versperrte so den Zugang zum Haus. Man leuchtete ihm mit der Fackel ins Gesicht. Es ist Mähmäd. Ein Dolch steckt ihm im Herzen. Die Diener schreien und laufen ratlos herum. Erst auf Befehl des Herrn öffnen sie schnell das Tor und ziehen den Ermordeten in den Hof. Daß sie daran nicht sofort gedacht haben! Es ist schlimm, wenn ein Toter vor einem Haus gefunden wird; und nun gar ein ermordeter Mohammedaner vor dem Haus eines Christen! Oh Ali! Das kostet den Besitzer des Hauses schweres Lösegeld. Das Gericht stürzt sich mit Leidenschaft auf einen solchen Fall, denn dabei gibt es viel zu verdienen.

Im Hof wird der Tote sorgfältig untersucht. Der Mord kann erst vor ganz kurzer Zeit geschehen sein, denn die Glieder sind noch nicht unbeweglich und starr. Der Mörder muß gestört worden sein. Nur die Oberkleider hat er dem Toten abgezogen. Er hat versucht, ihm auch das Hemd vom Oberkörper zu reißen, um ihm noch die größte Schande anzutun, die einen Perser treffen kann: mit nacktem Oberkörper vor aller Augen dazuliegen. Aber dazu reichte die Zeit nicht mehr. Der Lärm der nahenden Pferde muß ihn verscheucht haben. Die Diener sind sich bald darüber einig, daß Mähmäd vor dem Tor auf seinen Herrn gewartet hat. Er ist darüber eingeschlafen und im Schlaf ermordet worden. Sonst wäre es nicht so ganz ohne Kampf abgegangen. Die Oberkleider hat der Mörder mitgenommen. Er war Mohammedaner, denn die Christen entblößen keinen Toten. Ein Raubmord? Aber was war bei Mähmäd schon zu holen? Ein Racheakt? Aber galt er dann dem Diener oder seinem Herrn?

Viertes Kapitel

Die Parade weit draußen im Nordwesten der Stadt auf weitem, von sonnenverbranntem Gras bedeckten, unbebauten Feld war glänzend verlaufen. Der Prinz war vor den hohen Exzellenzen, die vom Gouverneur, dem Buluk Baschi, dem Bürgermeister und dem Polizeimeister begleitet wurden, denen der »Mignon« vorausritt, von dem Klappstuhl vor seinem geräumigen, blütenweißen Zelt aufgestanden und den Gästen sogar drei Schritte entgegengegangen. Dann hatte man mit Muße im Zelt gefrühstückt, während die Truppen in möglichst weiter Entfernung davon, um nicht zu stören, Aufstellung nahmen. Dann hatte man die Front abgeritten. Die Infanterie präsentierte das Gewehr, so gut oder so schlecht sie noch die Griffe der europäischen Instruktionsoffiziere, möchten sie zum Teufel fahren, in den Gliedern hatte. Die Militärkapelle spielte. Erst die russische Nationalhymne, die so schwer von dunkler Inbrunst altslawischer Kirchenmusik ist, immer wieder erleuchtet von hellaufloderndem, patriotischen Enthusiasmus. Dann die persische Nationalhymne, eine aus dem Dutzend, wie sie nach dem Muster der englischen für alle möglichen Staaten fabriziert werden. Dazwischen feuerte die Artillerie die Kanone ab, daß das Echo in den nahen Bergen noch lange nachdröhnte, grollte und murrte. Ein herrliches Schauspiel, das die ganze Bevölkerung der Stadt ringsum und auf den flachen Dächern in Atem hielt. Dann nahmen die Gäste den Tee im Feldherrnzelt, und darauf gab es Reiterspiele.

Erst gegen Abend bestiegen die hohen Exzellenzen wieder ihren Tarantas, um weiter nach Süden zu reisen. Auch die bescheidene Kalesche mit den beiden Popen war wieder zur Stelle, um die man sich nicht weiter gekümmert hatte. Eine stattliche Eskorte wurde den Gästen mitgegeben, welche sie sicher bis Urmia zu geleiten hatte.

Kaum befanden sich die beiden so lustigen, jovialen alten Herrn außer Sehweite, ging es allerseits mit aller Heiterkeit zu Ende. Die hohen Exzellenzen in ihrem Tarantas waren voll Galle und Bitterkeit, weil sie gegen die glatte Höflichkeit und Zuvorkommenheit der Perser, die sie in Watte wickelte, einfach nicht aufkommen konnten. Für den Rückweg von Urmia nach Djulfa war es nichts mehr mit dem bequemen Tarantas. Da würde jeder für sich und in weitem Abstand von dem andern, allein, zu Pferd oder gar zu Esel so unauffällig als nur möglich und in sicherer Verkleidung seines Weges ziehen, um endlich diese ganze interessante Gegend etwas genauer und ungestört inspizieren zu können.

Der königliche Prinz, die Stütze des Königreichs, war in schlechter Laune, weil der Gouverneur, kaum hatten die Gäste den Rücken gewandt, ihre Stühle im Zelt waren sozusagen noch warm, so unhöflich wurde, sich in aller Ehrerbietung zu erkundigen, für wie lange der Berater des Staates, Segen über ihn, die Stadt mit seiner Gegenwart noch zu verherrlichen gedenke, und wann er wieder in die Gegenwart des Königs, des Schatten Gottes, Gott erhalte seine Herrschaft, gehen werde? Der Gouverneur aber war direkt erbittert, weil der Glanz des Staates erwidert hatte, Seine Majestät erwarte den Vertrauten der geheimen Gemächer erst im nächsten Monat zurück.

Nur die Soldaten waren guter Dinge und stahlen sich, als die Sonne sank, in die Stadt, die seit fast einem Jahr ohne Einquartierung gewesen war. Es lohnte sich also, bei ihren Bürgern sich zu Gast zu laden und Ausschau zu halten, wo man etwas mitgehen heißen konnte.

Außerhalb des großen Zeltlagers fanden sich die Soldaten in kleinen Trupps zusammen, um zunächst im Christenviertel Umschau zu halten. Ihnen ein wenig von dem wieder abzunehmen, was sie den Söhnen des Propheten gestohlen hatten, war ein gutes Werk, und jeder Hauptmann drückte gern ein Auge zu, wenn Christen nachher bei ihm Klage führten. Oh Ali! wie fest waren hier alle Tore und wie sicher verschlossen. Wie hoch die Mauern und ohne Löcher. Eine Schande, daß so etwas in einer persischen Stadt geduldet wurde. Der Gouverneur stand wohl ganz im Solde dieser Hunde? Und nirgends ein Mensch mehr auf den Straßen, den man hätte anbetteln können. Unheimlich war das, und alles beeilte sich, in die mohammedanischen Stadtviertel zu kommen. –

Die alte Fürstin blickte von ihrem französischen Roman, der ebenso untrennbar von ihr war wie der russische Samowar, immer wieder verstohlen auf ihren Sohn. Er gefiel ihr gar nicht.

Daß Mähmäd erstochen vor dem Tor gefunden wurde, wußte sie. Nur ein Mohammedaner konnte so gedankenlos und fatalistisch sein, sich nachts einfach auf die Straße zu setzen und zu schlafen. Sogar in Tiflis wäre er unweigerlich ausgeraubt worden. Daß er hierzulande auch gleich ermordet wurde, paßte durchaus zu den unzivilisierten Zuständen dieser Gegend und ihrer Bevölkerung. Viel merkwürdiger wäre es gewesen, wenn er unter solchen Umständen weder ausgeraubt noch ermordet worden wäre. Doch so etwas kam wohl nur in Westeuropa vor, wo alle Leute solche Angst vor dem Gesetz haben, weil man sich von keiner Strafe, die es bestimmt, loskaufen kann. Daß Mähmäd dann in aller Eile und Stille in den Weingärten begraben wurde, bewegte sie auch nicht sonderlich. Es war ja kein Christ. Und daß man derlei Unfälle nach Kräften vertuscht, unsichtbar macht und nicht an die große Glocke hängt, wenn es sich irgend vermeiden läßt, leuchtete ihr ebenfalls ein. An solche Zustände war Hakob, der nun schon solange unter lauter Heiden lebte und nur noch in Geschäften nach Rußland kam, doch noch mehr gewöhnt als sie. Sie kam doch nur ab und zu für kurze Zeit auf Besuch hierher, seitdem sie es aufgegeben hatte, sich in Westeuropa von allem Ärger mit ihren Schiffskapitänen auf dem Kaspischen Meer und mit den Angestellten der russisch-kaukasischen Post zu erholen, weil man in Westeuropa ja nicht einmal laut husten kann, ohne gegen ein Gesetz zu verstoßen. Weshalb also war Hakob so anders und schien alle gute Laune verloren zu haben?

Auch war es gewiß ärgerlich, daß dieser persische Prinz seine Soldaten gerade hier auf die Weide trieb und Hakob Akunian dafür mitzahlen mußte. Aber das gehörte doch nun einmal zu den Geschäftsunkosten, die in diesem Lande unvermeidlich waren und mit einkalkuliert wurden wie anderswo Steuern und Abgaben. Alles kein zureichender Grund, um so zerstreut und schlechter Laune zu sein, wie es ihr Sohn seit vierundzwanzig Stunden war. Die Last mit den jungen Leuten in den Weinbergen hatte er doch freiwillig auf sich genommen, und es lohnte sich durchaus, sie zu tragen. Sie war eine leidenschaftliche Patriotin, auch pekuniär konnte der Sohn da jederzeit auf sie rechnen, wenn es ihm zu viel wurde. Das wußte er. Weshalb also mit einemmal so launisch und wetterwendisch!

Sie schlug energisch ihren Roman zu und sah ihn herausfordernd an. Er meinte lächelnd: »Ja, Maman, was wünschst du mir zu sagen?«

»Jetzt weiß ich, was dir fehlt, Hakob!«

»Da bin ich wirklich neugierig.«

»Heirate!«

Er lachte laut, um seine Verblüffung zu verbergen, denn im Unterschied zu anderen Müttern hatte sie davon nie zu ihm gesprochen. Er nahm an, weil ihr die Ehe eine Last gewesen. Jedenfalls bekam es ihr ausgezeichnet, schon solange von ihr wieder frei zu sein.

Die Fürstin seufzte. »Es tut mir leid, Hakob, aber die Natur hat es nun einmal so eingerichtet, und es gibt Zeiten, wo sie stärker ist als alles andere. Selbst in Europa, wo sie doch schon soviel erfunden haben, um die Natur überflüssig zu machen. Ich habe mich seinerzeit auch gewehrt und bin doch unterlegen. Die Natur will nun einmal, daß die menschliche Rasse nicht ausstirbt. Weshalb sie solchen Spaß daran hat, wird mir immer rätselhafter, je besser ich die Menschen kennenlerne. Das einzige, was man dabei tun kann, ist, den richtigen Partner zu wählen, damit man sich wenigstens nicht auch noch in der Nachkommenschaft vor sich selbst blamiert. In Europa gelingt es ja schon, die Natur auch darum zu betrügen und sich diese Blamage zu ersparen.«

»Und wie findet man den richtigen Partner, Maman?«

»Als ich deinen Vater kennenlernte, fielen mir sofort seine Hände auf. Er war ja auch sonst ein hübscher, angenehmer und keineswegs dummer Mensch. Aber darüber wäre ich hinweggekommen. Doch in die Hände verliebte ich mich. Es war aussichtslos, sich lange dagegen zu sträuben, und so heiratete ich ihn denn.«

Der Sohn lachte. »Ein bißchen wenig, Maman.«

»Sage das nicht, mein Sohn. Hände ändern sich nur wenig und bleiben deshalb immer ein Trost, wenn sich sonst auch noch so vieles ändert, und man bald gar nicht mehr weiß, weshalb man sich eigentlich auf die Sache eingelassen hat. Auch Füße sind zuverlässig, und wenn ich

dir einen Rat geben darf, am zuverlässigsten sind die Ohren. Sie scheinen sich überhaupt nicht
zu ändern. Wenn du dich in sie verliebst, bleibt dir immer etwas, woran du dich halten kannst.«

»Aber der Mensch besteht doch nicht nur aus Händen, Füßen und Ohren!« lachte der Sohn.

»Aber es ist besser, du verliebst dich in etwas, das bleibt und dich so leicht nicht enttäuscht.
Ganz schlimm ist es, wenn du dich in den ganzen Menschen verliebst, wie er gerade vor dir steht,
denn der ändert sich immer, und schon nach einem Jahr erkennst du ihn einfach nicht wieder
und begreifst deine Dummheit nicht. Schrecklich ist das, und doch ist es das Gewöhnliche, wie
man jeden Tag erleben muß. Erst wenn es zu spät ist, merkst du, daß ihr Mund dich eigentlich
schon beim ersten Anblick ein wenig gestört hat. Nur warst du von der ganzen Erscheinung
so betrunken, daß dein Verstand schweigen mußte. Ihr Auge war ein bißchen zu groß oder
ihr Lachen zu hell. Wenn du erst ein halbes Jahr verheiratet bist, siehst du auf einmal nur
noch diesen störenden Mund, das zu große Auge, als lebtest du plötzlich mit einer Kuh, oder
hörst überhaupt nur noch ihr Lachen. Auch wenn dich ihre Konversation im ersten Augenblick
bezaubert, sei auf der Hut. Du glaubst nicht, wie langweilig und dumm der Mensch im Alltag
werden kann.«

»Da lasse ich lieber die Finger ganz davon, Maman«, scherzte der Sohn.

»Es bleibt auch dir nicht erspart, Hakob. Im stillen hoffte ich es, aber jetzt weiß ich es besser.
Du wirst launisch, Hakob, mißmutig, du weißt nicht recht, was du mit dir anfangen sollst. Du
siehst Gespenster, du starrst plötzlich begeistert an die Decke, wo gar nichts zu sehen ist. Du
seufzt ohne stichhaltigen Grund, du ißt schlecht, der Tee schmeckt dir nicht. Und jetzt wirst
du sogar verlegen, Hakob, und zündest dir eine Zigarette an, um es vor mir zu verbergen.«

»Du bist gräßlich, Maman.«

»Siehst du, Hakob, wie recht ich habe. Ich denke, sie ist schön, wie man so sagt. Geschmacks-
fragen, über die ich nicht streite. Für einige Monate soll das für euch Männer recht angenehm
und unterhaltend sein. Ihr seid ja soviel bescheidener als wir. Aber schau ihr auf die Hände, die
Füße, die Ohren, und wenn du dich nicht in eins davon verlieben kannst, ganz unsinnig und
ganz unabhängig von allem anderen, mache kehrt, nimm ein kaltes Bad und schau sie nicht
wieder an.«

»Ich danke für deine Teilnahme, Maman.«

»Um wen handelt es sich?«

Hakob Akunian lächelte. »Ich weiß es selbst noch nicht, Maman.«

Der Fürstin trieb der Ärger das Blut in den Kopf. »Für wie dumm hältst du eigentlich deine
Mutter?«

Eine Weile schwiegen beide, dann fing die Fürstin wieder an: »Auf Geld gebe ich nichts.
Davon haben wir beide genug. In einem Gurkenfeld wirst du sie auch nicht gerade aufgelesen
haben. Ihr Vater verkauft sicher nicht Wasser aus einem Ziegenschlauch, und ein Popenkind
ist es gewiß ebenfalls nicht.«

Der Sohn schwieg.

»Wenn dir das Land zu trocken wird und du durchaus ins Wasser mußt, laufe nicht lange
am Ufer hin, sondern springe in Gottes Namen hinein. Um so schneller bekommst du wieder
festen Boden unter die Füße.« Sie seufzte. »Einmal springen wir alle ins Wasser. Dann lieber
jung, als wenn es nur noch zu einem Rheumatismus gut ist.«

»Wenn es nun eine Perserin wäre, Maman?«

Die Fürstin war so entsetzt, daß sie kein Wort herausbringen konnte. Dann rief sie plötzlich
nach den Dienern und Dienerinnen. »Ich reise morgen ab, und der Fürst begleitet mich nach
Tiflis! Sputet euch, in Gottes Namen!«

Der Fürst war blaß geworden, schwieg aber, bis die Diener wieder verschwunden waren. »Ich
will nicht sagen, daß es nur ein schlechter Scherz war, um dich zu erschrecken, Maman, oder
um dir deine Heiratspläne durch ein einziges Wort wieder aus dem Kopfe zu treiben, aber daß
ich dich jetzt nicht nach Tiflis begleiten kann, selbst wenn ich wollte, weißt du so gut wie
ich. Ich brauche dich nur an Scharef Pascha zu erinnern. Es tut mir aufrichtig leid, daß du so
erschrocken bist, denn sonst hättest du nicht diese Befehle gegeben, auf die ich nicht gefaßt

war und die ich nicht billigen kann. Ich hätte nicht geglaubt, daß dich irgend etwas so völlig aus allen Fugen bringen könnte, Maman. Hättest du nur einen Augenblick ruhig überlegt, dann müßtest du dir sagen, daß ich ja gar keine Perserin heiraten könnte, selbst wenn ich es wollte. Hier ist es doch unmöglich, ganz unmöglich.«

»Du bist imstande und läßt alles im Stich, gehst nach Europa oder auch nur nach Rußland, um deine Absicht doch möglich zu machen. Wenn es so um euch steht, seid ihr zu allem fähig, ist keine Dummheit dumm genug, um sie nicht auszuführen!«

»Du irrst dich, Maman, ich bin nicht dazu fähig. Ich kann hier nicht fort, selbst wenn ich wollte. Ich erinnere dich wieder nur an das eine: Scharef Pascha. Also beruhige dich, Maman.«

»Ich zittere an allen Gliedern, so hast du mich erschreckt.«

»Es ist wirklich kein Grund dazu, Maman. Überlege doch nur einen Augenblick in aller Ruhe.« Bitter fügte er hinzu: »Es wäre leichter für mich, eine Tochter des Königs von England zu heiraten als eine Perserin. Siehst du das nicht ein, Maman?«

Die Fürstin beruhigte sich ein wenig. »Warum spielst du dann mit solchen Gedanken?«

»Sie spielen mit mir. Gute Nacht, Maman.« Er küßte ihr die Hand und ging.

Am anderen Morgen lief die böse Kunde mit Windeseile durch die Stadt, Diener und Weiber riefen sie einander von einem Dach zum anderen zu: O Gottvertrauen! O Gerechtigkeit! Derweil sich die Soldaten die Nacht über in der Stadt herumtrieben, war die Kanone gestohlen worden. Deutlich sah man noch die Spuren ihrer Räder auf dem vertrockneten Gras, im dürren Sand. Die Artillerie war den Radspuren mit lautem Jammergeschrei nachgesprungen, Infanterie schloß sich an. Die Spuren führten zu den Bergen. Als man ihnen nahe kam, pfiffen aus den Büschen und hinter Felsen Kugeln und schwirrten wie Hornissen um die Ohren, so daß man nicht weiter konnte und umkehren mußte. Oh Ali! Was würden die Fußsohlen zu leiden haben!

Als Sureja davon hörte, spitzte er gewaltig die Ohren. Ein Plan schoß ihm durch den Kopf, der zu vielen Dingen nützlich sein konnte. Er wandte und drehte ihn nach allen Seiten. Er gefiel ihm immer besser. Er ließ Jussuf satteln und sprengte hinaus zum Prinzen in das Feldlager, wo man vor dem Zelt hockte und jammerte, oder ratlos durcheinander lief, oder wütend seine Flinte nach den Bergen abschoß. Unzweifelhaft waren Bergkurden durch den gewaltigen Lärm, den die Kanone zu Ehren der hohen Exzellenzen gestern hatte vollführen müssen, aufmerksam geworden. In der Nacht waren sie in das verlassene Lager geschlichen und hatten die große Flinte, die soviel mehr Lärm machen konnte, als sie es gewohnt waren, mit in die Berge geschleppt.

Sureja eröffnete dem Prinzen seinen Plan, soweit er für dessen Ohren bestimmt war. Er erbot sich, als Parlamentär in die Berge zu gehen und mit den Kurden zu verhandeln, um welchen Preis sie die Kanone wieder herausgeben würden.

Der jugendliche Prinz stand ebenso stumm und grün vor Ärger in seinem stolzen Feldherrnzelt wie die hohen Offiziere, die ihn trauernd umringten. Durch die ratlose Stille gellte nur ab und zu der Schrei eines Artilleristen, der die Bastonade bekam.

Stumm, mißtrauisch, erbittert musterten alle den Kurden, der einen Klappstuhl näher zog und sich setzte. Er hatte Zeit. Mehr Zeit als der Prinz. In der Stadt gab es eine Station des russisch-persischen Telegraphen, der ein Vetter des Prinzen vorstand. Alle Stationen dieses Telegraphen wurden möglichst mit Verwandten des königlichen Hauses besetzt, denn sie konnten ja ohne besondere Schwierigkeiten direkt mit dem Schah in Verbindung treten. Lange würde sich der Vetter nicht hinhalten lassen, den Unglücksfall nach Teheran zu melden. Sonst konnte es ihn seine angenehme, viel begehrte Stellung kosten, und einer solchen Gefahr setzte er sich nur aus, wenn ihm angemessene Entschädigung sicher war. Sureja erhob sich wieder, verneigte sich vor einem zierlichen Herrn, der sich im Hintergrund hielt, und setzte sich. Da stand er ja schon, der Vetter, und wartete.

Der Prinz begann mit seinen Offizieren zu flüstern und zu tuscheln. Auch der zierliche Vetter wurde herbei gewinkt und zu Rate gezogen. Endlich dankte der königliche Prinz dem Prinzen von Maku in einer längeren Ansprache für seinen Vorschlag, der die Zustimmung aller Anwesenden gefunden habe.

Sureja erhob sich, verneigte sich, führte die Hand zur Stirn, zum Mund, zur Brust (mein Kopf denkt an dich, mein Mund preist dich, mein Herz schlägt für dich) und sagte, er hoffe bis zum Abend wieder hier zu sein und einen Vorschlag mitzubringen, der für den Erhalter des Staates, Gott segne ihn, annehmbar wäre. Im Galopp verschwand er nach den Bergen zu.

Als die Sonne sich dem Untergang zuneigte, waren dieselben Männer wieder im Zelt des Feldherrn versammelt und warteten. Sie brauchten nicht lange zu warten, denn bald meldete ein Geschrei der Soldaten, das immer lauter anschwoll, daß der Prinz von Maku in Sicht gekommen war.

Alle erhoben sich, als der Erwartete, sehr bestaubt und ein wenig erhitzt, in das Zelt trat. Es wurde Tee gereicht und im Hintergrund des Zeltes eine große Wasserpfeife in Brand gesetzt. Nachdem alle Tee getrunken hatten und Sureja die Wasserpfeife überreicht worden war, daß er die ersten Züge aus ihr tue, eine Ehre, die sonst dem Prinzen zukam, berichtete er. Die Kurden seien bereit, da sie außerordentlichen Mangel an Zucker litten, wenn man ihnen zwei Stunden nach Sonnenaufgang zwölf Zuckerhüte bei der großen, einsamen Pappel im Nordwesten, wo die Berge nahe an sie herantreten, niederlegen würde, die Kanone in der nächsten Nacht zu derselben Stunde, wo sie sie geraubt, wieder an die alte Stelle in das Lager zurückzubringen.

Ein Lächeln lief durch die Reihen der Offiziere. Man atmete auf. Sureja berichtete weiter, er habe die Bürgschaft dafür übernommen, daß zu der verabredeten Stunde sich nicht mehr Soldaten im Lager aufhielten als in der Nacht, da die Kanone verschwand.

Die Gesichter der Offiziere wurden wieder ernst und nachdenklich. »Sie verlangen das zu ihrer eigenen Sicherheit. Damit sie nicht bei dieser Gelegenheit hinterrücks überfallen und niedergemacht werden. Ich habe mich dafür verbürgen müssen und gelobt, in eigener Person, ohne weitere Begleitung, die Kanone hier in Empfang zu nehmen.«

Es gab ein langes Schweigen, derweil eine neue Wasserpfeife in Gang gebracht wurde.

»Wenn die Wölfe nun mit den Zuckerhüten abziehen und die Kanone behalten?« fragte freundlich der zierliche königliche Vetter.

»Dann zahle ich alle Kosten für eine neue Kanone«, erwiderte Sureja feierlich. Da er es laut vor so viel Leuten gelobte, war dagegen nichts einzuwenden.

»Wenn sie nun die Kanone wiederbringen, aber dafür die Zelte ausrauben?« fragte einer der Herren.

»Dann weiß ich mich verpflichtet, den Schaden zu ersetzen.«

»Wenn sie aber,« flüsterte ein anderer ganz leise, damit es nur ja niemand außerhalb des versammelten Kreises hören konnte, »wenn sie die günstige Gelegenheit zu einem Überfall auf die Stadt benutzen?«

Sureja entgegnete ein wenig spöttisch: »Sie wissen doch, daß hier ein Heer versammelt ist, das sich in voller Kampfbereitschaft nur wartend vor dem Lager aufgestellt hat und alles niederknallt, was sich nicht genau an den Vertrag hält.«

Man dachte ausgiebig darüber nach, aber das mußte einleuchten, wie man es auch drehte und wendete.

Lässig meinte Sureja: »Der sicherste Bürge bin ich. Ich stehe allein da. Verletzt ihr irgendwie die Abmachung, schießen mich die Kurden nieder, verletzen sie die Abmachung, habt ihr eine ganze Armee gegen mich.« Er verneigte sich und verließ rasch das Zelt, schwang sich auf seinen Hengst und ritt zur Stadt zurück.

Verwundert sahen die Perser einander an. Wie unhöflich, so brüsk jedes weitere Gespräch abzubrechen. So führt man doch keine Unterhandlungen. Was bildet sich dieser Kurde eigentlich ein?

Sie blieben stumm, tranken Tee und rauchten.

Wie merkwürdig, daß der Makuer ihnen aus der Patsche zu helfen gedachte, ohne bisher auch nur mit einem Wort seine Gegenforderung genannt zu haben.

»Ist er mit seinem Bruder so verfeindet, daß er uns helfen will, nur um ihn zu ärgern?« fragte plötzlich der zierliche Vetter.

Alle blickten auf. Das wäre ein Grund, der allen einleuchten konnte. Aber man verbindet doch das Angenehme mit dem Nützlichen. Man kann seinen Bruder ärgern und braucht darüber doch nicht seinen Vorteil zu vergessen.

Das machte sie immer von neuem mißtrauisch, und schließlich entschieden sie sich dahin, bevor sie einen endgültigen Entschluß faßten, den Kurden zu sondieren, was er als Gegendienst forderte.

Sureja hatte nur darauf gewartet und wunderte sich gar nicht, als zwei Offiziere bei ihm erschienen. Nach langem Hin und Her stellte der ältere der beiden und der würdigste, denn sein Bart war weiß, die Frage, womit der Schatten des Königs ihm zu Diensten sein könne?

Sureja lächelte: »Mit tausend Herzen bin ich stets zu seinen Diensten.«

»Es ist Güte und Freundlichkeit von Ihnen.«

Nun fiel der jüngere Offizier ein: »Der Vertraute der königlichen Gegenwart möchte Ihnen einen Dienst erweisen.«

»Er hat sich sehr lobend über Eure Exzellenz ausgesprochen«, ermunterte der ältere.

»Ich bin seines Lobes nicht würdig«, erwiderte Sureja.

Man sah den beiden Persern an, daß sie allmählich merkten, daß sie zum Narren gehalten wurden, und schleunigst lenkte Sureja ein und nannte als seine Forderung einen Orden. Das kostete den Prinzen nicht viel und beseitigte jedes Mißtrauen gegen ihn.

Die beiden Abgesandten atmeten auf. Sie hatten Schlimmeres erwartet. Nun konnten sie dem Prinzen von Maku endlich mitteilen, daß die zwölf Zuckerhüte zur angegebenen Zeit an Ort und Stelle sein würden und alles nach seinen Befehlen vor sich gehen solle.

In der folgenden Nacht kam die Kanone denn auch wieder in das Lager und wurde am nächsten Morgen im Triumph durch die Stadt gefahren. Alles freute sich und pries Sureja von Maku.

Nun man die Kanone wieder hatte, erging der strenge Befehl an die Soldaten, daß sie nur tagsüber die Stadt besuchen dürften, des Nachts aber im Lager zu bleiben hätten. Zuerst murrten sie, dann aber richteten sie es so ein, daß sie eben den Tag über in der Stadt kalten Tee tranken, tanzten, bettelten, stahlen, um sich in der Nacht vom Rausch und allen Anstrengungen in ihren Zelten tüchtig auszuschlafen und zu neuen Taten für den neuen Tag zu stärken.

Eines Morgens, die Sonne war noch nicht aufgegangen, fuhr die ganze Stadt zu derselben Zeit jäh aus dem Schlaf und lauschte beklommen. Vom Lager her wildes Geschrei und heftiges Gewehrfeuer. Oh Ali! Schlugen sie sich gegenseitig tot? Gott sei gepriesen!

Aber die Schüsse kamen näher, das Geschrei wurde immer toller, Pferde rasten durch die Gassen, Kugeln klatschten an die Mauern, Menschen stöhnten und rannten. »Kurd! Kurd!« schrie es. Die Kinder begannen zu weinen, die Weiber rauften sich die Haare, die Männer brüllten, hüteten sich aber, die Tore zu öffnen. Ein Kurdenüberfall. O Gottvertrauen! O Gerechtigkeit! Das sauste und brauste, brüllte, krachte, knallte und raste durch die Stadt wie ein Nachtgewitter, daß alles bebte und ächzte.

Nach zwei Stunden war es vorbei. Die Sonne strahlte, und alles kletterte auf die Dächer. Tote Soldaten, sterbende Soldaten, ein paar Kurden, die starr und steif auf dem Rücken lagen, weggeworfene Flinten und dazwischen einzelne Pferde, die auf Reiter warteten, die nicht wiederkamen. Und der Prinz, seine Offiziere und ihre Armee? Wie fortgeblasen, aus der Stadt verschwunden, von den Kurden wie eine Hammelherde durch die Straßen auf das freie Feld im Osten gejagt, zerstreut, zersprengt und zerrieben. Von Soldaten und Kurden weit und breit nichts mehr zu sehen. Und das Lager? Die Zelte niedergetreten. Alles still und stumm.

Die Beherztesten eilten dorthin, und ihr Mut wurde belohnt, denn sie fanden zwischen den Zelten vielerlei, was sie gut brauchen konnten. Die Neugierigen liefen zum Basar, dem Mittelpunkt aller Neuigkeiten. O weh! Mussa-Riza haben sie erschossen, dem Schreiber des Gouverneurs das Haus in Brand gesteckt, die Schwester ist dabei umgekommen, und Miryäm wurde geraubt. Sie hielten es immer mit den Reichen. Gott wende alles zum Guten.

Als sich die Aufregung zu legen begann, weil der Schaden nicht so groß war, wie man nach all dem Schreien und Schießen befürchtet hatte, zerstreuten sich die Leute bald wieder, und ein jeder ging seiner Arbeit nach. Die Hauptsache war, daß keine Soldaten mehr da waren. Gott sei gepriesen.

Am erfreutesten war der Gouverneur über dieses Ereignis. Der Anteil an Miryäm ließ sich verschmerzen. Aber war es nicht wie ein Wunder, daß er den Prinzen und sein Heer mit einem Schlag los wurde, ohne daß es ihn einen einzigen Thuman kostete? Es ist kein Schutz und keine Macht außer bei Gott, dem Erhabenen und Erlauchten!

Fünftes Kapitel

»Du kannst jetzt wirklich unbesorgt reisen, Maman.«

»Das sagst du so, als ob zwischen hier und Tiflis täglich zweimal ein Luxuszug verkehrte, wie zwischen Paris und Brüssel.«

»Auch Luxuszüge können entgleisen. In Paris habe ich mich oft genug gewundert, wenn ich von all den Unglücksfällen las, daß es so viele Pariser gibt, die noch nicht tot sind. Wenn ein Pariser uns besucht, würde er sich sicher wundern, daß es überhaupt noch Perser gibt.«

»Ob es einem bestimmt ist, zwischen Paris und Brüssel zerquetscht oder zwischen hier und Djulfa erschossen zu werden, im Effekt läuft es auf dasselbe hinaus und beunruhigt mich nicht besonders«, bemerkte die Fürstin trocken. »Du scheinst zu glauben, ich fürchte mich vor Kurdenkugeln.«

»Gewiß nicht, Maman.«

»Es wäre mir zum Beispiel viel unangenehmer, wenn mich so ein paar Wölfe aufgriffen und bei Reis und Hammelfett durchfütterten, bis du mich losgekauft hast. Wenn man alt wird, duftet man auch ohne Hammelfett nicht mehr wie eine junge Rose.«

»Ich bitte dich, Maman.«

»Du bist immer noch verliebt, mein Sohn,« seufzte die Mutter, »und es ist mein großer Kummer, daß es so viel umständlicher ist, von Tiflis hierher als von Paris nach Brüssel zu gelangen. Sonst könnte ich wenigstens einmal die Woche herüberkommen und dir den Puls fühlen. Du lachst, und du hast allen Grund, zu lachen, denn wenn ich erst wieder in Tiflis sitze, bist du mich für lange Zeit los und hast freie Hand für jede Dummheit. Deshalb trenne ich mich diesmal so schwer.«

Der Sohn wollte etwas erwidern, gewann es aber im Augenblick nicht über sich.

»Bisher war es mir eigentlich ein rechter Trost, dich gerade hier zu wissen. Es war mir sogar lieber, als wenn du in Tiflis geblieben wärst. Die Mädchen und Frauen hier sind wirklich nicht besonders anziehend, und die Perserinnen hüpfen in ihren schwarzen Säcken wie die Vogelscheuchen herum. Wie man daran etwas Verführerisches finden kann, begreife ich nicht. Aber natürlich, gerade in so etwas mußt du dich vergaffen.«

»Auch von diesem Kummer kann ich dich befreien, Maman.«

Sie sah verwundert auf. Was machte er denn für ein Gesicht? War ihm die Dummheit auf die Leber geschlagen, daß er so gelb aussah? Sie zog einen Taschenspiegel aus ihrem umfangreichen Pompadour und hielt ihn hoch.

Er schob ihn etwas hastig beiseite und sagte: »Die von dir so wenig geschätzten Kurden haben dir einen großen Gefallen getan.«

»Sureja?« fragte die Fürstin erstaunt.

»Nein, die anderen, die uns die Soldaten aus der Stadt trieben.«

»Diese Steuer hätte ich gerne getragen, wenn es weiter nichts ist«, meinte die Fürstin enttäuscht.

»Sie haben ein paar Männer erschossen und ein paar Frauen geraubt. Unter ihnen zufällig auch das Mädchen, das dich so beunruhigt. Du hast Glück, Maman. Wie immer.«

Sie schwieg einen Augenblick. Sonst wäre ihre Genugtuung darüber gar zu deutlich geworden. Dann aber wurde sie wieder unruhig. »Sowie ich im Tarantas sitze und dir den Rücken kehre, machst du dich natürlich auf die Suche?«

Gereizt fuhr er auf: »Glaubst du wirklich, daß ich nach etwas suchen gehe, das ein Kurde gestohlen hat?«

Sie legte ihm beruhigend die Hand auf den Arm, fuhr ihm leicht über die Wange und schwieg. Der arme Junge.

»Gib mir bitte eine Zigarette, Hakob. Gegen die Mücken.«

Er reichte ihr sein Etui.

»Ist es dir lieber, ich bleibe noch ein wenig, oder ich reise? Strenge dich nicht an, Söhnchen, ich reise, morgen reise ich, wirklich und wahrhaftig, und heute abend geben wir den Nachbarn ein kleines Abschiedsessen.«

»Gerne, Maman.«

Sehr ernst sagte sie: »Nur Tee und Schärbät, ohne Wein und Champagner.«

Er blickte sie verwundert an.

Mit demselben Ernst fuhr sie fort: »Und sage Vater Grigor, daß ich nachher mit den jungen Leuten im Weingarten das Abendmahl nehmen will. Ich denke, du schließt dich nicht aus, Hakob. Es werden nicht alle zurückkommen, um wieder das Abendmahl zu nehmen, Hakob. Oder hast du vergessen, was den Müttern bevorsteht, wenn ihre Söhne gegen Scharef Pascha ausziehen? Oder glaubst du, es sei für die Mutter leichter, als wenn ihrem Sohn ein kleines Vögelchen geraubt wird?«

»Verzeih, Maman!« Er küßte sie auf beide Wangen.

»Vergiß die Mütter nicht, Hakob, die dir willig ihre Söhne geben, und was du ihnen schuldig bist. Sie verschließen ihr Herz, denn seinen Anblick könntest du nicht ertragen, Hakob. Auch die anderen Söhne vermöchten es nicht, wenn die Mütter es offen vor sie hinlegten und ohne Hülle zeigten. Wir schonen euch, damit ihr nicht schwach werdet. Wir müssen tapferer sein, als die Söhne glauben. Jede von uns weiß, daß gerade ihr Sohn in Gefahr ist. Unter euch zweifelt keiner, daß gerade ihm nichts geschehen wird. Glaube mir, Hakob, es ist für euch leichter in der Erde zu ruhen, als für uns, ohne euch auf ihr weiter zu leben. Und doch bringen wir auch das fertig, Hakob, ohne daß Väter und Söhne sich besonders darüber wundern. Es ist schwer, euch zu feiern, wenn ihr alles Elend hinter euch habt. Aber uns zu feiern...« Sie schleuderte die Zigarette weit von sich und stand auf. »Ich denke, das Lied bliebe euch doch wohl in der Kehle stecken, wenn ihr überhaupt noch ein Herz habt.«

Sie durchschritt den Hof, machte einen Augenblick bei dem kleinen Springbrunnen in seiner Mitte halt, dessen dünner Strahl so lebhaft plätscherte, und trat in das Haus, ohne sich noch einmal umzusehen.

Tief betroffen blickte Hakob unter sich und starrte nicht mehr in die Luft dem geraubten Vögelchen nach.

Die Nachbarn erschienen pünktlich mit ihren Frauen. Auch ihre Söhne, soweit sie mannbar waren, lagerten in den Weinbergen Hakob Akunians und übten unter Anleitung der russischen Unteroffiziere.

Die Nachbarn waren alle wohlhabend, zum Teil reiche Leute, und ihre Frauen hatten es gut, denn dem Armenier steht außer der Heimat nichts höher als die Familie. Aber wie schnell verblühten diese Frauen, und wie wenig heiter waren sie. Wenn er sich der Frauen in Europa erinnerte, fiel es Hakob Akunian besonders auf. Verstohlen gingen seine Blicke von einer zur anderen. Es war nicht eine unter ihnen, die nicht Kinder verloren hatte. Die Kindersterblichkeit war bei dem Mangel an Ärzten und geschultem Personal außerordentlich groß. Nur die kräftigsten und gesündesten Kinder überstanden die ersten Lebensjahre. Und wenn aus den Knaben junge Männer geworden waren? Es war nicht eine unter den Frauen, die nicht schon einen Sohn im Kampf mit Kurden oder Türken verloren hätte. Und die Töchter? Wieviel sterben im ersten Kindbett. Und die am Leben blieben, hatten mit ihren Kindern dasselbe Schicksal wie ihre Mütter.

Als man nach der Mahlzeit in die Weingärten ging, lag der Mond dick und schwer wie eine Kugel aus Silber, die sich nicht von der Stelle rührt, in einem fast schwarzen Himmel. Es war so hell, daß man ohne Schwierigkeit jedes Buch lesen konnte. Aber ein Licht ohne Wärme, das wie ein blankes, gleißendes Schwert zwischen die Blätter kalt in die Erde stach, denn die Luft war trocken wie Stroh und ohne alle Feuchtigkeit. Die Gärten lagen nicht romantisch, sondern gespenstisch unter diesem kalten Silber, und alles Grün war schwarz geworden. Keinerlei Farbe außer Schwarz und Weiß. Kein freundlich lockendes Gemälde, ein harter, starrer Holzschnitt.

Hakob öffnete den Mund, Fackeln herbeizurufen, um in diese Versammlung von Gespenstern ein wenig Farbe und Leben zu bringen, aber er schloß ihn wieder und preßte die Lippen zusammen, denn bis jetzt schienen die anderen nichts davon zu sehen. Er lehnte sich an den dicken Stamm einer Pappel, so daß ihr schwarzer Schatten sein Gesicht auslöschte und verschluckte. Hätte seine Mutter seinen Kopf im Licht dieses Mondes erblickt, es war sicher, sie wäre ebenso erschrocken wie er beim Anblick ihres Kopfes.

Erst recht gespenstisch wurde ihm zumute, als der Priester das Abendmahl reichte. Aller Augen schlossen sich, und der geöffnete Mund wurde zu einem schwarzen Loch. Die heilige Handlung vollzog sich für ihn wie auf einem bösen, giftigen Stern in einem vorweltlichen Äon, in einer erstarrten Sphäre zwischen unbekannten Welten, unendlich fern der mütterlichen, liebenden Erde. Und als sie dann alle das Lied von den Tränen des Araxes sangen, das überall gesungen wird, wo Armenier zusammen sind, wandte er der Versammlung leise den Rücken, weil er ihren Anblick nicht länger ertragen konnte. Es klang wie das Abschiedslied schon Verstorbener aus weiter Ferne über die schwarzen Wasser des Todes:

> Der Ararat allein gedenket
> der Tage, die entschwunden sind,
> und nährt mit Quellen mich und tränket,
> wie eine Mutter säugt ihr Kind.
>
> Doch ist noch wert der heiligen Quellen
> ein totes Land, vom Feind verhöhnt,
> ein Land der Sklaven und Rebellen;
> das unterm Joch der Türken stöhnt?
>
> Zerfleischt vom Türken und vom Zaren
> liegt rings gefesselt unser Land,
> verjagt die Söhne, und in Scharen
> Ungläubige hierher gesandt.
>
> Soll ich vor diesen nun mich schmücken
> mit Rosenpracht und Uferglanz?
> und ihren wilden Blick beglücken
> mit meiner Schönheit Wogentanz?
>
> Solange meine Söhne schmachten,
> solange sie der Heimat fern,
> werd' ich jedwede Lust verachten,
> der Schwur sei heilig vor dem Herrn!
>
> Mit weißem Schaume sich bedeckend,
> verbergend seine tiefe Qual,
> wie eine Schlange wild sich streckend,
> enteilt der Arax fort ins Tal.

Sollte er diese Jugend nicht doch lieber nach Hause schicken, einer jeden Mutter ihre Söhne in die weitgeöffneten Arme? Wie lange blieben sie ihr da? Bis Scharef Pascha kam. Vielleicht noch acht, vielleicht noch vierzehn Tage. Und dann? Dann wurden sie niedergemacht samt den Müttern. Die Väter erschlagen, die Töchter in Harems verkauft, die kleinen Knaben zu Eunuchen für die Großen in der Türkei, in Persien und Arabien gemacht. Dann doch immer noch lieber dreihundert opfern, damit dreitausend noch für eine Weile weiterleben können, bis ...ja, bis der Plan Wirklichkeit war, der ihn und Sureja von Maku zusammengeführt hatte.

Es war kein leichter Abschied, als die Mutter nun wirklich in ihrem Tarantas saß, dem er zwei der russischen Unteroffiziere mitgab, weil sie überflüssig geworden waren. Aber der Fürst hatte nicht viel Zeit, dem nachzuhängen, denn als es Abend wurde, trat der Türhüter bleich, erschreckt, zitternd zu ihm und flüsterte dem Herrn zu, als er das Tor schließen wollte, habe ein altes Weib daneben gestanden und dreimal gesagt: »Ich will für dich zum Opfer werden«, und als er es greifen wollte, sei es ihm unter den Händen entschlüpft und verschwunden wie ein Gespenst.

Hakob sprang auf. Also doch! Asiatische Kunst und europäische Wissenschaft hatten gesiegt. Das Experiment war gelungen. Er hatte es nicht ernst genommen. Eine echt kurdische Spielerei, Zaubermanipulationen mit Pariser Naturwissenschaft gemischt. Was dabei schon herauskommen würde. Hakob Akunian war kein abergläubischer Mann. Nicht einmal als Bankier, geschweige denn als Mensch, der sein armenisches Christentum fleißig mit Europäertum gemischt hatte. Aber für einen Augenblick, da ihm wieder die ganze Marterszene mit dem alten Kurdenweib vor Augen stand, in der Sureja so raffiniert asiatische Grausamkeit in europäische Formen sich hatte auswirken lassen, grauste ihm doch bei dem Gedanken, was aus solcher Verbindung noch alles werden konnte, und ein Gefühl des Unbehagens befiel ihn.

Er steckte einen Revolver zu sich und ergriff einen langen Eisenstab, wie ihn die Bettelderwische tragen, um die Hunde abzuwehren. Er teilte den jungen Leuten im Weingarten mit, die Stunde sei nahe und alles Warten habe bis morgen oder übermorgen ein Ende, und entfernte sich durch die östliche Seitenpforte. Es galt, Sureja sofort zu verständigen und den Plan noch einmal in allen Einzelheiten durchzusprechen. Sureja war diesmal nicht direkt beteiligt. Ein großer Vorteil, denn ihm fiel es infolgedessen leicht, alles ganz kühl und sachlich zu überlegen, während Hakob Akunian immer auf der Hut vor dem Haß sein mußte, in den für ihn alles getränkt war, was mit Scharef Pascha zusammenhing.

Da noch kein Stern am Himmel stand und der Mond erst später aufging, herrschte gerade im Christenviertel in den schmalen Gassen mit ihren hohen Mauern eine Dunkelheit, die den Fürsten nach wenigen Schritten völlig hilflos machte. Außerhalb seines Besitzes bewegte er sich ja nur zu Pferd wie jedermann, der auf sich hielt. Er stolperte, seine Füße versanken in Staubhügeln, die glatten Mauern boten seinen Händen keine Erkennungszeichen. In dem sonst so vertrauten Stadtteil irrte er umher wie ein Blinder in einem unbekannten Labyrinth. Er hielt an und versuchte, das Auge auf die Dunkelheit ein wenig einzustellen. In der Nähe knurrte böse ein Hund. Bei einem Reiter hätte er das nicht gewagt. Aber er zögerte wohl nur deshalb, sofort auf ihn loszufahren, weil er stillstand, und der Hund annahm, der Mensch sehe und beobachte ihn genau so mißtrauisch und sprungbereit wie er ihn. Oder hielt er den Fürsten für einen Gefährten, der gleicherweise auf Raub auszog und wollte ihn nur warnen, seine Kreise nicht zu stören, wie er auch die des anderen respektierte?

Als der Fürst endlich weiterging, blaffte der Hund ihm nur kurz nach. Man hörte, wie er sich befriedigt niederwarf und einen Knochen knackte. Der Konkurrent hatte verstanden und respektierte den Kollegen mit vier Beinen.

Hakob Akunian war froh, als er das Christenviertel endlich hinter sich hatte, denn nun wurden die Gassen breiter, die Mauern niedriger, und viele Lücken in ihnen gaben ein größeres Stück des Nachthimmels frei, der auch ohne Mond und Sterne nicht so finster war wie zwischen den hohen, lückenlosen Mauern. Jetzt hörte er auch den Bach rauschen, den er kannte, an dessen Rand er sich leichter weiterfand und nicht wieder die Richtung verlor.

Plötzlich hielt er an. Die Mauer am anderen Ufer war zerstört, und es roch immer noch nach Rauch. Da hatte noch vor einer Woche Mussa Rizas Haus gestanden. Atem und Herzschlag stockten für einen Augenblick. Mit einem Fluch tappte er weiter. Daß er die junge Perserin immer noch nicht vergessen konnte, daß ihr Bild ihm immer noch im Blute saß! Wie sie aus der Burqä schimmerte wie Elfenbein, wie sie das Lied der Nachtigall tanzte.

Endlich stand er vor Surejas Besitz und tappte nach dem Torklopfer, den er in einem bestimmten Rhythmus zweimal rasch hintereinander in Bewegung setzte. Die Lammfellmütze zog er tiefer in die Stirn, den Mantelkragen schob er bis zur Nase hoch und setzte den Klopfer wieder in Bewegung. Endlich fragte der Torhüter nach des Klopfenden Begehr. Er nannte ein verabredetes Losungswort. Schnell wurde der Riegel zurückgeschoben. Durch einen schmalen

Spalt schlüpfte er ein. Schnell legte sich der schützende Riegel wieder vor. Der Torhüter rief einen Diener, der den Besuch in das Haus geleitete, und geräuschlos verschwand, seinem Herrn das Losungswort zu melden.

Der Diener kehrte nicht wieder, aber ein schwerer Wandteppich schob sich ein wenig beiseite, und Sureja winkte den Besuch zu sich in das nächste Zimmer. An der gegenüberliegenden Wand bewegte sich leicht eine bunte Seidendecke, hinter der eben jemand entschwunden war. Üppige Kissen am Boden. Es duftete stark nach Sandelholz und Pariser Parfüm. Der Fürst hatte bisher nie daran gedacht, daß der Prinz einen Harem besitzen könnte. Jetzt wußte er es. Es überraschte ihn, aber er tat, als bemerke er nichts, wie es sich einem Mohammedaner gegenüber geziemte.

Einen Augenblick lauschte Sureja, dann sagte er: »Gehen wir noch ein Zimmer weiter, wo wir vor jeder Störung sicher sind.« Es war eingerichtet wie ein europäisches Herrnzimmer. Nur statt mit Bildern mit persischen Decken geschmückt, die in bunter Stickerei und immer neuen Variationen das ewige Thema vom Baum im Paradies mit seinem Getier abwandelten. Einige Truhen, viele Bücher und ein geräumiger Gewehrschrank englischer Arbeit. »Bitte, sprechen Sie.«

Hakob berichtete, was ihm sein Torhüter mitgeteilt hatte, und die Augen des Fürsten durchzuckte ein Blitz. »Also doch! Ich habe es übrigens nie bezweifelt, Sie Ungläubiger! Ich werde nachher ein paar meiner Leute auf Kundschaft in die Berge schicken. Ist bei Ihnen alles bereit?« Der Fürst nickte.

»Es scheint Sie weniger zu befriedigen, als ich erwartet hatte«, meinte Sureja ein wenig verwundert. »Was verstimmt oder beunruhigt Sie? Immer noch dieselbe Frage nach dem Recht, Sie Christ?«

Ja, es war immer wieder dasselbe, das einzige, was dem Fürsten von Zeit zu Zeit zu schaffen machte. Es war ganz klar, daß man Scharef Pascha zuvorkommen und ihn überraschen mußte. Ließ man ihn erst auf persisches Gebiet kommen und wartete seinen Angriff auf den Salmasdistrikt, oder wo immer er einfallen mochte, ab, hatte man zwar das Recht der Notwehr für sich, und niemand konnte etwas dagegen einwenden, wenn man sich nicht einfach hinschlachten ließ. Kam man dagegen dem Angreifer zuvor, mußte man die Entscheidung auf türkischem Boden suchen, bevor Scharef die persische Grenze erreicht hatte. Das war dann aber keine Notwehr mehr, sondern ein glatter Völkerrechtsbruch, einfach ein Räuberkrieg oder weiß Gott was sonst noch Infameres. Die Türkei erhob ein gewaltiges Geschrei und überall in Europa fand es lautesten Widerhall. Jeder Teilnehmer an einem so unerhörten, die heiligsten Rechte mißachtenden Unternehmen war vogelfrei, ein Bandit, ein Mörder. Hängt ihn zur Beruhigung des so überaus empfindlichen internationalen Gewissens.

Wie oft hatten beide dies Thema in den letzten Wochen nach allen Seiten gedreht und gewendet. Der Armenier tief beunruhigt, der Kurde voll Hohn und Spott über das Völkerrecht, das die Starken geschaffen, um die Schwachen auch noch mit gutem Gewissen im Interesse der Zivilisation aussaugen zu können, wie Sureja behauptete. Da seien die echten Asiaten doch bessere Menschen, die kein solches Mäntelchen brauchten. Schlimm sei in diesem besonderen Fall nur, daß die Türken diesen europäischen Schwindel weidlich zu ihren Gunsten nutzen würden.

Hakob Akunian fand keinen Ausweg aus diesem Dilemma, seine Volksgenossen hier oder in Salmas ohne Gegenwehr ausrauben zu lassen oder ganz Europa gegen sich aufzubringen. Daß in diesem Fall der Angriff als einzige Form der Notwehr einige Aussicht auf Rettung verhieß, galt nichts vor dem Gewissen Europas.

»Die Türkei ist stärker als Sie, also im Recht«, fiel Sureja schmunzelnd ein.

Eine Weile beobachtete er den unschlüssigen Fürsten. Dann sagte er: »Es bleibt wirklich keine andere Wahl für Sie: entweder sich hier abschlachten zu lassen wie die Hammel, oder die Wölfe auf türkischem Gebiet niederzuschlagen, bevor sie noch das Maul aufreißen. Ein drittes gibt es nicht. Ich rate wie immer zum zweiten. Was Europa dazu sagt, schreckt mich nicht, seitdem ich es kenne.«

Der Fürst sprang auf und durchmaß das Zimmer. Endlich blieb er dicht vor Sureja stehen. »Es ist schlimm, aber es geht nicht anders.«

»Am besten wäre es, Sie vernichteten Scharef im Schlaf, so daß keiner mit dem Leben davonkommt. Gewiß, auch dann werden die Türken schreien, mörderisch sogar, aber sie können nichts beweisen, denn die Zeugen sind tot.«

Der Fürst machte eine abwehrende Bewegung.

»Für alle Fälle stecken Sie ein Dutzend Leute in russische Uniformen und exponieren sie am meisten. Man kann dann das Gerücht verbreiten, der Überfall sei aus russischem Gebiet gekommen. Seine Armenier wird Rußland schon zu schützen wissen, wenn sie die Türkei geschädigt haben. Die europäischen Christen können sich dann über die russischen entrüsten und die russischen über die europäischen. Je mehr sie sich dabei ineinander verbeißen, um so vergnüglicher für uns. Und wenn all diesen Christen dann der Türke noch tüchtig schreien hilft, gibt es ein Feuerchen, über dem wir unseren Braten getrost aufhängen können, daß er hübsch gar werde. Und mitten im schönsten Entrüstungsgeschrei, verlassen Sie sich darauf, wird sich der Engländer oder der Russe seitwärts in die Büsche schlagen, weil er unseren Braten riecht und seinen Anteil haben will. Er wird sich vor den anderen bald als der frömmste seiner Frömmigkeit brüsten, die den Schwachen beisteht, und am Schluß hat sich dann bei der ganzen Geschichte nur der Türke die Finger verbrannt.« Sureja lachte.

»Und Persien?« fragte Hakob Akunian.

»Wenn Sie zu zartfühlend sind, Scharefs Lager im Schlaf zu vernichten, wird es natürlich herauskommen, daß der Überfall von Persien aus unternommen wurde. Die Türkei wird sich an Persien halten, und Amenisam wird sich an die Armenier halten. Im Grunde freut er sich, wenn die Türken eine Schlappe erleiden und gönnt es ihnen von Herzen. Aber da sein Land schwach ist, muß er sich entrüsten und strafen und Genugtuung geben.« Sureja schwieg einen Augenblick. Dann meinte er mit besonderer Energie: »Vor allem müßte man den türkischen Konsul hier unschädlich machen, wenn es herauskommt, daß der Überfall von Persien aus geschah. Sonst: gibt er keine Ruhe und heizt Amenisam so lange ein, bis er wütend wird, und dann verläßt ihn alle Klugheit.«

»Die Folgen für die Armenier hier und in Salmas sind gar nicht auszudenken«, stöhnte der Fürst.

»Dann legen Sie als frommer Christ die Hände in den Schoß und warten in Geduld und Demut ab, was Scharef Ihnen beschert. Übrigens würden es viele fromme Mohammedaner auch so machen.«

Der Armenier reichte plötzlich dem Kurden die Hand und drückte sie: »Abgemacht, es bleibt dabei.«

»Ich lege mich derweil hier auf die Lauer und stelle meine Netze. An wilden Gerüchten soll es nicht fehlen, wenn sie erst in die Luft schnuppern und Unrat wittern. Sie sollen mir alle den Kopf nach Norden drehen, nach Rußland. Die beiden russischen Bären kamen sehr gelegen. Auch den türkischen Konsul stoße ich mit der Nase darauf, bis er sonst nichts mehr hört und sieht. Wenn sich nun Rußland und Persien heimlich verbündet haben? Ein übler Geruch für jede türkische Nase. Und weshalb sollen sie das nicht tun? England ist weit und Rußland ist nah, und einen Helfer braucht Persien. Wenn Sie es nicht sehr ungeschickt anstellen, mein Fürst, werden Sie Ihre Arbeit in Ruhe verrichten können, und wenn Sie wieder zurück sind, werden wir weiter sehen. Ein guter Christ und ein schlechter Mohammedaner sind nicht so leicht umzubringen, besonders wenn der schlechte Mohammedaner den Fürsten von Maku zum Bruder hat und der gute Christ ein gutes Bankhaus.«

»Und wenn ich nicht wiederkomme, mein Prinz? Man muß an alles denken.«

»Daran soll man überhaupt nicht denken, denn die Gedanken haben mehr Macht, als mancher Mächtige glaubt. Aber wenn dieser undenkbare Fall eintreten sollte, mein Fürst, ich versichere Sie, dann sind Sie jedes weiteren Nachdenkens überhoben.«

Sureja lächelte und klatschte in die Hände. Unter einer Seidendecke wurde ein Samowar in das Zimmer geschoben. Nach wenigen Augenblicken ein silbernes Tablett mit Gläsern und Zucker. Zwei junge Frauenhände wurden sichtbar, huschten vor und verschwanden wieder.

Der Prinz stellte alles auf den Tisch und bot seinem Gast Zigaretten an. Stumm rauchten beide eine Weile und tranken Tee.

»Ich möchte Ihnen noch eine Mitteilung machen, mein Fürst. Ich kenne Ihren Heroismus und möchte ihn so weit dämpfen, daß er nicht völlig Herr wird über alle Klugheit. Auch in meinem Interesse, denn unser Plan steht ja bis jetzt nur auf vier Augen, und die Ihren sind dabei nicht zu entbehren.« Sureja zögerte, und Hakob sah verwundert auf. Der Makuer schien unsicher, fast ein wenig verlegen zu sein. Das war ein ungewohnter Anblick.

»Ich habe ebenfalls einige französische Romane gelesen«, begann Sureja wieder. »Ich wähle daher den europäischen Stil. In dieser Angelegenheit ist er, denke ich, der geeignetste, damit wir uns recht verstehen, oder Sie mich wenigstens nicht von vornherein mißverstehen.«

»Sie machen mich wirklich neugierig, mein Prinz.«

»Erst berührte es mich recht komisch, jedenfalls sehr fremdartig, welch Wesens so ein europäischer Schriftsteller von einer Sache macht, die in meinem Leben nie eine große Rolle gespielt hat. Vor aller Öffentlichkeit schon gar nicht. Wie es in diesem Punkte bei Ihnen steht, mein Fürst, weiß ich nicht. Ich würde mich auch nicht unterfangen, eine Frage an Sie zu stellen, die darauf zielt. Ich kenne nichts Ungehörigeres, ja für meinen Geschmack Unanständigeres. Aber Sie sind aus Rußland zu uns gekommen, mein Fürst, und Rußland ist in diesem Punkt ganz europäisch. Wenigstens habe ich da nie einen Unterschied zwischen ihm und dem übrigen Europa bemerkt. Ich hoffe, deshalb kränke ich Sie nicht?«

Hakob lächelte. »Vorläufig sprechen Sie in Rätseln, mein Prinz.«

»Sie erinnern sich der Kanone und der zwölf Zuckerhüte als Preis für sie, den ich vermittelte?«

Hakob nickte und blickte immer verwunderter drein.

»Ich habe meinen Bergvettern natürlich einen kleinen Wink gegeben, wie sie sich sonst noch ein wenig schadlos halten können. Ich kenne ja die Vettern. Ohne ihn hätte ich die Kanone nicht so preiswert zurückbekommen und ohne ihn hätten sie die Kanone nicht selbst in das Lager zurückgebracht.«

»Verstehe ich recht?«

»Ich hoffe, mein Fürst. Ich kenne ja auch die persischen Soldaten, und alles vollzog sich, wie ich es erwartet hatte. Ganz programmäßig, möchte ich sagen. Ich hoffe, Ihre Mutter, die uns nicht leiden kann, ist nicht gar zu entrüstet gewesen. Auch die Leute in Ihren Gärten waren so vernünftig und ließen keine Flinte losgehen. Das einzige, was mir ein wenig Sorge machte.«

Hakob Akunian sprang erregt auf.

»Wenn Sie sich jetzt schon aufregen, wie soll ich Ihnen dann die Fortsetzung meiner kleinen Geschichte erzählen? Sie sehen mich ratlos, mein Fürst.«

Hakob Akunian setzte sich wieder, verdeckte seinen Mund mit der Hand und sah zu Boden. Eine Unruhe stieg ihm ins Blut, die er unter allen Umständen verbergen wollte.

»Alles vollzog sich pünktlich. Wir sind außerordentlich pünktlich, wenn es unseren Vorteil gilt. Darin können wir mit jedem Europäer wetteifern, so sehr wir ihm sonst auch unterlegen sein mögen, mein Fürst. Ich hatte damit gerechnet und danach meine Vorkehrungen getroffen. Für ein kleines Privatunternehmen, dem diese Stunde besonders günstig war.« Sureja hielt an und betrachtete den Fürsten aufmerksam. Dieser rührte sich nicht.

Sureja fuhr fort. »Es herrschte ein ganz hübsches Durcheinander und der übliche Wirrwarr in unserer guten Stadt, den Sie vermutlich auch beobachtet haben. Ich benutzte die günstige Gelegenheit, die so nicht leicht wiederkommt und ließ aus Mussa-Rizas Haus die kleine Miryäm entführen.«

Der Fürst zuckte zusammen, der Prinz tat, als bemerkte er es nicht und fuhr fort: »Daß Onkel und Tante und Haus dann draufgingen, war nicht meine und meiner Leute Schuld. Das haben später ohne mein Wissen und gegen meine Absicht die Vettern aus den Bergen besorgt.«

Hakob Akunian blickte dem Kurden wild und verstört in die Augen. Dieser verzog keine Miene. Der Fürst schlug die Augen wieder nieder.

»Erinnern Sie sich noch, mein Fürst, damals beim Gouverneur fragte ich halb im Scherz, halb im Ernst, ob ich die Kleine für Sie kaufen solle. Sie waren sehr entrüstet über die Frage, wenn ich mich recht erinnere. Ich verstand das durchaus nicht, nicht einmal von dem hochgepriesenen europäischen Standpunkt aus. Oder sollten Sie dort keine Männer kennengelernt haben, die sich Mädchen kaufen? Ich habe sogar von alten Frauen gehört, die sich junge Männer kaufen. Ich hatte den Eindruck, und nun muß ich so schamlos werden wie ein Europäer, als hätten Sie eine Passion, eine Leidenschaft für die Kleine. Ich bin darüber erschrocken. Aus Egoismus, denn es ist nicht gut für unsere Pläne, wenn einem Mann ein Mädchen wie in einem französischen Roman die Gedanken in Unordnung bringt. Erst dachte ich, man muß das Hindernis beseitigen, ehe es zu spät ist. Dann aber erinnerte ich mich meiner asiatischen Erfahrung und zugleich meiner europäischen Lektüre, die mir zuweilen wirklich Spaß gemacht hat, und hielt es für besser, die Kleine für Sie zu gewinnen, da Sie selbst als Christ das nicht können, ohne in wenigen Tagen erstochen, erschossen oder vergiftet zu werden. Dazu sind Sie mir für unsere Pläne zu wertvoll. Alles Egoismus, mein Fürst. Da ich die Kleine aber ohne Kaufpreis an mich bringen konnte, war mir das noch angenehmer.«

Der Fürst war wieder aufgesprungen.

»Regen Sie sich nicht auf, mein Fürst, und suchen Sie nicht meine Wände zu durchbohren. Sie ist nicht hier. Von Onkel und Tante hielt sie nicht viel, aber daß ich sie so gut bewachen ließ, machte sie wild. Sie biß und kratzte und fauchte wie eine Katze. Am Ende wäre sie mir doch wieder entwischt und hätte Lärm geschlagen. Ich habe sie unter sicherer Bedeckung nach Maku zu meinem Bruder bringen lassen. Dort ist sie gut aufgehoben, und ich bürge dafür, wie man gut europäisch sagt, daß ihr kein Leid geschieht. Wenn Sie Scharef Pascha hinter sich haben, steht die Kleine Ihnen nach Belieben zur Verfügung.«

Der Fürst hatte den Prinzen wiederholt unterbrechen, ihm seine Entrüstung, seinen Grimm über das alles ausdrücken wollen, aber er hielt immer wieder an sich. Es war ja hoffnungslos, ihm klarzumachen, was er angerichtet hatte und was der andere dabei empfand. Der Kurde besaß dafür einfach kein Organ. Es war aussichtslos. Eine Wand zwischen beiden, durch die keiner zum anderen konnte. Hier hörte jedes Verständnis zwischen Kurde und Armenier, zwischen Christ und Mohammedaner auf.

Lächelnd folgte ihm Sureja mit den Blicken. »Ich hoffe, Sie werden jetzt die Klugheit über allen Heroismus setzen und Ihr auch für mich so wertvolles Leben im Kampf gegen Scharef nicht mehr in Gefahr bringen, als unvermeidlich ist, wenn man nicht auf einen Hasen, sondern einen Pascha Jagd macht.«

»Ich werde ... ich werde«, stammelte Hakob Akunian voll Wut, ohne aber den Satz zu vollenden. Ja, was würde er tun? Nun erst recht jede Gefahr herausfordern, um überhaupt nichts mehr tun zu müssen? Die Sache im Stich lassen, um eines kleinen Mädchen willen und damit auch das Mädchen im Stich lassen, das ohne sein Zutun und doch nicht ohne seine Schuld geraubt, verschleppt und eingesperrt worden ist?

»Es ist abscheulich und schändlich!« schrie er.

Sureja zündete sich eine neue Zigarette an und goß Tee ein. Die paar Wochen würde der Fürst sich gedulden müssen. Das ließ sich jetzt nicht mehr ändern. Oh Ali! wir sind doch nicht in einem französischen Roman. Wie kann man nur so unbeherrscht sein. Die Kleine lief derweil nicht fort. Sie würde nur zahmer werden. Das war für diese wilde Katze und den verwirrten Fürsten nur heilsam, der durch das Zimmer lief und nach Luft schnappte, als wäre er ein Fisch, der nie mehr ins Wasser kommt. Jawasch, jawasch, nur Geduld, bei seinem Bruder gab es einen hübschen Teich für beide.

Da der Fürst sich immer noch nicht beruhigen wollte, sprach Sureja wieder von dem Zug gegen Scharef. Man täte am besten, ihn zu beschleichen und zu umstellen, wenn alles noch schlief. So gegen Morgen und möglichst von Osten, daß der Gegner die Sonne ins Gesicht bekam. Auf türkischem Gebiet fühlte sich Scharef mit den Seinen sicher und würde nur wenig Wachen ausstellen, die gegen Morgen vermutlich ebenfalls schliefen. Sie würden wohl irgendein kleines Tal zum Lager wählen. Bei den Hamidiekurden hatte der Führer ein schwarzes Zelt, alle anderen weiße oder andersfarbige. Ein gutes Ziel, das nicht zu verfehlen war. Gleichzeitig ein Dutzend Kugeln hinein. Wie bei einer Schießscheibe. Nicht alle ins Zentrum, sondern gut verteilt, daß alles mit einer Salve durchlöchert wurde, was in dem schwarzen Zelt war. Nach der ersten Salve immer fünf Mann für jedes weitere Zelt. Das richtige Kesseltreiben, wie man es in Europa Tieren gegenüber liebt, die niemand etwas zuleide getan haben. Ob der Fürst nicht einmal eine Treibjagd bei Paris oder London mitgemacht habe? Schade, dann wüßte er Bescheid. Und die Augen auf, daß keiner ausbricht. Zehn Jäger bringen so mit Leichtigkeit hundert Hasen und Dutzende von Rehen und Hirschen zur Strecke. Weshalb nicht dreihundert Armenier, wenn sie sich klug anstellen, tausend Hamidiekurden und mehr?

Sechstes Kapitel

Die letzten drei russischen Unteroffiziere waren wieder an den Araxes zurückgekehrt. Der Kundschafterdienst des Fürsten wie des Prinzen hatte seine Schuldigkeit getan. Es ließ sich ziemlich genau berechnen, wann und wo man mit Scharef zusammenstoßen würde, der guter Dinge und gemächlich von Wan aus südlich durch die Berge zog, ohne zu ahnen, wie scharf er beobachtet wurde. So lange er auf türkischem Gebiet war, gab es für ihn ja keine Gefahr. Nicht einmal von den Bergkurden, denn es widersprach ihrer Taktik, mit jemand ohne Not anzubinden, der zahlenmäßig so stark überlegen war. Und Scharef hatte nicht den geringsten Grund, sie zu reizen. In Salmas gab es immer noch mehr zu holen als bei ihnen. Und von Salmas dann einen unerwarteten Vorstoß nach der Gouvernementshauptstadt und seinem Christenviertel. Es ließ sich besser verteidigen als die armen Dörfer in Salmas. Dafür lohnte es sich aber auch um so mehr. Ein großer Schlag war geplant und mußte gelingen. Je mehr dabei heraussprang, um so besser auch für Stambul. Mit dem rückständigen Sold eilte es dann nicht. Seine Leute blieben guter Laune, und wenn der rückständige Sold anwuchs; schadete es auch nichts. Es rechtfertigte sein Unternehmen; und der Druck, den er auf die Regierung ausüben konnte, wuchs ja nur mit den wachsenden Rückständen. Und Persien? Sie sollten erst einmal nachweisen, daß der Überfall von Hamidiekurden und nicht wie gewöhnlich, von Bergkurden ausgegangen war. Aber selbst wenn Persien das unwiderleglich nachweisen konnte und in Stambul Beschwerde führte? Dann entschuldigte sich die türkische Regierung, entrüstete sich mit den Persern und sagte strengste Bestrafung der Übeltäter zu. Schlimmstenfalls ließ man ein paar Leute hinrichten. Ihm gegenüber würde die Regierung beide Augen zudrücken, denn die Verlegenheit, die er der Regierung bereitete, ließ sich durch Entschuldigungen und ein paar Hinrichtungen wieder beseitigen. Das kostete kein Geld, das einzige, woran immer Mangel herrschte. –

Sureja saß guter Dinge in seinem Herrenzimmer und las einen französischen Roman. Der Fürst war noch um einiges europäischer, als er erwartet hatte. Die so stürmische Passion kam ihm fast verächtlich vor. Durch geeignete Lektüre suchte er sich das Verständnis dafür zu erleichtern, um sie richtig für die gemeinsamen, weitausschauenden Pläne nutzen zu können. Man konnte da nicht vorsichtig genug sein, um wenigstens nichts zu verderben. Unberechenbar ist so eine europäische Passion. Die Krankheit näherte sich bei Akunian offenbar ihrem Höhepunkt. Der Zug gegen Scharef steigerte sie vielleicht noch, weil sie nicht zum Durchbruch kommen konnte und einen schleichenden Charakter annahm. Aber das Heilmittel wartete ja in Maku, und dann würde die Genesung nicht lange auf sich warten lassen.

Befriedigt klappte er den Roman zu, der ihn im Grunde langweilte. Aber was tut man nicht alles um seiner Pläne willen. Er sah in den Hof, der eine einzige schmutzige Pfütze war, und dann nach dem Himmel, dessen Blau noch ein wenig blaß und zaghaft herniedersah, als schäme sich der Himmel, noch vor wenigen Minuten so völlig unbeherrscht drauflos geblitzt und gedonnert und mit Wasser um sich geschüttet zu haben, als wolle er alles ersäufen. Ein so wildes Gewitter war ungewöhnlich um diese Jahreszeit.

Die Bäume ließen resigniert die Äste hängen, die Blätter tropften. Maschallah! Wie Gott will. Die Rosen waren entblättert, Lilien und Nelken geknickt und beschmutzt. Die Menschen blieben hinter den Mauern, die Hunde hatten sich verkrochen. Ein gutes Wetter, um auf den Straßen wenig beachtet zu werden. Das Erdreich war ausgedörrt und zusammengeschrumpft, daß es das Wasser nicht aufnahm. Es dauerte eine Weile, bis es so angefeuchtet war, daß es wieder atmen und saugen konnte. Dann wurde alles ein lehmiger Brei. Wer nicht unbedingt auf die Straße mußte, blieb zu Hause. Es stand eine Nacht bevor, wie gemacht für Hakob Akunian und die Seinen, unbeachtet in kleinen Trupps hierhin und dorthin über das Feld zu verschwinden. Nun, sie würden die günstige Gelegenheit zu nutzen wissen.

Er ging in das nächste Zimmer und war damit im Ändärum seines Hauses, in seinem innersten Teil, der für die Frauen reserviert ist. Er klatschte in die Hände. Eine alte Dienerin erschien, der er einen Befehl gab. Sie verschwand und kehrte mit einem Schachbrett zurück. Nach einer Weile huschte eine junge, hochgewachsene Frau herein, verneigte sich tief und ließ sich stumm, als sie das Schachbrett erblickte, dem Prinzen gegenüber auf dem Boden nieder, der dicht mit Decken, Kissen und Teppichen bedeckt war. Sie verstand sich auf das Schachspiel, hatte es in Tiflis gelernt, und deshalb hatte Sureja sie gekauft. Sie erkannte schon nach wenigen Zügen, in welcher Stimmung er sich gerade befand, und das war besonders angenehm. Ob er gewinnen wollte, ob es ihm Spaß machte, von ihr mattgesetzt zu werden, ob er zerstreut war und sich durch das Spiel ablenken wollte, sie war für seine Wünsche so empfänglich, wie ein europäisches Medium für jeden Befehl seines Hypnotiseurs.

Mitten im ersten Zug hielt er an, denn ihm kam ein Gedanke, der ihn interessierte. Es würde sich am Ende lohnen, mit ihr zu experimentieren. Sie war als Frau vermutlich noch sensibler als jener türkische Spion. Doktor Durville in Paris hatte sich durch unzählige, mühsame Experimente rein verstandesmäßig einige recht hübsche Kenntnisse auf Gebieten angeeignet, für die den Europäern im Laufe von Jahrhunderten jede natürliche Begabung verlorengegangen war. Techniker waren sie, aber keine Weisen. Drollig, daß der Fürst damals ein wenig spöttisch gefragt hatte, ob er diese Künste in einem Teufelskloster in Kurdistan gelernt habe? Wenn er wüßte! Der Prinz lachte laut auf.

Immer noch hielt er unschlüssig zwischen Daumen und Zeigefinger die Schachfigur. Seine Partnerin sah regungslos auf seine beiden Finger. Nun, es würde sich schon bei dieser Schachpartie ausprobieren lassen, ob es der Mühe wert war, sich etwas mehr mit ihr zu beschäftigen und ein Instrument aus ihr zu machen, das jedem seiner Gedanken zu gehorchen lernte, ohne daß sie erst laut werden mußten. Wände haben Ohren, fremde Wände viele Ohren. Es konnte von großem Vorteil sein, Befehle geben zu können, die auch der beste Horcher an der Wand nicht hörte.

Der Prinz tat seinen Zug, sie ihren Gegenzug. Bei den ersten halbdutzend Zügen war deutlich zu sehen, daß sie nicht wußte, wohinaus er wollte. Er wußte es selbst noch nicht, weil er an andere Dinge dachte, und konzentrierte sich erst jetzt auf das Spiel. Er wollte gewinnen. Schnell und leicht. Die Partnerin tat einen Zug, der so ungeschickt war, daß er sie in drei Zügen hätte mattsetzen können. Er ignorierte ihren Zug und versenkte sich einen Augenblick in sich selbst, wie er es im Kloster in Kurdistan gelernt hatte. Es würde ihm Spaß machen, zu verlieren. Aber nicht schnell und leicht, sondern so, daß das Spiel reizvoll blieb, und man sich als Verlierer nach hartem Kampf nicht ärgern mußte. Die Partnerin spielte wirklich sehr geschickt. Auch er war plötzlich ganz dem Spiel hingegeben, das ihn durch die Gegenzüge immer stärker zu fesseln begann. Aber unter der Lust am Spiel blieb der Befehl an die Partnerin wach und rege, schließlich doch zu gewinnen. Er strömte nicht hastig, aber stetig auf sie ein. Wie wenn durch den Spalt einer geschlossener Tür ein schmaler Lichtstreif fällt. Wäre es finster im Raum, hätte sie den Schein sehen können, wenn sie wirklich so sensibel war, wie er vermutete. Oh, er war gut trainiert und die Übungen nicht vergebens gewesen.

Als das Spiel zu Ende war, musterte Sureja seine Partnerin interessierter als bisher. Schöne schmale Hände mit langen Fingern, die sich nach den Spitzen zu leicht verjüngten. Von Natur, nicht dadurch, daß man wie in dem plumpen Europa die Nägel über den breiten, stumpfen Fingerkuppen spitz zuschnitt, so daß die mäßige Rasse um so hilfloser rechts und links hervorsah. Auch der Armansatz war gut. Er neigte sich vor und betrachtete ihre nackten Füße. Die Frau sah ihn nicht an, aber ihre Füße wurden unruhig, die Zehen gerieten in eine leicht zitternde Bewegung; und wahrhaftig, wenn er sich nicht ganz täuschte, begann der Fußrücken sich sanft zu röten wie in Verlegenheit. Sonst kann man das nur bei ganz jungen Mädchengesichtern beobachten. Eine Sensitive von feinster erotischer Begabung. Man mußte sie reizen, wachhalten, nie einschlafen lassen, aber auch nicht befriedigen. Dann konnte etwas aus ihr werden.

»Kannst du auch blind spielen, ohne Brett, Natascha?«

Man habe das in Tiflis bei Ausflügen, wenn kein Brett da war, häufiger getan, aber mehr im Spaß.

»So werden wir es einmal im Ernst versuchen«, erwiderte er und versank wieder in Nachdenken. Sie hatte großes, angeborenes Talent für das königliche Spiel, kein Zweifel. Man könnte es gleich einmal versuchen, eine Partie blind zu spielen, und wenn es sie nicht zu sehr anstrengte, konnte man es wiederholen, immer wieder. Und eines Tages, wer weiß, wenn sie erst ohne Brett so gut spielte wie mit Brett, mehr eine Frage der Übung, da das Talent ja vorhanden war, konnte man vielleicht sogar das Experiment wagen, daß er seine Züge gar nicht mehr ansagte, sondern nur dachte. Man würde ja sehr schnell erkennen, ob das genügte für ihre Gegenzüge. Ein feiner, gut durchgearbeiteter Mensch ist ein Instrument, dem kein anderes gleichkommt. Es wäre der Mühe wert.

Ärgerlich fuhr er mit einem lauten Fluch herum. Die alte Dienerin flüsterte durch den Vorhang mit jemand im Nebenzimmer. Erschrocken fiel sie auf die Knie und berührte mit der Stirn den Boden.

»Was hast du zu schwatzen?«

Man wolle den Herrn sprechen.

»Wer?«

»Der türkische Konsul.«

Sureja sprang auf. Um diese Stunde? Was hatte das zu bedeuten?

»Ich lasse ihn bitten.«

»Hierher?« stammelte die Alte entsetzt.

»Bist du taub?«

Die Alte entschlüpfte ins Nebenzimmer. Natascha erhob sich, um das Zimmer zu verlassen.

»Du bleibst. Setze dich nieder. Hörst du nicht?« Gehorsam ließ sie sich wieder nieder und starrte den Prinzen aus weitgeöffneten Augen tief erschrocken an. Es war ungeheuerlich, daß ein fremder Mann das Ändärum betrat, und es zeigte zugleich eine solche Geringschätzung ihrer Person, daß ihr die Tränen in die Augen schossen.

Die alte Dienerin schob mit zitternden Händen den Vorhang beiseite. Der Konsul wollte vortreten, prallte aber erschrocken zurück und stammelte Entschuldigungen. Es war dem Prinzen gelungen, ihn um alle Fassung zu bringen, weil er beinahe das Ändärum betreten hätte, in dem der Kurde mit einer seiner Frauen beim Schach saß.

Sureja sprach den Konsul französisch an und zwang ihn einfach, näherzutreten, und er stellte ihm Natascha vor, als befände man sich in Europa, was den Konsul noch mehr verwirrte. Da er die Unterhaltung französisch führte und zugleich erklärte, Natascha verstehe die Sprache, nötigte er den Konsul ebenfalls dazu. In einer fremden Sprache kann man seine geheimsten Gedanken nicht so gut verbergen wie in der Muttersprache, noch dazu, wenn diese türkisch oder persisch ist.

Sie saßen auf dem Boden in einem persischen Frauengemach und sollten sich benehmen wie in einem europäischen Salon. Es war nicht zu fassen. Woran glaubte dieser Prinz überhaupt noch, wenn er das wagte? Und konnte ein türkischer Konsul, als guter Mohammedaner, einen solchen Verstoß gegen alle gute Sitte schweigend hinnehmen, lag darin nicht zugleich auch eine unerhörte Beleidigung seiner Person?

Der Konsul schwieg immer noch. Dafür redete sein aus der Fassung geratenes Gesicht eine um so deutlichere Sprache und verriet seine Gedanken. Daß sie nicht freundschaftlicher Natur waren, wußte Sureja längst. Immerhin war es angenehm, das so unverhüllt bestätigt zu sehen. Er hatte den Konsul stets für den gefährlichsten Gegner seiner Pläne gehalten, den einzigen, den er ernst nahm.

Endlich hatte der Konsul sich so weit gefaßt, daß er seine Erklärung für den Besuch zu so ungewöhnlicher Zeit vorbringen konnte. Er war bei einem Spazierritt von dem Gewitter überrascht worden. Dadurch hatte sich die Stunde verschoben, in der er mit seiner Hoheit über den letzten Überfall reden wollte, der für ihn so überaus peinlich sei. Aber Hoheit wisse ja, wie der Einfluß der hohen Pforte auf diese widerspenstige Brut in den Bergen immer noch nicht stark genug sei, um sie von Unbesonnenheiten abzuhalten.

Sureja lachte unbefangen und heiter. »Gewiß, es ist unangenehm für Ew. Exzellenz, daß es sich dabei um Untertanen der Türkei handelt, aber ich weiß ja am besten, wie wenig Rücksicht sie darauf nehmen, da sie sich immer noch als freie Herren ihrer Berge fühlen. Es ist ihnen ja auch schwer beizukommen, was ich im Interesse Ew. Exzellenz auf das schmerzlichste bedaure.«

Der Konsul verzog sein Gesicht ebenfalls zu einem leichten, heiteren Lächeln, wenn es ihm auch schwer wurde, da er zu bitter die Bosheit aus den schönen Worten herausschmeckte.

»Viel schmerzlicher wäre es für uns alle, besonders auch für den Gouverneur, Gott erhalte ihn, wenn z. B. einmal Ihre Hamidiekurden ähnliches versuchen würden. Wir leben in einem schwachen Land, das sich nur schlecht verteidigen kann. Die Versuchung wäre nicht klein.«

»Das ist völlig ausgeschlossen«, fiel der Konsul hastig ein.

»Außerordentlich beruhigend ist das. Ich würde mich sonst dem Gouverneur zur Verfügung stellen müssen und vielleicht auch meinen Bruder um Unterstützung angehen. Es wäre ja wohl auch nur im Interesse Ew. Exzellenz, wenn solchen Banditen ein kräftiger Denkzettel verabreicht würde. Ich weiß ja, wie schwierig es für die hohe Pforte ist, ihre Hamidiekurden im Zaum zu halten. Sie fordern viel, immer mehr, ich kenne das. Und woher soll man all das Geld nehmen?« Er schüttelte bedauernd den Kopf, und der Konsul schwieg, um ihn erst ausreden zu lassen.

»Wollte man sich nur an das Christenviertel halten, hätte das durchaus meinen Beifall. Auch der Gouverneur, Segen über ihn, hätte schwerlich dagegen etwas einzuwenden. Höchstens einen offiziellen Protest, um ›das Gesicht zu wahren‹. Aber es ist immer schwer, auch die bestorganisierten Räuber, wenn sie erst einmal Blut geleckt haben, fest in der Hand zu behalten.«

Natascha saß regungslos da, ohne eine Miene zu verziehen. Als wäre sie aus Stein, der nichts hört und sieht. Aber Sureja sah sehr wohl, wie die Augen des Türken zuweilen verstohlen zu ihr abirrten. Eine Dame des Harems, keine Tänzerin, unverschleiert, in greifbarer Nähe.

Sureja lächelte in sich hinein. Er kannte doch diesen Ziegenbock und seine Gelüste. Vor allen Dingen mußte man ihn hier so lange als irgend möglich festhalten, nun er einmal da war. Damit der Luchs nicht im Christenviertel herumschnüffelte, bevor Hakob Akunian mit seinen Leuten verduftet war. Nach Mitternacht mochte er dann heimreiten. Durch das Christenviertel, wenn es ihn durchaus danach gelüstete. Er würde dann schwerlich noch etwas zu sehen bekommen, was seiner Spürnase verdächtig vorkam.

Sureja ließ Champagner bringen und zog Natascha ins Gespräch. Ganz als wäre sie eine europäische Dame. Auch der Türke mußte sie so behandeln. Das ergab für ihn eine ganz eigentümliche Situation, die er als immer verwirrender und aufreizender empfand. Gewiß, wenn man in Pera bei einem europäischen Kollegen zum Tee war, machte man der Dame des Hauses auch ein wenig den Hof, wozu man in türkischer Gesellschaft, außer bei nächster Verwandtschaft, gar keine Gelegenheit hatte. Aber es blieb eine fremde Welt, in der man sich unsicher fühlte. Diese Europäerinnen waren nach seiner Anschauung unglaublich herausfordernd, aber im nächsten Augenblick benahmen sie sich schon wieder, als sei alles gar nicht wahr gewesen, was Worte und Lächeln verhießen. Wer sollte sich da auskennen? Und die Männer sahen das ruhig mit an und freuten sich sogar darüber. Manche zeigten sich direkt geschmeichelt, wenn man ihren Frauen den Hof machte. Fühlten sie sich ihrer Frauen so sicher? Gab es da Gesetze, die er nicht durchschauen konnte? Hier jedoch saß er in einem mohammedanischen Frauengemach. Das war nur bei armen Leuten und einiger Verwandtschaft so selbstverständlich, wie es unverständlich und eine Lästerung im Haus eines wohlhabenden Mannes war, eines Fürsten, mit dem er nicht im geringsten verwandt war. Die Frau war gekleidet wie eine Mohammedanerin im innersten Frauengemach, aber das Gesicht nackt wie bei einer Europäerin. Man unterhielt sich mit ihr französisch und schätzte sie gleichzeitig mohammedanisch ab, ob man wollte oder nicht. Man machte ihr den Hof wie einer Levantinerin, die im Robert College erzogen war oder in Paris, wo man sich noch besser auf den Flirt versteht. Aber ihr zur Seite stand kein Europäer, sondern ein Kurde, dem man sie abkaufen konnte, wenn man es für der Mühe wert hielt. Oder man konnte auch versuchen, eine Nacht mit ihr zu verbringen, indem man die Dienerinnen bestach oder sonstwie auf mohammedanische Art, die einem geläufiger war als die undurchsichtigen europäischen Sitten.

Er ist ein recht zierlicher, hitziger Mensch, aber Natascha ist stärker, ging es Sureja durch den Kopf, während er eifrig mit den beiden Konversation machte, scherzte, lachte, sie zum Champagner animierte, so daß selbst Natascha lebhaft wurde und aus sich herausging. So freundlich und gesellig kannte sie den Prinzen gar nicht. Wie angenehm, wenn er häufiger so wäre. Das verdankte sie dem Konsul.

Leidenschaftlich ist sie auch, nicht nur erotisch, dachte der Kurde. Sie könnte den Türken übel zurichten, wenn er zudringlich würde und sie keinen Geschmack daran fände. Sureja musterte Natascha immer genauer. Wie man ein Instrument prüft, das immer mehr im Wert steigt.

Was in dem Konsul vorging, war nicht schwer zu erraten.

Sureja rief nach einigen Dienerinnen, die auch als Tänzerinnen dienten. Ein silbernes Becken mit glühender Holzkohle wurde in das Zimmer gestellt und einige Körner Weihrauch darauf gelegt. Auch ein Stab Sandelholz. Wasserpfeifen wurden in Brand gebracht. Seidene Fäden, wohlriechende Holzkugeln wie Perlen an ihnen aufgereiht, waren zur Hand und glitten spielerisch durch die Finger. Ohne dieses Spiel fühlte ja kein Türke sich wohl. Man muß den Abend, der einem so unerwartet in den Schoß fiel, auszunutzen verstehen.

Der Prinz blickte interessiert auf die Tänzerinnen, damit der Türke sich ohne Zwang um so ungenierter Natascha ansehen konnte. So zierlich er war, schien er doch recht vollblütig zu sein, denn sein Kopf rötete sich, und die Stirnadern schwollen. Ein ganz tüchtiges Feuerchen brannte in ihm und trocknete Gaumen und Zunge so, daß er recht häufig zum Champagnerglas griff. Aber das Feuerchen soll dadurch ja nur noch mehr angefacht und erhitzt werden. Man darf nicht zugeben, daß es im Champagner ersäuft.

Auf einen leichten Augenwink Surejas brachen die Tänzerinnen mitten im Tanze ab. Natascha fuhr unter einem drohenden Blick des Prinzen erschreckt zusammen. Sie erhob sich langsam unter dem Zwang seiner Augen, verneigte sich tief, ganz orientalisch, und verschwand.

Der Konsul sprang auf, entschuldigte sich, daß er die Zeit so ganz vergessen habe. Sureja wollte ihn zurückhalten, aber nun drängte der Türke zum Aufbruch. Sureja nahm ihm das Versprechen ab, ihn bald wieder einmal zu besuchen und geleitete seinen Gast in den Hof. Die Sterne funkelten, so daß man keine Fackeln nötig hatte. Mitternacht war vorüber.

Ein Reitknecht zog des Konsuls Pferd aus dem Stall. Es fiel Sureja auf, daß er nicht quer über den Hof ging, sondern mit dem Hengst möglichst im Dunkel der Bäume näher kam.

»Hat das Pferd Eurer Exzellenz die Bräune?« Er wies auf das Tier, dem man ein Tuch um den Hals geschlungen hatte.

Ärgerlich riß der Türke das Tuch ab. Das Pferd blutete aus einer breiten Halswunde.

Heulend sank der Reitknecht in die Knie, küßte seinem Herrn den Rocksaum, rutschte zu dem Konsul, befeuchtete seine Stiefel mit Tränen und beichtete endlich. Nicht er, sondern ein Pferdewärter, der sich aber nicht aus dem Stall traue, habe den Hengst Seiner Exzellenz zu Jussuf in denselben Stall gestellt. Um ihm die gebührende Ehre zu erweisen. Aber Jussufs Reitknecht hatte nicht daran gedacht, dem feurigen Tier die Hinterbeine festzubinden, weil er doch so eifersüchtig ist und keinen anderen Hengst in seinem Stall verträgt. Deshalb hat er ja auch seinen Stall für sich. Aber man konnte das Pferd Seiner Exzellenz doch nicht zu den anderen Pferden stellen, man wußte doch, was sich gehörte. Jussuf habe sich so ruhig verhalten, daß niemand an etwas Böses dachte. Erst als keiner mehr im Stall war, sei es losgegangen. Ein wahrer Teufel sei Jussuf. Bis man die beiden Hengste glücklich voneinander losgebracht, sei das Unglück schon geschehen.

+++

Sureja erbat sich des Konsuls Reitpeitsche und bearbeitete den heulenden Reitknecht, bis dieser mit einem gellenden Schrei aufsprang und fortlief, was er längst hätte tun sollen, der Dummkopf. Der Konsul besah sich sein Pferd etwas genauer. Es blutete auch aus zwei schmalen Wunden in der Brust, wo Jussuf Hautfetzen herausgerissen hatte. Glücklicherweise waren es nur Fleischwunden. Sureja wollte ihm ein anderes Pferd geben lassen, aber der Konsul schwang sich rasch entschlossen in den Sattel, bedankte sich nochmals mit vielen Worten für den Abend, entschuldigte sich vielmals für sein langes Bleiben und ritt ab durch das Tor, das der Torhüter inzwischen geöffnet hatte.

Sureja sah dem Reiter eine Weile nach. Er würde sich beeilen, mit seinem lädierten Gaul nach Hause zu kommen und nicht erst noch im Christenviertel herumspionieren. Er wandte sich zurück zum Haus. Ein Unglückstag für den Konsul. Er hätte sich besser vorsehen und erst die Sterne befragen sollen, bevor er Sureja in den Bau ging. Ein Pechvogel.

Der Prinz lachte laut und schneidend. Noch einmal hielt er an und überlegte einen Augenblick. Dann kehrte er in das Ändärum zurück. Er war aufgeräumt. Auf dem Kohlenbecken rauchten ein paar frische Weihrauchkörner.

Er klatschte in die Hände und befahl der alten Dienerin, Perwareh, den Schmetterling, hereinzulassen, ein Kurdenmädchen aus den Bergen, das ihm sein Bruder kürzlich zum Geschenk gemacht hatte.

Siebentes Kapitel

Die Nacht, die sonst Kühlung bringt, war schwül, schwarz und schwer. Kein Mond, kein Stern, nicht der Hauch eines Windes. Kein Blatt regte sich, kein Tier, kein Diener. Alles hing an seinem Zweig und lag an seinem Ort wie betäubt von schwerer, schwüler Dunkelheit. Kein Ast bewegte sich, kein Glied regte sich. Nur schwere Düfte wanderten ruhelos durch die Finsternis, die bewegungslos auf der Stadt lag wie eine brütende Henne. Allah allein weiß, was aus dem Ei kriechen wird.

Die schweren Düfte schlichen sich durch verschlossene Türen, stiegen über die höchsten Mauern, bedeckten den Boden, hoben sich zur Decke und drangen überall hin, wo weder Ohr noch Auge hingelangen kann. Das ermüdete Ohr ist taub, die ermatteten Augen schließen sich, alle Sinne wollen schlafen, verlöschen bis zum nächsten Tag. Da naht geräuschlos auf tausend unsichtbaren Füßen ein süßlicher Duft von mürbem Fleisch. Auch nur das Augenlid zu heben, wäre eine zu große Anstrengung. Neben dem Duft nach mürbem Fleisch schwebt wie auf Fledermausflügeln ein brandiger Geruch, als würde vielen Pferden, vielen Eseln oder einer Schafherde das Zeichen ihres Besitzers aufgebrannt. Die Augen bleiben geschlossen, aber die Nasenflügel öffnen sich und ziehen leise erbebend den Duft von mürbem Fleisch und den brandigen Geruch ein, der naht auf tausend unsichtbaren Flügeln, schwebt wie auf Fledermausflügeln, und dazwischen windet sich wie ein Wurm der Duft von saurem Essig. Das kitzelt und beißt und brennt die Nase so lange, bis das Ohr wieder wach wird und das Auge weit offen in die Finsternis starrt. An Schlaf ist für diese Nacht nicht mehr zu denken.

Die Muskeln spannen die Ohrmuschel wie eine Trommel. Dunkel rollt wie ferner Donner das Geräusch schwerer dumpfer Schläge auf das angespannte Ohr. Nun trifft es ein langgezogener, gellender Schrei, unmenschlich und doch aus einer menschlichen Kehle. Die weit aufgerissenen Augen erblicken in der schwülen, schwarzen Finsternis düsterrote Feuerflammen, als kämen sie aus der Hölle.

Die Perser ächzen, werfen sich auf die Seite, wenigstens das eine Ohr wieder taub zu machen, pressen die Augen zu, um das Feuer nicht mehr zu sehen, aber der Geruch von mürbem Fleisch, verbranntem Haar und saurem Essig geht nicht aus der Nase und hält auch alle anderen Sinne wach. Wenn es doch erst Tag wäre.

Acht Nächte geht es so, die schwül, schwarz und schwer bleiben. Die Gerüche werden immer schärfer, der dumpfen Schläge werden immer mehr, und gellende Schreie brechen bald von allen Seiten durch die Dunkelheit wie wilde Tiere.

Schon nach der zweiten Nacht, kaum ist die Sonne ihrer Herr geworden, trifft man auf den Straßen Trupps von Weibern, in deren Mitte ein Toter getragen wird. Nach jeder Nacht gibt es mehr solcher Weibertrupps mit Toten in ihrer Mitte. Sie schreien, sie singen, sie raufen sich die Haare, schlagen die Brust, und dann stimmen sie wieder Jubellieder an.

Kaum hat die Nacht den dritten Tag verschluckt – kein Mond, kein Stern, nicht der Hauch eines Windes – ächzen die Perser schwerer, werfen sich hastiger herum, pressen die Augen zu, aber nun hilft es schon gar nichts mehr. Dieser furchtbare Geruch sitzt ihnen in allen Poren, die ganze Luft ist wie erfüllt von dumpfen Schlägen, gellenden Schreien, und wohin man auch in die schwarze Finsternis starrt, überall brechen düstere rote Flammen auf. Der Mund füllt sich mit Speichel. Kaum hat man ihn heruntergeschluckt, ist er schon wieder da; und man muß ihn sofort schlucken, sonst überschwemmt er den Mund, tritt vor die Lippen und schäumt. Wie bei einem Wahnsinnigen.

Plötzlich aber schreit in diesem oder in jenem Haus einer wild auf, heult, Schaum tritt ihm vor den Mund, und er rennt fort. Seine Mutter erhebt sich, oder wenn sie nicht mehr lebt, sein Weib, oder wenn er noch zu jung ist, seine Schwester, und rennt ihm nach durch die Gassen. Sie hat auf diesen Augenblick gewartet. Vielleicht unter großer Angst, mit tausend Schmerzen, wenn ihre Frömmigkeit nicht stärker ist als alle Angst. Vielleicht mit Ungeduld, weil Allah sein Herz immer noch nicht kräftig genug berührt hat. Vielleicht sogar mit Scham, daß ihr Mann, ihr Sohn, ihr Bruder, solcher Gnade nicht gewürdigt wird. –

Sureja spielt mit Natascha Schach. Sie spielt recht gut, auch ohne Brett. Einmal hat er sogar eine Partie blind mit ihr gespielt, ohne seine Züge laut anzusagen. Er hat jeden Zug nur zum Greifen klar gedacht und deutlich vor sich auf dem imaginären Schachbrett gesehen. Zuweilen folgt Nataschas Gegenzug sehr schnell. Zögert sie und blickt ihn angstvoll an, denkt er den Zug so eindringlich, fast laut, und erblickt seine Hand, wie sie den Zug ausführt, so daß Natascha doch noch den Gegenzug findet. Heute aber ist nichts mit ihr anzufangen. Sie ist zerstreut, verwirrt, nervös, unruhig, unbrauchbar. Man kann nur auf dem Brett mit ihr spielen.

Es ist in der sechsten von den acht Nächten, die so schwül, schwarz und schwer sind, in denen es immer eindringlicher nach mürbem Fleisch, nach Brand und Essig riecht. Natürlich nicht hier im Ändärum eines Prinzen, aber er hat ihr ein Schlafzimmer dicht an der östlichen Mauer des Hauses unmittelbar unter dem Dach mit einem vergitterten Fenster, das nach den Schießscharten auf dem Dach offen ist, angewiesen. Da kommen die Gerüche, die dumpfen Schläge und gellenden Schreie bis zu ihr. Ob das ihr Empfindungsvermögen so alarmiert, daß sie ganz verwirrt ist? Oder steckt noch etwas anderes dahinter?

Nataschas Augen werden gläsern, ihre Nüstern ziehen ängstlich wie unter einem inneren Zwang die Luft ein, und über ihre Haut kriecht ein Zittern vom Kopf bis zu den Füßen. Dann zittert die Haut plötzlich nur unter den weit aufgerissenen Augen oder am Hals, auf der Hand, auf dem Fußrücken. Sie zittert, wie Sureja deutlich sieht, im Kreis von einem Nervenmittelpunkt aus. Wie wenn man bald hier, bald dort einen kleinen Stein in einen stillen See wirft. Merkwürdig beweglich wird auf einmal die Haut. Wie bei einer arabischen Stute, die auf solche Weise Fliegen abwehrt, wenn sie sich ihr auf den Hals, in den Nacken, auf den Leib oder die Kruppe setzen wollen.

»Behagt dir in diesen Nächten das neue Schlafzimmer nicht?« fragt der Prinz.

Natascha schlägt die Hände vor das Gesicht.

»Soll ich dir die alte Bibi-Dschanem ins Zimmer geben? Sie kennt diese Nächte und hat keinen Mann, keinen Sohn, keinen Bruder, um den sie fürchten muß.« Sureja lacht. »Nicht einmal einen Liebhaber, denke ich'. Für wen fürchtest du, Natascha?«

Sie gibt das Gesicht wieder frei. Es würgt ihr in der Kehle, sie preßt die Lippen zusammen. Da sie nicht gehorchen wollen, greift sie die Lippen mit den Zähnen so fest und hart, daß ein Tropfen Blut sie noch röter färbt. Sonst könnte sie den Schrei nicht zurückhalten, den Schrei, der durch diese Nächte gellt, der so unmenschlich ist und doch aus menschlichen Kehlen kommt.

Sureja erhebt sich und entblößt mit einem raschen Griff ihren Rücken. Über ihn zieht sich von rechts nach links ein breiter roter Streifen. Wie von einer Geißel. Aber er weiß genau, daß niemand sie schlägt. Keiner würde es wagen. Nicht einmal Bibi-Dschanem. Alle wissen, daß Natascha ihm besonders wertvoll ist. Die kleine Perwareh, der wilde Schmetterling, könnte aus Eifersucht wohl einmal die Nägel an ihr probieren, das ungebärdige Kurdenmädchen aus den Bergen. Aber hier ist ein schwerer Geißelhieb, ausgeführt von einer dicken, geflochtenen Schnur, wie sie gar mancher Fromme in diesen Nächten an einem kurzen Stiel über dem Kopf schwingt und quer über den Rücken klatschen läßt. Hassan und Hussein zu Ehren, den Kindern Alis, den heiligen Nachfolgern Mohammeds, mit ihnen sei Frieden, die in der Schlacht ihr Leben lassen mußten, der Hauptheiligen aller frommen Schiiten.

Nirgends befindet sich in seinem Haus eine solche Geißel und in Nataschas neuem Schlafzimmer schon gar nicht. Doktor Durvilles Lehren werden ihm immer wertvoller. Wenn sich sensible französische Nonnen allzu eifrig in das Leiden und Sterben ihres Häzrät Isa versenken, erscheinen seine Wundmale auf ihren Leibern. Die europäische Wissenschaft nennt das Hysterie, ein dunkles Wort für eine Sache, die sie nicht erklären kann. Ein kostbares Instrument, diese Natascha.

Er setzte sich wieder nieder und wiederholte seine Frage: »Für wen fürchtest du, Natascha?«

Da stürzt sie vor ihm auf den Teppich, küßt seine Hände, überströmt sie mit Tränen und stammelt: »Für dich, Herr.«

»Ich dachte gar nicht, daß eine Mohammedanerin aus dem Kaukasus, eine Mohammedanerin mit russischem Namen so fromm sein könnte.«

»Für dich, Herr!«

»Du brauchst nichts zu fürchten, Natascha. Das ist etwas für Brotbäcker, Schmiede, Bettler, Bauern, Derwische und Frauen. Oder glaubst du, daß der Gouverneur mitfeiert oder sonst ein Großer der Stadt? Und ich bin Kurde!« Er hob ihr das Kinn und sah in ihre Augen. Für einen Augenblick ruhte ihr Kopf in seiner Hand. Grenzenlose Hingabe und süßer Friede breiteten sich über ihr Gesicht. Sie fühlte sich geborgen wie der Vogel im Nest.

Sureja beugte sich über ihren Rücken. Der Geißelhieb verlor allmählich an Röte und verblaßte langsam.

Die achte und letzte dieser Nächte brütete über der Stadt. Allah allein weiß, was aus dem Ei kriechen wird. Es ist kein Schutz und keine Macht außer bei Gott, dem Erhabenen, dem Erlauchten!

Auch Sureja verließ das Haus. Zu Fuß. Seine Gänge vertrugen zuweilen nicht das Schnauben seines Jussuf und den harten Schritt des schweren Hengstes. Ihm war gerade in dunkler Nacht ein solcher Ausgang nichts Ungewohntes. Er verirrte sich nicht und hatte längst gelernt, sich schlimmstenfalls immer wieder an dem Bach zu orientieren, der die Stadt durchquerte.

So begab er sich zunächst nach dem Christenviertel. Ihn beunruhigte der Umstand, daß er seit über zwei Wochen keinerlei Nachricht über Hakob Akunian und den Ausgang seiner Expedition gegen Scharef erhalten hatte, viel mehr als der schiitische Brodem dieser Nächte.

Im Christenviertel hörte man kaum noch etwas von dumpfen Schlägen und gellenden Schreien; und man mußte schon genau wissen, was in der Stadt vorging, um auch nur noch eine Spur von dem Dunst dieser Nächte zu riechen, der wie aus den Höhlen wilder Tiere kam. Aber die Christen schliefen auch nicht wie sonst in so heißen Nächten auf den Dächern. Surejas feines Gehör hätte es bemerkt. Ein Kind weint, ein Mann wirft sich seufzend herum, eine Frau murmelt im Schlaf. Nichts dergleichen. Eine Stille überall, so undurchdringlich wie die Finsternis. In diesen Tagen verließ kein Christ sein Haus, um die Mohammedaner nicht zu reizen. Sogar die Wohltat, auf den Dächern zu schlafen, versagten sie sich.

Surejas Hand erkannte tastend das Tor zu des Fürsten bewehrtem Haus. Er wollte klopfen, zog die erhobene Faust aber wieder zurück. Es war unwahrscheinlich, daß man hier mehr wußte als er. Die erste Probe auf den gemeinsamen Plan wurde jetzt gemacht.

Seufzend wandte er sich wieder ab und lauschte in die Nacht. Nichts rührte sich. Auf einem Friedhof ging es lebendiger zu als hier.

Sureja wandte sich zurück in der Richtung, wo die Nacht nach wilden Tieren roch. Er brauchte nur seiner Nase zu folgen. Sie führte ihn sicher zu der Finsternis, die von Geschrei und Schlägen bebte und erfüllt war mit dem Geruch von mürbem Fleisch, versengter Haut und Essig. Bald hier, bald dort stach ein schmaler, blutroter Feuerschein spitz in die Luft und schnellte wieder zurück wie eine glühende Zunge in den schwarzen Rachen eines giftigen Drachen.

Der Prinz reckte sich, die Augen spähten scharf in die Finsternis, die Ohren nahmen willig jeden Schrei auf und jeden Schlag, der dumpf durch die Finsternis dröhnte, die Nase schnupperte nach allen Seiten und zog tief den Brodem ein. Fast genießerisch, wollüstig. Ganz von ferne erinnerte das alles an manche Feste in dem Kloster in Kurdistan.

Langsam setzte er sich wieder in Bewegung und ging buchstäblich dem Geruch seiner Nase nach. Vor einem offenen Torbogen blieb er einen Augenblick stehen. Schreie, dumpfe Schläge drangen durch einen Gang an sein Ohr, wie in einem Schlauch zusammengepreßt.

Am anderen Ende des Ganges wirbelten Rauchschwaden durcheinander, von Flammen durchzuckt, die knisterten und zischten. Er ging durch den Gang in einen runden Hof, in dessen Mitte gewaltige Holzstöße flammten. Sie umschritten, umtanzten Knaben, Männer, Greise mit nacktem Oberkörper in drei Kreisen. Der innerste der Kreise schritt, tanzte rechts herum, der zweite links-, der dritte wieder rechts herum. Der äußerste Kreis schwang Geißeln und schlug sich mit ihnen den Rücken blutig. Der zweite Kreis schwang klirrende Ketten, mit denen er sich bearbeitete, der dritte, der dem Feuer am nächsten war, schlug sich Brust und Arme mit Eisenstäben, die immer wieder neu im Feuer erhitzt wurden. Jeder Kreis schrie, heulte, brüllte in einer anderen Tonart die Namen der Heiligen: »Ei Häsän, ah Husein, ei Häsän, ah Husein!« Bald schneller, bald langsamer, bald schrill in der Fistel, bald tief aus der röchelnden Brust hervor. Hochauf loderte eine Flamme und beleuchtete grell einen schäumenden Mund, verglaste Augen, die nur noch das Weiße sehen ließen, eine schweißglänzende Brust, über die Blut rieselte und gerann. Die Flamme sank in sich zusammen,„ eine andere loderte auf und beleuchtete einen anderen Mund, eine andere Brust, junge, alte, welke, kraftstrotzende, hagere, in denen das glühende Herz nur noch durch das Gitter der Rippen vor Schlag und Stoß und Brand geschützt war, fette, denen das Fleisch auf den Rippen erst mürbe geklopft und gebrannt werden mußte. »Ei Häsän! Ah Husein!« An der Hofmauer selbst aber saßen, tief im Schlund der Finsternis, die Mütter, Frauen und Schwestern im Kreis, klatschten in die Hände und klagten: »Ei Häsän! Ah Husein!«

Eine erhöhte Galerie lief um den Hof. Da hockten die entfernteren männlichen Verwandten und durch ein Gitter von ihnen getrennt die Tanten und Basen. Hier ließ sich auch Sureja nieder.

Ein gellender, Mark und Bein erschütternder Schrei durchschnitt die Nacht. In dem Kreis, der dem Feuer am nächsten war, eine Lücke. Einer wälzte sich am Boden oder brach zusammen wie von einer Axt gefällt. Die Weiber, die ihm am nächsten hockten, sprangen schreiend herbei und zogen ihn aus dem Kreis zu sich in den Schlund der Finsternis, wo sie ihn mit Essig besprengten. Schon war einer aus dem zweiten Kreis in die Lücke getreten, schleuderte die Kette klirrend von sich und griff zu einem Eisenstab, der im Feuer glühte. Aus dem dritten Kreis aber warf einer die Geißel hinter sich, griff die klirrende Kette auf und sprang in die Lücke des zweiten Kreises. Kam keiner von der Galerie, um die Geißel zu ergreifen und in den dritten Kreis zu treten, blieb die aufreizende, drohende, lockende Lücke. »Ei Häsän! Ah Husein! Ei Häsän! Ah Husein!«

Aus der Finsternis gellte ein Weiberschrei. Der Zusammengebrochene war tot, sein Herz stand still. Ihm half kein Essig mehr, soviel auch an ihn verschwendet wurde. Er war im Paradies. Wer in der Schlacht fällt oder Hassan und Husein zu Ehren, ist ein in Gnaden Aufgenommener, im höchsten Himmel, ihn brennt kein Fegefeuer und keine Hölle. Seine Mutter, sein Weib, seine Schwester schreit in der Finsternis nach dem Toten, sie rauft sich die Haare, schlägt sich die Brüste, zerreißt die Burqä, aber die Tanten und Basen auf der Galerie hinter dem Gitter preisen den Toten und danken Ali für seine Gnade und Güte. Wilder geht der Reigen in den drei Kreisen um die flammenden Holzstöße, lauter klatschen die Geißeln auf den Rücken, heftiger klirren die Ketten, Eisenstäbe glühen und zischen, Schweiß und Blut fließt in Strömen. »Ei Häsän! Ah! Husein!«

Wohl in fünfzig Höfen dieser Stadt geht es so wie hier. In Tausenden von Höfen in ganz Iran, soweit Schiiten es bewohnen. Acht Nächte lang Häsän und Husein zum Gedächtnis. Wahrlich, sie lassen es sich saurer werden als die Christen zum Gedächtnis ihres Häzrät Isa. Und dieses Talent zur Ekstase, das nur noch in Asien geübt und gepflegt wird! Ist sie letzten Endes nicht doch eine größere Macht als alle europäische Technik, die kaum nach Jahrhunderten zählt?

Erst als es Tag wurde, verließ Sureja den Hof. Aus den Bergen hatte sich ein starker Wind aufgemacht und fegte über die weite Ebene, als wolle er den Brodem der acht Nächte möglichst schnell zu Allah in den Himmel blasen. Ob es ihm wirklich ein Wohlgeruch war?

Der Torhüter flüsterte ihm ein Wort zu, das seinen Schritt beschleunigte. Eine ehrliche Freude auf dem sonst so verschlossenen Gesicht, trat er mit ausgestreckten Händen in das Herrenzimmer, ließ sie aber sofort wieder sinken. Hakob Akunian war bleich wie ein Gespenst, schwer erhob er sich aus dem Sessel, die linke Hand war verbunden und hing in einer Schlinge, auch um die Stirn war eine Binde geknüpft.

»Die Hauptsache ist, daß Sie lebendig wieder vor mir stehen, Durchlaucht. Ein wenig angeschossen, wie es scheint.«

Der Fürst schüttelte dem Prinzen die Hand. Die Freude auf dem sonst so verschlossenen Gesicht hatte ihm wohlgetan.

»Kommen Sie direkt aus den Bergen?«

Der Fürst nickte.

»Bitte, strecken Sie sich aus, machen Sie es sich bequem. Ich kann mir denken, daß Sie stark mitgenommen sind. Man sieht es Ihnen ja auch deutlich an. Haben Sie Wundfieber?«

»Nicht der Rede wert.«

»Darf ich uns Tee bringen lassen, kalten oder heißen? Etwas zu essen? Ein Glas Champagner? Bitte, verfügen Sie über mich und mein Haus.«

»Erlauben Sie, daß ich mich ein wenig niederlege. Ein Glas heißen Tees wäre mir angenehm, wenn es Ihnen keine Mühe macht. Auch irgendeine Kleinigkeit zu essen. Ich bin die ganze Nacht durchgaloppiert. Selbst mein armer Husein ist von den Strapazen dieser Wochen mager geworden; und in dieser Nacht habe ich ihm auch noch den Rücken wundgeritten. Diese verdammten europäischen Sättel. Lange hätte er nicht mehr mitgemacht.«

Sureja klatschte in die Hände und gab seine Befehle. »Haben Sie den Hengst bei mir untergebracht?«

Der Fürst nickte, und Sureja schickte nach seinem Stallmeister und dem besten Pferdewärter. Der Fürst wollte sprechen, aber der Prinz bat ihn, sich erst ein wenig zu stärken.

Das Gesicht des Prinzen zeigte einen so offenen und warmen Ausdruck, daß Hakob Akunian ihm nochmals die Hand reichte. Zwischen einem Armenier und einem Kurden schien trotz allem eine echte Männerfreundschaft möglich zu sein.

Bibi-Dschanem brachte selbst Tee, Brot, Fleisch und Obst. Beide griffen zu, denn auch der Prinz hatte Hunger.

»Liegen Sie bequem, Durchlaucht, oder haben Sie Schmerzen?«

»Ich danke bestens, Hoheit, ich liege gut.«

»Sind Sie mit Scharef fertig geworden? Was ist mit ihm?«

»Tot.«

»Und seine Leute?«

»Kaum einer ist entkommen.«

»Noch besser!«

»Und Ihre Leute?«

»Meist auch tot.«

Der Prinz war erstaunt. »Das verstehe ich nicht, wenn Sie meine Ratschläge befolgt haben. Das müssen Sie mir ein wenig erklären.«

Hakob Akunian verzog grimmig das Gesicht. »Nicht alle Ratschläge lassen sich befolgen. Man will es, aber es geht dann doch nicht.«

»Vielleicht erzählen Sie jetzt, wenn es Sie nicht zu sehr anstrengt?«

»Das Erzählen ist nicht so anstrengend wie das Erleben«, meinte der Fürst mit verhaltenem Grimm in der Stimme und erzählte.

Alles ging nach Wunsch, noch besser, als zu hoffen war. Die Kundschafter hatten zuverlässige Arbeit getan. Auch von hier kam man in der Nacht ungesehen fort. In kleinen Trupps. Immer ein Reiter und vier Mann. Genau nach dem Programm. Sechzig Mann zu Pferd und zweihundertvierzig zu Fuß. Nach fünf Tagen fand man sich bei dem zerfallenen Kloster Derik wieder zusammen. Kein Mann fehlte, alles wohl und munter. Auch die Pferde. Drei Tage und drei Nächte schlich man sich durch die Berge immer tiefer hinein in türkisches Gebiet. Dann blieben die Reiter zurück, damit die Pferde nicht laut wurden, wenn sie fremde Pferde witterten. Das Fußvolk kroch langsam weiter vor, denn die Kundschafter sagten, daß Scharef nur noch drei Parasangen von hier halt gemacht und sein Lager für die Nacht aufgeschlagen hatte. In einem engen Tal. Einen kleinen, tiefen, reißenden Fluß im Rücken. Es war nicht schwer, in der Nacht die umliegenden Höhen zu besetzen.

»Die aufgehende Sonne im Rücken«, sagte Sureja befriedigt.

Hakob Akunian nickte.

Als die Sonne aufging, zerstreute sie leicht und lautlos die dünnen Nebelschwaden aus dem Tal, so daß das Lager hell und klar in allen Einzelheiten deutlich in friedlichem Schlaf dem Gegner zu Füßen lag. Wachen hatte Scharef überhaupt nicht ausgestellt, so sicher und sorglos war er. Wer sollte ihm und seinen Hamidiekurden hier auf türkischem Gebiet auch gefährlich sein.

»Zählten Sie die Zelte?« warf Sureja ein.

»Hundert«, erwiderte Hakob Akunian.

Der Kurde pfiff durch die Zähne. »Also etwa tausend Mann gegen dreihundert.«

»Die Sonne lachte, das Tal lachte, der kleine reißende Fluß hüpfte und sprang vor Lust, und die Feinde schliefen. In der Mitte das schwarze Zelt Scharefs. Um diesen Mittelpunkt dicht aneinandergedrängt wie eine eingepflockte Herde die anderen Zelte, weiß, grau, gefleckt, geflickt, wenig sauber, aber zäh und dickhäutig wie alte Hammel.«

»Warum stocken Sie, weshalb zögern Sie?« fragte der Prinz.

»Ich winkte Vater Gregor und noch ein paar andere näher zu mir heran; und eine ganze Weile blickten wir in das sonnige, lachende Tal mit dem hüpfenden, silbernen Fluß im Rücken. Ich hob den Arm zu dem verabredeten Befehl...«

»Und das Scheibenschießen hat endlich begonnen!« fiel der Prinz ungeduldig ein, »Sie waren doch nicht beisammen, um von der Schönheit eines Sommermorgens in den Bergen zu schwärmen, oder doch?«

Der Fürst biß sich auf die Lippen. »Wir brachten es nicht über uns, sie im Schlafe zu ermorden.«

Mit einem Fluch fuhr der Prinz in die Höhe. »Tausend gegen dreihundert!«

»Regen Sie sich nicht auf, Hoheit. Es läßt sich nichts mehr daran ändern. Wenn ich an die Folgen denke, weiß ich zuweilen wahrhaftig nicht, ob ich nicht doch lieber Ihrem Rat hätte folgen sollen.«

»Das mußten Sie! Unbedingt hätten Sie ihn befolgen müssen! Dreihundert gegen tausend!«

»Trotzdem ging es nicht. Auch Vater Gregor und die anderen teilten meine Ansicht. Es wäre eine Feigheit gewesen.«

»Seit wann nennen Sie Klugheit Feigheit?« warf der Prinz erbittert ein.

Man weckte Scharef und die Seinen durch ein paar Flintenschüsse aus dem Schlaf. Große Verwirrung im Lager. Als sie hinreichend wach zu sein schienen, begann das Scharfschießen. Der Gegner hatte die Sonne im Gesicht. Die Verluste der Armenier waren zuerst ganz gering. Immerhin, es waren tausend gegen dreihundert. Scharef selbst war noch in seinem Zelt gefallen. Das half und verwirrte den Gegner weiter. Aber tausend Kugeln sind nun einmal mehr als dreihundert und machen zwischen den Bergen einen Heidenspektakel. Wer von den Armeniern so unglücklich getroffen war, daß er sich nicht mehr frei bewegen konnte, wurde zu den Reitern geschafft, die inzwischen auch näher gekommen waren, und zu ihnen in den Sattel gehoben. Die Hamidiekurden versuchten immer wieder, die Höhen zu stürmen, waren aber zumeist schon in halber Höhe erledigt. Nur einzelne kamen weiter und wurden dann niedergemacht. Nach zwei Stunden liefen und schrien nur noch Pferde ohne Reiter durch das demolierte Lager, aber keine Menschen mehr. Inzwischen hatte aber die gewaltige Schießerei ein paar kleine türkische Bergfestungen alarmiert. Als die Armenier ihre Toten begraben hatten und sich langsam zurückziehen wollten, bekamen sie Flankenfeuer.

»Das kommt von ihrer Tapferkeit«, sagte der Prinz ruhig und ohne merkbare Ironie.

Zwei Tage und zwei Nächte dauerten diese Rückzugsgefechte. Die Türken blieben ihnen auf den Fersen, bekamen immer wieder frischen Zuzug. Erst am dritten Tag kam man von ihnen los.

Der Prinz schüttelte den Kopf. »Weshalb haben Sie nicht einfach Hals über Kopf Reißaus genommen, als Sie die Lage übersahen? Ich verstehe das nicht. Ihre Aufgabe, Scharef zu vernichten, war doch erfüllt. Was gingen Sie die regulären türkischen Truppen an?«

»Wir konnten doch unsere Verwundeten nicht einfach liegen und in die Hände der Türken fallen lassen.«

»Hatten Sie russische Uniformen mit?«

»Leider nicht.«

Der Prinz schüttelte wieder mißbilligend den Kopf.

»Mit den Sterbenden betete Vater Gregor, bis sie ausgelitten hatten.«

»Derweil wehrten Sie die Türken ab?«

Hakob Akunian nickte.

»Also immer wieder großer und gefährlicher Zeitverlust«, sagte Sureja unzufrieden.

»Wir hatten nicht mehr Reiter genug, um alle mitzunehmen.«

Hakob Akunian sank bleich in seine Kissen zurück und schwieg. Der Prinz klatschte in die Hände und befahl eine Flasche Champagner. Stumm reichte er dem Fürsten einen wohlgefüllten Becher, dessen Inhalt er auf einen Zug herunterstürzte.

»Dabei hatten Sie natürlich besonders große Verluste,« meinte der Prinz, »denn ich kann mir nicht denken, daß die Türken Ihren Priester bei seinen Sterbenden ungeschoren ließen, sie sind doch Mohammedaner.«

»Manchem Verwundeten, den wir nicht mitnehmen konnten, stieß Vater Gregor selbst den Dolch ins Herz, nachdem er mit ihm gebetet hatte, damit sie wenigstens nicht lebend in die Hände der Feinde fielen und seinen Martern ausgesetzt waren.«

Der Prinz nickte. »Sehr anständig. ›Heroisch‹ würde man vielleicht in Europa sagen, wenn man gerade mit Ihnen sympathisiert, Durchlaucht. Sonst wird man es unmenschlich grausam finden und besonders entsetzlich, daß sich ein Priester dazu hergab. Ich kann es nur höchst unklug finden, denn es kostete Zeit, die Sie besser verwandt hätten, würden Sie sich vom Feind möglichst schnell gelöst haben.«

»Mit achtzig Mann sind wir schließlich wieder in Derik angekommen, keiner unverwundet. Ein Drittel, vielleicht die Hälfte wird wohl jetzt noch den Wunden erliegen.«

»Da haben Sie's.«

Wieder schwiegen beide längere Zeit. Dann fragte der Prinz: »Wenn ich recht verstanden habe, sind Ihnen die Türken nicht bis zur Grenze gefolgt?«

»Schon vierundzwanzig Stunden früher hatten wir keine Verbindung mehr mit ihnen.«

»Sie sind dessen sicher?«

»Ganz sicher. Auch ihre Verluste waren groß.«

Das erleichterte den Prinzen. »Also können die Türken nicht beweisen, woher Sie gekommen sind. Sie können alles mögliche behaupten, sie können lügen, aber beweisen können sie es nicht. Wenigstens ein Glück in allem Unglück. Und wo befindet sich der Rest Ihrer Leute, der nicht nach Salmas gehört?«

»Wieder in meinen Weingärten.«

»Lange können sie da unmöglich bleiben.«

»Sowie es möglich ist, schicke ich sie bis auf weiteres mit persischen Pässen nach Rußland.«

»Haben Sie genügend persische Pässe?«

»Als ich die russischen Unteroffiziere aus Djulfa holte, habe ich mehr gekauft, als nötig sind. Ich rechnete mit viel geringeren Verlusten.«

»Da Sie nicht so klug waren, wie ich gehofft hatte, wie ich geraten hatte, sind die Spuren des Unternehmens nicht mehr so zu verwischen, wie es wünschenswert wäre. Immerhin, was jetzt noch möglich ist, soll geschehen. Aber sorgen Sie, daß die Leute aus dem Lande kommen. Je schneller, um so besser.« Er lächelte dünn und listig. »Dann kostet die Affäre vielleicht doch schlimmstenfalls nur noch ein tüchtiges Stück Geld, Herr Bankier, und nicht noch mehr Männer, die wir für die Zukunft nötig haben.«

Plötzlich sprang der Prinz auf, trat zu dem Fürsten und drückte ihm energisch die Rechte. »Die Hauptsache ist doch erreicht. Scharef ist vernichtet. Einen heilsamen Schreck wird das geben, und die Hohe Pforte wird schäumen vor Wut. Wäre sie klug, fräße sie ihre Wut und Schande in sich hinein und verdaute sie stumm, so gut es geht, ohne Lärm zu schlagen. Wie es einst die Engländer machten, als mein Vater sie hineingelegt hatte. Aber sie werden nicht so klug sein, die Narren in Stambul, sie werden schreien und alle Aufmerksamkeit auf ihre Blamage lenken. Sie werden natürlich Persien verdächtigen, denn es ist schwach und kann sich nicht wehren. Sie werden von Persien Genugtuung fordern.« Er pfiff durch die Zähne. »Wir werden ja sehen und sind darauf nicht unvorbereitet.«

Über das Gesicht des Prinzen zuckte es heiter. Er wollte von Miryäm anfangen, aber ein Blick auf den Fürsten sagte ihm, daß der Augenblick dafür nicht günstig sei. Also unterließ er es doch lieber. Auch mußte man ja sowieso noch einige Wochen hier aushalten, um die Folgen besser zu übersehen und soweit sie unbequem werden konnten, rechtzeitig abzuwehren.

»Was meinen Sie, wie lange wird es dauern, bis man in Stambul Lärm schlägt?« fragte Hakob Akunian und richtete sich von seinem Lager auf.

»In Wan wird man es nicht sehr eilig haben, wenn man sich erst den Schaden bei Licht besehen hat. Aber Unglücksgerüchte laufen schnell, fabelhaft schnell. Es wird nicht lange dauern, bis man hier davon munkelt. Es wird nicht lange dauern, bis die hohe Pforte einen Bericht vom Wali in Wan fordert. Wenn sich ihre Leute in spätestens acht Tagen aus dem Staub machen, tun sie gut daran. Daß es Armenier waren, sieht man an den Toten, daß es keine türkischen Armenier sind, ist klar, daß es russische Armenier waren, ist unwahrscheinlich, da der Überfall so weit fort von Wan vor sich ging, also bleiben nur die persischen Armenier übrig und die persische Regierung, die für sie verantwortlich ist.«

Sureja lachte. »Die arme persische Regierung. Wer schwach ist, muß jedes Unrecht ausbaden, das irgendwo in der Welt geschieht.«

Sie trennten sich, und auch Sureja suchte sein Lager auf. Er lauschte und nickte befriedigt. Die Stadt regte sich nicht. Alles war schlafen gegangen, nach den Anstrengungen dieser acht Nächte. »Ei Häsän! Oh Husein!«

Hakob Akunian hatte Glück, daß er gerade an diesem Morgen von seinem Zug gegen Scharef zurückgekommen war.

Achtes Kapitel

Vater Gregor saß bei Hakob Akunian. Er leistete ihm jetzt häufiger Gesellschaft, denn er war ein erfahrener Wundarzt. Sowohl für Wunden, die Dolch, Schwert und Kugel schlagen, als auch für jene, welche die Reue sticht, brennt und wühlt.

Sie saßen in dem Pavillon, in dem Hakobs Mutter, wenn sie hier war, möglichst den ganzen Tag verbrachte, wenn es nicht fror. Der Perser nennt einen solchen Pavillon Kulah-i firängi, einen europäischen Hut. Dieser Pavillon machte dem persischen Namen alle Ehre. Steif und hoch klebte er an einer Zwischenmauer und war ohne bunte Farben, Ornamente und schweifende, das Auge und die Phantasie immer anregende Linien und Schnörkel. Nüchtern, hölzern, eckig, gleich im Dutzend in der Maschine hergestellt. Ein echt europäischer Hut eben.

In diesem Pavillon suchte Vater Gregor seit einigen Tagen der schwermütigen Reue Hakobs über die großen Verluste im Kampf gegen Scharef mit europäischer Logik beizukommen, die ebenso steif, steil, nüchtern und eckig ist wie ein Kulah-i firängi und in Europa ja auch längst maschinell hergestellt wird. Dann merkte Vater Gregor aber, daß diese schwermütige Reue immer mehr orientalisch ausschweifende Formen annahm und die merkwürdigsten Ornamente und Schnörkel durch die Seele seines Patienten trieb, wozu die europäische Logik gerade so schlecht paßte wie dieser Pavillon zu dem persischen Hof.

In seiner Mitte lag, zierlich überdacht, ein breiter tiefer Brunnen, dessen Wasser nie stille stand, sondern immer leise murmelte und aus seinem Behälter in den Hof rieselte, wo aber keine Pfützen entstanden, weil der sandige Boden die Feuchte unermüdlich schluckte und die Hitze den Rest schnell verdunsten ließ. Breitete sich die Feuchte wirklich einmal in einer Nacht weiter aus, trocknete sie der nächste Tag schneller als ein nasses Tuch, das in europäische Sonne gehängt wird. Auf dem Brunnenwasser schnalzten und schnatterten wilde Enten, die niemand zu zähmen versuchte, denen niemand die Flügel stutzte, so daß sie jederzeit ungestört wieder fortfliegen konnten, wenn sie von einem Weib aus der Küche gestört wurden, das Wasser holte. An den schattigen Stellen des geräumigen Hofes lagen Maultiere und Esel oder wälzten sich, staubaufwirbelnd, auf dem Rücken in der Sonne, schreiend, um sich bald wieder voll Behagen in den Schatten zu werfen. Niemand beobachtete oder störte sie, solange man sie nicht brauchte. Ihre Jungen kapriolten spielbedürftig durch den Hof und versuchten immer wieder den Pavillon zu erklettern, wenn jemand in ihm saß. Aber die Treppe, die zu ihm führte, war zu steil, und die einzelnen Stufen zu hoch. Unermüdlich waren sie, und niemand, der im Pavillon saß, störte sie in ihrem Vergnügen. Kam aber ein Mensch über den Hof, galoppierten sie hin, stießen ihn, umtanzten ihn, neckten ihn, und da sie jung waren, störte sie keiner in diesem Vergnügen, so wenig man ein Kind in seinem Behagen störte und ihm irgendein Vergnügen versagte. Das Leben erzieht alles, was jung ist, ganz von selbst, und wenn man erst erwachsen ist, ob Mensch oder Esel, hat keiner mehr viel zu lachen. Ebensowenig störte jemand einen Vogel oder einen Schmetterling. Einer Raupe konnte man wohl eine Weile zusehen, aber niemand fiel es ein, sie zu zertreten. Es waren ja genug Vögel da, sie zu fressen, wenn es an der Zeit war. Und wenn sich morgens durch den Hof eine Spur zog, breit wie ein Wagenrad, als wäre da ein Ochsenkarren auf einem Rad durch den Hof geknarrt, ging niemand solcher Spur nach, um die Schlange, die sie hinterlassen, zu suchen und zu töten. Was innerhalb der Mauern lebte, die Haus, Hof und Gärten umfriedeten, ließ man leben und setzte sich nur zur Wehr, wenn es angriff und das Leben des Menschen bedrohte. Sonst überließ man es den Tieren, miteinander fertig zu werden und ihre Freuden und Leiden untereinander auszumachen. Wie man auch die Menschen dabei nicht sonderlich störte, wenn man nicht selbst direkt beteiligt war. Dann freilich verbiß man sich ineinander und kämpfte wild und rücksichtslos oder mit aller Verschlagenheit. Wie die Tiere auch. Blieb aber einer tot am Platze und war die Rauferei vorbei, oh, wie konnte man sich dann die Brust schlagen, die Haare raufen, klagen, und die Tränen strömten nur so aus der betrübten Seele. Dafür war man Mensch und nicht Tier. Auch die Diener störte der Herr nicht, wenn er sie nicht gerade brauchte. Sie lagen irgendwo im Schatten wie die Maultiere und Esel. Sie saßen in einer Ecke und sangen oder spielten, träumten oder schnarchten, ohne weiter beobachtet zu werden. Ihren Kindern gehörte der Hof so gut wie den Jungtieren. Mochten sie spielen mit wem sie wollten, schlafen wo und wie sie wollten, sich im Staub wälzen, wenn es ihnen behagte, sich prügeln, wenn es ihnen Spaß machte, schreien, wenn ein Jungesel sie umstieß oder kniff. Die Väter kümmerten sich nicht darum, und die Mütter hatten keine Zeit, denn auf ihnen liegt alle Arbeit im Haus, um die sich kein Mann kümmert, wenn es der Herr nicht direkt befiehlt, was kaum, jemals einem Herrn einfällt.

Wenn Vater Gregor mit Hakob Akunian allein war, duzte er ihn, denn er kannte ihn von Jugend auf.

»Als ich in Berlin studierte, habe ich mir geschworen, nie mehr einen Feind zu töten, und ich habe den Schwur gehalten und gedenke ihn auch weiter zu halten, selbst wenn es mich das Leben kostet. Aber nicht einen Augenblick habe ich auf dem Zug gegen Scharef gezögert, meinen Brüdern den Dolch ins Herz zu stoßen, um sie nicht in den Händen der Feinde längerer Qual auszusetzen. Glaubst du, daß ich es heute bereue? Glaubst du, daß auch nur eine Mutter mir den Rücken gezeigt hätte, der ich die letzten Grüße ihres Sohnes brachte und sein Ende berichtete, wie es sich zugetragen hat? Mit Tränen in den Augen haben sie die Hand geküßt, die den Dolch geführt hat, und haben mir gedankt, daß ich dem Sohn die schlimmste Marter erspart habe. Erst dann haben sie geschrien und sich vor Schmerzen über den Verlust des Sohnes am Boden gewälzt, und es sind einige, die den Verstand darüber verloren haben und ihn wohl auch nicht wiederfinden, so sehr ich mich um sie mühe. Glaubst du, auch nur eine unter ihnen fände in der Verwirrung ihres Geistes ein Wort der Verwünschung über mich und mein Tun? O nein! Sie brüten vor sich hin oder rasen um den Tod ihres Sohnes, wie es die Natur ihnen eingibt, wie sie es von ihnen verlangt; und wenn sie einen Augenblick wieder zu sich selbst kommen, greifen sie nach meiner Hand, bedecken sie mit Tränen und Küssen, weil sie dem Sohn das Bitterste erspart hat. Verstehst du das nicht mehr? Bist du so viel mehr zum Europäer geworden als ich, daß dir heute der Tod als das größte Übel erscheint, weil es nach ihm kein Leben mehr gibt? Hast du ganz vergessen, daß das Leben auf Erden für alle Guten schwerer ist als das Leben nach dem Tod? Weißt du nicht mehr, daß wie vor diesem Leben auch nach diesem Leben nur wieder Leben steht, das nicht nach dem Tod in dieser Zeit gemessen wird, sondern nach dem Leben in ihr? Und weißt du nicht, daß wir nach der Geburt leben, ohne vom Tod, der ihr vorausging, etwas zu wissen? So werden wir auch nach diesem Tod wieder geboren, ohne von ihm noch etwas zu wissen. Das Leben entscheidet über das Leben. Nicht der Tod. Die Christen in Europa machen es sich zu leicht, indem sie den Tod über das Leben nach ihm entscheiden lassen. Nicht das Sterben, sondern das Leben unterscheidet die Menschen. Sonst müßten alle, weil sie sterben, selig werden. Ist Sterben ein Verdienst? Das Leben liegt in meiner Hand, nicht das Sterben. Wohl denen, die sich nicht selbst den Tod gegeben haben, wohl ihnen, daß meine Hand ihn gab, nicht die ihre. Möge ich dafür auch länger leben und leiden müssen, was nicht in meiner Macht steht, sondern in der eines anderen, der über mir ist, wie meine Hand über meinen Freunden war, daß sie nicht mehr leiden mußten, als sie tragen und ich mitansehen konnte. Und war es ein Frevel, denn niemand weiß, so lange er lebt, ob er die Wahrheit besitzt, so werde ich lange genug für den Irrtum büßen müssen. In diesem Leben und erst recht nach meinem Tod, von dem ich nichts mehr weiß, wenn ich wieder geboren bin. Wenn nur die anderen leben, ohne daß ein freiwilliger Tod oder eine lange Marter in den Händen ihrer Feinde, sie um die Frucht ihres Lebens gebracht hat, denn diese Frucht ist köstlich, da sie bereit waren, ihr Leben zu lassen für ihre Brüder.«

Vater Gregor hielt ein, trat ein paar Stufen die Treppe hinab, tätschelte einem Jungesel die feuchte, eifrige Schnauze, weil er gar zu laut nach einem Spielkameraden schrie, gar zu hastig die Treppe mit den Hufen trat und ihn dadurch völlig aus dem Konzept gebracht hatte. Der Jungesel trabte zufrieden von dannen, und Vater Gregor setzte sich wieder.

Es donnerte so laut und hastig an das verschlossene Tor, daß die ruhenden Maulesel verwundert die Köpfe hoben und alles Jungvieh die Hälse reckte. Vater Gregor und Hakob Akunian erhoben sich langsam. Sollte die Kunde von Scharefs Tod und der Vernichtung seiner Elitetruppen so schnelle Füße haben und jetzt schon drohend an das Tor klopfen?

Wieder donnerte es laut an das verschlossene Tor. »Sofort öffnen!« befahl der Fürst und schritt langsam mit dem Priester die Treppenstufen hinunter in den Hof, wo Diener und Tiere plötzlich auf den Beinen standen und nach dem Tor blickten.

Der Torhüter schob langsam den Riegel zurück, lehnte sich aber fest gegen das Tor, um es sofort zuschlagen zu können, wenn jemand, der ihm verdächtig erschien, Einlaß begehrte. Er erblickte nur ein abgehetztes Pferd, das ein Mann am Zügel hielt, der ebenso abgehetzt aussah wie sein Tier. Ein Mohammedaner war es nicht. Er ließ Roß und Reiter in den Hof und verriegelte sofort das Tor hinter ihnen.

Der untersetzte, dicke Reiter sah sich prüfend um und trat schnell zu dem näherkommenden Fürsten, »Ich lernte Sie vor einigen Wochen beim hiesigen Gouverneur kennen.« Er griff militärisch an die Lammfellmütze, was für den Fürsten komisch wirkte. »General Daschkow. Ich möchte Durchlaucht für eine Stunde um Gastfreundschaft bitten. Sie sind geborener Russe und Christ, also haben Sie hoffentlich einen Schnaps zur Hand, wofür ich besonders dankbar wäre.«

Der Fürst fühlte sich erleichtert, begrüßte den General sehr freundlich, stellte ihm Vater Gregor vor und geleitete ihn in den Pavillon. Einer von den beiden hohen Exzellenzen, die mit zwei Popen nach Urmia gereist waren. Was mochte ihm zugestoßen sein, und wo war der andere? Die beiden Armenier ließen den Dicken trinken, essen und wieder zu sich selbst kommen, ohne eine Frage zu stellen. Er würde nachher schon von selbst erzählen, was ihn so mitgenommen hatte. So geschah es denn auch.

General Daschkow hatte sich mit seinem Kameraden aus Urmia heimlich aus dem Staube gemacht, weil man sie auch dort keinen Augenblick allein ließ. Unerträglich wurden diese Höflichkeitsbesuche, Aufmerksamkeiten, Festlichkeiten, die Tag und Nacht in Anspruch nahmen; und wenn man sich für einige Stunden zurückzog, um ein wenig auszuruhen und zu schlafen, wachten immer neue Diener oder Tänzerinnen darüber, daß man nur ja nicht gestört wurde.

Vater Gregor schmunzelte in seinen grauen Bart. Die Russen verachteten die Perser, weil sie schlechte Soldaten waren, und unterschätzten deshalb ihre anderen Talente. Dieser General würde sie fortan nicht mehr unterschätzen, wie es schien.

Mit Hilfe einiger Syrer gelang es den beiden endlich, in persischer Verkleidung zu entwischen und die Rückreise nach Djulfa anzutreten. Ohne Begleitung, ohne Diener, aber mit wohlgefüllten Satteltaschen.

»Exzellenz sprechen persisch, nehme ich an?« fragte der Priester freundlich.

Mißtrauisch musterte ihn der General. »Nicht der Rede wert, nur ein wenig für den Hausgebrauch, um sich durchschlagen zu können, mehr nicht.«

Alles ging gut, wenn auch recht beschwerlich. Zuviel Hitze, zuviel Steine, zuwenig Wasser, wenig Wald, viele Herden mit bissigen Hunden, aber wenig Dörfer, um zu rasten. Ein verdammtes Land, wenn man alt und bequem wird und seinen Knochen nicht gerne mehr Strapazen zumutet, als sich durchaus nicht umgehen läßt.

»Darf ich Ew. Exzellenz ein Glas Champagner anbieten?« fragte der Fürst. Der General hatte nichts dagegen.

So ritt man im Schweiße seines Angesichts weiter. Eigentlich hatte man sich Land und Leute etwas interessanter gedacht, aber Sehenswertes gab es da für ein paar alte Herrn wirklich nicht viel. Dann sah man von weitem so etwas wie eine alte Festung. Endlich doch einmal eine kleine Abwechslung, dachte man und ritt näher. Es war aber nur ein altes zerfallenes Kloster, und keine Menschenseele weit und breit. Dafür um so mehr Hitze, die kaum noch zu ertragen war.

»Ein armes Land«, seufzte der Priester träumerisch, »und könnte doch so reich sein. Die Mohammedaner haben die Wälder abgeholzt und dem Land damit auch das Wasser genommen. Wenn man aufforsten könnte wie in Kaukasien seit hundert Jahren, seitdem es nicht mehr unter mohammedanischer Herrschaft steht, welch ein Paradies könnte das werden.«

Der General goß ein Glas Champagner hinunter und schüttelte sich wieder einmal. »Da geschah das Gräßliche. Jetzt frage ich mich, ob ich es nicht doch nur geträumt, sondern wirklich erlebt habe. Ein höllisches Land, eine Brutstätte des Teufels.« Er schlug ein Kreuz. »Mein Kamerad war weit hinter mir zurückgeblieben. Wie das so geht, wenn der Satan es haben will.

Mein Gaul war schon lange unruhig und schnaufte aufgeregt. Ich achtete nicht darauf. Ich hatte genug mit der Hitze zu tun, die mich fast umbrachte.«

»Sie hätten besser getan, nachts zu reisen, wie das hier alle Welt tut«, meinte der Priester voller Teilnahme. »Aber freilich, Sie wollten ja etwas von Persien sehen. Daran dachte ich im Augenblick nicht.«

»Selbstverständlich«, murmelte der General. »Mein Gaul versuchte wiederholt, aus dem Wald auszubrechen ins freie Feld. Immer wieder brachte ich ihn zur Räson. Hatte das Biest einen Sonnenstich und allen Verstand verloren? Plötzlich höre ich hinter mir einen leisen Schrei und drehe mich um. Der Gaul ist mit meinem Kameraden ausgebrochen und rast wie verrückt querfeldein. Ich rufe, aber er hört mich nicht. Hat er alle Gewalt über sein Pferd verloren? Nun rast auch mein Gaul aus dem Wald, den Kopf gesenkt, die Trense fest zwischen die Zähne geklemmt. Ich haue ihm zwischen die Ohren, ich reiße an den Zügeln, ich schlage ihm die Sporen in den Leib. Er steigt, er tanzt, er feuert aus und schreit. Nur für Augenblicke kann ich ihn in die Richtung nach dem anderen zwingen. Er bockt, geht nicht von der Stelle, angelt nach der Trense, bis er sie wieder fest zwischen den Zähnen hat und jagt mit einem wilden Satz in der verkehrten Richtung weiter, als fürchte er nichts so sehr wie den anderen, der aber schneller ist und nun doch allmählich näher kommt. In Karriere sausen jetzt beide los. Nach einiger Zeit liegen sie fast parallel. Hinter dem anderen Gaul springt es wie dunkle elastische Bänder. Wohl ein Dutzend. Wie Blitze über den Boden hin. In rasender Geschwindigkeit. Ich begreife gar nicht, was das ist, und wie es so schnell vorwärts kommt. Jetzt sehe ich deutlich, wie die schwarzen, schmalen, elastischen Bänder sich fast zu einem Kreis zusammenziehen und dann vorwärtsschnellen, unermüdlich. Es schnellt an dem Gaul hoch, springt ihm nach dem Hals, nach dem Maul. Der Gaul schüttelt es wieder ab und rast weiter. Aber die schwarzen, schmalen Bänder werden immer elastischer und schneller, während die Kräfte des Gauls langsam, ganz langsam nachlassen.« Der General trocknete sich die Stirn und sagte fragend, unsicher: »Schlangen?«

Der Fürst nickte. »Bergschlangen.«

»Nun haben sie meinen Kameraden und seinen Gaul förmlich eingeschlossen wie in einen Kreis.«

»Meist jagen sie nur zu zweit«, unterbrach der Priester. »Selten sieht man mehr zusammen. Sie müssen schon lange kein Blut mehr zu trinken bekommen haben, daß ihrer so viele gemeinsam auf Jagd gingen.«

»Eine Hölle, dies Land!« schrie der General und schlug auf den Tisch.

»Dies Land wehrt sich anders als andere Länder«, sagte der Priester.

»Unsere Pferde kennen sich besser aus als die Fremden. Ihr Kamerad hat sein Pferd offenbar auch länger im Wald gehalten, als es wollte. Unsere Pferde wittern diese kleinen, wilden Bergschlangen sehr früh und rennen fort, wenn man sie gewähren läßt«, sagte der Fürst.

»Sie retten die Seele«, meinte der Priester träumerisch.

»Wenn man diese Schlangen mit dem Bleiknopf im Stiel der Reitpeitsche richtig auf den Kopf trifft, sind sie tot oder wenigstens für einige Zeit betäubt. Doch das will gelernt und geübt sein. Fremde wissen das nicht«, sprach der Priester wie zu sich selbst.

»Auch waren es, wie Ew. Exzellenz richtig gesehen haben, diesmal zu viele«, warf der Fürst ein.

Der General begann von neuem: »Der Gaul stürzte, wälzte sich, biß, schrie, schlug um sich. Mein Kamerad schrie, streckte die Arme hoch, wollte laufen und fiel. Mir standen die Haare zu Berge. Das ist kein Feind, mit dem man kämpfen kann, ich gab meinem Gaul die Zügel frei, und er raste von dannen. Ja, ist denn so etwas möglich, kann es das geben? Ein paar gar nicht große Schlangen wie die Teufel hinter einem Reiter her und überwältigen ihn?«

»Ew. Exzellenz können noch von Glück sagen, daß sie vor Jagdeifer und Blutdurst Ew. Exzellenz offenbar gar nicht bemerkt haben«, meinte der Fürst.

»Giftig sind sie nicht, aber bissig«, sagte der Priester. »Sie beißen Mensch und Vieh die Schlagadern durch und trinken das Blut.«

»Davor muß man den Fremden doch warnen? Wer kann denn das wissen?«

»Man hätte Ew. Exzellenz in Urmia sicher gewarnt, wenn man von der Absicht Ew. Exzellenz, so allein nach Djulfa zurückzureiten, etwas gewußt hätte«, sagte der Priester sanft und freundlich.

»Aber die Syrer, diese Hunde, hätten es uns sagen müssen!« rief der General und schlug wieder auf den Tisch.

»Wenn sie eine Ahnung gehabt hätten, daß Exzellenz durch die Berge wollten, hätten sie sicher gewarnt, denn ins freie Feld wagen sich diese Schlangen nur, wenn sie der Beute sicher sind. Im freien Feld sind Reiter meist schneller als sie. In den Bergen haben sie es leichter. Man hat den Herren wohl auch nicht gerade die besten Pferde verschafft.«

»Wer denkt denn auch an so etwas!« tobte der General.

»Was soll man dazu sagen? Maschallah sagt der Perser«, meinte Vater Gregor.

»Und mein Kamerad?«

»Um ihn brauchen sich Exzellenz keine Sorgen mehr zu machen.«

»Tot?«

Der Fürst nickte.

»Aber die Biester werden ihn doch nicht mit Haut und Haaren verschlingen!« rief der General.

»Gewiß nicht, Ew. Exzellenz. Sie trinken nur so viel Blut, daß der Rest nicht mehr ausreicht, um weiterleben zu können«, sagte der Priester ruhig und sachlich.

»Man wird den Toten finden und ...« der General verstummte.

»Unzweifelhaft. Heute, morgen oder übermorgen. Je nachdem einer nahe vorbeikommt oder in größerer Entfernung ihn sieht oder ihn riecht«, sagte der Priester wieder ganz ruhig und sachlich.

Der General kaute unruhig an seinen Lippen.

»Ich bin Priester und stehe Ew. Exzellenz ganz zur Verfügung«, sagte Vater Gregor.

»Man wird Anzeige erstatten, es wird Schwierigkeiten geben, man wird Nachforschungen anstellen ... der Teufel soll es holen!«

»Wenn Ew. Exzellenz das beunruhigt, darüber glaube ich Sie beruhigen zu können«, meinte der Fürst.

»Ich bin ein alter Mann und hasse unnütze Scherereien«, sagte der General.

»Wer den Toten findet, wird keine Anzeige erstatten, sondern ihn so schnell als möglich auf freiem Feld begraben, wenn es irgend geht, oder sowie es dunkel ist«, sagte der Fürst.

»Auch hierzulande liebt man keine Scherereien«, warf der Priester ein. »Die gibt es immer, wenn die Behörde von einem Toten erfährt, der ihr unbekannt ist.«

»Schreckliche Zustände!« murmelte der General, schien aber doch etwas erleichtert zu sein.

»In Rußland könnte es nicht vorkommen. Armes Persien!« seufzte der Priester.

So unterhielt man sich noch eine ganze Weile, und dem General wurde sichtlich leichter und freier ums Herz. Bald gab er sich wieder ganz kordial als harmlos vergnügte, breite russische Natur. Hakob Akunian lud ihn ein, über Nacht zu bleiben und auf den großen Schreck erst einmal einen guten Schlaf zu tun. Aber davon wollte der General durchaus nichts wissen. Er schien es sehr eilig zu haben, möglichst bald weiterzukommen.

»Dann darf ich Ew. Exzellenz wenigstens bis Djulfa einen Wagen und einen zuverlässigen Diener anbieten?« fragte der Fürst.

Auch dagegen wehrte sich der General längere Zeit, gab schließlich aber doch nach. Das Angebot war nach dem letzten Abenteuer zu verlockend. Ihm grauste allmählich vor den unbekannten, gefährlichen Zufälligkeiten, denen man so ahnungslos in diesem Lande ausgesetzt war. Er hatte genug, übergenug davon. Nur durfte es Seiner Durchlaucht keine Umstände machen, und jedes Aufsehen möchte er auch vermeiden. Schon um den Gouverneur nicht zu kränken, wenn er von diesem zweiten Besuch in seiner Hauptstadt erfuhr, ohne bei ihm vorgesprochen zu haben.

»Keine Sorge, Exzellenz, es geht, wenn Sie wünschen, ganz in der Stille und ohne jedes Aufsehen vor sich. Heute abend, wenn es dunkel geworden ist, und es dann Ew. Exzellenz nicht doch noch vorziehen, hier über Nacht zu bleiben und erst morgen abend weiterzureisen.«

Der Fürst erhob sich und bat, ihn für eine Weile zu entschuldigen, um selbst alle Anordnungen zu treffen.

Hakob Akunian kam plötzlich ein Gedanke, mit dem er allein sein wollte, um ruhig über ihn nachzudenken. Man könnte in einem Telegramm an die »Times« in London, wo er einst vorgesprochen hatte, wo man ihm sehr entgegengekommen war, den Zug gegen Scharef schildern, damit Europa sähe, daß die Armenier nicht nur Handelsleute waren, über die man so oft verächtlich die Nase rümpfte, sondern auch tapfer und mutig sein konnten, kämpfen und einen überlegenen Feind besiegen, nicht aus dem Hinterhalt, sondern in offener Schlacht. Man konnte so allen Lügen und Verleumdungen der Türken zuvorkommen, an denen sie es nicht fehlen lassen würden, wenn das Ereignis nicht totzuschweigen war. Man konnte die öffentliche Meinung in England und damit in Europa überhaupt wieder einmal für sich interessieren. Er konnte das Telegramm durch den Kutscher bei Feddersen abgeben lassen, der es sicher besorgen würde. Ob er nicht vorher mit Sureja darüber sprechen sollte? ...Das alles wollte gut und in Ruhe überlegt werden.

Auch Vater Gregor wurde offenherzig und kordial, auch er vermochte eine breite Natur herauszukehren, um derentwillen die Russen in aller Welt berühmt und berüchtigt sind.

Der General taute immer mehr auf, schlug sich die Schenkel, erzählte kräftige Witze, und Vater Gregor suchte es ihm in allem gleichzutun. Nur ab und zu sank er plötzlich in sich zusammen und seufzte schwer. Dann raffte er sich wieder auf und lachte und scherzte. Zwei vergnügte ältere Herren saßen in dem »europäischen Hut.«

Wenn der Pope nur nicht immer wieder zwischendurch so jämmerlich geseufzt hätte. Je mehr der General trank, um so mehr wurmte es ihn. Was hatte dieser Pope schon für einen Grund zu klagen? Für den General, der seinen besten Kameraden verloren, hätte das doch viel näher gelegen. Wenn er sich überwinden konnte und nicht mehr daran denken, was hatte dieser Pope da zu seufzen und ihm wieder die Laune zu verderben. Wozu nutzen Kummer, Klagen und Seufzen? Zu gar nichts. Hat schon jemand erlebt, daß dadurch irgend etwas besser geworden ist?

»Was haben Sie, Väterchen? Gräßlich ist das!«

»Rußland versteht uns nicht und nur Rußland könnte uns helfen«, seufzte Vater Gregor.

»Wie meinen Sie das, Pope? Wo drückt Sie der Schuh?«

Vater Gregor schüttete sein Herz aus, und was er sagte, konnte dem General nur angenehm zu hören sein. Mit den Syrern ist leicht fertig werden. Man bezahlt und sie gehorchen. Aber die Armenier sind störrisch wie Maulesel. Nie sind sie vergnügt, und immer haben sie etwas zu jammern. Niemand kann es ihnen recht machen. Kein Türke, kein Perser, kein Russe. Nicht einmal mit den Syrern vertragen sie sich, trotzdem auch sie Christen sind. Ein schreckliches und undankbares Volk.

Der General spitzte immer aufmerksamer die Ohren. Seine Mission war bisher recht kläglich verlaufen. Man würde in Tiflis nicht gerade erbaut sein und ihn geringschätzig wieder nach dem Ural abschieben. Einer von der Linie, zu nichts zu gebrauchen, als Sibirier zu drillen. Dummes Volk, für feinere Arbeit absolut untauglich. Persisch verstehen tut's auch nicht. Ein Dragonerleutnant, der sich im Salon zu bewegen wußte, hätte das besser gemacht, auch ohne Persisch zu können. Daß sein Kamerad ein so klägliches Ende gefunden, bewahrte den Überlebenden zwar vor gar zu unsanften Püffen, denn es bewies, daß die Mission nicht ungefährlich gewesen war. Aber die paar Lücken, die er in der Generalstabskarte hatte ausfüllen können, die paar Änderungen, die an die Stelle veralteter Merkzeichen eingetragen werden mußten, machten den Kohl nicht fett.

»Wie leicht könnten es die Russen mit uns haben,« seufzte Vater Gregor, »wenn sie nur den Katholikos in Etschmiadsin nicht wie einen Gefangenen hielten. Wohin sollte er den Russen eigentlich entweichen? Nach der Türkei? Nach Persien? Unter die Mohammedaner? Welch eine unmögliche Vorstellung, wenn man nur einen Augenblick darüber nachdenkt. Und weshalb lassen die Russen die armenischen Schulen in Transkaukasien nicht ruhig gewähren? Warum muß der heilige Synod sich da immer hineinmischen? Wäre es am Ende nicht doch klüger, die Schulen in Ruhe zu lassen? Sonst sind die Armenier doch ein Herz und eine Seele mit den Russen und erst recht hier in persisch Armenien unter Mohammedanern. Steht der orthodoxe Christ uns nicht viel näher als all diese Heiden?«

So lenkte Vater Gregor seufzend das Gespräch von Zeit zu Zeit auf diese Dinge, um dann wieder ganz heiter zu sein, zu lachen und zu schwatzen.

»Wenn nur die Engländer nicht wären«, seufzte Vater Gregor. »Sie kommen uns hier so weit entgegen, als wir es nur wünschen können. Natürlich, um uns gegen die Perser zu benutzen. Wir erfahren so manches, was den Engländern nützlich ist. Wir leben seit Jahrhunderten in diesem Land und kennen es wie niemand sonst. Es war ja einmal unser Land.«

Der General wurde recht nachdenklich. Man konnte darüber ja einmal mit dem Statthalter in Tiflis sprechen oder noch besser nach Petersburg darüber berichten. Man sah dann doch, daß man sich mit Erfolg im Lande umgetan hatte. Vielleicht konnte man diesen Popen oder noch besser den Fürsten eines Tages direkt als russischen Agenten benutzen, wenn die Engländer so eifrig nach ihnen angelten?

»Dabei ist Seine Durchlaucht in Petersburg gut bekannt und bei Hofe gern gesehen,« seufzte der Priester, »er wurde dem Zaren und der Zarin vorgestellt, als er von seiner Europareise zurückkam.«

Das klang für den General durchaus nicht unwahrscheinlich. Seit hundert Jahren war es russischer Regierungsgrundsatz, der sich noch immer bewährt hatte, all diese kleinen, depossedierten Fürsten aus Kaukasien, die immer bereit waren, Intrigen anzuzetteln, Putsche, Revolten zu inszenieren, an den Petersburger Hof zu ziehen, sie dort zu verwöhnen, zu verweichlichen und zu verderben. Durch Alkohol, Weiber und Spiel. So hatte man unzählige Siege über viele kleine unbotmäßige Stämme, die keine Ruhe geben wollten, errungen, ohne daß es einen Tropfen Blut kostete, und ohne daß irgend jemand in der Welt sich darüber empörte, indem man die Fürsten und ihre nähere Verwandtschaft, die geborenen und durch Jahrhunderte erprobten Führer ihrer Stämme, langsam, aber gründlich und für immer zugrunde richtete. Oh, der Petersburger Hof konnte all diesen kleinen Durchlauchten gegenüber sehr liberal und sehr splendid sein. Es war immer noch viel billiger als die ewigen Kleinkriege in neu eroberten Ländern.

Als der recht betrunkene lustige General am Abend im Wagen von dannen fuhr, sagte Vater Gregor schmunzelnd zu Hakob Akunian: »Wenn nicht alle Zeichen trügen, Durchlaucht, wird in nicht allzu ferner Zeit der russische Konsul in Täbris Verbindung mit dir suchen, und du wirst sie, denke ich, nicht ablehnen, wenn du klug bist.«

Er setzte das Hakob Akunian genauer auseinander und meinte dann: »Du brauchst nur noch den Prinzen von Maku zu veranlassen, das Vertrauen des englischen Konsuls in Täbris zu gewinnen, denn in Täbris, nicht in Teheran, befindet sich die Zentrale für alle russische und englische Spionage in Persien. Dann setzt ihr euch von Zeit zu Zeit zusammen und wißt über alles Bescheid, soweit Menschen das vermögen.«

»Was wissen Sie von Sureja und mir?« fragte der Fürst erstaunt.

Der Priester lächelte. »Ich weiß gar nichts, Hakob, aber ich kombiniere einiges. Ist das so verwunderlich nach den letzten Wochen?«

Jetzt hielt es der Fürst für das beste, Vater Gregor genauer in seine Pläne einzuweihen. Er hatte sowieso mit Sureja ausgemacht, wenn der Streich gegen Scharef gelang, den alten Priester ins Vertrauen zu ziehen. Er besaß unter den Armeniern das größte Ansehen, und sein Wort galt mehr als das irgendeines anderen, weil ja sein ganzes Leben vor aller Augen als ein einziges Opfer für die Sache seines Volkes offen dalag. Wenn Vater Gregor die Pläne billigte, war ein weiterer, wichtiger Schritt zu ihrer Verwirklichung vorwärts getan.

Stumm, ohne eine Miene zu verziehen, hörte der alte Priester sich an, was der Fürst ihm mitzuteilen und auseinanderzusetzen hatte. Es war für ihn nicht so neu, wie Hakob Akunian immer noch annahm. Schon lange arbeitete er darauf hin, zunächst persische Armenier und Bergkurden irgendwie zusammenzubringen. Erst wenn das gelang, konnte man von hier aus auf die Kurden und Armenier in der Türkei in derselben Richtung Einfluß gewinnen. Nur fand er bei dem alten Haß, der keiner Vernunft zugänglich war, und bei dem abgrundtiefen Mißtrauen gegeneinander keinen gangbaren Weg zu einer Verständigung. Auch er richtete bei seinen Gedanken auf ein solches Ziel seine Augen immer zuerst nach Maku, wo die Armenier unter der klugen Führung des jetzigen Fürsten am wenigsten zu leiden hatten. Nur von Maku konnte eine solche Verständigung ihren Ausgang nehmen. Schon lange beobachtete er mit großer Aufmerksamkeit den Verkehr zwischen Hakob Akunian und Sureja von Maku, der über das rein Geschäftliche hinausging. Zu einfachen Besprechungen trifft man sich nicht zu so ungewöhnlichen Stunden. Derlei wurde auch sonst am Tag abgemacht. Bankkunden verwenden dazu für gewöhnlich keine Nachtstunden. Auch kommen sie zu solchem Zwecke einander offen und ungeniert ins Haus, wie es auch andere Mohammedaner taten, die geschäftlich mit dem Fürsten zu tun hatten. Gerade sie vermieden mit Rücksicht auf das Mißtrauen der Perser jede Heimlichkeit einem Christen gegenüber. Bei dem Zug gegen Scharef war dem Priester seine Vermutung vollends zur Gewißheit geworden. Ganz so programmäßig hätte sich das nicht abwickeln lassen ohne die Hilfe kurdischer Kundschafter. Auch für die besten armenischen Kundschafter wäre es unmöglich gewesen, sich so genau zu informieren. Zuverlässige kurdische Kundschafter aber gab es nur für einen Kurden, nicht für einen Armenier. Wer sollte dafür gesorgt haben, wenn nicht Sureja von Maku?

Wiederholt hielt der Fürst in seinen Auseinandersetzungen ein und wartete auf eine Bemerkung des Priesters. Dieser aber sagte immer nur: »Laß dich nicht stören, Hakob, fahre fort, ich höre gut zu.«

Als der Fürst geendet hatte, schwieg der Priester immer noch. Erst nach einer ganzen Weile meinte er: »Wenn es überhaupt jemals zu einer Verständigung kommt, dann halte auch ich den Weg, den ihr zu gehen versucht, für den einzig möglichen. Nur darf am Ende des Weges kein gemeinsamer Aufstand gegen die Türkei stehen, denn ihm werden auch Kurden und Armenier zusammen auf längere Zeit nicht gewachsen sein. Die Türkei ist unter allen Umständen stärker als wir und findet deshalb sofort Freunde. Der Schwächere hat immer nur Feinde. Europa wird nie zulassen, daß wir die Türkei ernstlich in Gefahr bringen, dies Recht haben sich Rußland und England vorbehalten und werden es niemals aus der Hand geben. Ich hoffe, ihr wißt das?«

Der Fürst nickte.

»Sollte die Verständigung wirklich gelingen, liegt hier die Hauptschwierigkeit. Sowie Europa etwas davon merkt, wird bald Rußland, bald England alle Anstrengungen machen, euch unter tausend Versprechungen immer wieder zu locken und aufzustacheln, in der Türkei zu putschen, Revolten, Revolutionen zu machen, um euch dann samt der Türkei zu verderben, denn letzten Endes steht ja doch Europa gegen Asien. In unserem eigenen Interesse dürfen wir die Türkei nicht schwächen, denn wir gehören auch zu Asien, nicht zu Europa. Wir dürfen nur uns selbst durch Verständigung stärken, daß die Türkei mit uns rechnen muß.« Wieder seufzte Vater Gregor. »Dann käme der Augenblick, der Türkei klar zu machen, daß wir wie sie zu Asien stehen und ihr brauchbare Helfer gegen Rußland und England sein können, wenn die letzten Trümpfe ausgespielt werden. Ob sich darüber Armenier, Kurden und Türken einmal werden verständigen können, Hakob?« Der alte Priester fuhr mit einer weiten resignierten Bewegung durch die Luft.

»Das sind nicht mehr unsere Sorgen, Vater Gregor. Darüber mögen unsere Kinder und Enkel sich sorgen.«

»Du hast recht, Hakob. Aber es ist gut, sich jetzt schon danach zu richten, damit Kinder und Enkel einst für das Ihre sorgen können. Man muß auch an die Zukunft denken, wenn man sie nicht schon durch die Gegenwart verpfuschen will.«

Der Fürst drückte dem alten Priester die Hand. »Wir werden immer auf Ihren Rat hören, Vater Gregor, und wir bitten Sie, auch Sureja von Maku zur Seite zu stehen.«

Der Fürst hatte erwartet, der Priester werde seinen Händedruck kräftig erwidern, fortan mit Rat und Tat der Dritte im Bunde sein, sich über den guten Anfang der Verständigung freuen und dem jetzt endlich auch Ausdruck geben. Aber Vater Gregor tat das nicht, sondern blieb nachdenklich und merkwürdig zurückhaltend, was zu seinem sonstigen Temperament und Tatendrang gar nicht paßte.

Der Fürst war enttäuscht und gab dem unverhohlen Ausdruck. Vater Gregor lächelte wehmütig. »Du vergißt, Hakob, daß ich nicht nur Patriot, daß ich auch Priester bin. Was für ein schlechter Priester muß ich sein, daß ihr alle miteinander das immer wieder so leicht vergeßt.«

Der Fürst sah ihn verständnislos an.

»Ich habe da noch einige andere Sorgen, Hakob, die du wahrscheinlich gar nicht verstehst, da du nicht Priester bist.«

»Ich wäre trotzdem dankbar, wenn ich sie erfahren könnte.« Der Fürst lächelte. »Vielleicht kann ich sogar von Nutzen sein, trotzdem ich nicht Priester bin.«

»Ich habe schwache Stunden, Hakob, wo ich es bereue, Priester geworden zu sein. Es bürdet Lasten auf, die ihr nicht zu tragen braucht, und die auch mir manchmal zu schwer werden, so alt ich unter ihnen auch geworden bin.«

Der Fürst schwieg, denn er wußte durchaus nicht, was er dazu sagen sollte.

Vater Gregor richtete sich aus seiner müden, lässigen Haltung auf und straffte den zähen Körper. Alle Muskeln spannten sich wie zu einem Kampf, und er sagte: »Sureja von Maku ist ein böser Mensch, Hakob, so böse durch und durch, daß er es selbst gar nicht weiß. Solange man es noch weiß, ist man ja nicht durch und durch böse. Ich habe außer ihm noch nie einen Menschen gesehen, der nur böse ist. Gott allein weiß, was er vor seiner Geburt war, daß ich in diesem Leben gar nichts Gutes an ihm finden kann, Hakob. Wir alle sind ein Gemisch von Gutem und Bösem. Nur bei ihm finde ich nichts von solcher Mischung.«

»Aber Vater Gregor!« unterbrach der Fürst betroffen.

»Ich sehe, du bist erschrocken. Ich erschrecke immer von neuem, wenn ich ihn betrachte. Ich fasse es nicht, wie ein Mensch so durch und durch böse sein kann.«

»Ihr irrt Euch, Vater Gregor!«

»Ich glaube nicht, daß ich mich irre.«

»Er ist Mohammedaner. Nicht einmal ein guter, wie ich zugebe.«

»Ich dachte mir, daß du das einwenden wirst. Weil ich Priester bin, meinst du, ich verstehe ihn nicht. Ich denke jetzt nicht an Religionen. Judas war ein Christ und doch ein böser Mensch, und Mohammed war kein so schlechter Christ wie Judas, denn er war nicht von Grund aus böse. Im Gegenteil. Sureja von Maku aber ist es.«

»Und Sie meinen, man darf einen guten Plan nicht mit einem bösen Menschen ausführen, ohne daß er schlecht dabei wird?«

Der Priester wiegte den Kopf nachdenklich hin und her. »Wenn es so einfach wäre, Hakob, hätte ich keine Sorgen. Dann riete ich einfach ab und bekämpfte euren Plan. Aber die Wahrheit ist nicht so einfach, wie der Verstand sie haben will. Wäre die Wahrheit so leicht zu erkennen, wie der Verstand sich einbildet, weil er selbst so einfach ist, gäbe es überhaupt keinen Irrtum.« Der Priester rang die Hände. »Kein Tier, kein Strauch, kein Stein ist böse, denn sie haben keinen Verstand. Nur er unterscheidet zwischen Gut und Böse. Durch den Verstand ist die Natur über sich selbst hinausgewachsen und windet sich seitdem im Menschen zwischen Himmel und Hölle, sich selbst und uns zum Verhängnis oder zum Heil. Aber wo nur der Verstand herrscht, ist nur noch Verhängnis und kein Heil mehr.«

Der Fürst lächelte ein wenig spöttisch. »Dann wäre es um Europa übel bestellt, Vater Gregor.«

Der Priester nickte und sagte: »Das ist es auch, denn sie besitzen längst keine Weisheit mehr, sondern nur noch Technik. Ihr Verstand ist sehr stolz darauf, aber die Menschen selbst werden dabei nur elender.«

Nun lächelte Vater Gregor und wies lächelnd in den Hof. »Glaubst du, daß auch nur irgendein Tier in Europa so viel Stunden des Wohlseins kennt wie hier auf deinem Hof jeder Esel? Oder gar irgendein Diener, wenn er statt hier etwa in Paris dienen müßte?«

Der Fürst schüttelte den Kopf.

»Die Weisheit ist wie die Sonne. Solange die Welt steht, geht sie im Osten auf, nicht im Westen. Kannst du dir vorstellen, daß Buddha, Mohammed, Moses oder gar Christus in London das Licht der Welt erblickt hätten? Oder daß ein neuer Heiliger in einer solchen Stadt geboren werde?«

Der Fürst lachte laut: »Das kann ich wirklich nicht, Vater Gregor.«

»Siehst du. Und doch gibt es schon Asiaten, die sich einbilden und uns einreden möchten, vom Verstand und von der Technik Europas käme auch uns das Heil.«

»Entschuldigt, aber ich verstehe nicht recht, was das mit Sureja von Maku zu tun hat?«

»Das wirst du gleich verstehen, Hakob, denn du kennst ja auch Europa. Wo leuchtet die Sonne am hellsten, wo sind die Nächte am schwärzesten, wo ist der Gegensatz zwischen Licht und Finsternis am schroffsten, wo geht das eine so unvermittelt in das andere über wie in Asien?«

Der Fürst sagte neckend: »Wenn ich Sie recht verstehe, Vater Gregor, so sind Sie nicht sehr für Dämmerung und gemäßigtes Klima, wie man das nennt.«

»Ganz recht, Hakob. In Europa gibt es keine Menschen, die so böse sind wie in Asien. Aber auch keine, die so gut sind. Es ist eine mittlere Mischung, gemäßigt wie ihr Klima. Sie fühlen sich, wie es scheint, ganz wohl dabei, aber es kommt nichts Großes dabei heraus. Weder im Guten noch im Bösen. Bei deinem Plan nun ist meine Sorge: Ist er so gut, so lauter, so licht wie die Sonne, daß er einen so bösen Menschen wie Sureja verträgt oder vielleicht sogar nötig hat, um in dieser Welt der Mischungen aus Gut und Böse überhaupt Wirklichkeit werden zu können, oder nicht? Jetzt verstehst du hoffentlich meine Sorgen?«

Der Fürst drückte dem Priester die Hand: »Jetzt verstehe ich Euch, Vater Gregor. Ich glaube, der Plan ist so gut, daß er den Prinzen von Maku zu seiner Verwirklichung nicht nur verträgt, sondern nötig hat. So lauter und rein ist er.«

Neuntes Kapitel

Vom Ändärum in Surejas Haus gelangte man durch einige, es im Kreis umschließende Harems-
räume zu einer steilen, zierlichen Treppe, die in das Innerste des Gartens führte, das ebenso in
seinem Mittelpunkt lag wie das Ändärum im Mittelpunkt des Hauses. Die zierliche Treppe glich
mehr einer Leiter, auf der leichtbeschwingte Vögel ohne Schwierigkeit auf und nieder hüpfen
mochten, die aber für Menschenfüße nicht sehr bequem war. Sie wurde auch nur von Frauen
und Dienerinnen benutzt, wenn der Herr sich in diesem Teil des Gartens aufhielt.

Dieser Teil des Gartens war kreisrund und wurde durch dichtes Gebüsch, hohe Bäume und eine starke Rosenhecke, die vorgelagert war, vom übrigen Garten so abgeschlossen, daß niemand,
der sich in ihm aufhielt, einen Blick in diesen Kreis tun konnte. Den größten Raum darin nahm
ein künstlicher Teich ein, kreisrund, einen Meter tief, von einem klaren Wasser gespeist, mit
bunten persischen Kacheln ausgelegt. Aus seiner Mitte stäubte ein zierlicher Springbrunnen
zarte silberne Fäden in die Luft, die unter den Strahlen der Sonne, beim leichten Hauch des
Windes in immer neuen, wechselnden, funkelnden Farben schillerten. Um den Teich schlängelte sich ein kreisrunder Weg, mit glatten, bunten Bergkieseln bedeckt, von stark duftenden
Lilien und Narzissen umstanden, und lief in einer schönen Windung zu einem Kiosk, der aus
edlen, hellen Hölzern in der Form eines luftigen, lustigen Zuckerhutes geschnitzt war, von
Rosen überklettert. Neben dem Kiosk ein rundes, blütenweißes Zelt, mit bunten Seidenkissen
wie gepflastert. Leise rieselten die Wasser, die Kacheln glänzten in der Sonne, Lilien, Narzissen
und Rosen dufteten, und in den Büschen und Bäumen sangen die Vögel.

Jeder wohlhabende Mohammedaner hat so sein Paradies schon auf Erden, in dem sich wohlig
träumen läßt von jenem Paradies der von Gott in Gnaden Aufgenommenen, in dem die Vögel
noch lieblicher singen, die Blumen noch herrlicher duften, die Wasser noch heiterer rieseln,
alle Farben noch prächtiger funkeln und man, von noch schöneren Frauen bedient, in seinem
Zelt ruht und wunschlos träumt den ewigen Traum des Paradieses, wo jede Sehnsucht, kaum
gedacht, auch schon erfüllt ist und kein Verlangen mehr quält, weil es sofort befriedigt wird.

Sureja ruhte schön gekleidet vor dem schneeweißen Zelt, in dem Teich badete Natascha, mit
der er die Nacht verbracht hatte, und um sie waren zwei Dienerinnen beschäftigt. Sein Gehirn
schlief und nur die Sinne lebten. Er hörte die Vögel, den Springbrunnen, das Kichern der Mädchen, er sah den hellen Glanz ihrer Haut, die an Luft und Licht gewöhnt war, die bunten Farben
der Kacheln, der Blumen, das Funkeln der silbrigen Wasserfäden, in denen sich, je höher sie
stiegen, um so zarter das Licht der Sonne brach und in allen Farben des Regenbogens spiegelte,
er sog den Duft der Rosen, Narzissen und Lilien in sich ein. Hier schenkte der Tag von außen
her die schönsten Träume, wenn man nur das Gehirn auszuschalten verstand, und erquickte,
stärkte, erneuerte den Menschen, wie es sonst nur ein guter Traum in der Nacht vermag, der
sich aber nicht rufen läßt, so sehr man ihn auch nach einem anstrengenden Tage herbeisehnen
mag. In diesem Garten kommen die schönen Träume, nach denen man begehrt. In Asien weiß
man, was das wert ist.

Die Mädchen im Teich wurden stiller. War ihr Herr eingeschlafen? Die alte Bibi-Dschanem
kletterte rückwärts die Treppe hinunter in das kleine Paradies. Eins der Mädchen sprang ihr
entgegen, und Natascha reckte sich hoch aus dem Wasser und legte beschwörend den Zeigefinger auf den Mund. Nun standen sie alle unbeweglich und sahen mit angehaltenem Atem auf den
Herrn, der sich nicht regte, dessen Augen geschlossen waren. Allah schenke ihm gute Träume.
Auch für sie selbst konnte das nur von Vorteil sein. Hörten nicht auch die Vögel zu singen auf,
lief nicht plötzlich eine Wolke über die Sonne, daß alle Farben blaß wurden? Weshalb kletterte
Bibi-Dschanem nicht wieder die Treppe hinauf und verschwand im Haus, wo sie doch sah, daß
der Herr schlief und im Paradiese war? Baräkullah, Gott sei gepriesen!

»Komm nur näher, alter Teufel«, sagte der Herr plötzlich, ohne die Augen zu öffnen.

Die Mädchen erschraken, und die alte Dienerin wurde blaß. War sie gemeint?

»So komm doch, Bibi-Dschanem«, rief der Herr schon ein wenig ungeduldig, ohne die Augen zu öffnen. Aber um seinen Mund zuckte es böse. »Knie bei meinem Kopf nieder und sage

mir, was du zu sagen hast, alte Schlange, leise ins Ohr. Die anderen brauchen es nicht zu hören. Geht ins Wasser und kichert und freut euch, wie es sich für junge Lämmer gehört.«

Schleunigst taten sie, wie der Herr befohlen. Er hielt die Augen immer noch geschlossen und sah doch, daß sie den Teich verlassen hatten. Oh Ali! Sie fürchteten sich.

»Dreimal habe ich ihn schon abgewiesen,« flüsterte Bibi-Dschanem zitternd ihrem Herrn ins Ohr, »aber er läßt sich nicht länger abweisen, er verlangt dringend, Euch zu sprechen!«

»Wer verlangt das?«

»Der türkische Konsul.«

Ein höhnisches Lächeln huschte über das Gesicht des Prinzen. Er öffnete die Augen immer noch nicht. »Halte dein Ohr näher zu mir, tue genau, wie ich befehle und schweige, ohne dich zu wundern, was du dir überhaupt endlich abgewöhnen mußt, wenn ich befehle. Verstehst du?«

»Beim Grabe meines Vaters«, hauchte Bibi-Dschanem.

»Du führst den Konsul durch den Garten bis zu dem Busch, den du kennst, und der dir schon manchen Tuman eingebracht hat, wenn meine Frauen hier baden.«

»O Gottvertrauen, o Gerechtigkeit!« wimmerte die Alte leise und schlug mit der Stirn den Boden. »Bei meinen Augen!...«

»Schweig' und tue, was ich befehle, oder du hängst schon diesen Abend nackt an der Pappel im Hof.«

»Sei nicht böse, Herr, sei nicht böse!« schluchzte Bibi-Dschanem.

»Du läßt ihn durch den Busch in Ruhe alles sehen, was hier zu sehen ist und biegst dann so schnell die Zweige beiseite, daß ich ihn erblicke. Yalla, gum schu, vorwärts, geh verloren!«

Eilig trabte die Alte an dem Teich vorbei, kletterte die Treppe hoch und verschwand.

Natascha und die Dienerinnen lachten und tollten durch das Wasser. Der Herr war ja wach, wenn er auch immer noch nicht die Augen öffnete und unbeweglich liegen blieb.

Sureja lauschte. Durch das Zelt war er vor jedem Blick aus dem Busch rechts hinter ihm geschützt. Nach einer Weile hörte er leise Schritte in seinem Rücken näher kommen. Das war ein Bild für diesen Hund von Konsul. Beim Kopfe des Königs, das hatte er wohl doch nicht erwartet, der Bock. Konnte man nicht hören, wie ihm der Atem heißer und lauter ging hinter seinem Busche?

Mit einem Ruck, geschmeidig wie eine Katze, stand Sureja auf den Füßen und tat einen weiten, behenden Schritt nach rechts, indem er gleichzeitig den Kopf nach dem Busch wandte, dessen Zweige sich teilten. Er stand dicht vor dem Konsul. Schreiend fuhren die Frauen aus dem Teich, die Hände vor dem Gesicht, Natascha deckend so gut es ging. Schreiend, jammernd stürzten sie über die zierliche Treppe in das Haus. Ein fremder Mann hatte sie erblickt. Das kostete ihr Leben, wenn der Herr auf seinem Recht bestand und nicht Gnade übte. Oh Ali! Wütend schimpfte Sureja auf die Alte ein: »Ersticke, mach', daß du zum Teufel kommst!« Heulend, sich die Haare raufend, rannte sie durch den Garten. Sie wußte nicht mehr ein noch aus. Der Konsul stand stumm und blaß. Er hatte durch das Belauschen der Badenden Sureja schwer beleidigt. Er hätte sich sofort abwenden und fortgehen müssen. Aber die Versuchung war zu groß. Der Anblick Nataschas hatte ihn um allen Verstand gebracht.

Sureja verneigte sich leicht vor dem Konsul und meinte, indem er sich absichtlich des Französischen bediente: »Ich bedaure unendlich, daß die Alte uns beide in solche Verlegenheit gebracht hat. Ich bitte Eure Exzellenz um Entschuldigung. Wer konnte solchen Unverstand der Alten voraussehen? Wollen Exzellenz den Fehler, an dem ich nicht schuldig bin, gütigst vergessen. Bitte, lassen wir uns im Zelt nieder. Ich werde sofort Tee und Tabak besorgen lassen. Belieben Sie Platz zu nehmen. Friede sei mit Euch. Sie haben sich sehr bemüht.«

»Es ist Erholung, nicht Mühe für mich«, stammelte der Konsul und ließ sich nieder.

Der Prinz klatschte in die Hände und befahl einer Dienerin, die mit erschreckten, weit aufgerissenen Augen gesprungen kam, Tee und Pfeife zu bringen.

»Wasser und Luft sind heute wie das Paradies«, sagte der Prinz.

»Das Wetter ist klar, ohne Wolken und Nebel, ein Anlaß zu großer Dankbarkeit«, erwiderte der Konsul und wurde ein wenig ruhiger.

Im Weiß seiner Augen sind viele rote Flecke, einige Äderchen sind geplatzt vor Gier bei dem Blick in mein Paradies, dachte Sureja mit leichtem Spott, und die Halsader klopft immer noch etwas zu lebhaft. Einen auffallend mageren Hals hat er. Wie ein Hahn, der gerupft wird. Mit einer Hand könnte man ihn beinahe umspannen. Weshalb er es so eilig hat, mich zu sprechen, weiß ich auch. Selbst der Gouverneur spuckt Gift und Galle, weil er ihn nicht in Ruhe läßt, seitdem ihm jeden Tag ein Telegramm aus Wan oder Stambul ins Konsulat fliegt.

»Ihr erlauchtes Befinden?« fragte Sureja.

»Ich bin krank vor Ärger!« entfuhr es dem Konsul.

»Das möge Gott verhüten!« erwiderte der Prinz ganz erschrocken.

»Haben Sie schon gehört, daß Scharef Pascha ermordet worden ist?«

»Seit gestern abend spricht die ganze Stadt davon.«

Dem Konsul entfuhr ein leiser Fluch.

»Ich glaubte es natürlich nicht. Wer sollte den Pascha inmitten seiner Truppen in Wan ermorden? Ich bat den Gouverneur um Auskunft. Er bestätigte das Gerücht. Ich verstehe das nicht. Haben die Truppen gegen ihn revoltiert und ihn erschlagen? Er war ein grausamer Herr.«

»Er ist mit seinen Truppen ermordet worden.«

Sureja lachte. »Erlauben Sie, Exzellenz, einen Pascha und seine Leute kann man doch nicht ermorden oder abschlachten wie eine Hammelherde. Ist in Anatolien Revolution ausgebrochen, ist eine große Schlacht geschlagen worden, in der er mit den Seinen fiel? Wünschen Sie Hilfstruppen aus Maku zur Unterdrückung der Revolution? Befehlen Sie über mich, mein Bruder und ich stehen Ihnen ganz zu Diensten.«

Es würgte den Konsul, er schluckte hastig, als stecke ihm ein Holz in der Kehle, das er nicht wieder herausbekommen konnte. »Armenier haben ihn und seine Truppen vernichtet.«

»Türkische Armenier, Armenier in Wan? Verzeihen Sie, Exzellenz, das ist doch wohl nicht gut möglich. Seit wann fressen magere Schafe fette Wölfe?«

»Keine türkischen Armenier, persische Armenier.«

»Wie sollten die unbeachtet nach Wan kommen? Dann müssen es schon russische Armenier gewesen sein. Die russische Grenze ist nicht weit. Das ließe sich denken, obwohl ich mir nicht vorzustellen vermag, wie eine zusammengelaufene Herde feiger, verächtlicher Christen eine Elitetruppe wie die Scharefs besiegen kann.«

»Es geschah nicht in Wan und seiner nächsten Umgebung, es geschah weitab in den Bergen.«

»Dann waren es Bergkurden!« sagte Sureja.

»Die Toten, die gefunden wurden, sind Armenier.«

»Aber Armenier und Kurden hassen sich. Das wissen Exzellenz so gut wie ich!«

»Es sind auch keinerlei Bergkurden unter den Toten gefunden worden, sondern nur Armenier.«

»Wo hat man die Toten denn gefunden, wenn ich fragen darf, Exzellenz?«

»In den Grenzgebirgen, etwa zwei Tagereisen von Salmas entfernt.«

»Wie kommt Scharef dorthin, Exzellenz? Das ist doch merkwürdig. Ach so, ich verstehe, er war auf dem Wege, in persisches Gebiet einzufallen. Das habe ich schon seit längerer Zeit befürchtet. Vielleicht entsinnen sich Exzellenz, daß ich darüber einmal eine Andeutung machte. Er plante einen Raubzug nach Persien, und da ist ihm jemand zuvorgekommen, wie es scheint. Aber ob das wirklich Armenier waren? Ich für meine Person traue ihnen das nicht zu. Es müssen wohl doch Bergkurden gewesen sein. Vielleicht haben sie sich ein paar armselige Armenier als Kundschafter und Lastträger gepreßt. Diese sind natürlich zuerst erschossen worden.«

»Nach meinen Nachrichten wurden über fünfhundert tote Armenier gefunden«, sagte der Konsul.

Sureja verzog keine Miene, sondern dachte nur: daß du so unverschämt lügst, zeigt deutlich, daß du gar nichts Genaues weißt. »Fünfhundert Armenier? Und wenn es tausend gewesen wären, wagen sie sich noch nicht an hundert Hamidiekurden.«

»Sie haben die Leute im Schlafe zusammengeschossen. Aus weiter Entfernung, die Feiglinge.«

»Das muß sich ja leicht feststellen lassen.«

»Es ist festgestellt.«

»Nehmen wir also an, tausend Armenier haben hundert Hamidiekurden feige niedergeknallt, während diese im besten Schlafe lagen und an gar nichts Böses dachten, denn sonst hätten die ausgestellten Wachen doch etwas gemerkt. Tausend Armenier machen Lärm, sogar wenn sie fliegen könnten. Selbst hundert Wildenten hört man schon von weitem.«

»Es müssen ja nicht tausend gewesen sein.«

»Fünfhundert tote Armenier sind gefunden worden. Deshalb nannte ich die Zahl tausend. Es fällt doch nicht jeder. Aber sagen wir, es waren nur fünfhundert und alle sind gefallen, trotzdem die Hamidiekurden schliefen.«

Der Konsul unterbrach ärgerlich: »Die meisten wurden vom alarmierten türkischen Militär getötet.«

»Ich atme auf, Exzellenz. Eine reguläre Truppe läßt den Feind nicht mehr aus den Augen, folgt ihm auf den Fersen. Sie muß wissen, woher die Leute gekommen sind.«

»Sie sagen, die fünfhundert seien alle zwei Tagereisen von der persischen Grenze, auf türkischem Gebiet, getötet worden.«

»Aber die fünfhundert sind doch nicht, als sie noch lebten, durch die Luft geflogen. Man muß doch ihre Spuren zurückverfolgt haben, woher sie kamen. Es läge ja ein so unverschämter Bruch des Völkerrechts vor, wie er kaum denkbar ist, wie er noch nicht dagewesen ist.«

»Das sage ich auch.«

»Und zu welchem Resultat sind die regulären Truppen bei ihren Nachforschungen gelangt?«

»Sie sagen, die Armenier seien aus Persien gekommen.«

»Hoffentlich haben Sie Beweise dafür, denn dann müßte man auf das allerschärfste vorgehen und auch Persien mitverantwortlich machen.«

»Das geschieht auch. Im Auftrag meiner Regierung habe ich bei Amenisam und in Teheran protestiert und volle Genugtuung, schwere Bestrafung der Armenier und volle Entschädigung für alle Verluste gefordert.«

»Schwere Bestrafung der Armenier? Ich denke, sie sind tot? Ach so, Sie denken an die Dörfer, aus denen die fünfhundert stammen. Natürlich muß man diese Dörfer strafen, daß ihnen Hören und Sehen vergeht. Weiß man schon bestimmt, woher die Schuldigen kommen? Fünfhundert Männer fehlen doch jetzt irgendwo? Das muß sich leicht feststellen lassen.« Der Prinz schlug sich an die Stirn. »Verzeihen Sie, ich vergaß, daß wir ja keine Volkszählung haben.«

»Aber Steuerlisten«, sagte der Konsul mit Genugtuung.

Sureja lächelte bedauernd. »Sie sind leider nicht zuverlässig, und die Reichen werden es ja an Eifer nicht fehlen lassen, die Lücken in ihrer Verwandtschaft mit Geld zu verstopfen.« Der Prinz schüttelte den Kopf. »Fünfhundert Armenier, also doch wohl auch fünfhundert Gewehre und die dazu gehörige Munition. Das gibt es im Salmasdistrikt zum Beispiel nicht. Dafür ist er viel zu arm.«

»Ich denke auch vor allem an hier. Das Christenviertel ist groß und reich. Es ist zu allem fähig.«

»Handelsleute? Geschäftemacher?« meinte der Prinz geringschätzig.

»Hoheit kennen den Fürsten Akunian und kommen häufiger in sein Haus, wie ich weiß.«

»Recht genau kenne ich ihn, und gerade in den letzten Wochen war ich oft bei ihm. Mein Bruder will nun endlich doch eine breite Straße durch seinen ganzen Besitz legen. Die Perser braucht er ja wirklich nicht zu fürchten, und mit Rußland steht er sich gut. Wegen der Finanzierung habe ich da häufig mit dem Fürsten zu tun.«

»Er ist der einzige, dem ich so etwas zutraue. Er hat Geld und Mut und haßt uns. Wilder als alle anderen.«

Der Prinz lachte wie über einen köstlichen Witz. »Ein Bankier? Einem Bankier trauen Sie eine Schlacht zu, die überall Aufsehen machen muß, wo man davon hört? Gewiß, jeder Bankier ist daran gewöhnt, anderen Leuten den Hals abzuschneiden. Aber doch nur mit Zinsen und Papieren. Tausenden von Leuten, wenn es sein Vorteil ist. Aber nicht mit der Flinte in der Hand.

Das tut kein Bankier. Weder ein christlicher, noch ein jüdischer, noch ein mohammedanischer. Das geht ihnen allen durchaus wider die Moral.«

»Nicht diesem Akunian!« knirschte der Konsul.

Der Prinz zuckte die Achseln. »Wenn Sie greifbare Gründe dafür haben, nachher werde auch ich an das Wunder glauben, daß ein Bankier einen Menschen mit dem Gewehr niederknallt, statt ihn auf gefahrlose, geräuschlose, ihm geläufigere Weise umzubringen.«

»Ich habe gute Gründe«, sagte der Konsul, »und bitte um Ihre Hilfe, da Ihr Besuch bei ihm keinen Verdacht erregt. Von außen wird der Besitz seit gestern gut bewacht. Es kann nichts Verdächtiges mehr aus Haus, Hof und Garten, ohne daß es bemerkt wird. Ich möchte Sie bitten, ihn in den nächsten Tagen zu besuchen und sich ein wenig umzusehen in Haus, Hof und Garten, ohne daß es auffällt. Seit Tagen liege ich dem Gouverneur in den Ohren, den Fürsten verhaften, eine Haussuchung veranstalten zu lassen. Er hat immer noch Bedenken und will erst beim Generalgouverneur in Täbris anfragen. Er hat ihm geschrieben, statt zu telegraphieren. Bis die Antwort hier ist, kann der Vogel ausgeflogen sein und alle Spuren verwischt haben. Ich werde noch heute Amenisam telegraphieren und um einen Haftbefehl bitten.«

»Tun Sie das ja, Exzellenz, tun Sie das sofort,« fiel Sureja lebhaft ein, »damit nur ja keine Zeit verloren geht.«

»Ich danke Ihnen aufrichtig, Hoheit.«

Endlich schwindet also dein Mißtrauen gegen mich ein wenig, du alter Fuchs, dachte Sureja befriedigt. Wie unbeliebt du dich dadurch bei dem Gouverneur machst, wenn du ihm eine so fette Gelegenheit, sein Kapital zu vermehren, aus der Hand nimmst, daran denkst du nicht in deinem Haß, in deiner Wut über die türkische Blamage, du Dummkopf. Es wird Zeit, daß du verschwindest, bevor du ganz Persien verrückt gemacht hast mit deinem blinden Eifer.

»Wissen Sie, Exzellenz, wann dieser Zug der Fünfhundert gegen Scharef vor sich gegangen sein kann?«

»Ich denke vor vierzehn Tagen etwa.«

»Das trifft sich schlecht, Exzellenz!« Sureja erhob sich. »Das trifft sich ausnehmend schlecht.« Verwundert, mißtrauisch sah der Konsul auf und erhob sich ebenfalls.

»Gerade damals habe ich den armenischen Bankier häufiger besuchen müssen und kann bezeugen, daß er zu Hause und nicht auf Reisen war oder gar auf einer Kriegsfahrt gegen Scharef, um den es wirklich schade ist. Ein großer Verlust für die Türken, und wenn man die Hamidiekurden dazurechnet, die auch noch getötet wurden, wirklich schlimm. Ich kann mir vorstellen, wie das der hohen Pforte auf die Nerven geht und all ihren Feinden Freude macht.«

Der Konsul sah ihn giftig an. »Verstehe ich recht, Hoheit, Sie würden für einen Christen Zeugnis ablegen?«

Der Prinz lachte herzlich. »Wo denken Sie hin, Exzellenz, ich denke gar nicht daran, was geht mich dieser Christ an? Nur sein Geld interessiert mich.«

»Sie würden nicht als Zeuge für ihn auftreten?«

»Niemals, Exzellenz!«

»Ich danke Ihnen nochmals, Hoheit. Übrigens könnte er selbst ja zu Hause geblieben sein, das beweist nichts gegen meine Annahme.«

In jede Falle gehst du, so blind und taub bist du vor Wut, dachte der Prinz geringschätzig.

»Geruhen Sie, mich zu entlassen«, sagte der Konsul.

»So schnell wollen Sie fortgehen?«

»Ich telegraphiere gleich nach Täbris wegen des Haftbefehls, und wenn ich nicht bald Bescheid habe, telegraphiere ich nach Teheran. Ich gebe nicht nach, bis er verhaftet ist. Das möge meine Eile bei Ihnen entschuldigen.«

Sureja klatschte einer Dienerin und ließ Bibi-Dschanem rufen. Es wird Zeit, daß er verschwindet, wirklich hohe Zeit. Lächelnd trat er mit dem Konsul zu dem Busch im Rücken der beiden, teilte seine Zweige und sagte: »Ich liebe es zuweilen, von hier aus die Frauen zu beobachten, wenn sie sich unbeobachtet glauben.«

Ehe der Konsul etwas bemerken konnte, rief er der herbeikeuchenden Bibi-Dschanem den Befehl zu, seine Exzellenz durch den Garten zum Hof zu begleiten und dann sofort wieder hierherzukommen.

»Ich werde heute noch den Besuch machen, um Ihnen dienen zu können, Exzellenz.«

»Gott behüte Sie!« Der Konsul verneigte sich befriedigt.

»Gott behüte Sie!« Der Prinz verneigte sich nicht weniger zufrieden.

Als Bibi-Dschanem halbtot vor Angst zurückkehrte, saß der Fürst lächelnd in seinem Zelt, schönes weißes Geld vor sich ausgebreitet.

Bibi-Dschanem warf sich der Länge nach auf den Boden und suchte ihrem Herrn die Füße zu küssen.

»Stehe sofort auf!«

Erschrocken folgte sie dem Befehl.

Der Prinz nahm ein Geldstück und warf es ihr zu. »Fang, alte Hexe.«

Als ihre beiden Hände mit weißem Geld so angefüllt waren, daß sie nichts mehr hätte fangen können, sagte der Prinz: »Ich bin mit dir zufrieden, Bibi-Dschanem, das hast du gut gemacht.« Der Alten stürzten Freudentränen aus den Augen, und sie küßte ihm den Rockzipfel.

»Jetzt höre noch einmal gut zu, und es wird dein Schade nicht sein.«

»Ihr Sklave«, murmelte die Alte.

»Du wirst dich vor des Konsuls Tür setzen und ihm eine heimliche Botschaft bringen, wenn er aus dem Hause tritt. Du wirst nicht nachlassen, bis er anbeißt. Du wirst die Angel so geschickt werfen, daß sie ihm nicht mehr aus den Augen kommt. Wie du das machst, ist deine Sache. Alte Weiber verstehen sich am besten darauf, solche Fische zu fangen, wenn sie nach dem Köder lüstern sind. Du wirst ihm eine heimliche Botschaft von Natascha sagen, und ihn wenn er anbeißt, zu ihr bringen. Es ist ein wenig eilig damit. Natascha weiß nichts davon und soll auch nichts davon wissen. Verstehst du?«

»Mit Leib und Seele, nicht mit einem Herzen, mit tausend Herzen stehe ich für deine Befehle bereit«, murmelte die Alte.

»Niemand im Haus erfährt davon, niemand hört etwas. Wenn es soweit ist, gibst du denen im Harem ein kleines Schlafpulverchen. Du hörst gut zu?«

»Befehlen Sie noch einmal, damit ich nicht in Ihren Diensten fehle«, bat die alte Dienerin.

Sureja wiederholte und schloß: »Wenn er bei Natascha ist, sagst du es mir. In dieser Nacht hört und sieht niemand etwas außer mir und dir. Du allein bist mir verantwortlich. Wenn du mir die Nachricht gebracht hast, leg' dich schlafen und zieh dir die Burqä über Augen und Ohren, damit du nicht hörst und siehst, was nicht für dich bestimmt ist. Es könnte dir schlecht bekommen. Verstanden?«

Die Alte berührte mit der Stirn den Boden. »Ihr Sklave!« beteuerte sie.

»Yalla, vorwärts!«

Bibi-Dschanem verschwand durch die Büsche.

Die Vögel sangen, die Blumen dufteten, die Farben leuchteten. Jetzt verließ auch Sureja das Paradies, um den Fürsten aufzusuchen. Er lächelte befriedigt. Da Natascha ganz zu seinem Werkzeug geworden war, da er ihr eine Nacht geschenkt hatte, konnte der andere ihren Sinnen in der nächsten Zeit nicht gefährlich werden, würde sie keinerlei Widerstände zu überwinden haben, wenn er ihr das Nötige suggerierte. Wäre Dr. Durville kein Europäer, könnte man sein Material um einen gewiß nicht uninteressanten Fall bereichern.

»Begeben wir uns in das Zimmerchen, wo mir das hübsche Experiment mit dem alten Kurdenweib so gut gelang«, schlug der Prinz nach der Begrüßung des Fürsten vor. »Mehr als vier Ohren brauchen nicht zu hören, was wir einander jetzt zu sagen haben.«

Sureja warf sich in den Schaukelstuhl, Hakob Akunian setzte sich auf den einen Stuhl am Fenster, wo er auch damals Platz genommen hatte.

Leise schaukelte sich der Kurde und sagte: »Es ist soweit.«

»Auch mir fielen in den letzten Tagen die finsteren Mienen der Perser auf, wenn ich mit ihnen zu tun hatte.«

»Der Konsul schäumt und rast vor Wut, und der Gouverneur weiß noch nicht recht, wie er sich verhalten soll. Er wittert ein großes Geschäft und überlegt seine Chancen.« Sureja setzte den Schaukelstuhl in etwas lebhaftere Bewegung und lachte heiter und fröhlich. »Ich fürchte, das Geschäft ist zu groß für ihn. Ein größerer wird es ihm aus der Hand nehmen und er das Nachsehen haben. Tun Sie Geld in Ihren Beutel, Fürst, oder noch besser, stecken Sie Ihr Scheckbuch ein, damit Sie es zur Hand haben und nicht erst lange suchen müssen, wenn seine Stunde gekommen ist.«

»Bis jetzt sehe ich nur, daß Sie die Angelegenheit ungewöhnlich heiter nehmen, mein Prinz. Sonst verstehe ich noch kein Wort.«

»Die Wolken ziehen sich zusammen, der Konsul war bei mir und hat schon kräftig gedonnert. Vorläufig nur Wetterleuchten. Von wo der Blitz einschlagen wird, weiß ich noch nicht genau, ich vermute aber von Täbris her. Sie erfreuen sich unter den Mohammedanern eines so hohen Ansehens, Durchlaucht, daß der Konsul zum Beispiel sofort auf Sie getippt hat als Urheber der türkischen Riesenblamage. Der ahnungsvolle Engel. Ich habe ihm bedeutet, daß Ahnungen in solchen Fällen reinen Liebhaberwert haben und nur Beweise helfen können. Damit hapert es glücklicherweise bei ihm. Er sagte zwar einiges von guten Gründen, aber nicht von Beweisen. Ihre Gärten sind hoffentlich leer, Fürst, und alles, was verdächtig werden könnte, Menschen, Gewehre, Munition längst gen Djulfa auf dem Marsch?«

»Ich denke, meine Freiwilligen sind schon seit zwei, drei Tagen in Rußland.«

»Vortrefflich, Durchlaucht. Der Konsul läßt nämlich Ihr Haus bewachen, daß keine Maus mehr ungesehen heraus kann.«

»Wie kommt er gerade auf mich?«

Sureja lachte schallend laut auf. »Liegt das wirklich so fern? Man soll seine Gegner niemals für dümmer halten, als erlaubt ist.«

»Haben Sie die Güte, Hoheit, sprechen Sie für einen Augenblick etwas weniger in Aphorismen. Vielleicht erzählen Sie etwas mehr im Zusammenhang, was Sie in Erfahrung gebracht haben, und was man Ihnen erzählt.«

Sureja tat es, und des Fürsten Gesicht verfinsterte sich immer mehr.

»Ich sehe, Sie sind ernsthaft beunruhigt, Durchlaucht. Das verstehe ich nicht. So lange Beweise fehlen, kann es nicht den Kopf kosten.«

Hakob Akunian sprang auf und ging in langen Schritten durch das enge Zimmer. Als wäre er gefangen. Plötzlich hielt er vor dem Prinzen an, der sich gemütlich weiterschaukelte. Nur einen Augenblick, dann rannte er wieder durch den kleinen Raum. Als er den sich gemächlich wiegenden Sureja eben angeblickt hatte, war ihm, als läge statt des Prinzen der gemarterte junge Türke in dem Stuhl und grinste ihn schadenfroh an.

Sureja hielt seinen Stuhl an und sagte: »Hat sich etwas ereignet, was ich nicht weiß, was Sie mir noch nicht haben mitteilen können, was die Lage, wie ich sie bis jetzt übersehe, ändert, erschwert? Reden Sie, Durchlaucht.«

Hakob Akunian setzte sich wieder. Ihm war, als sollte er jetzt gemartert werden.

»Ich habe eine Dummheit gemacht, Hoheit. Das heißt, bisher glaubte ich das natürlich nicht, aber ich fange jetzt an, es zu glauben.«

Sureja lächelte und überblickte den Raum. »Das hier ist ein guter Beichtstuhl. In Paris sind sie auch nicht heller.«

»Ich habe ein langes Telegramm über den Zug gegen Scharef nach London an die ›Times‹ gerichtet.«

Der Prinz sprang auf. »Von hier aus? Womöglich durch den persisch-russischen Telegraphen? Sind Sie des Teufels, Durchlaucht?«

»Nicht von hier aus, auch nicht durch den persischen, sondern durch den englisch-indischen Telegraphen.«

»Wer ist der Telegraphist? Er muß sofort unschädlich gemacht werden. Wann war das? Und Ihr Name steht auch noch möglichst dick und fett darunter, nicht wahr, Durchlaucht?« Der Prinz lachte schneidend auf.

»Der Telegraphist heißt Feddersen.«

»Man muß ihm sofort den Mund stopfen. So oder so.«

»Das ist überflüssig, Hoheit. Er tut sowieso den Mund nicht auf.«

»Und wann war das?«

»Vor genau fünf Tagen.«

Sureja überlegte einen Augenblick. »Dann kann der Konsul noch nichts davon wissen, wenn dieser Telegraphist nicht geschwätzt hat.«

»Das ist ausgeschlossen, Hoheit.«

»Und Ihr Name dick und fett darunter?«

»Mit dem ausdrücklichen Befehl, ihn nicht zu veröffentlichen.«

»Als ob sich ein Journalist um andere Befehle kümmerte als um die, welche ihm der Vorteil seiner Zeitung eingibt! Und das Telegramm ist natürlich aus Persien datiert oder aus Rußland?«

»Aus Persien, in der Nähe von Djulfa.«

So fassungslos hatte der Fürst den Prinzen noch nicht gesehen. Er fühlte das Bedürfnis, ihm wenigstens die Gründe verständlich zu machen, die ihn dazu bewogen hatten.

Sureja unterbrach ihn nicht, nickte nur zuweilen spöttisch zu den Ausführungen. Dann meinte er langsam: »Das ist ja gewiß sehr edel, sehr schön, sehr begreiflich, aber soviel Edelmut vertragen unsere Pläne nicht, wie mir scheint, ohne daran kaputt zu gehen.« Er war außer sich, so sehr er sich auch zu beherrschen wußte.

»Wenn man nur wüßte, was die Esel in London damit angestellt haben«, rief Sureja.

»Vielleicht als inopportun in den Papierkorb geworfen«, meinte Hakob Akunian ironisch und bitter. »Das Telegramm jetzt noch telegraphisch zu unterdrücken, dazu ist es zu spät.«

»Oh Ali! Auch das noch, damit man erst recht darauf aufmerksam wird.«

Sureja warf sich wieder in den Schaukelstuhl. »Da sitzen wir, Durchlaucht, und werden langsam am Rost gebraten. Aellahu äkbär, Gott ist groß!«

Sureja schaukelte nicht mehr, aber sein Gehirn arbeitete.

»Ich nehme natürlich alles auf mich, und Sie bleiben ganz aus dem Spiel, Hoheit.«

»Als ob mir damit gedient wäre, daß Sie den Kopf verlieren.«

»Vater Gregor kann mich leicht ersetzen.«

Sureja lachte höhnisch. »Ein Geistlicher und ein Iblis ziehen nicht an demselben Strick.«

»Was haben Sie mit dem Teufel gemein?«

»Sie unterschätzen mich, Durchlaucht.«

Beide schwiegen einige Zeit. Plötzlich verließ Sureja den Schaukelstuhl und setzte sich auf den zweiten Stuhl am Fenster. »Dies verdammte alte Weib, das ich hier so hübsch in der Arbeit hatte, ist in der Nähe und grinst mich an. Oder sein Geist, oder sonst etwas von ihm, sein Fluid, sein Od, oder was weiß ich, sein Astralleib.«

»Wir sind noch nicht in Ramasan, er ist noch nicht in Stambul«, sagte Hakob Akunian trocken.

Mit einer Wendung des Kopfes sah der Kurde dem Armenier in die Augen. »Sie haben recht. Wenn Sie wollen, können Sie sich rühmen, mich nervös gemacht zu haben, wie man in Europa sagt, wenn man nicht weiß, was man sonst sagen soll.«

»Wenn die ›Times‹ die ganze Geschichte mit meinem Namen veröffentlicht hat oder in diesen Tagen veröffentlicht, ist alles klar. Der persische Gesandte in London telegraphiert das Nötige nach Teheran, der türkische nach Stambul, und die ganze Marter hat ein Ende. Wenigstens für mich. Auch die anderen Armenier wird man in Ruhe lassen, wenn ich alles auf mich nehme.«

»Und die Verwandten Ihrer Dreihundert? Glauben Sie, daß Ihnen der Gouverneur die Hand küßt und danke schön sagt?«

»Man wird ihnen Geld abpressen, und Vater Gregor wird es von mir bekommen.«

»Sie machen in diesem Augenblick, wie es scheint, vor mir als Zeugen Ihr Testament. Ihr Vertrauen ehrt mich, aber es wäre klüger gewesen, ich hätte es besessen, bevor Sie das Telegramm vom Stapel ließen.«

Hakob Akunian schwieg. Der Prinz hatte recht. Dagegen ließ sich nichts sagen. Warum er nicht vorher mit ihm gesprochen hatte? Jetzt wußte er es, der Prinz hätte abgeraten. Als Kurde konnte er kein Verständnis dafür haben. Er wollte das Telegramm abschicken, es sollte seine Volksgenossen, über die Europa meist nur ein wenig geringschätzig sprach, rehabilitieren. Ganz begriff er es im Augenblick selbst nicht mehr.

»Sie waren lange in Europa und überschätzen es immer noch. Daß Asien es tut, weil es Europa überhaupt nicht kennt, kann ich zur Not noch begreifen, aber daß Sie...« Er brach ärgerlich ab; es hatte keinen Zweck, hinterher Vorwürfe zu machen.

Plötzlich fragte der Prinz: »Was haben Sie eigentlich telegraphiert?«

»Den Durchschlag kann ich Ihnen geben, wenn Sie wollen.«

»Den heben Sie immer noch auf und können sich nicht von ihm trennen, damit man ihn womöglich bei Ihnen findet? Ich bitte dringend, ihn mir auszuhändigen, bei mir sucht ihn kein Mensch.«

»Sie sollen ihn haben, wenn Sie das beruhigt, Hoheit. Wenn das Original in der ›Times‹ steht, ist es gleichgültig, wo der Durchschlag bleibt.«

»Sie träumen immer noch, Durchlaucht. Es wird hohe Zeit, daß Sie aufwachen, Durchlaucht. Wie will man beweisen, daß Sie das Telegramm geschickt haben, wenn Sie es leugnen? Ein Feind hat Ihnen einen Streich gespielt und Ihre Unterschrift gefälscht. Sie schicken noch heute einen vertrauenswürdigen Mann auf Ihrem besten Pferd zu jenem Telegraphisten. Er hat das Original an sich zu bringen. Im Guten oder im Bösen. Die Kopie, den Durchschlag bitte ich mir aus. Nachdem ich ihn genau gelesen habe, verbrenne ich ihn. Darauf können Sie sich verlassen. Was nicht in den Akten ist, ist nicht in der Welt, sagt man in Europa. Sie leugnen, Sie wissen von nichts, Sie haben keine Ahnung. Dafür spricht manches, denn wenn Sie etwas wüßten, wären Sie doch nicht so töricht, es auch noch in alle Welt zu telegraphieren. Das wäre doch der helle Wahnsinn, nicht wahr? Ein Gegner hat die ganze Geschichte angezettelt, ein Mohammedaner, um einen Christen zu beseitigen.« Sureja sprang auf. »Der türkische Konsul hat es getan, um Sie zu vernichten.«

Hakob Akunian lächelte dünn. »Der türkische Konsul wird sich bedanken.«

»Der türkische Konsul wird...« Sureja brach ab. Dieser Christ war ja ein Kind, dem man nichts anvertrauen konnte, was nur Erwachsene hören können. Er seufzte ein wenig. »In Europa würden solche Argumente unbedingt durchschlagen, darauf können Sie sich verlassen. Man nennt das bei ihnen Psychologie, eine prächtige Erfindung des Verstandes, mit der man alles beweisen, aber auch alles widerlegen kann. Es kommt nur darauf an, wer am spitzfindigsten ist.« Er seufzte wieder. »In Asien kommt man freilich immer noch nicht so weit damit. In diesem Falle bedaure ich es sehr.«

»Es ist nichts mehr zu ändern. Man muß sich damit abfinden«, sagte der Fürst. »Ich habe mich in die Hand einer Zeitung gegeben. Ich sehe ein, es war ungewöhnlich dumm, das dümmste, was ich in diesem Fall tun konnte.«

»Ein erster Schritt zur Besserung.« Sureja lächelte schon wieder ein wenig. »Ich gebe das Rennen noch nicht auf, durchaus nicht, wenn Sie mir eins versprechen...«

»Da ich auch Ihre Pläne durch Unverstand schwer geschädigt habe,« unterbrach der Fürst, »ist es selbstverständlich, was in meinen Kräften steht...«

»Wir wollen alle heroischen und edelmütigen Gedanken beiseite lassen«, unterbrach Sureja ein wenig ungeduldig. »Oder legen Sie durchaus Wert darauf, nach Ihrem Tode als erlauchtes Beispiel für Heroismus in ein Lehrbuch für europäische Kinder zu kommen? Ich lege mehr Wert darauf, unsere Pläne zu verwirklichen.«

»Was meine Person angeht, sehe ich da keinen Weg mehr.«

»Ich für meine Person sehe noch viele Wege. Auch für Ihre Person. Aber Sie versprechen mir, wenn es zu einer Untersuchung kommt, unter allen Umständen zu leugnen, daß Sie irgend etwas mit der Sache gegen Scharef zu tun haben. Doch nein, Sie sind ein schlechter Lügner. Also versprechen Sie mir, was auch kommen mag, zu schweigen und den Mund überhaupt nicht aufzutun. Höchstens sagen Sie: Ich weiß von nichts! Oder ist auch das zu schwer für Ihren edlen Charakter?«

»Sie haben allen Grund, zornig zu sein, Hoheit, und mich zu behandeln wie einen Unmündigen. Ich verspreche Ihnen in dieser Angelegenheit den Mund nicht wieder aufzutun, außer in dem von Ihnen gewünschten Sinn.«

Der Prinz reichte ihm lächelnd die Hand. »Seien Sie nicht böse, Durchlaucht. In den Augen eines Christen kann es doch auch unmöglich ehrverletzend oder eine Schande sein, wenn man glaubt, er sei kein guter Lügner, Sie merkwürdiger Bankier.«

»Ich freue mich, daß Sie wenigstens nicht mehr nervös sind, Prinz.«

»Sie wissen von nichts, von gar nichts, das ist die Hauptsache und im Augenblick meine beste Hoffnung. Das Originaltelegramm lassen Sie durch Ihren besten Mann dem Telegraphisten entreißen und vernichten. Die Kopie zerreiße ich. Alles Weitere hängt von den Umständen ab. Sie schweigen oder Sie wissen von nichts. Wenn die zwei einzigen sicheren Anhaltspunkte, Telegramm und Kopie, verschwunden sind, wissen die Richter auch nichts. Bei den meisten Untersuchungen ist das so, und die ganze Kunst des Untersuchungsrichters besteht ja nur darin, durch Fragen und Reden von dem Angeklagten, der alles weiß, etwas herauszubekommen, bis er schließlich auch etwas weiß. Wären die Angeklagten so klug, zu schweigen und sich unter keinen Umständen zum Reden verlocken zu lassen, alle Untersuchungen führten zu nichts, bei denen nicht das Korpus delikti schon vorher unter dem Gerichtstisch liegt. Ich werde den angeblichen Tatbestand schon so verwirren, daß dem Gouverneur, oder wer sonst als Blitz herniederfährt, Hören und Sehen vergeht.«

»Aber Sie werden doch nicht Ihre Person auch noch in Gefahr bringen? Dann war der Zug gegen Scharef ganz vergeblich.«

»Wenn es not tut, werde ich als Entlastungszeuge antreten. Ein Mohammedaner für einen Christen. Hat man schon jemals so etwas erlebt?« Sureja lachte wieder ganz vergnügt. Man muß diesem Kind unter allen Umständen ein heiteres Gesicht zeigen, dachte er, sonst macht er noch weiter heroische und edle Dummheiten.

Sie verließen den schmalen, unbehaglichen Raum und schlenderten durch den Hof.

»Darf ich mir die Kopie ausbitten?« fragte lächelnd der Prinz.

»Gedulden Sie sich einen Augenblick, ich hole sie.«

Ein Jungesel kapriolte herbei und beschnupperte aufmerksam den Prinzen. Jungvieh und Kinder, wohin man blickt, dachte Sureja. Aber der Fürst muß gerettet werden. Er ist unentbehrlich, heute mehr denn je. Wie soll man sonst die Armenier, diese störrischen Maulesel, gewinnen, die man braucht.

Sureja barg die Papiere, die der Fürst ihm brachte, sorgsam im Innern seines Rockes. »Vergessen Sie bitte nicht, Ihren besten Reiter dem Telegraphisten das Telegramm entreißen zu lassen. So schnell als nur irgend möglich. Bevor die persische Regierung auf den naheliegenden Gedanken kommt, danach zu suchen.«

»In einer Stunde reitet er ab.«

»Vielleicht ist unsere Sorge unnütz, vielleicht paßt den Engländern Ihr Schlachtbericht zur Zeit wirklich nicht in den politischen Kram. Aber wer kann das von hier aus beurteilen oder gar wissen? So haben wir ein ›X‹ in der Gleichung, das uns vorläufig noch unbekannt ist. Jeder Gewißheit kann man begegnen. Hier haben wir einen unsicheren, unklaren Posten. Rätsel raten ist nicht meine Sache.« Wieder lächelte Sureja freundlich. »Hoffentlich dauert es nicht mehr lange, bis das X uns bekannt ist. Dann hoffe ich es doch noch mit Erfolg in die Rechnung stellen zu können.«

Hakob Akunian sagte leise, unsicher: »Ich begreife mich im Augenblick selbst nicht, wie ich so unüberlegt alles aufs Spiel setzen konnte. Das Telegramm wäre ja auch noch in einigen Wochen nicht zu spät gekommen.«

»Auch dann immer noch zu früh«, bemerkte der Prinz trocken. »Befreien Sie sich von dem Gedanken, daß Telegramme nach Europa für Asien jemals zu guter Zeit kommen. Glauben Sie immer noch, weil Sie Christ sind, hätten Sie bei den Christen drüben einen Stein im Brett? Befreien Sie sich auch von dieser Illusion, und das Telegramm nach London war doch wenigstens zu etwas gut.«

Hakob Akunian meinte: »Ihre Pillen sind nicht gerade verzuckert.«

»Ich beziehe sie auch nicht aus Paris, Durchlaucht.«

Der Torhüter schob vorsichtig den Riegel zurück.

»Gestatten Sie, daß ich meine Pille durch eine kleine indiskrete Frage versüße, die leider einer Antwort bedarf. Wie befehlen Sie, daß es weiterhin mit der kleinen Miryäm in Maku gehalten werden soll?«

Der Fürst konnte, da die Frage ihn überrumpelte, nicht verhindern, daß ihm eine Blutwelle vom Herzen zur Stirn schoß.

»Ich werde meinem Bruder auf die Finger klopfen, daß er nicht selbst Geschmack findet an der Kleinen, oder sie an ihm. Das Telegramm verzögert Ihre Reise nach Maku, wie ich fürchte. Oder geruhen Sie, andere Befehle zu geben?«

»Ich werde Ihnen dankbar dafür sein, mein Prinz.«

Sureja trat unter das offene Tor. »Wenn der Blitz niederfährt, ducken Sie sich, Durchlaucht, und seien Sie heroisch im Schweigen.«

Lächelnd verabschiedete sich der Prinz, und der Fürst bemerkte jetzt erst, daß sein Gast diesmal zu Fuß gekommen war.

Sureja war erst wenige Minuten unterwegs, als der türkische Konsul auf ihn zutrat. Ebenfalls zu Fuß.

Erst als sie das Christenviertel hinter sich hatten, sagte Sureja: »Ich bedaure sehr, noch nichts Positives sagen zu können, Exzellenz. Haben Sie nur noch einige Tage Geduld. Der Fürst ahnt nichts von Ihrem Verdacht. Schon das ist viel wert. Leider muß ich morgen nach Delivan. Aber ich werde auch dort die Augen offen halten. Wenn fünfhundert Armenier aus dieser Gegend vor vierzehn Tagen oder drei oder vier Wochen aufgebrochen sind, muß man das in Delivan gemerkt haben. Meine Freunde in Delivan wissen dann sicher etwas davon. Eine kleine Stadt schläft ja schon deshalb nicht so fest wie eine große, weil sie immer mehr in Gefahr ist vor Überfällen. Einige haben da immer die Augen offen und die Ohren gespitzt. Und was in den armenischen Dörfern ringsum in den letzten Wochen vor sich gegangen ist, weiß man sicher in Delivan. Kleine Dörfer halten nicht lange ihre Geheimnisse fest.«

»Sie geben also noch immer nicht die Idee auf, den Hauptschuldigen oder die Hauptschuldigen im Salmasdistrikt ausfindig zu machen?«

»Wir suchen ein Wild, Exzellenz. Da sind Spuren zunächst wertvoller als Ideen, wie ich glaube. Deshalb gehe ich zunächst Spuren nach. Wenn ich sie finde, wie ich hoffe, werde ich Sie sofort nach meiner Rückkehr in drei, vier Tagen aufsuchen. Auf Grund der Spuren lassen sich dann hoffentlich mit großem Erfolg Ideen austauschen. Seien Sie unbesorgt, Exzellenz.« Er verneigte sich höchst zeremoniell: »Ihre Freundschaft mehre sich.«

Auch der Konsul verneigte sich zeremoniell: »Ihre Freundschaft möge nicht abnehmen!«

Zehntes Kapitel

Als Sureja endlich daheim allein in seinem Zimmer saß, verdüsterten sich seine Mienen immer mehr und mehr. Der Fürst, der Christ, der Bankier, war nur als Draufgänger zu gebrauchen, und er, der Kurde, der Wolf, mußte den Diplomaten spielen. Je mehr er über die Lage nachdachte, wie sie dies verdammte Telegramm heraufbeschwor, um so weniger konnte er zu einem Entschluß kommen, wie er vorgehen sollte. Nur das eine stand für ihn fest, daß alles noch mehr verwirrt, verdunkelt werden mußte, bis er wußte, ob man in London den Bericht veröffentlicht hatte oder nicht.

Er entfaltete des Fürsten Papiere und las sie mit gespannter Aufmerksamkeit Satz für Satz. Bei jedem Satz überlegend, ob er nicht zweideutig genug war, um ganz verschieden ausgelegt werden zu können. Es dauerte aber nicht lange, bis er solche Überlegungen aufgeben mußte. Je weiter er in dem Bericht kam, um so eindeutiger ging aus ihm hervor, daß der Verfasser persönlich mitgekämpft hatte, und daß die Kämpfer Armenier waren. Wurde der Name des Berichterstatters genannt, der unter den Papieren stand, dann konnte kein Zweifel mehr darüber bestehen, daß Hakob Akunian geführt hatte und daß es sich um persische Armenier handelte. Es hätte nur noch gefehlt, daß auch noch direkt angegeben war, aus welchem Distrikt Persiens sie stammten. Das wenigstens war nicht zu erkennen. Sie konnten gerade so gut aus dem Urmiadistrikt wie aus dem Salmasdistrikt ausgezogen sein. Keine große Auswahl, da in anderen Bezirken nur vereinzelt Armenier wohnten. Aus vorwiegend mohammedanischen Gegenden konnten die Dreihundert überhaupt nicht kommen, ohne sofort bemerkt zu werden. Der Prinz dachte sarkastisch, nur die Eile sei wohl schuld daran gewesen, daß der Fürst in dem Eifer, den kriegerischen Mut seiner Volksgenossen vor aller Welt kundzutun, nicht noch deutlicher geworden war.

Langsam verbrannte er die Papiere an einer Kerze und zerdrückte mit einem Tuch die Asche zu Staub. Wurde das Original ebenso gründlich vernichtet, dann handelte es sich eben um die gemeine Intrige eines Feindes des Fürsten, um ihn an den Galgen zu bringen. Kein Mensch ist doch so dumm, selbst den Strick dazu zu liefern. Mochte das dem Gouverneur oder dem Generalgouverneur in Täbris nun sofort einleuchten oder nicht, sie konnten den Einwand jedenfalls benutzen, wenn sie wollten, um dem türkischen Konsul ein wenig Sand in die Augen zu streuen, wenn er sich ihrer bis dahin überhaupt noch bedienen konnte. Bis die Hohe Pforte einen neuen Konsul zur Fortführung der Untersuchung installiert hatte, verging Zeit. Die türkische Botschaft in Teheran mochte derweil ruhig weiter Protestnoten schicken. Das tat niemandem weh. Gefährlich konnte ja nur die Kleinarbeit eines Konsuls werden, über die eine Botschaft hoch erhaben ist. Im Grunde war es der persischen Behörde ja nur eine Freude, wenn die übermütigen Türken einmal Prügel bekamen. Nur mußte man ihnen helfen, alle Spuren, die nach Persien führten, zu verwischen. Wenn kein Konsul da war, konnte die Botschaft ruhig weiterschreien. Schreien allein beweist nichts. Je lauter sie schrie, um so lauter konnte die persische Regierung sich dagegen wehren, protestieren und ihrerseits als beleidigte Unschuld Genugtuung verlangen. Wenn nur das Telegramm nicht wäre oder wenigstens nicht veröffentlicht wurde oder wenigstens ohne Unterschrift. In diesem Fall war es einfach eine böswillige Verleumdung Persiens, die England fabriziert hatte, weil Rußland stärker wurde in Nordpersien. Oh, dann ließ sich noch sehr viel sagen. Man konnte sogar Rußland als Zeugen aufrufen für eine Verärgerung Englands über das unschuldige Persien. Je mehr Parteien darüber miteinander in Streit gerieten, um so besser. Und dem Gouverneur half man ein wenig mit Geld nach, damit doch für einen ein reeller Vorteil bei dem Streit heraussprang. Davon abgesehen hatte doch auch der Gouverneur nur Interesse daran, das wehrlose Persien von allem Verdacht reinzuwaschen. Und wenn alles nichts half, waren die Armenier weder aus Urmia noch aus Salmas, sondern aus Maku ausgezogen. Bei seinem stehenden Heer, in seiner so schwer zugänglichen Lage war schlecht mit ihm anbinden. Die Schweiz war leichter anzugreifen und schwerer zu verteidigen als das Fürstentum Maku.

Des Prinzen Züge glätteten sich wieder, und er rief nach Bibi-Dschanem.

Sie fiel nieder und wollte berichten.

»Schweig, bis ich dich frage.«

Die Alte blieb liegen und schwieg.

»Ich verreise morgen früh für drei Tage nach Delivan. Hast du verstanden?«

»Ihr Sklave.«

»Du wirst das noch heute im Harem erzählen, und morgen früh, wenn ich abgeritten bin, wirst du dich an dem Tor des Konsuls niederlassen und ihm ins Ohr flüstern, daß ich nach Delivan verreist bin für drei oder vier Tage.«

»Zu Ihren Diensten.«

»Niemand betritt dies Zimmer außer dir. Wenn du mich hier findest, schreie nicht, denn ich bin kein Gespenst, auch nicht der Teufel, sondern du weißt, daß ich es bin.«

»Ich will für dich zum Opfer werden«, murmelte die Alte.

»Ich sitze in diesem Zimmer und niemand weiß es außer dir. Du sorgst für Brot und Tee. Ich sitze hier und warte. Drei Tage, wenn es sein muß. Aber vergiß nicht, daß es kein Vergnügen ist, so zu sitzen und zu warten. Drei Tage sind eine lange Zeit. Es wäre mir lieb, ich müßte nicht so lange warten. Aber wenn du es nicht anders einrichten kannst, drei Tage und drei Nächte warte ich in Geduld. Überstürze nichts, wenn es schneller nicht geht und du deiner Sache nicht ganz sicher bist. Aber länger als drei Tage und drei Nächte vom nächsten Sonnenaufgang an warte ich nicht, nicht eine Stunde länger. Hast du bis dahin nicht den Fisch gefangen und Natascha ins Schlafzimmer gebracht« – er lächelte böse –, »dann werde ich weiter mit dir reden. Yalla!«

Die Alte sprang auf.

»Jetzt rufe mir Natascha und bringe das Schachbrett.«

Strahlend, tief beglückt trat Natascha ein. Mit beflügelten Schritten. Sie hielt aber sofort ein und nahm Haltung und Miene einer Dienerin an. Der Herr war nicht heiter gestimmt. Bibi-Dschanem brachte das Schachbrett.

»Ich verreise morgen früh drei Tage nach Delivan.«

Sie schlug die Augen nieder, um ihre Enttäuschung nicht allzu deutlich merken zu lassen. Den Körper hat man besser in der Gewalt als die Augen.

»Setze dich.«

Sie spielten eine Partie ohne Brett. Es ging vorzüglich. Sie zog genau, wie der Herr sie führte.

Als die Partie zu Ende war, schlug sie die Augen weit zu ihm auf und war mit Leib und Seele in der Haltung eines Dürstenden, der auf einen Tropfen Lob und Anerkennung wartet. Er löste sich nicht von seinen Lippen.

Sie erblaßte und schlug die Augen wieder nieder. Sie schloß die Augen, um sich ganz auf die Gedanken ihres Herrn zu konzentrieren, der jetzt wohl eine Partie ohne Brett und ohne Worte mit ihr zu spielen gedachte. Sie war wie eine dürstende Blinde, die nur noch mit dem Gehör lebt, das alle anderen Sinne für eine Weile ersetzen muß.

Ihr Gesicht entspannte sich, ohne daß sie die Augen öffnete. Der Oberkörper, der eben noch ein wenig vorgebeugt war, um besser lauschen zu können, neigte sich ein wenig zurück an die Stuhllehne, nur das Kinn streckte sich leicht vor. Sie fühlte die Hand ihres Herrn dicht vor dem Gesicht. Von ihr ging ein leichtes, warmes Strahlen aus, das wohler tat als jedes Wort des Lobes.

Sehr schnell war sie in dem hypnotischen Zustand, in dem Sureja sie haben wollte, und seinen Wünschen und Worten hemmungslos hingegeben.

Nachdem er sie vorsichtig, methodisch wieder geweckt hatte, unterhielt er sich lebhaft und freundlich mit ihr. Wirklich ein schöner, rassiger kräftiger Mensch, dachte er, mit Wohlgefallen sie musternd. Zu komisch, daß selbst Dr. Durville dazu neigte, solche Begabung krankhaft zu finden. Als ob nicht viel bessere Nerven und eine viel gesündere Konstitution dazu gehörten, derlei auszuhalten, als Schreibmaschine zu schreiben, Kleider zu probieren, Fenster zu putzen, zu tanzen oder dergleichen mehr, was man in Europa »normal« nennt.

»Ich habe noch zu tun und möchte dich bitten, auf dein Zimmer zu gehen und es nicht zu verlassen, bis ich selbst dich daraus abhole. In drei Tagen.« Er lächelte. »Vermagst du das, ohne mir böse zu sein und dich mit Gedanken zu plagen, weshalb ich das von dir erwarte?«

Sie erhob sich und wußte nicht recht, ob sie auf so höfliche, europäisch vorgebrachte Wünsche orientalisch antworten sollte oder europäisch, wie sie es in Rußland gelernt hatte. Deshalb nickte sie nur zustimmend und stand ein wenig unsicher, aber ihm gerade in die Augen blickend, vor ihm. Er verbeugte sich, küßte ihr ganz unerwartet wie einer russischen Dame die Hand und sagte: »Ioh danke dir, Natascha. Auf Wiedersehen in drei Tagen.« Das überwältigte sie so, daß sie die Hände vor das Gesicht schlug und leise aufschluchzend vor Glück aus dem Zimmer lief.

Sureja sah ihr zufrieden nach. Dr. Durville würde das hysterisch finden, dachte er. Ich nenne es Liebe wie die Poeten in aller Welt.

Am anderen Morgen ritt er aus dem Hof, ohne einen Diener mitzunehmen, ritt in einem Bogen um die Stadt von Osten nach Süden gen Westen zum Hause Hakob Akunians, wo er bat, seinen Hengst für drei Tage einstellen zu dürfen.

»Kommen Sie mir nicht zu nah!« rief er dem Fürsten zu. »Jussuf beißt und schlägt jeden, mit dem ich freundlich bin. Wenn nicht gleich, dann bei günstiger Gelegenheit. Er vergißt nicht und ist eifersüchtig wie zehn Männer zusammen, die derselben Frau den Hof machen. Sperren Sie ihn allein in einen Stall. Sonst weiß ich nicht, was er anstellt.« Nun sprang Sureja aus dem Sattel. »Noch besser, ich bringe ihn selbst in seinen Stall und binde ihn für alle Fälle am Hinterbein fest.«

Gewaltig, schwer, dunkelbraun, unbewegt, wie aus Erz gegossen stand der Hengst. Nur die aufgestellten Ohren waren in ständiger Bewegung wie die Unruhe in einer Uhr.

»Ein kleines Abenteuer, bei dem ich Jussuf nicht brauchen kann«, sagte der Prinz, den Hengst zu seinem Stall führend. »Nach drei Tagen lassen Sie ihn durch einen Pferdeknecht wieder in mein Haus bringen.«

Für eine Weile ließ sich Sureja mit dem Fürsten im Pavillon nieder. Als er annehmen konnte, daß seine Leute wieder schliefen oder sich in der Stadt einen guten Tag machten, da der Herr nicht zu Hause war; verließ er den Fürsten wieder durch die versteckte Pforte im Osten der Weingärten. »Also, Durchlaucht, wenn der Blitz niedergeht, sich ducken und heroisch schweigen.«

»Am Ende schlägt er überhaupt nicht ein«, meinte Hakob Akunian.

»Ich rechne immer mit dem Schlimmsten, dabei verrechnet man sich am seltensten.«

Als Bibi-Dschanem gegen Mittag das Zimmer ihres Herrn betrat, zuckte sie zusammen und preßte schnell die Hand vor den Mund, aus dem ein Schreckensschrei wollte. Er lag ausgestreckt auf einem Divan und las. Ohne nach ihr hinzusehen, befahl er Tee und etwas zu essen.

Als Bibi-Dschanem bei Sonnenuntergang wieder das Zimmer betrat, lag der Herr immer noch auf dem Divan und las. Immer noch dasselbe fremde Buch. Oder hatte er sich gerade erst wieder hingelegt? Er sprach kein Wort und sah sie nicht an. So wenig wie am Mittag. Er fragte auch nichts. Er wartete nur. Schrecklich war das. Noch schlimmer als alles Reden.

Sureja las in Stendhals »Rouge et Noir«. Der einzige französische Roman, den man immer wieder lesen kann, wie er behauptete, weil auch ein Asiate immer wieder etwas aus ihm lernen kann.

»Wenn du mir heute nacht nichts mitzuteilen hast, erwarte ich dich erst wieder bei Sonnenaufgang. Yalla!«

Unerträglich war das. Lieber nackt im Hof an einem Baum hängen. Dann war doch das Ende der Marter abzusehen.

Als Bibi-Dschanem bei Sonnenaufgang durch den Vorhang in das Zimmer lugte, lag der Herr auf dem Divan und schlief. Das fremde Buch war auf den Boden gefallen. Schlief er nicht so ruhig und fest wie ein Kind? Oh Ali!

Gegen Mittag stand er am offenen Gewehrschrank und prüfte seine Flinten. Ohne sich ihr zuzuwenden, fragte er: »Weißt du schon, wann du den Mädchen ihr Schlafpulver geben wirst?«

Sie flüsterte: »Heute, drei Stunden nach Sonnenuntergang.« Gott sei gepriesen, daß dann ihre Qual, endlich ein Ende hat.

»Sei klug, alte Hexe, und sieh zu, daß alles genau so geschieht, wie ich es befohlen habe.«

»O Gottvertrauen! O Gerechtigkeit!« ächzte die Alte und wand sich wie in tausend Schmerzen.

Der Herr beachtete sie nicht mehr.

Drei Stunden nach Sonnenuntergang saß der Kurde mit untergeschlagenen Beinen auf dem Teppich, sog an einer Wasserpfeife, in deren Wasserbehälter es von Zeit zu Zeit hastig gurgelte, so daß die Rosenblätter in ihm wild durcheinanderwirbelten, und lauschte. Kein Laut war zu vernehmen. Nataschas Zimmer lag in der östlichsten Ecke des Hauses. Die Wände waren sehr dick. Das Fenster stand natürlich offen, aber die Nacht war dunkel. In ihr war viel Raum für mancherlei Schreie. Auch für andere Geräusche aller Art. Willig nahm sie alles auf und verschlang es. Verschwunden war es in ihrem schwarzen Schlund und rührte sich nicht mehr.

Er trat an das offene Fenster und horchte in die Nacht. Nur wenige Sterne hatte sie angezündet. In dem unendlichen Raum flimmerten und flackerten sie, aber leuchteten nicht. Dafür waren es zu wenige. Irgendwo schrie ein Esel auf einem Hof. Langgezogen, gellend. Nun antwortete ihm aus einem anderen Hof ein anderer Esel. Ein Pärchen, das zueinander verlangte. Gegen ihr Lärmen und Röhren kam kein anderer Schrei auf.

Bibi-Dschanem trat dicht an ihren Herrn heran. »Es ist alles, wie du befohlen hast.« Er betrachtete sie aufmerksam. Ihre Augen waren unruhig und unsicher, aber sie stand fest auf den Füßen. Sie ist gekocht, dachte Sureja befriedigt, ihr kann kein Feuer noch viel anhaben.

»Geh schlafen und zieh die Burqä über die Ohren. Drei Stunden nach Sonnenaufgang spreche ich dich wieder.«

Die Alte verschwand, und Sureja von Maku holte aus dem Gewehrschrank einen großen, kräftigen Sack, legte ihn sorgfältig zusammen, so daß er ihn bequem unter die Achsel pressen konnte, ergriff einen Leuchter und schritt gemessen, ohne Hast, wie es sich für einen vornehmen Asiaten ziemte, auf unhörbaren Sohlen zu Nataschas Zimmer.

Als er geräuschlos die Tür öffnete, sah er den türkischen Konsul regungslos auf Nataschas Lager ausgestreckt, und Natascha hockte in einer Ecke des Zimmers, zusammengekauert, lautlos, die weit aufgerissenen Augen mit einem leeren Blick auf den Mann auf ihrem Lager gerichtet. Von der Seite trat er geräuschlos zu ihr und strich stumm und stetig mit seiner rechten Hand ganz dicht, ohne sie aber zu berühren, von der Stirn über das Gesicht bis zur Brust. Unermüdlich, ohne die Bewegung im Rhythmus zu ändern. Immer wieder. Ihre Augen schlossen sich. Er hielt nicht ein, nicht einen Augenblick. Eine lange Zeit. Schweißperlen traten ihm auf die Stirn. Nataschas Wimpern zuckten leicht. Die Lider öffneten sich. Die Augäpfel verdrehten sich und verschwanden unter den Lidern nach der Stirn zu. Man sah nur noch das Weiße der Augen. Ihr Körper streckte sich. Der Kurde bettete ihn langsam, geräuschlos auf den Boden. Dann untersuchte er kurz den Mann auf dem Lager. Er war mit einem zur Schnur zusammengedrehten, starken seidenen Schleier Nataschas erdrosselt worden.

Sureja zog den Sack über den Toten, trug den Sack auf das Dach und ließ ihn in den Garten fallen. Er bettete Natascha auf ihr Lager und verschwand.

Den schweren Sack quer vor dem Sattel ritt Sureja nach Norden. Wohin mit dem Sack? Ihm fiel dieser und jener reiche Perser ein, dem er ihn gerne vor das Tor gelegt hätte. Gäbe das eine Überraschung bei Sonnenaufgang. Oh Ali! Wie schnell würde da auch der reichste auf den Beinen sein, um den Sack einem anderen guten Freund vor das Tor zu legen, bevor die Stadt noch völlig aufgewacht war.

Er sah nach dem Himmel. Der letzte Stern war erloschen. Höchstens noch eine Stunde bis Sonnenaufgang. Er gab seinem Pferd die Sporen. Es war zu spät, um einen Freund in der Stadt mit diesem Sack zu bedenken. Man mußte ihn schon auf einem Grundstück außerhalb der Stadt niederlegen. Da war eine halbe Stunde nordwärts ein schönes grünes Plätzchen mit viel Bäumen und Buschwerk, das prächtig gedieh, weil es kaum jemals an Wasser mangelte; und weil auch noch eine heiße Quelle hier aus dem Boden sprang, ein sehr beliebter Ausflugsort, Eigentum der Regierung. Da legte er den Sack nieder. Dem Gouverneur würde das ganz besonders viel Ärger und Scherereien bringen.

Als die Sonne aufging, ritt Sureja schon wieder in den Straßen der Stadt seinem Hause zu. Nicht mehr weit von ihm entfernt, hielt er an, lauschte, sprang aus dem Sattel und hielt das Ohr an den Boden. Trappeln vieler Pferde bei Sonnenaufgang? Vom Osten her? Er saß wieder auf und ritt an seinem Haus vorbei weiter nach Osten.

Bald erblickte er einen Reitertrupp. Fünf Männer, unter ihnen einer mit weißem Bart, in glatten, langen, dunklen, persischen Röcken ohne jeden Schmuck. Um sie her ein Dutzend Reiter, deren lange Röcke mit Hieb-, Stich- und Schußwaffen aller Art behängt waren. Einer von ihnen sprengte auf den Wink des Weißbärtigen voran und hieß Sureja mitkommen.

Als der Kurde vor dem Alten stand, sagte dieser kurz und herrisch, nachdem er mit einem Blick sein Pferd gemustert und nicht als edel erkannt hatte: »Führe uns zum Christenviertel.«

Sureja fragte lächelnd auf französisch: »Mit wem habe ich die Ehre?«

Der Weißbärtige stutzte und sagte dann höflich: »Könnten Sie uns sagen, wie wir am schnellsten und ohne Aufsehen in das Christenviertel gelangen?«

»Entschuldigen Sie, aber es ist so ausgedehnt, daß ich Ihnen am besten diene, wenn Sie mir sagen könnten, zu wem Sie wollen.«

»Ich habe mit dem Fürsten Hakob Akunian zu sprechen.«

»Dann gestatten Sie, daß ich selbst Sie dorthin begleite.« Er nannte seinen Namen. »Ich wohne in der Stadt und kenne das Haus.«

Der Weißbärtige nannte nicht seinen Namen, wie Sureja gehofft hatte, sondern nickte nur zustimmend und ließ den Führer neben sich weiterreiten, so daß er keine Möglichkeit bekam, einen anderen nach Namen und Stand des Alten zu fragen. Über den Zweck dieser Expedition war er sich sofort klar.

Der Torhüter des Fürsten erschrak, denn es wurde mit dem Stiel einer Reitpeitsche kräftig an das Tor geklopft und sofort im Namen des Schah Einlaß begehrt. Das bedeutete nichts Gutes.

Er öffnete das Tor. Fünf Reiter ritten ein und der Prinz von Maku. Oh Ali! Er hatte schon immer gedacht, der Umgang mit diesem Kurden könnte nur Unglück bringen. Und vor dem Tor noch ein Dutzend Reiter, die aus dem Sattel sprangen und die Schußwaffen gebrauchsfertig machten.

Die fünf Reiter blieben zu Pferd. Der Weißbärtige sagte:

»Melde deinem Herrn, daß ich ihn sofort zu sprechen wünsche.« Die Maultiere und Esel im Hof waren auf die Beine gesprungen, reckten schnuppernd die Mäuler vor, kamen aber nicht näher. Sureja war längst aus dem Sattel und schritt gemächlich den Ställen zu, nach Jussuf zu sehen.

Als der Hausherr erschien, stiegen die fünf von den Pferden, gingen auf ihn zu und umringten ihn. Einer rief dem Torhüter zu: »Öffne das Tor.« Die anderen Reiter ritten in den Hof und saßen ab. Hinter ihnen wurde das Tor wieder geschlossen.

Hakob Akunian lud mit einer Handbewegung die Herren ins Haus und ging ihnen voran. Einer von den Langberockten sprang vor ihn, einer schritt rechts und links von ihm. Der Weißbart folgte. Der fünfte blieb im Hof zurück.

Hakob Akunian klatschte nach seinen Dienern, daß sie Tee und Brot, und was sonst noch zu einem Frühstück gehörte, brächten. »Ich fürchte, die Herren werden so früh am Tage noch nichts zu sich genommen haben.«

Die Herren antworteten nicht und hockten sich auf gekreuzten Beinen auf den Teppich nieder. Durch eine Handbewegung forderte der Weißbärtige den Hausherrn auf, sich zu ihm zu hocken, was dieser sofort tat.

Diener liefen ab und zu, ängstlich, erregt, brachten Tee, Brot, Zucker, Milch, Käse, Kräuter, kaltes Geflügel, Tassen, Teller, Messer, Gabeln, Löffel. Solange die Diener ab- und zugingen, blieben die Herren stumm, also schwieg auch der Fürst.

Sureja erschien in der Tür, ohne den Fürsten zu beachten, verneigte sich vor dem Weißbart und sagte: »Gestatten Sie, daß ich mich verabschiede, da Sie meiner Dienste wohl nicht mehr bedürfen.«

»Gott behüte«, sagte der Alte kurz.

»Gott bewahre!« erwiderte Sureja und verschwand wieder. Draußen vor der Treppe standen jetzt zwei Soldaten als Wache. Die anderen verteilten sich unter dem Kommando des schmucklosen Fünften, der nicht mit in das Haus gegangen war, um die Ställe und Gärten zu durchsuchen.

»Bedürfen Sie meiner noch?« fragte ihn Sureja.

»Friede sei mit Euch!« erwiderte er.

»Und mit Euch sei Friede!« sagte Sureja, bestieg Jussuf und wandte sich zum Tor, wo Vater Gregor ihm entgegentrat. Die Maultiere und Esel im Hof hatten sich wieder auf den Boden geworfen. Das Jungvieh tollte herum. Auf dem Brunnenwasser schnatterten ein paar Enten, die keinen Grund sahen, fortzufliegen, da ihren Bedürfnissen noch niemand zu nahe getreten war.

»Wenn Sie den Fürsten noch zu sehen bekommen, bestärken Sie ihn bitte in dem Vorsatz, zu schweigen, und bitten Sie ihn in meinem Auftrag, sich über nichts zu wundern und mich nicht zu kennen, wenn er mich wiedersieht.«

»Eine Kommission aus Täbris?« flüsterte der Priester.

»Das scheint mir auch so.«

»Kein gutes Zeichen«, meinte der Priester.

Der Prinz zuckte die Achseln. »Wenn sich Amenisam klar über den Fall wäre, würde er schwerlich einen so großen Apparat in Bewegung setzen. Vermutlich überließe er dann den Fürsten einfach unserem Gouverneur zur weiteren Behandlung.«

»Wenn nur der türkische Konsul nicht so unermüdlich wühlte.«

Sureja lächelte. »Sein Eifer wird nachlassen!«

»Man wird den Fürsten nach Täbris bringen?«

»Ich denke wohl. Das schadet ja auch weiter nichts. Wenn nur das verdammte Telegramm nicht wäre, das in jedem Augenblick alles verändern kann. Sie hätten davor warnen sollen.«

»Ich wurde nicht gefragt.«

»Hätten Sie es gebilligt?«

»Nein!«

Der Kurde reichte dem Priester vom Pferd die Hand. »Das freut mich.« Jussuf stieg und sprang mit einem wilden Satz aus dem Tor.

Als man gegessen und getrunken hatte, bat der Fürst um die Erlaubnis, die Wasserpfeife bringen zu dürfen. Der Weißbart nickte zustimmend; und bald saßen die fünf stumm um die Wasserpfeife, die von Hand zu Hand ging. Das Wasser gurgelte, und die Rosenblätter wirbelten durcheinander.

Nach einer Weile griff der Alte in die Brusttasche und entnahm ihr einen Bogen, den er entfaltete und dem Fürsten überreichte. Es war ein amtliches Schriftstück, von dem Generalgouverneur selbst unterzeichnet. Es war aber in der Form eines Briefes gehalten, in dem Amenisam den Fürsten aufforderte, sofort mit dem Überbringer dieses nach Täbris zu kommen. Da der Weg; weit sei und immer noch durch Räuber unsicher gemacht würde, habe er zwölf Berittene mitgegeben, daß niemandem unterwegs ein Unglück zustoße.

Für persische Begriffe fehlten dem Brief alle die schwungvollen, so schön klingenden, überschwenglichen Höflichkeiten, auf die ein vornehmer Mann unter allen Umständen Anspruch hatte, auch wenn er in der nächsten Viertelstunde am nächsten Baum aufgeknüpft werden sollte. Das war also ein schlechtes Zeichen. Aber schließlich war Hakob Akunian kein Schiit oder Sunnit, sondern nur ein Christ, was mit in Betracht gezogen werden mußte. Unzweifelhaft war der Generalgouverneur sehr ungehalten, aber der Brief enthüllte kein Wort darüber, weshalb er ungehalten war.

Sorgfältig faltete der Fürst das Schreiben wieder zusammen, reichte es dem Weißbart zurück und sagte: »Ich stehe zu Ihren Diensten.«

Auf einen Wink des Alten erhoben sich die drei anderen Perser. »Sie werden erlauben, daß man sich die Räume dieses Hauses, ein sehr geräumiges Haus, ein wenig genauer ansieht?«

Der Fürst nickte. Die drei Perser zogen ihre Schuhe wieder an, die sie vor dem Frühstück abgelegt hatten. Sie winkten einen Posten aus dem Hof herbei, der an der Tür Aufstellung nahm, und verschwanden im Inneren des Hauses. Wenn der Weißbart auch nicht sehr kräftig aussah, der Soldat war jung und stark. Mit beiden würde der Fürst nicht fertig werden, ehe weitere Hilfe zur Stelle war.

Ein Diener brachte eine neue Wasserpfeife und stellte sie vor den Weißbart. Dieser tat bedächtig einen tiefen Zug und blies den blauen Rauch in einem schmalen, langen Strahl weit von sich. Nachdem er so drei Züge getan hatte, überreichte er dem Hausherrn mit einer leichten Verbeugung die Pfeife, die während des jetzt beginnenden Gesprächs langsam, nach jedesmal drei Zügen von einem zum anderen wanderte.

»Ihr erlauchtes Befinden?« fragte Hakob Akunian.

»Gelobt sei Gott, es geht mir heute besser«, erwiderte der Perser. »Gestern war ich infolge von Leibweh sehr matt. Da die Ärzte mir schon in Täbris Obst und alles Saure verboten haben, war ich wie ein Fastender.«

»Gott sei gelobt, heute ist Ihr geschätztes Befinden wieder gut?«

»Heute ist mein Befinden, Gott sei Dank, gut.«

»Vielleicht ist es besser, daß Sie jetzt ein wenig ruhen?« fragte der Fürst.

»Wenn es nahe an Mittag ist. Zwei Stunden vor Sonnenuntergang müssen wir wieder weiter. Eine Stunde nach Mittag bis drei Stunden nach Mittag haben Sie Zeit, Ihre Angelegenheiten zu ordnen.«

»Wie lange denken Sie, daß mein Aufenthalt in Täbris dauern wird?«

»Es ist kein Schutz und keine Macht außer bei Gott, dem Erhabenen und Erlauchten.«

»Geruhen Sie, daß ich eine Frage an Sie richte?«

»Ich stehe zu Diensten.«

»Geruhen Sie, mir zu sagen, weshalb der Statthalter, gepriesen sei sein Name, mir den Brief geschrieben hat, den Sie mir zu überbringen die Güte hatten?«

Der Perser tat nachdenklich seine drei Züge aus der Wasserpfeife, ohne den Hausherrn anzusehen. Dann sagte er: »Wozu sollte ich lügen? Wäre das meines Bartes würdig? Ich weiß es nicht.«

»Wie soll ich es dann wissen?« fragte der Fürst mit leichtem Vorwurf.

»Der Berater des Staates, der Pfeiler des Königreichs, Friede sei mit ihm, der mich schickte, wird es wissen. Er wird es Ihnen sagen.«

Eine ganze Weile herrschte Schweigen zwischen den beiden. Auch die Wasserpfeife gurgelte nicht mehr, und die Rosenblätter in ihr waren wie leblos zu Boden gesunken.

»Sie haben oft Geschäfte in Rus?« fragte der Perser plötzlich'.

»Alle zwei Monate bin ich gezwungen, für längere Zeit nach' Tiflis zu reisen. Auch nach Musku und Pätär komme ich dann.«

»Nach Usmaniä reisen Sie nicht so häufig?«

»Mit der Türkei habe ich keine Geschäfte erwiderte der Fürst.

»Sie lieben Usmaniä nicht?«

»Ich habe nur Grund, es zu hassen.«

Der Perser warf ihm einen erstaunten Blick zu. Weshalb so geradezu? Was steckte dahinter?«

»Da Sie in der letzten Zeit hier waren, wie ich annehme, wird es Sie gefreut haben, zu hören, daß Scharef Pascha ermordet worden ist.«

Aha, dachte Hakob Akunian, endlich. »Ein Gerücht. Wenn es wahr sein sollte, könnte es mich nur freuen.«

»Es ist wahr.«

»Das freut mich.«

»Die Armenier hassen die Sunniten?«

»Sie haben allen Grund dazu.«

»Und wie denken Sie über die Schiiten?«

»Wir haben keinen Grund, sie zu hassen.«

»Sie sind in Rus geboren und russischer Untertan?«

»So ist es.«

»Als ich hier einritt, erzählte man mir, Armenier seien dabeigewesen, als Scharef Pascha ermordet wurde.«

Der Fürst schwieg.

»Auch der Gouverneur, Gott erhalte ihn, meldete es nach Täbris.«

Der Fürst zuckte die Schultern. »Ein Gerücht wie viele Gerüchte. Es ist Pflicht des Gouverneurs, Gerüchte zu melden, auch wenn sie mehr verwirren als klären.«

»Der türkische Konsul hier behauptet, die Gerüchte ließen sich beweisen.«

»Dann hat es die Regierung ja nicht schwer, ihre Entscheidungen zu treffen.«

»Sie trauen seinen Worten nicht?«

»Eure Exzellenz sagten soeben, er habe Beweise.«

»Er sagte das, nicht ich.«

»Dann weiß ich nicht, was ich bei der Sache tun soll.«

»Der Berater des Staates, der Pfeiler des Königreichs, Friede sei mit ihm, weiß es. Sonst hätte er mich nicht geschickt.«

Der Fürst schwieg. Nach einer Weile erschienen die drei Perser wieder aus dem Inneren des Hauses. Hakob Akunian hob den türkisengeschmückten Kopf der Wasserpfeife vom Mittelstück und vertiefte sich in seine Betrachtung. Er wußte, daß sie nichts gefunden hatten, denn von dem, was sie suchten, befand sich nirgends mehr etwas im Haus. Auch nicht in den Gärten. Mochten sie sich mit dem Weißbart darüber durch Zeichen, oder wie es ihnen sonst behagte, verständigen. Er war dabei nicht interessiert und hatte keinen Grund, Interesse dafür zu heucheln.

Ein Soldat kam in beschleunigter Gangart über den Hof, über die Treppe in das Zimmer. Er flüsterte dem ihm nächsten der waffenlosen Herren etwas zu. Dieser gab es flüsternd an den folgenden weiter, bis der dem Weißbärtigen nächste es diesem ins Ohr flüsterte.

Hakob Akunian, immer noch mit dem Kopf der Wasserpfeife beschäftigt, strengte sein Gehör an, konnte aber nichts verstehen. Sollte in den Gärten doch etwas Verdächtiges gefunden worden sein?

Der Weißbärtige erhob sich und sagte: »Bismillah, in Gottes Namen!«

Der Soldat entfernte sich wieder, und nach kurzer Zeit trat der Gouverneur ein. Großes Verneigen und Begrüßen der Perser. Hakob Akunian wurde dabei nicht beachtet.

»Belieben Sie, Platz zu nehmen«, sagte der Weißbart, und der Gouverneur hockte sich neben ihm nieder.

Hakob Akunian erhob sich, verneigte sich und setzte sich dann wieder. Darauf verneigte sich auch der Gouverneur leicht gegen ihn.

Der Weißbart entschuldigte sich umständlich, daß er nicht zuerst bei dem Gouverneur vorgesprochen habe. Der Gouverneur entschuldigte sich umständlich, daß er sich hier eingefunden habe, ohne eine Aufforderung dazu abzuwarten; aber die Wichtigkeit der Nachricht, die er mitzuteilen habe, rechtfertige hoffentlich sein Verhalten, das sonst unverantwortlich wäre.

Das Telgramm ist in London veröffentlicht worden, und man hat jetzt Nachricht darüber bekommen, dachte der Fürst und verwünschte wieder einmal seine Unvorsichtigkeit. Als wäre er damals von einem Dämon besessen gewesen, der ihn um jede ruhige Überlegung gebracht habe.

»Wünschen Eure Exzellenz, daß nur meine Ohren hören, was Sie mitzuteilen haben?«

»Geruhen Eure Exzellenz, daß alle es hören. Der türkische Konsul ist zwei Stunden nach Sonnenaufgang tot aufgefunden worden.«

»Oh Ali!« entfuhr es einem der Perser.

Hakob Akunian fühlte, wie die Blicke aller ihn trafen, trotzdem er unter sich sah und sich bemühte, durch keine Bewegung zu verraten, wie auch ihn diese Mitteilung überraschte.

»Hat man ihn tot auf seinem Lager gefunden?« fragte der Weißbart.

»Er ist eine halbe Stunde von hier im Norden der Stadt im ›Garten der frischen Wasser‹ gefunden worden, seiner Kleider beraubt, auf dem Rücken liegend.«

»Also ein Raubmord«, meinte der Alte.

»Erlauben Sie, er ist nicht erschossen worden, er ist erdrosselt worden.«

»Man erdrosselt einen Mann nicht im Freien, sondern auf seinem Lager. Dann ist er von seinem Lager dorthin geschleppt worden.«

»Geruhen Eure Exzellenz, im Hause des Konsuls ist keinerlei Unordnung zu sehen.«

Alle spitzten die Ohren, und ein leichtes Lächeln huschte flüchtig über die Gesichter der Perser.

»Dann befand er sich in einem fremden Haus, auf einem Lager, das ihm nicht zukam.«

»So denke ich auch, Exzellenz.«

»Der Mann hat ihn bei einer seiner Frauen überrascht und nachher fortgeschleppt. Wessen Eigentum ist der ›Garten der frischen Wasser‹?«

»Eigentum der Regierung.«

Wieder huschte ein Lächeln über die Gesichter.

»Der Eifersüchtige scheint kein dummer Mann zu sein«, meinte der Weißbart nicht ohne innere Hochachtung vor solcher Klugheit. »Er scheint auch kein schlechter Mann zu sein«, fügte er hinzu. »Sonst würde er den Toten einem Feind vor das Haus gelegt haben. Was meinen Sie, Durchlaucht?«

Zehn schwarze Augen sahen gespannt auf den Fürsten.

»Einen Mann, der hinterrücks und feige erdrosselt wird, beklage ich, auch wenn er mein Feind ist.«

Dagegen ließ sich nichts einwenden.

»Geruhen Eure Exzellenz, mir einen Rat zu geben«, bat der Gouverneur.

»Was bedarf es da eines Rates, Eure Exzellenz? Wenn ein Sunnit in den Harem eines Gläubigen eingedrungen ist, Schande über ihn. Ich kann den Gläubigen und seine Tat nicht tadeln, wenn auch nicht loben.«

Der Gouverneur erhob sich wieder. Da der Weißbart ihn nicht aufforderte, zu bleiben, verabschiedete er sich. Der Weißbart begleitete ihn einige Schritte in den Hof, wo der vierte der fünf Unbewaffneten aus den Gärten zu ihm trat und meldete, daß in den Gärten nichts Verdächtiges gefunden worden sei.

Er trat mit dem Weißbart wieder in das Zimmer, wo sich alle, auch Hakob Akunian, erhoben hatten.

»Geruhen Eure Exzellenz, eine Stunde zu ruhen?« fragte der Fürst.

Als der Weißbart zustimmend nickte, geleitete Hakob Akunian ihn in ein Schlafgemach. Ein Soldat, der mitgekommen war, durchsuchte es, bevor der Alte sich niederlegte.

»Du wirst in der Nähe Seiner Durchlaucht bleiben und ihn nicht aus dem Auge lassen«, sagte der Alte zu dem Soldaten. »Aber du wirst Seine Durchlaucht nicht stören. Wie auch die Luft ihn nicht stört und doch um ihn ist.«

»Bei meinen Augen«, sagte der Soldat.

»Geruhen Eure Exzellenz, mich zu entlassen?« fragte der Fürst.

Der Alte nickte. »Ihre Freude mehre sich.«

»Ihre Güte mehre sich«, erwiderte Hakob Akunian und entfernte sich.

Hakob Akunian schritt über den Hof zu dem Pavillon, in dem er Vater Gregor sitzen sah. Der Soldat hockte sich auf der Treppe nieder. Ein Trupp derer, welche die Gärten durchsuchten, hatte es sich am Eingang zu ihnen bequem gemacht. Die anderen lagerten sich in der Nähe des Tores. Aus der Küche war ihnen Tee gebracht worden, und der Fürst rief den Dienern zu, den Soldaten Zigaretten zu bringen. Alles Getier im Hofe lag irgendwo im Schatten und schlief. Auch die Enten auf dem Brunnenwasser hatten den Kopf unter die Flügel gesteckt, die heißesten Stunden des Tages waren so am leichtesten zu überwinden.

»Wie steht es?« fragte der Priester leise.

»Haben Sie schon einmal erlebt, daß man das an einem Tag oder gar in wenigen Stunden aus einem Perser herausbringt?«

»Kannst du aus der Art des Weißbarts nicht Schlüsse ziehen, was er weiß oder wenigstens zu wissen glaubt, wenn seine Worte schon nichts sagen?«

»Er kann gar nichts wissen, er kann aber auch alles wissen.«

»Weiß er etwas von dem Telegramm?«

»Ich weiß es nicht.«

»Was wollte der Gouverneur?«

»Er teilte mit, daß der türkische Konsul tot ist.«

»Was?« Vater Gregor starrte den Fürsten fassungslos an.

»Ermordet!«

»Sureja von Maku?« sagte der Priester fragend, erschrocken.

»Er ist erdrosselt worden, sagte der Gouverneur. Das tut der Prinz nicht. Was Sie nur immer mit dem Prinzen haben, Vater Gregor. Wo etwas Böses geschieht, gleich denken Sie an ihn.«

Der Priester schwieg.

»Er hat sich in einem fremden Harem erwischen lassen, und man hat ihn erdrosselt, wie man es in solchen Fällen hier zu tun pflegt.«

»Mir ist unheimlich, weil dir Besseres in diesem Augenblick gar nicht geschehen kann, Hakob. Hast du daran noch nicht gedacht?«

Der Fürst lächelte. »Natürlich habe ich daran gedacht. Sofort, als der Gouverneur es sagte. Das Feuer wird schneller ausgehen, wenn er nicht mehr schürt. Fragt sich nur, ob er so gut geschürt hat, daß es doch noch länger brennt, als mir gut ist.«

Vater Gregor schüttelte den Kopf. Kommt das vom Teufel oder von Gott? dachte er in einer Unruhe, für die er keine Erklärung wußte.

»Ich möchte von dem mit Ihnen reden, was im Augenblick das Wichtigste ist, Vater Gregor. Vor allen Dingen keine Nachricht an meine Mutter. Geht es gut aus, kann ich ihr selbst davon erzählen, wenn ich wieder nach Tiflis komme, was bald sein muß. Geht es schlimm aus, ist immer noch Zeit genug, ihr Kummer zu bereiten.«

Das war auch des Priesters Ansicht.

Dann besprach der Fürst alle Geschäftsangelegenheiten, soweit sie in den nächsten Wochen entschieden werden konnten. Vater Gregor machte sich eifrig Notizen. Der Soldat auf der Treppe rauchte und sang leise vor sich hin. Ihm war sehr behaglich zumute.

Und schließlich bestimmte der Fürst, wie es mit seinem hiesigen Besitz gehandhabt werden sollte, wenn er überhaupt nicht wiederkäme. Auch darüber schrieb sich Vater Gregor alles Nötige auf, ohne etwas einzuwenden. Wenn das Telegramm erschien und die erwartete Wirkung eintrat, war der Fürst schon so gut wie ein Sterbender, trotzdem der Konsul tot war und nicht mehr hetzen und weiter intrigieren konnte.

Die Soldaten, welche die Gärten bewachten, erhoben sich ärgerlich und schimpften. Eine große Anzahl von Armeniern, Männer und Frauen, waren aus den umliegenden Häusern über die Dächer in die Gärten des Fürsten gekommen, um ihn noch einmal zu sehen und ihm die Hand zu drücken.

Einer der Soldaten lief in das Haus, um Verhaltungsmaßregeln einzuholen. Nach einer Weile erschienen die fünf, und der Weißbärtige gab den Soldaten einen Wink. Die Männer und Frauen strömten aus den Gärten in den Hof und schlossen sich in einem Halbkreis um den Fürsten und Vater Gregor, die den Pavillon verlassen hatten.

Ein alter Mann trat einen Schritt vor und dankte dem Fürsten für alles, was er ihnen und seinem Volk Gutes getan hatte.

Darauf mußte auch der Fürst eine kleine Ansprache halten, in der er sie ermahnte, auch in Zukunft zueinander zu stehen und sich an Vater Gregor zu halten in allem, was das Wohl der Heimat und die Zukunft des Vaterlandes angehe.

Einer der fünf Perser war näher an den Fürsten herangetreten. Er verstand Armenisch so gut wie Persisch. Aber so gut er auch aufpaßte, und so scharf er auch aller Mienen beobachtete, für die Anklage, um derentwillen der Fürst jetzt nach Täbris gebracht wurde, bot nichts einen Anhaltspunkt.

Der Fürst kniete nieder, und Vater Gregor betete über ihm und segnete ihn. Einige Frauen schluchzten.

Da fingen einige der Männer leise zu singen an. Erst schüchtern, dann lauter, dann sangen alle laut und voll Inbrunst:

»An den Ufern, die entschliefen,
irrt meine Sehnsucht, wie ein Kind
und lauscht, ob ihr nicht Stimmen riefen
aus Zeiten, die entschwunden sind.

Doch nur ein dumpfes, schweres Klagen
tönt von den Wogen, die entfliehn
und schäumend an die Ufer schlagen
und unaufhaltsam weiterziehn.

Was klagen, Arax, deine Wogen
und finden nirgends Rast und Ruh?
Was eilst du hin im weiten Bogen
der Heimat fort, dem Meere zu?

O trübe nicht die klaren Wellen,
vergiß die Trauer und die Qual!
Kann sich dein Wasser nie erhellen
und glitzern froh im Sonnenstrahl?

Laß deine Ufer wieder schmücken
mit Gärten, die voll Rosenduft,
und nachts die Nachtigall beglücken
die mondenhelle Frühlingsluft!

Laß spielen mit den Weidenzweigen
das Wasser in der Mittagsglut,
den Hirten froh vom Berge steigen,
die Herde tränken in der Flut.«

Jäh hörte der Gesang auf. Was ihr Nationaldichter Raphael Patkanian weiter noch von den Tränen des Araxes gesungen hatte, taugte nicht für persische Ohren.

Hakob Akunian trat zu dem Weißbärtigen. »Geruhen Eure Exzellenz, noch eine Mahlzeit zu nehmen, bevor wir reiten?«

Der Fürst schritt mit den fünf Persern in das Haus zurück. Die Männer und Frauen im Hof sahen ihnen stumm nach und lagerten sich dann schweigend auf der Erde.

Zwei Stunden vor Sonnenuntergang erschienen die Herren wieder auf dem Hof, und die Soldaten saßen auf.

Der Fürst verneigte sich vor den Männern und Frauen, die sich vom Boden erhoben hatten. Die Männer und Frauen verneigten sich tief und bekreuzigten sich.

Den Herren wurden ihre Pferde vorgeführt. Vater Gregor führte dem Fürsten Hussein zu.

Hakob Akunian lächelte leise. »Ist es nicht schade um ihn?«

»Jedermann soll deinem Pferde ansehen, wer du bist«, entgegnete der Priester mit Würde.

Als die Reiter aus dem Tore ritten, tönte der Gesang hinter ihnen her:

»Wohl gab es einmal andere Zeiten,
da ich mich stolz und frei geschmückt,
und alle Ufer, die sich weiten,
mit Brausen an mein Herz gedrückt.

Was blieb von meinem alten Ruhme,
vom Ufer, das mir einst gelacht,
von unserer Tempel Heiligtume,
von unserer alten Städte Pracht?...«

Elftes Kapitel

Drei Stunden nach Sonnenaufgang ritten die Reiter in eine große Karawanserei ein, um bis gegen Abend zu rasten, denn der Weißbart fühlte sich erschöpft. Am Eingang begrüßte sie der Besitzer der Karawanserei, der durch Tracht und Turban zu erkennen gab, daß er der Sohn eines Schähid, eines Märtyrers, und ein Haji war, der die Wallfahrt zum Grabe des Propheten nach Mekka schon hinter sich hatte, also ein hoch angesehener Mann, dem jeder fromme Schiit zur Verfügung stellt, was immer er auch von ihm verlangen mag.

Die Karawanserei lag um einen großen, staubigen Hof herum, in dem Esel, Pferde und Kamele in der Nähe der Lasten ruhten, die sie sonst zu tragen hatten. Im Erdgeschoß befanden sich weite Räume für Esel-, Kameltreiber und Pferdeknechte. Auch einige Ställe für die Winterszeit. Vom Erdgeschoß führte eine Holztreppe zu einer breiten Holzveranda, die um den ganzen Hof herumlief. Hinter der Veranda kleine, dunkle, kahle Räume für die besseren Gäste, vor allem Kaufleute aller Art. Kein Raum hatte eine Verbindung zum nächsten. Man mußte aus ihm, der nach der Veranda offen und ohne Tür war, heraustreten, um in den nächsten zu gelangen. Nach der Straße zu hatte jeder Raum ein kleines Gitterfenster aus Holz, das man gegen die Sonne herablassen und des Nachts aufziehen konnte. Immer ging ein leichter Zug durch den Raum, was den Sommer über nur angenehm war.

Der Besitzer geleitete die vornehmen Gäste selbst auf die Veranda und wies ihnen die Räume zu, welche die Soldaten im Handumdrehen mit kleinen Teppichen, Decken und Kissen ausstatteten.

Hakob Akunian bekam zwei Soldaten in seinen Raum. Zwei bedienten die fünf und den großen Samowar, der auf der Veranda aufgestellt wurde. Die anderen gehörten zu den Pferden in den Hof und in das Erdgeschoß.

Höflich verneigte man sich voreinander, und jeder zog sich in sein Gemach zurück.

Mit Eifer waren die zwei Soldaten um den Fürsten beschäftigt. Je dienstbeflissener sie sich zeigten, um so höher fiel der Lohn aus, den sie von diesem reichen Christen erwarten durften. Sie waren fest entschlossen, sich ihm auch sonst so nützlich zu machen, wie es irgend in ihren Kräften stand. Es war nur eine Frage des Preises, den er dafür bot. Je höher er war, um so mehr konnte er von ihnen verlangen, um so sicherer konnte er auf sie rechnen. Alles, was er wollte, nur die Flucht nicht. Darüber hatten sie sich bald mit dem Fürsten verständigt und dankten Allah, daß er ihnen endlich einmal wieder Gelegenheit gab, ein gutes Geschäft zu machen.

Bald schlief alles, so gut es bei dem Lärm gehen wollte, der den Hof erfüllte, wo Treiber mit den Eseln um die Wette schrien, Lasten aufgeladen wurden, neue Karawanen einliefen und ihre Lasten abwarfen und ein ständiges Kommen und Gehen war, Schimpfen und Schlagen. Und wenn Hitze und Übermüdung wirklich einmal jeden Lärm und jede Arbeit zum Schweigen brachten, erhob sich sicher bald die Stimme eines, der irgendwo im Schatten bei seiner Wasserpfeife saß und vor sich hinsang.

Es war kein sehr erquickender Schlaf für Hakob Akunian. Rein äußerlich gesehen erschien die Behandlung, die er als Gefangener erfuhr, ja ungewöhnlich milde. Indem man aber kein Wort über die Anklage laut werden ließ, ja, nicht einmal eine Andeutung darüber machte, gestaltete sich dieses Verfahren zu einer recht raffinierten Marter, wenn sie auch keine Schmerzenslaute erpreßte, weil dem Körper keinerlei Leid zugefügt wurde. Dieser Zustand würde sich sicher nicht verändern, bis man nach Täbris kam. Also acht bis zehn Tage dauern, was ganz von dem Behagen des Weißbärtigen abhing. Wie lange man dann in Täbris in derselben Ungewißheit und Untätigkeit gelassen wurde, bis der Generalgouverneur sich herabließ, offen und deutlich zu werden, war auch nicht abzusehen. Mit gewöhnlichen Delinquenten verfuhr man selbstverständlich anders. Aber Verdächtige von vornehmer Herkunft oder großem Vermögen peinigte man mit Vorliebe auf solche Weise, um sie schon mürbe zu machen, bevor noch das eigentliche Untersuchungsverfahren einsetzte.

Die zweite Rast hielt man wieder in einer Karawanserei. Auch die dritte. Das fiel Hakob Akunian allmählich auf. Man hätte hier oder dort gerade so gut auch in einem Regierungsgebäude rasten können, statt in einer, jedem zugänglichen lärmenden Karawanserei. Daß er alle Kosten für alle bezahlte, so daß der Weißbart mit seinen vier Herren die Spesen für alle Unkosten der Expedition auf eigene Rechnung eintreiben konnte, wollte ihm bald nicht als ausreichender Grund erscheinen, denn dasselbe wäre auch bei der Rast in einem Regierungsgebäude selbstverständlich gewesen. Man setzte ihn wohl mit Absicht dem Lärm der Karawanserei aus, um ihn nie richtig zur Ruhe und so nie aus der Beschäftigung mit sich selbst kommen zu lassen. Ungestörter Schlaf gibt Kraft. Auch zum Widerstand gegen eigene lästige Gedanken. Ein ausgeruhtes Gehirn wird mit ihnen leichter fertig als ein Kopf, der immer wieder aufgestört wird.

Er lag unter dem kleinen Gitterfenster und starrte auf die Veranda, wo einer der beiden Soldaten, die ihn bedienten und bewachten, gerade Tee kochte. Wie lange er geschlafen hatte, wußte er nicht. Ob nur wenige Minuten oder vielleicht sogar eine Stunde, konnte er nicht ermessen, denn er fühlte sich ebenso abgespannt wie vorher. Eine Karawane hatte ihn geweckt, die gerade jetzt in den Hof einzog. Schon im Schlaf hatte er ihr Läuten gehört. Jedes Tier trug eine Glocke am Hals, und alle Glocken waren aufeinander abgestimmt. Das Läuten lag ihm schon lange im Ohr, denn darauf war wohl der Traum zurückzuführen, der ihn nach Tiflis versetzt hatte, in das Hauptkontor seiner Bank, an einen Sonntagmorgen, wenn er allein war und die Bücher prüfte, während von allen Kirchen die Glocken läuteten, die großen dick und schwer und dazwischen immer die ganz kleinen, die eilig und unermüdlich bimmelten, wie es für russisches Kirchengeläute bezeichnend ist. Diesmal prüfte er das Hauptbuch nur flüchtig und begann plötzlich zu suchen. In allen Schubladen, in allen Schränken. Ein Papier, von dem er nur wußte, daß er es unbedingt brauchte, um nicht bankerott zu werden, und das er nicht fand, so sehr er auch suchte. Sein Atem flog, seine Stirne bedeckte sich mit Schweiß. Die Glocken dröhnten immer lauter und die kleinen bimmelten immer schneller; und wenn er das Papier nicht fand, bis die Glocken verstummten, war es aus mit ihm. Die Glocken schwiegen mit einem Ruck, und er erwachte. Offenbar hatte die Kamelkarawane in diesem Augenblick vor der Karawanserei halt gemacht. Drunten im Hofe ließ sich ein Kamel in die Knie nieder und schüttelte sich, daß die Glocke am Hals in heftige Bewegung kam. Wie eine der kleinen russischen Kirchenglocken. Bei diesem Geräusch sah er plötzlich, wie in dem Traum, dessen Einzelheiten schon im Erwachen sich verwischt hatten, während er verzweifelt suchte, ihm immer jemand hämisch zugesehen hatte. Er wußte plötzlich, daß es Scharef Pascha gewesen, den er gar nicht kannte, denn er war ja schon in seinem Zelt gefallen, ohne es noch verlassen zu können. Dann war das Papier, das er so verzweifelt suchte, natürlich das Telegramm nach London.

Er rieb sich die Augen. Träumte er immer noch? Da war doch eben draußen auf der Veranda ein Europäer vorübergegangen, den er kannte, auf dessen Namen er sich aber durchaus nicht besinnen konnte. Wer mochte das nur gewesen sein? Oder halluzinierte er? Es war ein Herr, den er in Paris kennengelernt hatte. Wie hieß er doch gleich?

Er rief den Soldaten, der immer noch bei dem Samowar beschäftigt war, zu sich heran und fragte ihn, ob nicht eben jemand an ihm vorbeigegangen war, ein Fremder? Er mußte doch dahinterkommen, ob er richtig gesehen, ob er geträumt oder halluziniert hatte.

»Zu Ihren Diensten, ein Herr aus Firängistan ist eben vorübergegangen«, sagte der Soldat.

Also habe ich weder geträumt noch halluziniert, dachte der Fürst erleichtert. Merkwürdig, daß ein Europäer in einem höchst eleganten, europäischen Reitanzug in dieser jämmerlichen Karawanserei Rast macht. Oder war es ein Mitglied der Baptistenmission in Täbris, das er nicht kannte? Er lächelte bei dem Gedanken, denn so elegant und pariserisch sah kein Amerikaner aus. Und wie kam er auf die Idee, daß er diesen Herrn von Paris her kannte? Sein Gesicht stand in diesem Augenblick so deutlich vor ihm, daß er sich sagen mußte, es sei ihm völlig unbekannt. Aber etwas in Gang und Haltung hatte ihn an jemand erinnert, dessen Name ihm auch jetzt noch nicht einfallen wollte.

Hakob Akunian lag auf dem Rücken. Er wußte, daß er in dieser Lage nicht schlafen konnte, aber er war zu apathisch, um sich auf die linke Seite zu legen.

Er legte den Kopf auf die linke Seite. Vielleicht genügte das dem Gehirn, um sich einzubilden, der ganze Körper läge jetzt endlich auf der Einschlafseite. Alle möglichen Bilder bewegten sich vor seinen Augen, bunt und lustig, Landschaften und Menschen, die ihm gut bekannt waren. Nur durfte man nicht den Versuch machen, sie scharf zu betrachten. Dann verloren sie alle Farben und Umrisse und lösten sich in ein Nichts auf. Er schlief ein und träumte, und Miryäm tanzte vor ihm das Lied von der Nachtigall. Nur spielte keine Flöte dazu. Sie war traurig und sah ihn mit wachsendem Kummer an, je ausdrucksvoller ihr Mienenspiel beim Tanz wurde. Kein Zweifel, der Ton der Flöte fehlte ihr. Als hätte man ihr mit der Flöte die Sprache genommen. Immer flehender sah sie ihn an. Man mußte unter allen Umständen für eine Flöte sorgen, und wenn es gar nicht anders ging, selbst auf ihr spielen, wenn man es auch nicht gelernt hatte. Es würde schon gehen, und Miryäm brauchte nicht länger so kummervoll ihn anzusehen. Da lag ja eine Flöte dicht neben ihm, er brauchte sie nur aufzunehmen und an die Lippen zu führen.

Wieder erwachte Hakob Akunian und hatte die Reitpeitsche am Mund. Vor ihm stand der Soldat mit einer Tasse Tee.

Der Soldat reichte ihm den Tee. »Geruhen Sie einen Schluck zu nehmen. Sie haben soeben im Schlaf gestöhnt wie einer, der Durst hat.«

Der Fürst nahm den Tee, der Gaumen war ihm wie ausgedörrt.

»Der Herr aus Firängistan ist soeben zu unserem Särtip hineingegangen«, erzählte der Soldat. »Zuerst hat er dem Särtip durch einen Soldaten ein Papier hineingeschickt. Er hat es mir gezeigt, und ich habe den Kameraden gebeten, es mir für eine Minute zu leihen. Ich habe ihm erst beim Grabe meines Vaters einen Yäk Qiran, einen Franken, versprechen müssen, dann hat er mir das Papier gegeben. Hier ist es.«

Es war eine Visitenkarte, die der Fürst verwundert betrachtete. Auf ihr stand: Alphonse duc de Lusignan, prince de Chypre et Jerusalem. War er wirklich wach? In Paris lebten Herzöge von Lusignan, Herzöge ohne Land, die ihr Geschlecht von altarmenischen Königen ableiteten, die vor der Araberherrschaft auch über Cypern und Jerusalem geherrscht hatten.

Was hatte ein Herzog von Lusignan, der sich in Paris einen guten Tag machte, in Persien zu tun? Wollte er mit den persischen Armeniern in Verbindung treten? Bildete er sich ein, sie würden ihm zujubeln, sowie er nur seinen Namen nannte und an die alten Zeiten armenischer Königreiche erinnerte, denen zu entstammen ein französischer Lusignan behauptete, ohne sich je um die Not der heutigen Armenier gekümmert zu haben?

Der Fürst gab dem Soldaten die Visitenkarte zurück und zwei Yäk Qiran, wenn der andere davon auch höchstens ein Viertel bekommen würde. Man mußte die Soldaten bei guter Laune erhalten.

Nach einer Stunde erschien ein Soldat mit derselben Visitenkarte. Der Franke bäte, seine Aufwartung machen zu dürfen. Der Särtip sei damit einverstanden.

Der Fürst ließ bitten, und Alphonse duc de Lusignan trat in den Raum, in dem es dunkler war als auf der Veranda.

»Ich muß Sie bitten, auf dem Boden Platz zu nehmen«, sagte der Fürst. »Eine bessere Sitzgelegenheit ist, wie Sie sehen, nicht vorhanden.«

Der Pariser hockte sich auf die gekreuzten Beine nieder, als sei er das von jeher gewohnt.

Merkwürdig, dachte Hakob Akunian und musterte den Fremden, so gut es bei dem mangelhaften Licht gehen wollte. Die Soldaten hatten sich zu dem Samowar auf die Veranda zurückgezogen.

»Bitte, sich nicht zu verwundern und jedenfalls Ihre Verwunderung nicht laut werden zu lassen, Durchlaucht. Vorsicht, bitte.«

Die Stimme kannte der Fürst doch? Der Fremde rückte ein wenig näher, so daß das Licht aus dem Gitterfenster gerade auf sein Gesicht fiel. »Erkennen Sie mich jetzt? Ich bin stolz darauf, daß Sie mich nicht gleich erkannt haben.«

An dem ironischen Lächeln erkannte ihn Hakob Akunian sofort. Es war Sureja von Maku.

»Machen wir ein wenig Konversation, damit die Lümmel auf der Veranda nicht aufmerksam werden. Die Wände sind dick und ohne Tür, und der Särtip ist auch nicht klüger als andere Leute, wenn man ihm Schmeicheleien sagt. Weshalb soll ein Vetter aus Paris dem Fürsten

Akunian keinen Besuch machen dürfen, wenn er sich ebenfalls auf dem Wege nach Täbris befindet zu Amenisam? Gottes Wege sind wunderbar. Und der persische Vetter ist ja noch nicht eines Völkerrechtsbruches überführt worden, sondern bis jetzt nur eines solchen verdächtigt. Sie werden fragen, wie ich gerade auf den duc de Lusignan komme? Sehr einfach, ich habe ihn in Paris kennengelernt, und er gab nicht nur einmal seine Visitenkarte bei mir ab.«

»Aber wenn man Ihren Paß verlangt?«

»Fragt man einen Herzog nach seinem Paß? In Täbris ist es übrigens mein erster Gang, mir einen französischen Paß auf diesen Namen anfertigen zu lassen. Ich kenne einen Mann, der macht das ausgezeichnet, und die nötigen Stempel hat er auch.«

»Aber in Täbris gibt es sicher ein französisches Konsulat.«

»Sonst hätte mein Mann ja nicht die nötigen Stempel«, scherzte der Prinz. »Und glauben Sie, daß ein französischer republikanischer Beamter über die klerikalen, antirepublikanischen Lusignans besser Bescheid weiß als ich?«

»Wenn er nun bei der Botschaft in Teheran anfragt?«

»Sie kann nur bestätigen, daß es Herzöge von Lusignan gibt.«

»Und wenn Sie jemand erkennt?«

Sureja lächelte: »Nicht einmal Sie haben mich erkannt und waren doch wohl der nächste dazu. So verändert europäische Kleidung und ein glatt rasiertes Gesicht. Übrigens habe ich aus diesem Grund sogar auf Jussuf verzichtet. Er stammt aus Täbris. An ihm würde man mich leichter erkennen als an meinem glatt rasierten Gesicht. Mit so einem nackten Kindergesicht läuft doch nur ein Europäer herum. Zu einer solchen Schande würde sich nie ein Perser herbeilassen.«

»Und was beabsichtigen Sie mit alledem? Entschuldigen Sie, Hoheit, aber das ist mir durchaus nicht klar.«

»Eine Maskerade, um die Fäden weiter zu verwirren. Ich bin Ihr Vetter, Durchlaucht. Glauben Sie, daß es Amenisam angenehm ist, wenn ein Vetter aus Frankreich zusieht, was mit Ihnen geschieht? Sie haben Glück, Durchlaucht, daß zufällig ein Pariser Vetter dazu kommt, und Sie können sich nicht wundern, daß ihn der Fall interessiert, und niemand kann sich wundern, wenn ich Ihnen beizustehen versuche. Europäische Vettern sind nun einmal so. Für mich ist es ein großer Spaß. Haben Sie Scharef erledigt, bin ich Ihnen eine Gegenleistung schuldig. Ich hoffe, unseren Plänen damit am besten nützlich sein zu können. Sie sehen heute schon ein wenig mitgenommen aus, Durchlaucht. Lassen Sie sich nicht mürbe machen. Sie blicken mir zu finster drein. Ich denke, mein Spaß ist für Sie eine kleine Auffrischung und Aufmunterung.«

»Denken Sie gar nicht daran, was es bedeutet, wenn die Maske fällt, wenn Sie erkannt werden? Dann sind auch Sie verloren, Hoheit!«

Sureja erhob sich: »Dann bin ich immer noch der Prinz von Maku, dessen Bruder ein stehendes Heer hat, und der jedes Jahr so höflich vom Schah zu einem Besuch nach Teheran eingeladen wird, wie er dann jedes Jahr ebenso höflich den Schah nach Maku einlädt. Es folgt natürlich keiner der beiden jemals der herzlichen Einladung, weil jeder weiß, daß er schwerlich wieder heil aus der Hauptstadt des anderen nach Hause käme. Aber mein Bruder könnte sich am Ende doch entschließen, wenn auch nicht Teheran, so doch Täbris in entsprechender Begleitung einen unvorhergesehenen, kurzen Besuch abzustatten, falls Amenisam mir meinen Spaß verdirbt und ihn tragisch zu nehmen gedenkt. Selbst wenn ihn einmal die Ahnung beschleichen könnte, daß hinter der Maske Sureja von Maku steckt, wird ihm eine Verhandlung mit dem Herzog von Lusignan immer noch lieber sein. Glauben Sie nicht?«

Hakob Akunian mußte lachen, ob er wollte oder nicht. Ein echter Kurdenstreich. Dreist, frech, tollkühn, wie man wollte, aber nicht dumm, sondern gerissen.

»Ich hoffe, bis Täbris wird man den Vettern hier und da noch öfter eine kleine Unterhaltung gestatten. Der Särtip ist kein Unmensch, und Amenisam noch weit. Europäer von Distinktion behandelt man am besten wie rohe Eier, damit sie Amenisam unbeschädigt ins Haus geliefert werden können zu weiterer Behandlung. Mag er dann das Nötige veranlassen. Niemand handelt hierzulande selbständig, so lange noch einer über ihm ist, an den er die Entscheidung abschieben kann. Auch in Europa soll das übrigens vorkommen. Und jetzt empfehle ich mich,

Durchlaucht, und hoffe, Sie ein klein wenig aufgefrischt zu haben. Es ist nicht nötig, daß der Särtip auf den Gedanken kommt, ich könnte Sie entführen wollen. Deshalb werde ich jetzt zu ihm zurückkehren und ihn durch ein paar Witze auf ganz andere Gedanken bringen. In Täbris können Sie darauf rechnen, daß ich in zwei Tagen meinen Paß habe und mit Hilfe des Konsulats spätestens nach drei Tagen eine Audienz bei Amenisam bekomme, Gott behüte ihn.«

Der Kurde sagte das mit so drolliger Hinterhältigkeit, daß Hakob Akunian wieder lachen mußte.

Sureja verneigte sich ironisch: »Ihre Freude mehre sich.«

Hakob Akunian erwiderte, ihm herzlich die Hand schüttelnd: »Ihre Freundschaft zu mir möge nicht abnehmen.«

Der Weißbart zeigte sich sehr gnädig gegen den Herzog und konnte selbst ganz gesprächig werden. Der Herzog kam von Maku, wie er erzählte. Der Särtip kannte Maku, denn er hatte auch schon zu der Gesandtschaft gehört, die den Fürsten von Maku jedes Jahr einmal nach Teheran einlud. Kein Zweifel, der Herzog wußte Bescheid in Maku, das konnte der Weißbart nachprüfen. In diesem Punkte log der Isävi nicht, Gott verdamme ihn. Er erlaubte auch nicht ungern eine Unterhaltung zwischen ihm und dem Fürsten, wenn einer seiner Leute, die Französisch verstanden, zuhörte. Man konnte nie wissen, ob dabei nicht doch ein Wort fiel, das für Amenisam nützlich war. Er hatte auch gar nichts dagegen, als der Herzog darum bat, sich ihm auf der Reise nach Täbris anschließen zu dürfen. So behielt er ihn unter den Augen. Er sprach auch ungeniert über ihn mit seinen Leuten, und was er von diesem Zusammentreffen dachte. Vielleicht war der Herzog sogar irgendwie bei dem Überfall auf Scharef beteiligt. Nur ein Europäer kann so dumm oder so hochmütig sein, statt die Spur sorgfältig zu verwischen, den Särtip selbst auf sie zu bringen. Ganz ungeniert unterhielt er sich über das alles. Denn Persisch verstand ein Pariser sicher nicht.

Die Wege wurden breiter, Menschen und Tiere auf ihnen mehrten sich. Man näherte sich dem Umkreis der Hauptstadt, die immer mehr Menschen und Tiere in sich hineinsog. Die Wege wimmelten von Eseln, die kopfnickend ihre Lasten der Hauptstadt zutrugen. Das Gedränge der Tiere wurde immer größer, immer unentwirrbarer, ein einziger grauer Heerwurm, der sich nur schrittweise fortbewegte, ein einziges graues Meer von Staub und Geschrei, das sich kaum von der Stelle rührte.

Die Soldaten schrien und hieben um sich, um ihrem Zug Raum zu schaffen. Die Esel drängten seitwärts, drückten sich dichter zusammen, ihre Treiber fluchten, quetschten sich die Beine zwischen den harten, mageren Flanken ihrer zusammengedrängten Tiere. Kaum hatten die Soldaten mit Schreien und Hieben eine Lücke für ihren Trupp gefunden, umfluteten sie die grauen Massen wieder von allen Seiten, stauten sich vor und hinter ihm; und wieder begann die Arbeit von neuem.

So zwängte sich der Reitertrupp nur mühsam, Schritt für Schritt vorwärts in einer Wolke von grauem Staub, bedrängt von Eseln und ihren Lasten, welche die Pferde kitzelten, stachen und reizten. Zuweilen war es, als schlüge der graue Heerwurm über den Reitern zusammen. Aber schon schafften die Soldaten wieder ein wenig Luft, rissen eine neue Lücke in die Massen. Ein lebensgefährliches Beginnen, schneller vorwärts kommen zu wollen als die träge, langsame, graue, stetige, zähe Flut der Esel. Aber die Soldaten wußten, was sie dem Ansehen ihres Särtip schuldig waren.

Vom Stadttor sprengte ihnen endlich ein Trupp entgegen und half ihnen, die erschöpft waren wie Ertrinkende, über und über mit Staub und Schweiß bedeckt. Ihre Pferde zitterten, bluteten und stöhnten, die Augen quollen aus ihren Höhlen, Wahnsinn im Blick, wie ihn nur Pferdeaugen so irr und höllisch im Augenblick höchster Gefahr kennen. Diese Tiere wußten besser Bescheid über die Gefahr, der sie mit Mühe und Not gerade noch entkommen waren, als die Soldaten.

Nur vor der Stadt regierten die Massen der Esel. In der Stadt selbst nicht mehr, wo sie sich durch viele Tore und über viele Straßen und Plätze verteilten. Wie ein Fluß an Kraft verliert, wenn er sich aus seinem engen Bett in ein weites, geräumiges Becken ergießt.

Langsam ritt der Zug, mit Staub bedeckt, der alle gleich machte, den Särtip, den Gefangenen, den Herzog von Lusignan wie die Soldaten, durch die Straßen den Basaren zu. Durch den Basar der Kupferschmiede mußten sie sich durchzwängen wie durch einen engen dunklen Schlauch. Einen Augenblick hielt der Trupp vor ihm an, bis es der nächste den Leuten im Basar zugeschrien hatte, und es eilig durch den ganzen Schlauch lief: »Platz, Platz für einen Särtip des Statthalters, Gott erhalte ihn!«

Nachdem der Basar durchschritten war, bog die Schar in eine schmale Gasse ab. Zwei Leute konnten hier knapp nebeneinander reiten. Rechts und links hohe Mauern. Ein richtiger Engpaß. Des Herzogs Pferd stieg, scheute, feuerte aus. Die Soldaten wichen zurück und drückten sich schneller an den Wänden vorwärts. Der Isävi schien die Herrschaft über sein Pferd völlig verloren zu haben. Es geriet aus Rand und Band, nahm das Gebißstück zwischen die Zähne, machte kehrt und ging durch. Ehe man sich dessen versah, war es mit seinem Reiter verschwunden. Gum schou, geh zum Teufel!

Ein schmales Tor aus dicken Bohlen wurde geöffnet. Man ritt in einen kleinen, mit Steinplatten belegten Hof, der von einer Galerie umgeben war, die wie ein Vogelnest hoch und eng an der Mauer klebte. Die Soldaten übergaben Hakob Akunian anderen Soldaten, die hier schon auf ihn warteten. Sie flüsterten kurz und prägnant in Zahlen den Kameraden zu, welche Erfahrungen sie auf der Reise hierher mit dem Gefangenen gemacht hatten, was die neuen Wächter sichtlich befriedigte.

Der Särtip zog sich für eine Weile mit den vier Schmuck- und Waffenlosen in einen Raum zurück, um noch mancherlei Anordnungen zu treffen, während der Fürst auf dem Hof warten mußte. Dann entfernte sich der Särtip mit den Seinen.

»Gott behüte Sie«, sagte er zum Abschied.

»Gott behüte Sie«, erwiderte der Fürst und blieb mit seinen Wächtern allein. Sie behandelten ihn dienstbeflissen und zuvorkommend, wie es sich einem reichen Mann gegenüber gehörte, von dem man sich viel versprach. Ein Befehl, ihn mit besonderer Strenge zu behandeln, lag bis jetzt nicht vor.

Acht Tage überließ Amenisam den Fürsten sich selbst und seinen Wärtern, die für ihn kochten und alle Dienste taten, die er nur verlangte. Hätte er einen Fluchtversuch unternommen, galt er als des Verbrechens überführt, dessen er bisher nur verdächtigt war. Sich mit seiner Verteidigung zu beschäftigen, hatte er aufgegeben, denn er wußte zu wenig über den konkreten Inhalt der Anklage, um sich tage- ja wochenlang damit zu befassen. Der Rat Surejas, zu schweigen, war unter diesen Umständen der beste. Nahm man ihn aber an, gab es keine Möglichkeit, noch viel darüber nachzudenken, denn dazu war er zu einfach. Ob der Fürst freilich imstande sein würde, das Telegramm nach London abzuleugnen, wenn ihm die betreffende Nummer der »Times« vorgelegt würde, oder es gar einem Feind in die Schuhe zu schieben, wußte er nicht. Auch dann nicht für seine Tat einzustehen, galt ihm bis jetzt immer noch als Feigheit. Er war der einzige, der den Zug gegen Scharef organisieren konnte, weil nur er einen so großen Besitz hatte, um dreihundert Leute unbemerkt ausbilden und den Überlebenden zu einem neuen Leben in Rußland verhelfen zu können. Da vermochte ihn in der Tat kein anderer zu ersetzen. Aber nun der Zug geglückt und die Überlebenden geborgen waren, konnte zur Fortführung der Pläne wohl auch ein anderer an seine Stelle treten. Auch Sureja würde sich damit im Interesse der Sache schließlich abfinden, wenn er sich auch zur Wehr setzte, solange der Fürst noch vorhanden war. Sein Vermögen war für die Sache dann wichtiger als seine Person. Vater Gregor zum Beispiel würde nicht durch ein Temperament, das immer wieder durchging, wie das Telegramm bewies, behindert werden. Es ging Hakob Akunian einfach gegen die Natur, seine Person zu schonen, wenn die Sache es nicht verlangte.

So saß oder lag Hakob Akunian denn irgendwo auf der Galerie, die wie ein Vogelnest an der Mauer klebte, schloß die Augen und sah in sich hinein, ohne da viel zu finden, was ihn ablenken konnte; oder er öffnete die Augen und sah in den Himmel oder auf den mit Steinplatten belegten Hof, was ebenfalls wenig Zerstreuung bot. Hätte wenigstens eine Blume in dem Hof gestanden oder ein Baum, irgend etwas Lebendiges. Aber nicht einmal ein Vogel ließ sich blicken. Auch die körperliche Bewegung fehlte ihm in den ersten Tagen sehr, da ihm kein Pferd mehr zur Verfügung stand.

Da es an Eindrücken von außen fehlte und sein Gehirn nichts mehr zu tun und zu ordnen fand, versank er bald immer mehr in einen trägen Dämmerzustand, an den er sich von Tag zu Tag mehr gewöhnte, da es noch das erträglichste war, solange Amenisam nicht nach ihm rief.

In diesem Zustand zwischen Wachen und Schlafen tauchte Miryäm wieder auf. Sie tanzte vor ihm. Oft stundenlang, ohne daß er müde wurde, ihr zuzusehen. Er hatte ja sonst auch durchaus nichts zu tun. Des Nachts, wenn er endlich einschlief, erschien sie in seinen Träumen, und in ihnen sprach sie sogar mit ihm. Welch eine angenehme Stimme sie besaß. Fast wie eine feine Silberflöte. Sehr erquicklich, ihr zuzuhören. Und was sie sagte, war verständig und lustig zugleich. Er war ihr offenbar durchaus nicht unsympathisch, trotzdem sie Mohammedanerin war. Sie kokettierte mit ihm. Es schmeichelte ihr, daß sie ihm so gut gefiel, und daß er jetzt soviel an sie dachte. In ihn verliebt war sie nicht. Das sah er deutlich, und es kränkte ihn nicht im geringsten. Wie sollte sie auch in ihn verliebt sein können? Dafür kannte sie ihn noch viel zu wenig. Frauen sind darin anders als Männer. Ihm genügte es vorläufig, daß sie gerne um ihn war und erschien, wenn er danach verlangte. Nur nicht unvorsichtig sein und sie erschrecken und verscheuchen. Wenn man nur endlich nach Maku reisen könnte und sie von dort wegholen. Miryäm lächelte zu solchen Gedanken, die sie natürlich sehr gut verstand. Sie verschwand dann plötzlich, aber kam doch immer wieder, und Hakob Akunian hatte Zeit, viel Zeit, sich mit ihr zu beschäftigen. Des Nachts in seinen Träumen und am Tag, wenn er zwischen Wachen und Schlafen dahindämmerte.

Eines Morgens wurde des Fürsten Hengst von zwei Soldaten in den Hof geführt. Hussein war nervös, aufgeregt, ungebärdig. Er stand zuviel im Stall. Den Soldaten war es offenbar zu anstrengend, den Hengst jeden Tag ein wenig laufen zu lassen. Es bedurfte eines größeren Trinkgeldes, um einen der Soldaten dahin zu bringen, es für die Zukunft zu versprechen.

Als Hakob Akunian aus dem Tor ritt, warteten noch zwei Beamte zu Pferd auf ihn und nahmen ihn in die Mitte, sowie der Weg breiter wurde. Vor und hinter ihm je ein Soldat. Die Täbriser schienen an solche Transporte gewöhnt zu sein, denn niemand beachtete ihn.

Vor einem palastartigen Gebäude, das der Fürst nicht kannte, und das nicht die Residenz des Statthalters war, wurde halt gemacht, und der Fürst von den beiden Beamten über eine hohe, breite, festliche Treppe in einen großen hellen Saal mit weiten hohen Fenstern geführt. Eine Art Audienzsaal, wie es schien. Ein kostbarer alter Teppich aus einem einzigen Stück, aus Wolle in Wolle gewebt, so daß er besonders warm und weich war, bedeckte den ganzen Raum. Er mußte für ihn einst extra gewebt worden sein. Ein tiefes sattes Rot glühte aus ihm. Erst wenn man genauer zusah, bemerkte man, daß sich durch das tiefe satte Rot in einem zarten Rankenmuster grüne Fäden zogen. In der Mitte des weiten Raumes stand ein gewaltiger runder Tisch aus Ebenholz mit Ebenholzsesseln davor, die im Muster des Teppichs gepolstert waren. Die Wände entlang lief eine mannshohe Bekleidung aus Ebenholz. Über ihr waren die Wände in einem zartblauen Ton gekachelt. In halber Mannshöhe lief eine Bank aus Ebenholz um die Wände, die wieder im Muster des Teppichs üppig gepolstert war.

Der Fürst setzte sich auf die Bank, seine zwei Begleiter ihm zu Füßen auf den Teppich. In der Nähe der Fenster hockte mit gekreuzten Beinen auf der Bank ein südpersischer Scheich in weißem Burnus, mit dem typischen schmalen, langen, gelblichen Araberkopf, aus dem eine kühne, feingeschnittene Nase sprang. Er regte sich nicht, und seine Augen sahen scharf in die Weite, wie es Raubvogelaugen an sich haben. Sonst befand sich niemand in dem großen Saal. Zu einem Gerichtsgebäude gehörte er sicher nicht. Kurios. Was sollte dem Fürsten das wohl sagen? Vorläufig verstand er es nicht.

Geräuschlos öffnete sich eine in die Wand eingelassene Ebenholztür. Ein Diener trat in den Saal, durchquerte ihn und verneigte sich tief vor dem Araber. Dieser erhob sich langsam und gravitätisch, ordnete seinen weißen, wollenen Burnus sorgfältig wie eine Dame ihr Kleid und folgte dem Diener. Geräuschlos schloß sich die Ebenholztür wieder. Es mußte in der Tat eine Art Audienzsaal für Würdenträger aller Art sein.

Der Araber erschien nicht wieder. Die Ebenholztür führte vermutlich in ein Amtszimmer des Statthalters, das man durch eine andere Türe verlassen konnte, ohne diesen Saal wieder betreten zu müssen.

Auf diesem Teppich würde sich der Tanz zum Lied der Nachtigall gut ausnehmen, fuhr es dem Fürsten plötzlich durch den Sinn. Er stellte sich das möglichst deutlich vor. Man ließ ihm reichlich Zeit dazu und kein Geräusch störte ihn dabei.

Endlich öffnete sich die Ebenholztür wieder, und Hakob Akunian wurde durch sie geleitet. Sie führte nicht, wie er angenommen hatte, direkt in ein anderes Zimmer, sondern in einen Gang, und erst an seinem Ende ging es durch eine neue Tür in einen Raum, ein Arbeitszimmer, in dem Amenisam in einem riesigen Sessel hinter einem langgestreckten Tisch saß. Der kleine Greis schien von Jahr zu Jahr mehr einzutrocknen und zusammenzuschrumpfen. Es sah fast spaßig aus, dies Häuflein Knochen unter einem prächtigen, bunten, seidenen, viel zu weit gewordenen Ehrenkleid, wie der Schah es als besondere Gunst für besondere Verdienste zu verleihen pflegte.

Der Greis hob den Blick nicht von den Papieren, die vor ihm lagen, und deutete stumm mit der kleinen, hageren, ringbedeckten Hand, die aber immer noch sehr fest zugreifen konnte, auf einen Stuhl, auf den der Fürst sich setzte.

Rechts und links von Amenisam saß je ein Schreiber. Anschließend Mullas und Ulämas mit Dienern hinter sich. Handelte es sich um ein geistliches Gericht, um eine Disputation über eine Koransure? Saßen die Herren noch von dem Gespräch mit dem arabischen Scheich hier? Einer trug merkwürdigerweise einen Fez, keinen Turban. Ein türkischer Schriftgelehrter als Ankläger gegen ihn? Der Fürst wurde nicht klug daraus. Außer Amenisam kannte er keinen der Anwesenden.

Unerwartet plötzlich schlug der Statthalter die Augen auf, das einzige, was in dem verhutzelten Greisengesicht noch Leben und Feuer besaß, und sah den Fürsten durchdringend an.

Dieser verneigte sich voll Ehrerbietung und tat, als fasse er den Blick als Begrüßung auf.

Unerwartet plötzlich schlossen sich die Augen wieder. Es war, als wären sie aus dem verhutzelten Greisengesicht verschwunden und überhaupt nicht mehr vorhanden.

»Es wäre am einfachsten, Sie erzählten, wie sich alles zugetragen hat«, meinte der Statthalter nach einer Weile. Die Mullas und Ulämas starrten den Fürsten unausgesetzt an.

Der Fürst stattete dem Statthalter in den überschwenglichsten neupersischen Ausdrücken seinen Dank ab für die hohe Ehre, von Seiner Exzellenz eines Schreibens gewürdigt worden zu sein, dann schwieg er.

Ohne von den Augen Gebrauch zu machen, meinte der Statthalter: »Haben Sie also die Güte, zu erzählen, was sich zugetragen hat?«

Hakob Akunian musterte die Papiere auf dem Tisch, aber eine Nummer der ›Times‹ schien sich nicht darunter zu befinden. Er bedauerte unendlich, immer noch nicht verstehen zu können, auf was für Ereignisse Seine Exzellenz anzuspielen geruhe, und was er über Ereignisse erzählen solle, von denen er nicht wisse, ob er etwas über sie wisse.

»Scharef Pascha ist ermordet worden. Die Hohe Pforte hat Beweise dafür, daß persische Armenier ihn auf türkischem Boden ermordet haben. Sie behauptet es wenigstens. Ihr türkischer Konsul ist sogar mit der türkischen Botschaft in Teheran darüber einig, daß Ihre Person dabei eine entscheidende Rolle gespielt hat.«

»Ich stehe nicht unter türkischem Gericht, sondern unter Euer Exzellenz Schutz. Von der Hohen Pforte und ihren Behörden ist allgemein bekannt, daß sie die Armenier hassen, bedrohen, verleumden und vernichten, wo immer sie können.«

»Ebenso bekannt ist mir, daß die Armenier die Türken hassen.«

»Ich bekenne mich selbst zu diesem Haß«, unterbrach der Fürst hastig. »Wer mich haßt, den hasse ich wieder. Ob ich Türken in der Türkei bedrohen oder gar vernichten kann, wie die Türkei mein Volk bedroht und mich jetzt vernichten will, ist eine andere Frage, denn die Türkei besitzt Macht, Truppen, Kanonen, ich nicht.«

Das Gesicht des Greises zuckte leicht. »Das alles kann man sich kaufen. Es ist nur eine Frage des Preises.«

Der Fürst schwieg.

»Der Konsul und die Botschaft behaupten, Beweise für Ihre Täterschaft zu haben.«

»Der Konsul ist tot.«

»Der Botschafter nicht«, bemerkte der Statthalter trocken.

»Da Eure Exzellenz geruht haben, mich hierher zu befehlen, bitte ich um die Beweise Eurer Exzellenz.« Soll er endlich den Times-Artikel vorlegen, wenn er ihn hat, oder das Telegramm des persischen Gesandten in London darüber. Wozu noch länger das Katz- und Mausspiel?

Eine Weile flüsterte Amenisam mit seinen Mullas und Ulämas, dann klopfte einer von ihnen mit seinem Stock auf den Boden. Eine andere Tür öffnete sich. Die beiden Beamten, die Hakob Akunian hierhergeführt hatten, nahmen ihn wieder in Empfang und brachten ihn zurück in das Haus in der schmalen Gasse, nachdem sich vor dem Tor auch die beiden Soldaten wieder dazugesellt hatten.

Wieder verging eine Woche, bis Hakob Akunian zum zweitenmal vor Amenisam geführt wurde. Auch die Schreiber, Mullas und Ulämas fehlten nicht. Aber auch der Herzog von Lusignan war anwesend, sprang auf und begrüßte den Fürsten, scherzte und lachte, als sei niemand außer ihnen in dem Raum.

Wieder begann das Frage- und Antwortspiel zwischen dem Statthalter und Hakob Akunian, ohne irgendein positives Ergebnis zu haben.

»Ich wende mich an Ihr Ehrgefühl und...« Der Greis zögerte einen Augenblick, fuhr dann aber leicht ironisch fort: »Sie sind ja Christ, ich wende mich also an Ihre Wahrheitsliebe und mache Sie zugleich auf die Folgen aufmerksam, die Ihre Antwort eventuell für gänzlich Unbeteiligte und Unschuldige unter den Armeniern im Salmasdistrikt haben kann: Welchen Anteil haben Sie an der Ermordung Scharefs?«

Ehe der Fürst antworten konnte, sprang der Herzog von Lusignan auf und sagte: »Ich bitte, Eure Exzellenz, eine Erklärung abgeben zu dürfen. Deshalb bat ich Eure Exzellenz ja auch so dringend, hier sein zu dürfen. Aus meiner Erklärung werden Eure Exzellenz auch sofort ersehen, weshalb mein Vetter schweigt und mit der Wahrheit nicht heraus will. Befehlen Sie Ihrem Mirza Abbas und Ihrem Mirza Heidär, genau nachzuschreiben.«

Die Schreiber blickten erstaunt auf den Statthalter, der ihnen einen Wink gab.

»Ich höre«, sagte Amenisam, öffnete auch die Augen und sah den Sprecher unverwandt an.

»Ich habe Scharef Pascha und seine Hamidiekurden vernichtet. Es waren tausend Mann. Nicht hinterrücks ermordet, wie die Hohe Pforte behauptet. Das lügt sie. In einer regulären Schlacht habe ich ihn besiegt. Mit nur dreihundert jungen Leuten. Die Hohe Pforte lügt, wenn sie mehr nennt, weil sie sich schämt, und ihre ganze Schande nicht vor aller Welt eingestehen will.«

Die Mullas und Ulämas waren entsetzt aufgesprungen. Ward so etwas je erlebt, daß sich einer selbst bezichtigte, der gar nicht angeklagt ist?

Unter dem spöttischen Blick Amenisams setzten sie sich schnell wieder.

»Bitte, fahren Sie fort«, sagte der Statthalter, ohne eine Miene zu verziehen. Er warf nur einen scharfen Seitenblick auf den Fürsten, der aber unter sich sah und sich nicht rührte.

»Die dreihundert Leute habe ich nicht in Persien gesammelt, sondern in Maku.«

»Armenier?« fragte Amenisam interessiert.

»Soweit sie nicht gefallen sind, sind sie längst in Rußland.« Der Herzog von Lusignan lächelte und verneigte sich verbindlich vor dem Statthalter. »Wenn man es recht betrachtet, habe ich auch Persien damit einen Dienst erwiesen.«

»Er wird Ihnen teuer zu stehen kommen. Wir sind hier nicht in Europa.«

»Ich muß das Urteil der großen Weisheit Eurer Exzellenz überlassen.«

»Kannten Sie den Pascha?«

»Wie schon mein Name sagt, wir stammen aus altarmenischem Geschlecht. Wir sind alte Gegner. Nun habe ich gründlich mit ihm abgerechnet.«

»Ich werde Sie dafür aufhängen.«

»Ich gebe Eurer Exzellenz zu bedenken, daß meine Botschaft in Teheran damit nicht einverstanden sein dürfte.«

Ohne einen Laut auszustoßen, schüttelte sich das Häuflein Knochen unter dem bunten, weiten Ehrenkleid. Als es endlich aufgehört hatte, zu lachen, sagte der Statthalter trocken: »Sie scheinen sich immer noch nicht klar darüber zu sein, was Sie getan haben. Ein französischer Privatmann kommt nach Maku, das unter persischer Oberhoheit steht, und fällt mit einer organisierten Räuberbande in die Türkei ein.« Amenisam lachte hell auf. »Das nennt man nicht Krieg, sondern Mord, und Sie sind kein ruhmgekrönter Feldherr, wie Sie immer noch anzunehmen scheinen, sondern ein ganz gewöhnlicher Raubmörder. Alle Gesetze der Zivilisation haben Sie verhöhnt, verlacht, gebrochen. Kein Botschafter der Welt kann da noch einen Finger für Sie rühren. Wohin sollte die Welt kommen, Herr, wenn nicht mehr feststeht, was Krieg ist, und wo der gemeine Mord anfängt? Wenn Sie keinen Sinn für so feine Unterschiede haben, was mir bei einem Europäer fast ausgeschlossen zu sein scheint, ist es Ihr Schade, nicht meiner.« Fast höhnisch fragte er: »Haben Sie mir noch mehr zu erzählen?«

»Wenn Sie weitere Einzelheiten wünschen, stehe ich zu Ihrer Verfügung.«

»Danke.« Eine Weile sank der Statthalter ganz in sich zusammen. Plötzlich fragte er: »Sie sind zu Pferd hierher gekommen?«

»Selbstverständlich, Eure Exzellenz!«

»Es wartet draußen auf Sie?«

Der Herzog von Lusignan nickte zustimmend.

Der Statthalter gab einem Uläma einen Wink, der kräftig mit dem Stock aufstieß. In der sich öffnenden Tür standen zwei Beamte, die Amenisam zu sich winkte, um sich mit ihnen flüsternd zu unterhalten. Dann verschwand einer der beiden. Alles schwieg betreten. Als der Beamte wieder erschien, sagte Amenisam: »Ich gebe Ihnen drei Tage Bedenkzeit. Vielleicht entspricht Ihre Erzählung doch nicht genau den Tatsachen. Bis dahin werden Sie Ihrem Vetter Gesellschaft leisten.«

Auf der Straße nahm sie ein ganzer Trupp Soldaten in Empfang und brachte die beiden in des Fürsten Quartier.

Als sie allein auf dem Hofe standen, rief Hakob Akunian außer sich: »Weshalb haben Sie das getan?«

»Bitte nicht so laut, und bleiben wir auf dem Hof, bis sich Ihre Erregung gelegt hat, die Wände haben Ohren.«

»Glauben Sie im Ernst, daß der Statthalter Ihnen glauben wird?«

»Ich halte ihn nicht für so dumm.«

»Weshalb erzählen Sie ihm dann solche Märchen?«

»Märchen? Nun ja, Märchen. In ihnen mischt sich ja auch Wahrheit und Dichtung. Auch in meinem Märchen gab es allerhand Wahrheit. Oder ist Ihnen das in der Erregung gar nicht aufgefallen, Durchlaucht? Man muß immer Wahrheit unter die Lüge mischen, sonst lebt sie nicht vierundzwanzig Stunden.«

»Warum? Warum?!«

»Ich kenne Sie doch, Durchlaucht. Als der alte Fuchs an Ihr Ehrgefühl appellierte und gar noch die christliche Wahrheitsliebe an den Angelhaken steckte, war höchste Gefahr im Anzug. Ich mußte eingreifen, sonst war alles verloren. Sie hätten den Köder geschluckt und waren gefangen. Ist es nicht so, Durchlaucht?«

»Ist jetzt die Lage besser?« fragte der Fürst spöttisch.

»Ich denke doch.«

»Er wird Sie hängen lassen!«

Sureja lächelte. »Vorerst gibt er drei Tage Bedenkzeit.«

»Und sperrt Sie zu mir ein.«

»Aber Durchlaucht, er tut das doch nur, weil er hofft, ich werde mich von Ihnen beeinflussen lassen und das Märchen zurücknehmen, oder Ihr edles Herz werde, um mich zu retten, jetzt endlich bekennen. Das war schon vorhin meine Hauptsorge, und ich danke Ihnen aufrichtig, Durchlaucht, daß Sie wenigstens nicht gleich damit herausgeplatzt sind. Ich hoffte, Sie wären so perplex, daß Sie nicht sofort daran dächten, und das waren Sie glücklicherweise auch.«

»Unter gar keinen Umständen werde ich zulassen, daß Sie eine Schuld auf sich nehmen, die nicht auf Ihnen liegt.«

»Wenn Sie die Sache jetzt etwas kaltblütiger betrachten wollen, was ich Ihnen dringend raten möchte, so müssen Sie zugeben, daß auch diese Behauptung nicht ganz richtig ist. Ohne mich dessen besonders rühmen zu wollen, muß ich doch sagen, daß Ihnen der Streich gegen Scharef ohne die Hilfe meiner kurdischen Kundschafter nicht so glänzend gelungen wäre, wie er gelungen ist. Nach der Kasuistik Ihrer Kirchenlehrer, über die ich in London einmal einen sehr amüsanten Vortrag gehört habe, spricht ja nicht nur die Tat, sondern schon der Gedanke an sie schuldig. Dann sind wir jedenfalls in der gleichen Verdammnis, Durchlaucht.«

»Glauben Sie, daß er Sie für einen Herzog von Lusignan hält?«

»Ich hoffe, daß er einem europäischen Herzog soviel Frechheit doch nicht zutraut.«

»Wofür soll er Sie denn halten?«

Sureja lachte: »Um dahinter zu kommen, bat er sich ja drei Tage Bedenkzeit aus.«

»Und wenn er nun erfährt, daß Sie Sureja von Maku sind?«

»Für die drei Tage, die ihm zur Verfügung stehen, ist das wohl etwas zuviel verlangt. Schlimmstenfalls werde ich es ihm übrigens selbst sagen, und wenn er es nicht glaubt (denn man kann schließlich nicht verlangen, daß er auch das noch glaubt), werde ich ihn bitten, meinen Bruder als Zeugen zu laden oder etwa unseren Gouverneur, der mich trotz europäischem Reitanzug und glattrasiertem Gesicht bald wiedererkennen wird, wenn ich mir einige Mühe gebe. Ich hoffe, Amenisam wird es bald doch noch das liebste sein, nicht weiter in dem Brei herumzuwühlen, den ihm die Hohe Pforte angerührt hat. Die eigenen Finger sind ihm näher als das Prestige der Türkei. Er kann ja auch getrost den Herzog von Lusignan verschwinden lassen, da es ihn gar nicht gibt, hier wenigstens nicht, wenn er nur den Prinzen von Maku laufen läßt. Ein Herzog, der verschwunden ist, er kann ja auch sagen, daß er hingerichtet ist, muß schließlich der Türkei, die er ebenso liebt wie wir, als Genugtuung ausreichend sein. Und wenn ich mich dann noch erbiete, mit Hilfe meines Vetters auch für einige Tuman zu sorgen, Mäuler, die weiterzuschreien gewillt sind, damit zu stopfen, wird es ihm auch nicht unlieb sein.«

»Gut, es soll so sein, wie Sie es jetzt sagen. Aber daß wir nicht nur in geschäftlichen Beziehungen stehen, ist dann kein Geheimnis mehr.«

»Wenn man jetzt vor Amenisam diesen Schleier ein wenig lüftet, schadet es nichts mehr. Oder vielmehr, ich würde seinem Verstand Unrecht tun, sollte er nicht ganz von selbst hinter dies Geheimnis kommen, wenn er erst Sureja von Maku neben Hakob Akunian sieht. Er hat keinen Grund, es auszuschreien, er hat allen Grund, die Tatsache mit in seine politische Rechnung zu stellen, zum Vorteil Persiens, das nicht stark genug ist, um sich von der Enthüllung dieses Geheimnisses mehr Vorteile versprechen zu können.«

Sureja schlug sich an die Stirn. »Den eigentlichen Grund für mein Märchen habe ich Ihnen aber immer noch nicht erzählt. Glauben Sie, Amenisam hätte nicht sofort höhnisch mein Märchen zerstört, wenn Ihr Telegramm in London schon erschienen wäre? Ich bin jetzt sicher, es ist nicht erschienen, und wenn es bis jetzt nicht erschienen ist, erscheint es in absehbarer Zeit überhaupt nicht. Die Londoner verlangen von ihren Zeitungen frische Ware und nicht altes oder mühsam aufgewärmtes Brot. Ich denke, damit ist die einzig ernsthafte Gefahr noch einmal glücklich vorübergegangen. Man soll mit dem Glück nicht rechnen, aber man soll auch nicht undankbar sein, wenn es da ist. Scharef Pascha ist mit den Seinen gefallen. Unter den Toten sind viele Armenier gefunden worden. Das sind die Tatsachen. Schon dafür, daß diese Armenier aus Persien gekommen sind, gibt es schwerlich einen Beweis, denn weder sieht man ihnen das an der Nase an, noch nimmt man zu einer solchen Expedition einen Paß mit. Schon das beruht auf einer Annahme, einer Kombination, die vielleicht nahe liegt. Aber beweisen läßt sie sich nicht. Und was man sonst noch alles kombinieren mag, namentlich wenn es von der Türkei ausgeht, ist kein Grund für Persien, einen reichen und vornehmen Mann, der mehr nützen kann, wenn er lebt, als wenn er tot ist, zu hängen. Wenn die Perser schon einen hängen wollen, brauchen sie keine türkischen Ratschläge dazu. Und nun entschuldigen Sie, Durchlaucht, ich habe Hunger, möchte etwas essen und ein Glas Tee trinken. Sie hoffentlich auch. Rufen Sie einen Soldaten und geben Sie den Befehl. Es ist nicht nötig, daß ich jetzt auch noch Persisch kann. Ich möchte mit Französisch auch weiterhin auskommen, solange es irgend geht.«

Hakob Akunian kam in den nächsten drei Tagen nicht dazu, vor sich hinzudämmern und von Miryäm zu träumen. Sureja von Maku hielt ihn wach und munter, und seine Selbstsicherheit und gute Laune steckten alles an. Sogar die Soldaten, die sich nur noch als Diener in angenehmer Stellung und gar nicht mehr als Wächter fühlten.

Nach drei Tagen erschienen zwei Beamte und forderten den Herzog auf, mitzukommen.

Hakob Akunian sprang auf. »Und ich?«

»Wir haben keinen Befehl für Sie.«

Sureja flüsterte: »Machen Sie doch kein so finsteres Gesicht. Wenn es dem Statthalter mit einem Geständnis ernst wäre, ließe er Sie rufen, nicht mich. Ich bin zufrieden.«

Diesmal hockte Amenisam ohne Mullas und Ulämas, nur von seinen zwei Schreibern flankiert, in einem Riesensessel.

»Die drei Tage sind um. Ich habe gehalten, was ich Ihnen zugesagt habe.«

»Ganz zu Ihren Diensten, Exzellenz.« Sureja setzte sich.

»Ich hoffe, Sie haben sich Ihre Erzählung noch einmal gründlich überlegt.« Er winkte dem einen Schreiber, der sich erhob, um das Protokoll der vorigen Sitzung vorzulesen.

»Geruhen Eure Exzellenz, daß ich Ihre Zeit nicht länger in Anspruch nehme, als unbedingt nötig ist. Ich weiß, was ich erzählt habe, und habe davon nichts zurückzunehmen.«

Für einen Augenblick wurde das Gesicht des Greises gallenbitter, aber er beherrschte sich und ließ den Schreiber sich niedersetzen.

»Ich gebe Ihnen bis morgen Zeit, Ihre Angelegenheiten zu ordnen.«

»Und dann?«

Das Gesicht des Greises verzog sich zu einem breiten Grinsen. Zierlich und kunstvoll demonstrierte seine ringbesetzte Rechte den Vorgang des Hängens.

»Geruhen Eure Exzellenz, daß ich noch ein kleines Bedenken vorbringe?«

»Bitte.«

»Geruhen Eure Exzellenz, daß ich ganz offen spreche?«

»Wer übermorgen gehängt wird, dem sieht man manches nach.«

»Ihre Mirzas verstehen Französisch.«

»Das braucht Ihre Offenherzigkeit durchaus nicht zu stören«, meinte der Statthalter mit kaltem Grimm.

»Es ist mir nicht unbekannt, daß drei russische Kosakenregimenter am Araxes stehen. In welcher Absicht und zu welchem Zweck ist mir auch nicht unbekannt. Ich fürchte, wenn Eure Exzellenz ausführen, was Eure Exzellenz soeben mit soviel Anmut andeuteten, bekommen die Kosakenregimenter früher Arbeit, als sie bisher hoffen durften, denn ich bin ein Freund der Zarin. Sie weiß, daß ich hier bin, und der Verlust meiner Person unter solchen Umständen würde sie, wie ich bestimmt glaube, so schmerzen, daß sie sich nicht dabei beruhigen würde.«

Amenisam wurde kreideweiß vor Zorn, daß ein Fremder sich getraute, so zu reden. Die beiden Schreiber duckten sich dicht auf den Tisch nieder und hielten den Atem an.

»Fahren Sie fort, ich höre.«

Sureja schwieg.

Amenisam sann lange vor sich hin. Dann sagte er: »Sie sind ein guter Erzähler, fast ein Dichter. Sie muten mir aber zuviel zu.«

»Ich verstehe den Unmut Eurer Exzellenz, und ich bedaure sehr, dazu Anlaß geben zu müssen, aber ich glaube, Eurer Exzellenz einen schlechten Dienst zu erweisen, wenn ich davon geschwiegen hätte. Mir selbst natürlich ebenfalls und erst recht.«

»Ich verstehe durchaus, daß das Schicksal, das Ihnen bevorsteht, Ihre Einbildung augenblicklich zu den höchsten Leistungen anspornt, aber weder Ihnen noch mir ist damit wirklich gedient.«

»Wenn ich Eure Exzellenz recht verstehe, fordern Sie Beweise für meine Behauptung, und ich hätte mich nicht unterfangen, Euer Exzellenz eine solche Behauptung vorzulegen, wenn sie sich nicht ohne Schwierigkeiten beweisen ließe.«

Der kleine Greis reckte sich. »Ich verhehle Ihnen nicht, daß ich darauf gespannt bin.«

»Wollen Eure Exzellenz geruhen mir zu erlauben, der Zarin ein Telegramm zu schicken, und wollen Eure Exzellenz dafür Sorge tragen lassen, daß es auf dem schnellsten Weg nach Zarskoje Selo gelangt?«

Auf einen Wink des Statthalters schob ihm einer der beiden Schreiber sein Handwerkszeug zu. Nach wenigen Augenblicken des Nachdenkens schrieb der Herzog ein längeres Telegramm nieder, überflog es noch einmal und überreichte es dem Statthalter.

»Ihre Majestät die Zarin wird eine Antwort senden. Aus dieser Antwort geruhen Eure Exzellenz zu ersehen, ob meine Einbildungskraft so stark ist, wie Eure Exzellenz anzunehmen scheinen. Ich überlasse das ganz der Weisheit Eurer Exzellenz und bedarf keines Einblicks in die Antwort. Deshalb mußte ich mir erlauben, die Statthalterei als meine derzeitige Adresse beizufügen.«

»Sie spielen ein kühnes Spiel.«

»Doch nur dann, Exzellenz, wenn sich mein Einsatz als falsch erweist.«

»Herzog von Lusignan.« Der Statthalter dehnte den Namen spöttisch. »Ohne Begleitung, ohne avisiert zu sein.«

»In Europa nennt man das einen Spleen, Exzellenz. Auch hatte ich keinen Anlaß, nach allem, was ich zu erzählen genötigt war, noch besonders auf meine Person aufmerksam zu machen, was Eure Exzellenz ohne weiteres verstehen werden.«

Amenisam ließ das Telegramm abschreiben, dann den unbeschäftigten Schreiber mit seinem Stock kräftig auf den Boden stoßen und übergab einem Boten das Telegramm zur Beförderung.

»Ich bedauere, Eurer Exzellenz soviel Ungelegenheiten bereiten zu müssen.«

Amenisam schloß wieder die Augen und sank in sich zusammen. »Ich werde mich dafür schadlos zu halten wissen«, sagte er ganz leise.

Sureja erhob sich, ohne dazu aufgefordert zu sein. »Welche Entscheidung auch die Weisheit Eurer Exzellenz treffen mögen, ich bin an all den Ungelegenheiten doch weniger schuld als die Hohe Pforte, soweit Eure Exzellenz sich getrieben fühlen, sich mit der Affäre zu befassen. Für alle Fälle bitte ich um Erlaubnis, vertrauensvoll in die Hand Eurer Exzellenz einen Scheck auf die Bank meines Vetters legen zu dürfen, damit die persische Staatskasse nicht auch noch mit den Unkosten für einen gehenkten Herzog aus Frankreich belastet wird.«

Amenisam schoß dem Sprecher einen giftigen Blick zu, schwieg aber. Mit einer hastigen Bewegung wies der Statthalter nach der Tür. Der Herzog von Lusignan verneigte sich tief und wurde von den Beamten vor der Tür in Empfang genommen.

Hakob Akunian ging unruhig auf den Steinplatten des Hofes hin und her. Hastig schritt er dem Prinzen entgegen, als er aus dem Sattel stieg.

Als die Beamten und Soldaten sich wieder entfernt hatten, sagte Sureja ruhig: »Soeben habe ich meinen vorletzten Trumpf ausgespielt«, und erzählte, was sich zugetragen.

»Also weiß der Statthalter jetzt, wer Sie sind?«

»O nein, das ist mein letzter Trumpf.«

»Also haben Sie das Telegramm als Herzog von Lusignan abgeschickt?«

»Als Alphonse duc de Lusignan, prince de Chypre et Jerusalem. Das ist doch selbstverständlich.«

»Die Zarin erinnert sich vielleicht eines Prinzen von Maku, denn Sie wurden in Petersburg ja einige Male zu Hof geladen. Wie so viele andere.«

»Darin liegt es eben: wie so viele andere. Glauben Sie, die Zarin erinnert sich nach einem Jahr noch an einen der vielen hundert Leute, die ihr bei jeder großen Festlichkeit vorgestellt werden?

Das Telegramm geht an den Hausminister. Der Hausminister fragt beim Außenministerium an. Im Außenministerium wendet man sich an den Personalchef, oder wie der Kerl sonst heißt. Er ist verpflichtet, alles zu wissen, denn dafür ist er da. Er hat also auch zu wissen, was er nicht weiß. Daß es Lusignans gibt, weiß er oder kann es in Gotha feststellen. Weshalb soll ein Lusignan sich nicht in Persien aufhalten, wenn er vom Täbriser Gouvernement aus telegraphiert? Wissen Sie dafür einen plausiblen Grund? Ich weiß keinen. Wenn der Kerl ängstlicher Natur ist, fragt er vielleicht noch bei der französischen Botschaft an. Sie ärgert sich, daß man ihr den Herzog von Paris aus nicht avisiert hat. So eine Nachlässigkeit. Und das Telegramm kommt aus Täbris aus der Statthalterei? Natürlich ist Alphonse de Lusignan in Täbris, selbstverständlich. Man gibt sich doch vor den Juchtenmännern keine Blöße? Rein als Privatperson ist er nach Täbris gereist. Von Trapezunt aus, um sein Inkognito nicht zu gefährden. Ohne jede politische Nebenabsicht, um Schlangen zu fangen und Bären zu schießen. Haha, ja, ja!«

»Ich beneide Sie um Ihre Phantasie«, unterbrach der Fürst. »Es ist mehr, als ich bewältigen kann.«

»Ich hoffe, der Gouverneur denkt etwas Ähnliches«, bemerkte Sureja trocken. »Nur nicht zur Ruhe kommen lassen, nur immer eine neue Essenz in den Brei gießen, daß sich schon niemand mehr auskennt.«

»Und wenn die Zarin nicht antwortet?«

»Da kennen Sie sogenannte europäische Herrscherhäuser schlecht, Durchlaucht. Auch den Alleinherrscher aller Reußen hat es schon so weit demokratisiert, daß es ihm nicht wie jedem Privatmann erlaubt ist, unhöflich zu sein. Erst recht nicht der Zarin. Deshalb telegraphierte ich ihr und nicht dem Zaren, was die Antwort verzögern könnte. Es gäbe da vielleicht erst Konferenzen, Erwägungen, wie man antworten soll und so. Aber antworten würde auch der Zar einem Herzog von Lusignan, der offenbar beim Statthalter Nordpersiens wohnt.«

»Und wenn Amenisam das Spiel durchschaut?«

»Wenn Sie es nicht sofort durchschaut haben, Durchlaucht? Das ist nicht wahrscheinlich. Er hat vom wirklichen Europa so wenig gesehen wie der Schah, den er einmal begleitet hat. Und selbst wenn der Fuchs auch dann noch nicht traute, den letzten Trumpf habe ich immer noch in der Hand: meinen wirklichen Namen und das stehende Heer meines Bruders. Meines Erachtens sind wir schon so gut wie frei. Von London droht sicher keine Gefahr mehr. Das wüßte man heute. Kommen Sie, Durchlaucht, eine Wasserpfeife und eine Tasse Tee sind jetzt das beste, um die Zeit totzuschlagen.«

Am nächsten Morgen sagte Sureja zu dem Fürsten: »Ich muß Ihnen noch ein Geständnis machen. Es hilft nichts, es läßt sich nicht vermeiden.«

»Um des Himmels willen, Hoheit, Sie waren inzwischen doch nicht heimlich schon wieder bei Amenisam?«

»Nein, aber ich habe ihm gestern etwas versprochen, was weder mir noch Ihnen besondere Freude macht.« Er seufzte leicht. »Es gehört auf die Debetseite des ganzen Abenteuers.«

»Das klingt nach Geschäft«, meinte der Fürst lächelnd.

»Ist es auch. Aber ein Verlustkonto. Welchen Betrag können Sie ohne allzu großen Kummer noch an diese Sache hängen, damit sie endgültig aus ist?«

Der Fürst dachte nach.

»Ließen sich fünftausend Tuman noch erschwingen?«

»Wenn es durchaus sein muß, auch zehntausend.«

»Nein, fünftausend sind mehr als genug, fünfzigtausend Goldfranken. Halbpart macht fünfundzwanzigtausend Franken für jeden. Mir ist es mehr als genug für mein Teil. Mehr ist der ganze Greis samt seinem Ehrenkleid nicht wert. Sind Sie einverstanden?«

Hakob Akunian lächelte. »Wenn Sie erreichen, was Sie sich davon versprechen, schreibe ich den Betrag auf Gewinnkonto. Meine Mutter würde sogar noch etwas mehr für mich zahlen, wenn es nötig wäre, denke ich.«

»Dann lassen Sie uns den Scheck ausschreiben und dem Greis damit ein lindes Pflaster auf all seinen Ärger legen. Nicht nur in Persien ist das die beste Arznei.«

Ein Soldat mußte eigens einen besonders starken Briefumschlag aus der Stadt holen. Zuerst wollte er nicht. Als ihm der Fürst aber klarmachte, der Brief sei für den erlauchten Statthalter, den Glanz des Staates, Gott erhalte ihn, lief er eiligst von dannen. Dann mußte einer der Beamten herbeigerufen werden, daß er den Brief dem Statthalter persönlich überreiche. Nachdem auch das geschehen war und der Beamte beim Kopf des Königs, bei den Augen seines Sohnes, beim Grabe seines Vaters und bei der Seele seiner Mutter geschworen hatte, den Brief in keines anderen, sondern nur in Amenisams Hände zu legen, streckte sich Sureja von Maku so lang aus, als es auf der Galerie, die wie ein Vogelnest an der Mauer klebte, nur irgend möglich war, gähnte laut und lange und sagte: »So, nun heißt es rauchen, Tee trinken, schlafen, warten und die Geduld nicht verlieren. Weiter haben wir jetzt nichts mehr zu tun.«

Eines Nachmittags rief Sureja ohne Erfolg nach einem der Soldaten. Er erhob sich und rief noch einmal. Niemand meldete sich. Sonst waren sie doch so diensteifrig. Schliefen sie? Er brüllte ihre Namen. Merkwürdig. Auch Hakob Akunian erhob sich. Sie gingen in den Hof, der leer war. Sie traten in den Schlafraum. Auch hier niemand.

»Warten Sie hier einen Augenblick«, sagte Sureja und eilte zum Tor. Es war nicht verschlossen, nur angelehnt. Er winkte dem Fürsten, der eilig näherkam. Vorsichtig öffneten sie das Tor. Auch in der engen Gasse kein Mensch. Aber da standen ja zwei Pferde, gesattelt, Mundvorrat in den Satteltaschen, wie sich sofort feststellen ließ, die Zügel an einem Mauerring festgebunden.

Beide sahen sich an, und dann lachten sie leise. Hastig schlichen sie in den Schlafraum zurück und griffen die wenigen Sachen auf, die sie mitnehmen wollten.

»Sehen Sie, die Zarin ist eine höfliche Dame. Sie weiß, was sie sich und dem Beruf ihres Mannes schuldig ist. Da haben wir Amenisams Antwort auf ihre Antwort und auf den Scheck.«

Sie schwangen sich in den Sattel.

»Verdammt, die kleinsten Spitzbuben sind doch die ärgerlichsten!« entfuhr es Sureja. Hakob Akunian sah ihn verwundert an.

»Irgendein Stallmeister oder Pferdeknecht hat Ihren Hengst beiseite gebracht und Ihnen dies Biest vor die Beine geschoben, der Schuft!«

Der Fürst lachte herzlich. »Mein Gott, daß Sie sich in diesem Augenblick darüber ärgern können!«

»Seit langem hat mich nichts so geärgert. Schade, daß wir jetzt keine Zeit für den Lümmel haben. Das weiß er ganz genau, der Schuft.«

»Yalla, vorwärts!« rief der Fürst, die Muskeln gestrafft, ein Leuchten im Gesicht.

Schon in der nächsten Straße verschwanden die beiden unter der Menge anderer Reiter zu Pferd, zu Esel und auf hohen Kamelen.

Zwölftes Kapitel

Mr. Boxton atmete auf, als er endlich den »Garten der frischen Wasser« erreicht hatte, im Schatten seiner Bäume ein wenig verschnaufen und in seinem Wasser Hände und Stirn kühlen konnte.

Als Arzt sagte er sich, daß es für den persischen Sommer keine unglücklichere Tracht gab als den hochgeschlossenen dunklen Rock eines Baptistenpredigers. Aber als Missionar bestand er auch für seine Person auf diesem Rock, solange sich seine Brüder in Täbris auch im Sommer nicht für eine andere Tracht entscheiden konnten. Ein Konflikt zwischen Hygiene und frommer Tradition, der ihn jedes Jahr ein halbes Jahr lang viel Schweiß kostete. Ein um so schwererer Konflikt, als nicht nur der Mediziner, sondern auch der praktische Amerikaner in ihm gegen solche Sommertracht revoltierte. Aber siegreich blieb doch immer der Missionar, und nur wenn er im Schatten lag und ihn niemand sah, zog er den Rock aus, bis er wieder in die Sonne mußte.

Er durchschaute den Grund sehr wohl, weshalb sich seine Brüder nicht zu einer Änderung entschließen konnten. Es ging ihnen sehr gut, denn aus der Heimat flossen ihnen die Mittel reichlich zu. Sie hatten sehr wenig zu tun, denn die Mohammedaner drängten sich nicht gerade zur Bekehrung. Sie machten sich auch außerhalb ihrer eigentlichen Tätigkeit so nützlich, als es irgend möglich war. Wenn es sich um Ausbesserung von Wegen handelte, handwerkliche Belehrung oder um Hilfe für syrische und armenische Schulen oder dergleichen. Aber das alles nahm doch mehr ihr Geld als ihre Person in Anspruch. Um so zäher hielten sie an der Unbequemlichkeit ihrer Tracht fest, um immer wieder daran erinnert zu werden, daß sie nicht zu ihrem Privatvergnügen in Persien lebten. Wären sie nicht Missionare geworden, sondern Arbeiter, Handwerker und kleine Kaufleute in Amerika geblieben, hätten sie es schwerer gehabt. Die Mühsal, auch im Sommer den unpraktischen Rock zu tragen, trug ja auch noch den Lohn in sich, daß sie überall allein und unbelästigt gehen und reiten konnten. Er war allmählich zu einer Art Freibrief für seine Träger geworden, der von jedermann außer vom Kurden respektiert wurde. Mit diesen aber kamen sie weder als Missionare noch als Geschäftsleute in Berührung. Sie waren für beides noch nicht reif.

Mr. Boxton lag hemdärmelig lang ausgestreckt unter einem Haselnußstrauch und sah zufrieden in das Grün der Zweige über sich, durch das zuweilen ein Stück blauer Himmel wohlgefällig zu ihm niederschaute. Wasser rieselten, und er hörte, wie sein Maulesel in einiger Entfernung mit Eifer und Behagen Gras rupfte. Der größere Teil der Strapazen einer Reise vom Araxes nach Salmas war wieder einmal glücklich überstanden. Wieder einmal hatte er in Djulfa einen großen Posten Chinin in Empfang genommen, der auf dem Maulesel verstaut war.

Er wachte erst auf, als ihm träumte, daß er von einer Hammelherde immer dichter umdrängt wurde und es plötzlich gar zu arg nach ranzigem Hammelfett stank. Eine ganze Schar armer persischer Weiber und Kinder umringte ihn. Als er aufsprang und schleunigst in seinen Rock fuhr, rief alles um ihn in höchster Verwunderung: »Oh Ali!« Einige stammelten: »Gott sei gepriesen!« Sie ließen ihn nicht aus den Augen, und als er seinen Maulesel bestieg, wichen sie nicht von seiner Seite und sprachen eifrig auf ihn ein. Sie hatten gedacht, es läge schon wieder ein Ermordeter im »Garten der frischen Wasser«; und nun erfuhr Mr. Boxton die Geschichte des türkischen Konsuls, der an derselben Stelle ermordet aufgefunden wurde, weil er in einen fremden Harem eingedrungen war.

Mr. Boxton hieb seinen Maulesel so kräftig die amerikanischen Absätze in die Flanken, daß dieser, wohl ausgeruht und reichlich gelabt vom grünen Gras, wild drauflos galoppierte und die lachenden, lärmenden Weiber bald hinter sich ließ.

Wie die Kinder, dachte Mr. Boxton, als der Maulesel im Schritt durch die Straßen zog, und immer voller Märchen und Räubergeschichten mit Mord und Totschlag. Wenn man alles, was in diesem Land erzählt wurde, für bare Münze nahm, gab es eigentlich auf Schritt und Tritt nur gräßliche Erlebnisse, und in keinem Augenblick war man seines Lebens sicher. Wenn alles, wie es sich gehörte, jeden Tag sechs Stunden auf der Schulbank säße und etwas Reelles lernen müßte, hätte bald niemand mehr Zeit und Lust für all den Unsinn, mit dem man jetzt den Tag vertat.

Er klopfte an das Tor von Hakob Akunian und wurde sofort eingelassen als er seinen Namen nannte. Eigentlich recht demokratisch, fast amerikanisch, dachte er, wie man in diesem Lande bei einer Durchlaucht aus- und eingehen kann. Ohne alle Umständlichkeiten und Förmlichkeiten. Das gefiel ihm sehr.

Der Fürst kam ihm aus dem Pavillon entgegen, drückte ihm kräftig die Hand und sagte: »Ich freue mich, Sie noch persönlich begrüßen zu können. Ich verreise längere Zeit.«

Er geleitete den Amerikaner zu dem Pavillon, in dem sich Vater Gregor erhob und Mr. Boxton begrüßte.

Der Hausherr sorgte für Essen und Trinken, und Mr. Boxton dachte: Nein, diese Märchen. Es ist wirklich kaum zu glauben. Tausend Kurden soll er erschlagen haben, in Täbris soll er vor vierzehn Tagen gehängt worden sein, und in Wirklichkeit sitzt er vergnügt und guter Dinge daheim und denkt an gar nichts Böses. Verreisen will er, und wenn er drei Tage fort ist, geht schon wieder ein neues Märchen über ihn um. Mister Feddersen hatte ganz recht, wenn er immer wieder versicherte, er glaube in diesem Lande nur noch das, was er mit eigenen Augen gesehen habe. Ach ja, Mister Feddersen, richtig, das hätte er fast vergessen.

Mr. Boxton tastete an seinem hochgeschlossenen Rock herum. Wo war denn nur der Brief hingeraten, den Mister Feddersen ihm für den Fürsten mitgegeben hatte? Endlich fühlte er ihn in der hinteren Rocktasche und fischte ihn heraus. Ein wenig zerknittert und mitgenommen sah er aus, aber er war immer noch verschlossen, versiegelt und unverletzt, wie Mr. Feddersen ihn übergeben hatte.

»Durchlaucht kennen ihn ja auch«, sagte Mr. Boxton und überreichte den Brief. »Mister Feddersen war ganz aufgeregt und legte mir immer wieder ans Herz, den Brief nur Ihnen auszuhändigen. Er ist sehr genau und pedantisch, ein echter Deutscher.«

Hakob Akunian meinte verwundert: »Ein Brief von Gospodin Feddersen? Das ist ja etwas ganz Ungewöhnliches! Da bin ich wirklich neugierig.«

Er öffnete den Umschlag. Er enthielt nur ein verschlossenes Telegrammformular. Doch nein, neben der Adresse des Fürsten stand noch: »Herzliche Grüße. F.«

Sorgfältig öffnete der Fürst das Formular. Es enthielt ein Telegramm aus London. »Ergebensten Dank. Veröffentlichung zur Zeit inopportun. Erbitten Erlaubnis, Bericht als wertvolles Material für Leitartikel in unser Archiv nehmen zu dürfen. Drahtantwort erbeten. Times.«

Der gute Feddersen, wie geschickt, zuverlässig und ohne viel Worte er das gemacht hatte. »Verzeihen Sie, Mister Boxton, nur eine Nachricht ganz privater und persönlicher Natur.«

Der Amerikaner lachte. »Der brave Feddersen. Wenn ich ihn nicht so genau kennen würde, hätte ich denken können, es handle sich mindestens um eine ganz gefährliche Staatsaktion, von der niemand etwas wissen, darf als Sie, Durchlaucht.«

Als Mr. Boxton sich endlich auf sein Zimmer zurückgezogen hatte, entnahm der Fürst das Telegramm seiner Tasche und überreichte es stumm Vater Gregor, der es immer wieder las, als traue er seinen Augen nicht recht. Dann meinte er, und man hörte ihm die innere Bewegung an: »Deine Pläne, Hakob Akunian, müssen sehr lauter und rein sein. Ich stelle mich ihnen fortan ohne jeden Rückhalt zur Verfügung. Sie müssen gelingen, wenn ihnen solche Hindernisse aus dem Wege geräumt werden, wo wir selbst keinen Finger dazu rühren können.«

»Ich danke Ihnen sehr, Vater Gregor. Ich werde nach London telegraphieren, daß man mir den Bericht zurückschickt.«

»Aber bitte nach Tiflis zu Ihrer Mutter, nicht hierher.«

Hakob Akunian lachte. »Sehen Sie, wie nötig ich Sie habe, daran hätte ich wirklich nicht gedacht. Und mit der Teilnahme und Unterstützung Surejas von Maku haben Sie sich hoffentlich auch ausgesöhnt? Auch in Täbris hat er der Sache große Dienste geleistet, wenn sie scheinbar auch nur meiner Person galten.«

Der Priester erwiderte mit ernster Feierlichkeit: »Er ist so böse, daß er in dieser Welt zu ihrer Verwirklichung unentbehrlich ist.«

Der Fürst wollte entgegnen, unterließ es aber. Priesterweisheit, Mystik, Aberglaube, ging es ihm durch den Sinn. Sei es drum, wenn nur das Ziel nicht darunter litt.

Nach einer Weile sagte der Priester: »Daß du morgen reist, ist mir eine Beruhigung.«

»Möchtet Ihr mich nicht begleiten, Vater Gregor?«

Der Priester lächelte. »Ich bleibe, damit du um so ruhiger reisen kannst. Einer von uns beiden muß hier bleiben, im Interesse der anderen, die nicht fort können. Man kann nicht wissen, was in den nächsten Wochen noch passiert. Dem Gouverneur kommst du morgen aus den Augen, und das ist gut so. Dein Gesicht würde ihn immer wieder daran erinnern, daß nur Amenisam den Rahm von dem Brei geschöpft hat, den der türkische Konsul angerührt hat. Da er Amenisam nichts anhaben kann, bleibt die Versuchung groß, sich dafür doch noch irgendwie an dir zu rächen. Verschwindest du eine Weile, läßt seine Versuchung nach. Sollte er aber dann versuchen, sich an dem ganzen Christenviertel zu rächen, wenn du nicht mehr zur Hand bist, werde ich es zu verhindern wissen. Ich setze dabei ja am wenigsten aufs Spiel. Weder Haus noch Hof, weder Weib noch Kind, noch Geld. Zuweilen bin ich doch sehr froh, Priester und unbeweibt zu sein, Hakob.«

Immer wieder kam der Fürst in Versuchung, Vater Gregor auch die ganz persönlichen Gründe mitzuteilen, die ihn außer den rein sachlichen nach Maku trieben. Ob er darüber auch so entsetzt wäre wie seine Mutter? Sehr gerne hätte er das gewußt. Aber gerade der Eindruck, den seine Absicht auf die Fürstin gemacht hatte, warnte ihn auch wieder, einen dritten zu sprechen, zumal dieser dritte christlicher Priester war.

Was trieb ihn denn seit den Tagen in Täbris immer ungestümer nach Maku? Ein rein sinnliches Begehren? Um davon frei zu werden, bedurfte es doch nicht einer ganz bestimmten, besonderen Person und nur gerade dieser. Dahinter mußte doch noch etwas anderes stecken. Da sprachen nicht nur die Sinne. Aber versteht das ein dritter? Unmöglich. Denn was daran zu verstehen ist, also sich an den Verstand wendet, kann nur vom Verstand aus, also mit Logik beantwortet werden. Was über sie hinausgeht, ist für den dritten immer nur Illusion, Einbildung, Selbstbetrug. Wie soll man einem dritten klar machen, daß er sich gerade in diesem besonderen Falle irrt und täuscht? Wenn er den besonderen Fall nicht selbst erlebt hat, kann er ihn nicht verstehen, weil er dem Verstand allein nicht zugänglich ist. Das ist keine Frage der Überlegung, des Grübelns, Erwägens, Beratens, kein Problem, das sich erklären läßt, sondern ein Zustand, der erlebt wird, ohne daß die Logik an ihm etwas ändert. Ich kann ein solches Erlebnis beschreiben, aber nicht erklären. Ich kann beweisen, daß zweimal zwei vier ist, aber ich kann nicht beweisen, daß ich ohne eine bestimmte Person nicht mehr leben kann. Und wenn ich einer dritten Person das klar zu machen suche, dann beweist sie mir, daß das nicht wahr sein kann, weil ich bisher ohne diese Person recht gut ausgekommen bin und auch wieder ohne sie auskommen werde, wenn sie zum Beispiel plötzlich stirbt. Möglich, daß ich dann weiter lebe, wahrscheinlich sogar, aber auch wenn sie tot ist wird mein Leben anders sein, als wenn ich ihr nie begegnet wäre. Was weiß ein dritter davon?

»Worüber grübelst du, Hakob? Kann ich behilflich sein?« fragte Vater Gregor leise.

Der Fürst schüttelte den Kopf. »Da kann niemand helfen, weil niemand raten kann. Oder können Sie mir sagen, Vater Gregor, weshalb eine Blume blüht, ein Baum wächst, ein Stern vom Himmel fällt?«

Der Priester räusperte sich bedeutungsvoll, aber der Fürst wehrte lächelnd ab. »Es hilft nichts, Vater Gregor. Ich weiß, daß ich nichts weiß.«

»Sokrates hatte ganz recht, denn alles Erkennen ist Stückwerk. Was dich das Denken lehrt, was du durch den Verstand weißt, ist unendlich wenig, ist so gut wie gar nichts. Aber es gibt noch ein anderes Wissen, das nicht aus dem Verstand kommt, dem daher auch der Verstand nichts anhaben kann. Wenn Sokrates von dem Dämon spricht, der in ihm ist, weiß er, daß er alles weiß. Von solchem Wissen aber redet jeder, der es besitzt, ob Buddha, Mohammed, Sokrates oder Christus, nur in Bildern oder Gleichnissen, denn dieses Wissen kommt nicht aus dem Denken, sondern aus dem Schauen, was mehr ist als alles Denken.«

»Und Sie waren viele Jahre in Europa?« neckte der Fürst.

»Seitdem erst weiß ich, wieviel mehr wir wissen als sie, wenn es nicht nur auf Logik ankommt. Und wann und wo kommt es auf der ganzen weiten Welt auf Logik an außer bei dem Menschen, der aus sich und ihr eine Maschine zu machen sich müht? Wie wenig ist das, was Europa weiß? Heute nicht einmal mehr das, was schon Sokrates wußte.«

Mr. Boxton hatte sich ausgeruht und tauchte wieder auf. Da schwiegen die beiden, denn ein Amerikaner wußte nach ihrer Meinung schon gar nichts von allem, was sich nicht beweisen läßt, selbst wenn er Baptistenprediger ist.

Gegen Abend schickte Sureja einen seiner Leute, der den Fürsten auf dem nächsten Weg durch die Gebirge nach Maku geleiten sollte, da er selbst durch ein dringendes, unerwartetes Geschäft abgehalten wurde, morgen schon mitzukommen. Der Fürst möge die Reise aber nicht aufschieben. Über die Gründe für diesen Rat brauche er ja wohl nichts weiter mitzuteilen. Sobald als irgend möglich werde er nachkommen. Auch einen Brief des Prinzen an seinen Bruder überreichte der Kurde dem Fürsten.

Also reiste Hakob Akunian zwei Stunden nach Sonnenaufgang unter Führung des kurdischen Dieners ab, denn es drängte ihn immer heftiger nach Maku, als drohe seinen Wünschen von dort eine Gefahr, wenn er sich nicht beeile.

Mürrisch saß Sureja von Maku vor dem Zelt im Ändärum seines Gartens. Die Vögel sangen, der Springbrunnen plätscherte, aber er hörte es nicht. Er sah sich vor einem Hindernis, mit dem er nicht gerechnet hatte.

Vor ihm stand Bibi-Dschanem ängstlich, besorgt, zerknirscht. Oh Ali!

»Sie spricht also im Traume und schreit?«

Bibi-Dschanem nickte bestätigend.

»Jede Nacht seit jener Nacht?«

»Erst seit acht Tagen.«

»Spricht sie laut?«

»Nicht immer, Herr. – Manchmal so leise, daß man nichts verstehen kann, selbst wenn man sich zu ihr neigt. Manchmal so laut, daß man es sogar im Nebenzimmer deutlich hört und versteht.«

»Was sagt sie?«

»Sie spricht von jener Nacht. Manchmal lacht sie, daß jedem graust, der es hört. Dann schlägt sie um sich, als kämpfe sie mit einem Iblis, der sie erwürgen will, dann liegt sie wieder wie eine Tote. Aber ohne daß sie die Lippen bewegt, spricht aus ihr ein Teufel. Er steigt ihr bis in den Hals, daß sie sich wie in Krämpfen windet. Auch schreit sie wie einer, der brennt.«

»Was schreit sie?«

»›Hilfe! Hilfe!‹ Dann drückt ihr der Iblis die Kehle zu. Sie knirscht mit den Zähnen, ohne noch einen Ton hervorbringen zu können. Ein böser Geist haust in ihr, sie ist besessen.«

»Und wenn die Nacht vorüber ist?«

»Ist sie heiß, als käme sie direkt aus der Hölle.«

»Weiß sie, daß sie erzählt und geschrien hat?«

»Nein, Herr. Sie liegt und weint.«

»Warum hängt sie sich nicht auf, oder springt aus dem Fenster, oder nimmt einen Dolch?«

Bibi-Dschanem zitterte heftig und flüsterte: »Sie hat Angst vor der Hölle, sie ist wie ein Toter, der von Gott nicht in Gnaden aufgenommen wird.«

Sureja biß sich auf die Lippen. »Bringe sie her!«

Bibi-Dschanem verschwand eiligst.

Natascha war also doch stärker, als er angenommen hatte, und seinem Willen nicht so unterworfen, wie er es für selbstverständlich hielt. Er konnte sie natürlich wieder in Tiefschlaf versetzen und seinem Willen wieder völlig unterwerfen. Aber für wie lange? Und wenn er nach Maku reiste? Aber selbst wenn sie unter seinem Bann blieb, bis er zurückkam, er konnte doch nicht immer auf sie aufpassen wie eine Mutter, es gab doch Wichtigeres zu tun. Auch hatte sie ja schon seit acht Nächten geredet und geschrien und den ganzen Harem damit aufgerührt. Das ging unmöglich so weiter. Daß der Konsul in einen fremden Harem eingedrungen und dabei erdrosselt worden war, verstand jeder Perser. Aber es war nicht nötig, daß jeder erfuhr, daß es sein Harem gewesen war, oder gar, daß der türkische Hund nicht ohne seine Mithilfe dahin gekommen war. Schließlich steckte Natascha sogar noch Bibi-Dschanem mit ihrer Angst an. Wenn aber erst ein altes, ausgekochtes Weib ängstlich wird, dann ist nicht abzusehen, was daraus noch werden mag.

Andererseits gefiel es ihm an Natascha, daß sie nicht nur sein Werkzeug war. Ein Weib, das ihm nicht völlig erlag, also womöglich ein Gegner, mit dem zu kämpfen sich lohnte. Wenn er nur nicht so bald nach Maku müßte. Hakob Akunian allein würde bei seinem Bruder nichts erreichen.

Aber sie ist ja gar nicht stärker als du, nur die Angst in ihr, das böse Gewissen ist stärker, ging es ihm durch den Kopf. Wie konnte man es greifen, überwältigen und töten?

Bibi-Dschanem erschien mit Natascha, die er seit seiner Rückkehr aus Täbris noch nicht begrüßt hatte. Perwareh, der kurdische Schmetterling, hatte ihm mehr Spaß gemacht.

»Setze dich!« sagte Sureja. Natascha ließ sich ihm gegenüber nieder. Sie hatte sich sehr verändert. Ganz weiß, unendlich zart war ihre Haut. Wie ein Lilienblatt. Ganz schlank, wie ein junges Reh, das die Mutter entwöhnt und nicht mehr sorglos von ihrer Milch leben läßt. Sie gefiel ihm außerordentlich. Und daß sie jede Berührung mit ihm mied, war auch nicht übel. Gar nichts Hingebendes hatte sie in diesem Augenblick, eher etwas Ablehnendes. Ab und zu lief ein leichtes Beben über ihre Haut. Von der großen Furcht, die unter ihr saß und doch nicht laut zu werden oder gar zu schreien wagte.

»Gum schau!« schrie er die Alte an, die in die Büsche sprang.

Aber Sureja rief sie zurück. »Das könnte dir so passen, hinter den Büschen die Ohren zu spitzen. Dorthin gehst du!« Er wies nach’ der Treppe. »Auf der obersten Stufe wartest du und gehst mir nicht aus den Augen.«

Bibi-Dschanem kletterte die Treppe hoch und tat wie ihr befohlen.

»Du bist krank gewesen, Natascha?«

Sie schwieg und sah ihn nicht an. Offenbar fürchtete sie sich vor dem Einfluß seines Blickes.

»Du hast Fieber gehabt und im Schlafe gesprochen.«

»Ich habe kein Fieber, Herr, und weiß nichts davon, daß ich im Schlaf spreche.«

»Ich weiß es aber, Natascha, und ich wünsche es nicht.«

Auf dem Gesicht Nataschas kämpften die widerstrebendsten Empfindungen miteinander. Schön war das Mädchen. Keine glatte, nichtssagende Puppe, ein sehr lebendiger Mensch.

Er streckte die Hand nach ihr aus, vor der sie entsetzt zurückfuhr wie vor einem Dolch.

»Du bist immer noch krank, Natascha.«

»Nein, Herr.«

»Du darfst mir glauben, ich weiß es besser als du.«

»Nein, Herr.«

»Du weißt es also besser als ich?«

»Ja, Herr.«

»Was weißt du also?«

Sie starrte ihn an, schlug die Hände vor das Gesicht und rief: »Töte mich, Herr!«

»Gerne, Natascha. Aber heute noch nicht, denke ich, nicht gleich.«

»Seid barmherzig und tötet mich.«

»Weshalb eigentlich, Natascha?«

»Weil ich mit Euch nicht mehr leben kann.«

»Das bildest du dir nur ein, Natascha.«

»Und weil ich ohne Euch nicht mehr leben mag«, stieß sie hastig hervor.

Er lächelte. »Man müßte also einen Ausgleich finden zwischen dem Können und dem Mögen.«

»Es gibt keinen mehr.«

»Sollte dieser tote Türke wirklich stärker sein als ich und du zusammen?«

Natascha stieß einen Schrei aus.

»Bist du eifersüchtig, Natascha?«

Sie sah ihn groß an.

»Vielleicht auf die kleine Perwareh?«

Sie schluchzte.

Er ließ ihr Zeit, sich wieder zu beruhigen. Dies leidenschaftliche Wesen verbrannte über einem doppelten Feuer. Das eine schürte das böse Gewissen, das andere die Eifersucht. Wenn man dies Feuer löschte, konnte man am Ende doch auch noch jenes Herr werden. Es wäre schade um das Mädchen, die Feuer ungestört weiter brennen zu lassen, bis es zu Asche verbrannt war. Im Augenblick duftete ihr Fleisch und ihre Seele unter dem zwiefachen Feuer besonders lieblich. Das eine Feuer zu löschen war nicht schwer. Gelang es dann auch, des zweiten Herr zu werden, war sie gekocht. Schon in jungen Jahren. Eine Gefährtin, die ihm wohl anstand. Angenehm, mit ihr zu spielen, angenehm, mit ihr zu raten und zu taten. Er fühlte sich sehr hingezogen zu diesem Experiment. Dann besaß er nicht nur eine hübsche Puppe mehr in seinem Harem, auch ohne sie würde daran nie Mangel sein, dann bekam die hübsche Puppe auch noch einen freien, hellen Kopf. Selbst unter Männern ist das selten. Unter Frauen wäre es einfach eine Rarität, wie sie nicht wieder anzutreffen war.

Er rief Bibi-Dschanem wieder herbei. »Ich werde mit Natascha an den Urmiasee reisen. Du und zwei Dienerinnen für Natascha reisen mit, zuverlässige Dienerinnen, auf die wir uns verlassen können, verstehst du?«

Die Alte nickte eifrig.

»Zwei Zelte werden mitgenommen, Vorräte und der Koch. Alles andere besorge ich selbst. Drei Stunden vor Sonnenuntergang brechen wir auf. Für zwei, drei Wochen.«

Verwundert, beunruhigt hörte Natascha zu. Rot schoß es ihr in die Wangen. Dann trat alles Blut wieder zurück zum Herzen. Ganz durchsichtig war ihre Haut. Man konnte von ihr ablesen, was hinter ihr vorging. Man brauchte ihr gar nicht in die Augen zu sehen. Köstlich war diese Haut, belebt von Blut und Seele. Alle Geheimnisse des Herzens sprachen aus ihr. Welch ein herrliches Instrument, wenn es erst wieder rein auf ihn gestimmt war.

Er erhob sich. Natascha sprang auf. Wie eine Feder so leicht. Er trat auf sie zu. Sie wich vor ihm drei Schritte zurück, ein einziger Ausdruck des Schreckens. Er trat nicht näher, versuchte nicht, sie zu berühren. Ein so köstliches Instrument behandelt man nicht wie eine Trommel.

»Drei Stunden vor Sonnenuntergang. Perwareh bleibt zu Hause«, sagte er zu Bibi-Dschanem und verschwand durch die Büsche, um auf den Hof zu gehen und dort seine Anordnungen zu treffen.

Eine schöne, bunte, aus Binsen geflochtene Sänfte wurde aus einem Stall gezogen und mit weichen Kissen ausgestattet. Die Diener hingen sie zwischen zwei deichselartige lange Stangen. Ein Maultier vorn, ein Maultier hinten. Die Enden der Deichseln lagen in Gurten, die den Maultieren über den Rücken gelegt wurden. Diese Sänfte war für Natascha bestimmt. Zwei große, hohe, vogelbauerartige Körbe erschienen, wurden gereinigt, mit Matten belegt und an einem gebogenen Tragholz einem starken Maultier rechts und links an die Seite gehängt. Diese Vogelbauer waren für die beiden Dienerinnen bestimmt, die jung waren und von keinem Männerauge erblickt werden durften. Bibi-Dschanem war alt. Für sie genügte ein Esel, auf dem sie, in ihre Burqä eingehüllt, zu reiten hatte. Lasttiere wurden mit Teppichkoffern, Truhen, Taschen, Säcken und Bündeln aller Art beladen. Drei schwer bewaffnete Reitknechte, der schwer bewaffnete Koch und ein Falkner mit dem wertvollsten Falken saßen auf. Man kam an Sumpfgegenden vorbei, wo Reiher horsteten. Die Reiherbeize war die beliebteste Jagd bei allen Vornehmen im Lande.

So setzte sich die Karawane mit Sureja auf Jussuf an der Spitze in Bewegung. Jussuf schrie, bockte, stieg und war kaum zu halten, so wenig hatte er sich in den letzten Tagen auslaufen können.

Erst als man die Stadt hinter sich hatte und weit und breit kein Mensch zu sehen war, durften die jungen Dienerinnen den Deckel von ihrem Vogelkäfig hochstoßen, den Kopf in die Luft strecken und den Schleier etwas beiseite schieben. Sie lachten und schwatzten über den Rücken des Maultieres miteinander. Herrlich war es, einmal etwas anderes zu sehen als den Harem und den Garten. Direkt ein Abenteuer war es. Wer weiß, was es noch alles zu erleben gab, nun die Welt ihnen einmal offen stand. Zwar schaukelten die Körbe, in denen sie saßen, oft recht unangenehm, so daß einem dabei direkt übel werden konnte, aber auch das war doch endlich einmal etwas anderes. Man mußte nur aufpassen, daß der Schleier schnell wieder über das Gesicht gezogen wurde, wenn einer der Diener nach vorne kam, und man mußte sich schleunigst in den Käfig zusammenducken, so daß der Deckel ganz von selbst wieder zufiel, wenn auch nur in der Ferne ein fremder Mann sichtbar wurde. Aber auch das war außerordentlich reizvoll und spannend, zumal es empfindliche Körperstrafen gesetzt hätte, bei denen nur das Gesicht verhüllt blieb, wenn trotz aller Vorsicht dennoch ein fremder Mann ihr Gesicht auf der Reise erblickt hätte.

Eine ganze Weile umritt in Galopp und Karriere Sureja in weitem Bogen die Karawane, wie der Hund seine Herde umkreist. So wurde Jussuf am schnellsten den Überschuß an Kraft los, der ihn vorläufig noch völlig blind und taub und sinnlos gegen alle Zucht, Dressur und verständige Erwägung machte. Vorläufig glich er mehr einem überhitzten Kessel, der jeden Augenblick zerspringen konnte, als einem edlen Pferd.

Auch die kurdischen Reitknechte lachten, schwatzten und ließen plötzlich unter wildem Geschrei ihre Pferde vorwärtsschießen wie Pfeile, die vom Bogen geschnellt werden. Auch ihnen waren Haus und Hof wie ein zu enger Käfig, dessen Gitter jetzt verschwunden war. Nur der Falkner und der Koch wußten sich zu zähmen, denn ihre Pflichten folgten ihnen und ließen ihnen nur wenig Freiheit. Bibi-Dschanem aber wäre lieber zu Hause geblieben. Da konnte man dem Herrn doch einmal aus dem Wege gehen, sich verstecken oder eine Weile taub stellen. Auf der Reise war das nicht möglich.

Sie stieß ihrem Esel die Fersen in die Rippen, und als das nichts half, drehte sie ihm den Schwanz, bis er sich in Trab setzte und zu der Sänfte zottelte. Sie war verhängt. Natascha hätte doch wenigstens die Vorhänge ein wenig lüften können. Schon der frischen Luft wegen. Bibi-Dschanem lauschte angestrengt. Kein Laut drang aus der Sänfte.

Plötzlich kam der Alten eine Erleuchtung. Der Urmiasee ist ein ganz unheimlicher See. Die Leute erzählen, daß er niemand annimmt und niemand in ihm ertrinken kann. Deshalb verbringen die Vornehmen auch gerne den Sommer mit ihrem Harem an diesem See. Wie manche Unglückliche hat schon den Versuch gemacht, sich in ihm zu ertränken. In der Sommerfrische paßt man ja nicht so genau auf, und es ist leichter für eine Frau, ihren Wächtern zu entwischen. Sie stürzt sich in den See und hofft, nun hat ihr Elend ein Ende. Aber sie geht nicht unter, so viel Mühe sie sich auch gibt. Es ist einfach unmöglich. Mit aller Gewalt kann man nicht das Gesicht unter das Wasser bringen, erzählen die Leute. Es bleibt oben wie ein Korken. Man braucht nicht schwimmen zu können und schwimmt doch auf diesem Wasser, das keinen Menschen aufnimmt, wie ein leichtes Brett. Schrecklich ist das. An diesem See, an dessen Ufer nichts wächst, weil alles mit Salz bedeckt ist, sollen auch uralte Teufelspriester wohnen. Äußerlich unterscheiden sie sich so wenig von anderen Mullas wie das Wasser des Urmiasees von anderem Wasser. Aber wer einen von ihnen erst einmal kennengelernt hat, weiß Bescheid. Sicher will der Herr Natascha zu einem solchen bringen, daß er den Iblis aus ihr austreibt, von dem sie besessen ist, dachte die Alte.

Die beiden Zelte wurden aufgeschlagen, die Pferde angepflockt, Maultiere und Esel blieben auch ohnedies in der Nähe. Der Koch bekam Arbeit und Bibi-Dschanem mußte ihm helfen.

Bleich lag Natascha in den Kissen in ihrem Zelt und sah angstvoll nach dem Zelteingang. Wenn der Herr sich doch auch jetzt nicht um sie kümmern wollte, wie er sich bisher auf der Reise nicht um sie gekümmert hatte.

Bibi-Dschanem brachte Tee und Essen.

»Wo ist der Herr?« flüsterte Natascha ängstlich.

»In seinem Zelt«, erwiderte die Alte, ohne sie weiter eines Blickes zu würdigen.

Nach einer Weile huschten die beiden jungen Dienerinnen in das Zelt. »Der Herr hat uns geschickt«, sagten sie. »Wir sollen bei dir bleiben und zu Diensten sein.«

Natascha atmete auf. Das bedeutete, daß er nicht in ihr Zelt kommen würde. Wie sehr dankte sie ihm dafür. Bald aber warf sie sich auf das Gesicht und schluchzte in die Kissen. Wie ganz allein war sie mit allem Gram und Kummer, wie ganz verlassen.

Als die Zelte abgebrochen waren und die Karawane sich wieder in Bewegung setzte, ritt Sureja neben der Sänfte, die verhängt war. Ungeduldig riß er den Vorhang zurück. Natascha duckte sich in die andere Ecke.

»Nimm dich zusammen und rücke näher heran«, sagte er unwirsch.

Sie wollte gehorsam sein, vermochte es aber nicht. »Sieh nur, wie Jussuf mich anstarrt«, rief sie erschrocken und hielt sich die Augen zu. »Als wollte er mich umbringen. Seine Augen sind schwarz vor Haß und rot vor Blut.«

»Seit wann fürchtest du dich vor den Augen eines Pferdes?«

»Seit jener Nacht sehe ich immer solche Augen.«

»Sieh mir in die Augen!« befahl er.

Sie rückte den Kopf noch weiter von ihm fort in die Sänfte, aber sah ihn zugleich an. Nein, in seinen Augen war kein Haß und kein Blut. Ruhig und klar blickten sie Natascha an. Rein und lauter wie die Frühe, der ein schöner Tag folgen wird. Aus ihnen drohte keine Gefahr. Nur warmes Licht und große Helligkeit. Da blieb kein Raum für dunkle Gespenster, Angst und Reue, wie sie die Nacht gebiert.

Er ließ die rechte Hand vom Zügel und wollte in die Sänfte greifen, um Natascha näher heranzuziehen. Kaum fühlte Jussuf die Lockerung, stieg er empor und drängte mit dem Hinterteil nach rechts, ließ dann die Vorderbeine wieder nieder und stemmte sich fest auf sie, um die Hinterbeine freizubekommen. Mit einem Ruck riß ihn Sureja herum, schlug ihm mit der Peitsche zwischen die Ohren und gab die Zügel locker, so daß er querfeldein brauste. »Verdammtes Vieh!« knirschte er und zog die Zügel langsam wieder an, um nicht die Gewalt über den Hengst zu verlieren. Hätte er ihn nicht gerade noch im letzten Augenblick herumgerissen, würde er mit den Hinterbeinen ausgefeuert und die Sänfte zerschlagen haben. »Eifersüchtiges Biest!« knirschte er und hielt das Tier mit einem Ruck an. Er sprang ab und sah ihm in die Augen. »Canaille!« Kleine, empfindsame Mädchen konnten sich schon vor solchen Augen fürchten. Ein feuriger Teufel saß in ihnen und kochte mit Blut.

Nun tätschelte Sureja ihm den starken, geschwungenen Hals, dessen Muskulatur sich hart wie Stein anfühlte, zwischen denen die Adern schwollen und stürmten wie ein Wildbach. »Dummes, prächtiges Stück Vieh!« sagte er und tätschelte ihm immer wohlgefälliger den Hals. »Der Satan haust auch in dir, Jussuf, aber du hast zu wenig Verstand, mein Pferd.«

Ehe sich Jussuf dessen versah, saß sein Herr wieder im Sattel und gab ihm die Sporen. Was man nicht im Kopfe hat, muß man in den Beinen haben. Er ließ ihn rennen. Immer in weitem Bogen um die kleine Karawane, bis er klatschnaß war. Den einen bringt der Verstand zur Vernunft, den anderen Schweiß und Arbeit oder eine Stute. »Da wir keine in der Nähe haben, bleibt dir nur Schweiß und Arbeit, du dummer Teufel.« Sureja lachte ingrimmig. Wie schwer es einem Vieh und Menschen machen können, wenn sie nicht genug Verstand haben.

Als die Zelte wieder aufgeschlagen wurden, ließ er Jussuf zwischen beiden anpflocken und die Hinterbeine durch einen Strick sichern, der um den Pflock geschlungen wurde. Er sollte sehen, daß er zu Natascha ins Zelt ging und sich daran gewöhnen, der eifersüchtige, dumme Narr.

Als der Herr eintrat, wollten die beiden Dienerinnen das Zelt verlassen, aber Sureja befahl ihnen, zu bleiben. Sie wollten sich möglichst weit fort von Natascha, um die sie beschäftigt waren, niederhocken, aber der Herr befahl ihnen, zu bleiben, wo sie waren, und Natascha weiter zu Diensten zu sein. Er setzte sich mitten im Zelt auf einen Klappstuhl und rief nach Bibi-Dschanem, daß sie Tee und Süßigkeiten brächte, während er sich eine Zigarette anzündete.

Die Dienerinnen wuschen Natascha Hände und Füße, rieben sie mit wohlriechenden Salben und Ölen, färbten ihre Nägel mit Henna und schmückten Hände und Füße mit Ringen, die besetzt waren mit vergißmeinnichtblauen Türkisen und roten Rubinen. Sie blickten fragend auf den Herrn, und er nickte. Da legten sie Natascha auch noch einen reichen Schmuck schwarzer

Perlen um den Hals und klemmten ihr zwei große Diamanten in die Ohrläppchen, die man nicht durchsticht, weil das häßlich ist.

»Eine so geschmückte Frau fürchtet sich auch vor dem Teufel nicht,« sagte Sureja, »höchstens fürchtet sich der Teufel vor ihr.«

Die Dienerinnen kicherten. Oh Ali! Wenn sie doch auch jemand so schmücken wollte, nur ein einziges Mal, nur für eine einzige Nacht.

Die Dienerinnen zogen der Herrin mit einem feinen Kohlenstift die Augenbrauen nach, daß ihr schöner Bogen sich kräftig über die Augen schwang. Fragend blickten sie wieder auf den Herrn, den Stift unsicher zwischen Daumen und Zeigefinger. Sollten sie den Bogen in einem zarten Strich über der Nasenwurzel zusammenlaufen lassen? Der Herr winkte ab.

Die Dienerinnen flüsterten mit der Herrin. Sie schloß die Augen. Nun schoben sie ein weißes Seidenband unter die langen Wimpern und strichen sie mit einer kleinen Bürste.

Bibi-Dschanem brachte Tee, Backwerk und Süßigkeiten und huschte so schnell wieder aus dem Zelt, wie sie hineingekommen war. Wie wurde Natascha aufgeputzt. Wie am Tage der Hochzeit. Wie eine Stunde nach dem Tod. Oh Ali!

Die Dienerinnen färbten der Herrin die Lippen mit Henna, rieben ihr die Schläfen mit einer Nelkenessenz und tupften ihr unter die Haarwurzeln, wo sie aus dem Nacken aufstiegen, einen Tropfen Rosenöl. Dann bedienten sie den Herrn und die Herrin mit Tee, Backwerk und Süßigkeiten. An der Zeltwand hockten sie sich auf den Zehen nieder und warteten weiterer Befehle. Sureja warf ihnen Backwerk und Süßigkeiten zu, die sie geschickt auffingen und fröhlich verzehrten.

Natascha saß unbewegt in ihren Kissen, starr und schmucküberladen wie ein Götzenbild.

»Trinke!« befahl Sureja.

Mechanisch führte sie den Tee an die Lippen.

»Ist er süß genug?«

Natascha nickte.

»Du solltest auch etwas essen, Natascha!«

Er sagte das in einem so scharfen Ton, daß sie erschrocken ein Stück Backwerk zum Munde führte. Es quoll ihr im Mund auf und würgte sie. Aber tapfer hielt sie dem Ekelgefühl stand und schluckte den Bissen hinunter.

Die Dienerinnen kicherten. Ein komisches Spiel, was der Herr und die Herrin da miteinander spielten. Sie waren wohl nicht vornehm genug, um es richtig zu verstehen.

Sureja zog seinen Klappstuhl etwas näher an Natascha heran. Sie sah ihm angstvoll in die Augen. Aber keinerlei Drohung lag in ihnen. Nur warmes Licht und große Helligkeit. Ihr Herz, das sprang, als läge es an einer zu kurzen Kette, legte sich nieder und beruhigte sich. Sureja konnte es an der Schlagader deutlich sehen.

Als sie ganz still geworden war, beugte er sich ein wenig vor und flüsterte: »Siehst du immer noch Gespenster?«

Natascha sah ihn immer nur an, als könne sie dadurch etwas von dem Licht und der Helligkeit seiner Augen in sich einsaugen. Hatte sie seine Frage überhaupt verstanden? Oder lechzte sie nur nach seiner Hypnose?

Er wandte den Kopf nach der Seite. »Bäs, genug!« Erschrocken huschten die beiden Dienerinnen aus dem Zelt.

Sureja zündete sich wieder eine Zigarette an und mied ihren Blick. Es hatte keinen Zweck, ihr böses Gewissen einzuschläfern, wenn es doch wieder aufwachte. Wenn der Tiefschlaf, in den er sie in jener Nacht nicht ohne Anstrengung versetzt hatte, nicht ausreichte, ihr Herz für immer zu heilen, sondern nur vorübergehend zu betäuben, wenn es jetzt schon wieder sich selbst fraß, blieb nur noch ein, Mittel, das böse Gewissen in ihr zu töten, ohne sie selbst zu töten. Wenn sie eine andere Frucht unter dem Herzen trug, blieb für keinerlei Gewissen mehr Platz. Mochte es sich in dem Kind einen Platz suchen, wenn es in neun Monaten immer noch nicht tot war. Sein Fleisch und Blut würde schon mit ihm fertig werden.

Er sprang so plötzlich von dem Klappstuhl auf, daß Natascha heftig erschrak und ganz weiß wurde vor Schreck. Er musterte sie einen Augenblick von oben herab. Seine Augen verdunkelten sich, als habe sich eine Wolke vor ihr Licht gelegt. »Ich rate dir, nimm dich zusammen. Ich habe deinen Dummheiten jetzt genug Zeit gegeben. Sind sie dir teurer als dein Leben, willst du sie weiter hegen und pflegen, dies neueste Spielzeug einer bitteren Laune?...« Er wandte sich jäh ab und schritt langsam, überlegend durch das Zelt. Zweimal, dreimal, dann trat er vor das Zelt.

Wo war denn Jussuf? Er hatte sich gelegt, witterte ihn, hob den Kopf und wieherte leise. Ganz zahm war er geworden. Recht so. Es müßte doch mit dem Teufel zugehen, wenn er nicht auch Nataschas Herr werden sollte. Ohne Suggestion, ohne Hypnose.

Er trat in das Zelt zurück. Mit weit aufgerissenen Augen starrte Natascha ihm entgegen. Diese Augen kannte er nicht. Sie gehörten nicht zu ihr. Ein Feind hatte von ihnen Besitz ergriffen und stierte ihn an. Fürchtete es ihn gar nicht, das dumme, störrische, böse Vieh, das ihn aus diesen Augen anglotzte?

Sein Gesicht verzog sich spöttisch. Er ließ sich neben Natascha in die Kissen fallen. Sie bewegte kein Glied. Ihr Mund war fest geschlossen, die Zähne zusammengebissen. Die Nüstern hatten sich ganz dicht an das Nasenbein angelegt, um nur ja keine Luft einzuatmen, die auch er atmete. Sie war wirklich wie von einem Iblis besessen, über den sie keine Gewalt mehr besaß.

Mit einem festen, raschen Griff packte er sie im Nacken, als fasse er damit den ihm feindlichen Iblis, der ihn unentwegt anglotzte. Ehe er sich dessen versah, fuhr sie ihm mit allen zehn Fingern in das Gesicht. Unwillkürlich gab er den Nacken frei. Blitzschnell biß sie sich in der Hand fest, die eben noch ihren Nacken umspannt hatte. Er sprang auf. Sie brach zu seinen Füßen zusammen und stöhnte: »Töte mich, töte mich.«

Kräftig hatte sie zugebissen. Nicht wie eine schwache Frau. Wie ein wildes Tier, das sich auf seine Zähne verlassen kann. Ganz vorsichtig befreite er den Fuß aus der Umschlingung ihrer Arme und ging, ohne noch einen Blick auf sie zu werfen, aus dem Zelt.

Jussuf lag immer noch, aber reckte ihm nicht den Kopf entgegen. Was trieb er? Sureja trat näher. Der Hengst hatte den Kopf seitwärts auf den Boden gelegt und biß und zerrte, nagte und riß an dem Strick, der seine Hinterbeine wehrlos machte. Ohne sich in seiner Befreiungsarbeit stören zu lassen, blickte sein rechtes Auge dabei böse, vorwurfsvoll, tückisch auf den Herrn.

Sureja lachte laut auf. Mit einem Satz stand der Hengst auf allen vieren und wieherte leise. »Bäli, Jussuf, bäli, jawohl, du bist immer noch das verständigste Tier in meinem Stall.«

Er befreite den Hengst von seinen Stricken und band ihn lose am Eingang zu seinem Zelt fest, so daß er den Herrn, der sich auf sein Lager warf, ins Auge fassen konnte, solange und sooft es ihn danach gelüstete. Er brauchte den Vorhang vor dem Zelteingang nur mit der Schnauze beiseite zu schieben und den Kopf vorzustrecken.

Am nächsten Tag, als die Sonne wieder mit aller Kraft brannte, rastete man in der Nähe eines Waldes. Da er noch einen weiten Schatten warf, wurden die Zelte nicht aufgeschlagen, sondern Kissen und Decken für Sureja und Natascha am Rande eines grünen Abhanges ausgebreitet. Die Dienerschaft richtete sich ein wenig abseits ein. An der einen Seite des Waldes, wo die Sonne nur für ganz kurze Zeit hervortreten konnte, wuchs das Gras so reichlich und üppig, daß man die Tiere getrost frei herumlaufen lassen konnte. So guter Weide blieben sie treu. Esel und Maultiere hielten sich in respektvoller Entfernung von den Pferden, und die Pferde wieder wußten, was sie Jussuf schuldig waren, und kamen dem Platz, den er sich ausgesucht hatte, nicht zu nahe. Setzte er die Füße weiter, wichen sie um ein angemessenes Stück zurück.

Bibi-Dschanem trug mit den beiden Dienerinnen Tee und Essen auf. Sie warf nur einen scheuen Blick nach Natascha, die wie eine Puppe ausdruckslos und steif in der Nähe des Herrn saß. In der Nacht hatte der Iblis wieder aus ihr gelärmt und gerufen. Ihr grauste vor dieser Herberge des Teufels, und sie beeilte sich, wieder aus seiner Nähe fortzukommen. Auch die jungen Dienerinnen warfen ängstliche Blicke nach der Herrin. Sie hatten sie in der Nacht jämmerlich um Hilfe schreien hören. Sie begriffen nicht, wie eine Frau, die so verwöhnt und geschmückt wurde, so großen Kummer haben konnte. Auch ihnen war etwas bänglich, ja, unheimlich zumute.

Sureja bemerkte das alles sehr wohl und bewegte nachdenklich seine Lippen. Maschallah, wie Gott will, ging es ihm durch den Sinn, und er beobachtete nur noch Jussuf, während er Tee trank, ohne das Wort an Natascha zu richten. Der Puppe war nicht mehr zu helfen, das Instrument war überempfindlich geworden und nicht mehr zu gebrauchen.

Jussuf umkreiste in einem weiten Bogen die beiden. Langsam wurde der Kreis enger. Fast unmerklich für den, der nicht darauf achtete. Das taten nur die Tiere, die langsam nachrückten und auffraßen, was Jussuf und Sureja übrigließen.

Geduldig und fromm wie ein Lamm zog Jussuf seine Kreise um die beiden. Nicht einmal die Fliegen, nach denen die anderen Tiere unermüdlich mit den Schwänzen schlugen, schienen ihn zu kümmern.

Jetzt änderte er ein wenig seine Taktik. Wenn er vor den beiden graste, zog er den Kreis nicht mehr enger und blieb in einer größeren Entfernung, die Augen nur dem grünen Futter zugewandt. Man mußte schon scharf zusehen, um zu bemerken, wie er dennoch zuweilen nach Natascha schielte, die regungslos dasaß und leer, ohne Ausdruck, in die Ferne starrte.

Hinter dem Rücken der beiden kam aber Jussuf immer näher. Sureja hörte ihn erregt schnaufen. Maschallah, wie Gott will.

Plötzlich stieß der Hengst einen wilden, gellenden Schrei aus, daß alle anderen Tiere mit gesträubter Mähne weit weg sprangen und Bibi-Dschanems Esel mit lang gestrecktem Kopf laut zu schreien begann. Ein ganz leichtes Knirschen, Nataschas Oberkörper flog zuerst nach vorn und sank dann mit einem leichten Seufzer leblos hinten über. Jussuf hatte ihr mit einem Tritt den Hinterkopf zerschmettert.

Sureja sprang auf und beugte sich über sie. Ihre Augenlider waren geschlossen, ihr Spiel war aus. Die Dienerinnen kamen herbeigeeilt, rauften sich die Haare, schlugen sich die Brust und wehklagten. Bibi-Dschanem kam und heulte.

Sureja richtete sich wieder auf und sagte leise: »Budä äst, sie ist gewesen.«

Nun klagten die Dienerinnen erst recht. Als sie aber merkten, daß Sureja keinerlei erkennbare Zeichen des Schmerzes äußerte, ließ ihr Wehklagen bald nach. Nur Bibi-Dschanem konnte sich nicht beruhigen. Es gab zu viel Ängste, Nöte, Sorgen, die sie sich bei dieser Gelegenheit vom Herzen heulen konnte, und sie fühlte deutlich, daß, je mehr sie schrie, ihr um so leichter wurde. Wie wohl das tat. Oh Ali, was hatte sie alles ausgestanden in diesen Wochen. Nun konnten Natascha und ihr Iblis sie nicht mehr verraten.

Jussuf stand dicht hinter der Toten, beugte den Kopf herab und schnupperte ihr über das Gesicht. Sureja zog ihn zurück und schwang sich in den Sattel.

Endlich waren auch die Reitknechte, der Koch und der Falkner näher gekommen. Den Dienerinnen befahl er, Natascha mit allem zu schmücken, was sie besaß. Dem Falkner befahl er, genau darauf zu achten, daß der Toten nichts gestohlen wurde. Der Koch und die Reitknechte hatten für die Beerdigung bei dem nächsten mohammedanischen Dorf zu sorgen. Dann warf er noch einen letzten prüfenden Blick auf die Tote, schade um das kostbare Instrument, und ritt fort.

Dreizehntes Kapitel

Der kurdische Begleiter hatte Hakob Akunian auf dem schnellsten Wege nach Maku zu bringen.
Dieser Weg war sehr anstrengend, denn er ging bergauf und bergab über Geröll und Gestein,
durch nackte Einöden, um den Bergkurden mit ihren Schafherden möglichst aus dem Wege
zu gehen, wenn sie auch die Makuer Kurden respektieren, denn Maku war ja ihr sicherster
Stützpunkt auf dem Wege nach Norden, und der Fürst von Maku der beste Abnehmer für ihre
Wolle. Aber wer es eilig hatte, wich ihnen aus, auch wenn er Blutsbrüderschaft mit diesem oder
jenem Stamm getrunken hatte. Traf man auf ihn, gab es einen längeren Aufenthalt, denn man
mußte für drei Tage die Gastfreundschaft des Stammes in Anspruch nehmen, ob man wollte
oder nicht, um ihn nicht tödlich zu beleidigen.

Aufgehalten wurde man aber ohnehin oft genug. Am schlimmsten war es, wenn wieder einmal der Steg über einem Abgrund, der sich nicht umgehen ließ, verschwunden oder nicht in
Ordnung war. Der Reisende mußte ihn dann selbst in Ordnung bringen oder neu bauen. Zwei
starke Baumstämme mußten gefällt, über den Abgrund gelegt, der Zwischenraum mit starken
Ästen und belaubten Zweigen ausgefüllt und dann noch eine Schicht von Erde und Steinen
darüber gestreut werden. Stunden nahm das in Anspruch. Fast noch lästiger aber war es, wenn
das Pferd mißtrauisch wurde. Kein persisches Pferd traut einem Steg, mag er dem Menschen
auch noch so sicher erscheinen. Es betastet ihn erst umständlich mit den Vorderhufen, bevor
es ihn betritt. Zieht es die Vorderbeine zurück, bringt es keine menschliche Gewalt über den
Steg; und man kann sicher sein, daß er unter ihm zusammenbrechen und Roß und Reiter in
den Abgrund befördern würde. Aber es gibt doch immer wieder Pferde, die, von der Ungeduld
des Reiters überwältigt, den Steg nicht vorsichtig genug prüfen, bevor sie ihn betreten. Schon
ist das Unglück geschehen. Das sind schlechte Pferde, denn ein Pferd muß klüger sein als sein
Reiter, um die Seele zu retten. Wenn man erst im Abgrund liegt, kommt die Erkenntnis zu
spät, daß man auf einem Pferde saß, das nichts taugt, das die Seele nicht rettet.

Der Kurde hatte seine liebe Not, den Fürsten sicher nach Maku zu bringen, denn er drängte immer ungestümer vorwärts, was sein Pferd mit der Zeit nervös und unsicher machte. Der
Kurde ließ daher bald den Fürsten überhaupt nicht mehr zuerst an einen Steg, und seine Hochachtung vor ihm nahm von Tag zu Tag ab. Das will nun ein Fürst sein, dachte der Kurde, ein
Mann, der sich vor allem doch noch besser in der Gewalt haben muß als gewöhnliche Leute und
benimmt sich so ungeduldig und ungebärdig. Freilich, es war nur ein Christ, und das erklärte
einigermaßen seine Unvernunft. Aber weshalb sein Herr soviel Wesens von ihm machte, wurde
ihm immer unverständlicher. Dieser christliche Fürst war eigentlich nur dann zu gebrauchen,
wenn die kleinen Bergschlangen frech wurden. So einem schwarzen Teufel mit einem kurzen,
harten, sicheren Schlag der umgedrehten Reitpeitsche den Schädel einzuschlagen, das verstand
er ausgezeichnet. Er sollte Mohammedaner werden. Vielleicht könnte dann doch noch ein tüchtiger Mann aus ihm werden.

Endlich erblickten sie das dürftige Tal, in dem Maku lag. Selbst für persische Verhältnisse
mehr ein kümmerliches Dorf als eine Stadt. Hier wohnte der Fürst von Maku? Der Kurde lächelte überlegen. Nicht hier, eine Parasange, sechs Kilometer entfernt lag das Schloß des Fürsten
und wurde nicht sichtbar, da ein Gebirgszug es verdeckte.

Der Kurde wußte nicht, was er tun sollte, denn sein Herr hatte ihm keinen diesbezüglichen
Befehl gegeben. Langsam ritten sie zu Tal. Sollte er den Fürsten direkt zum Schlosse bringen?
Aber das war doch wohl zu viel Ehre für einen Christen. Er beschloß, den Waffenmeister des
Fürsten, der in Maku selbst wohnte, um Rat zu fragen.

Auf der Bank im Hofe des Waffenmeisters saß ein zwölfjähriges Mädchen, seine einzige Tochter, frisch gewaschen, stark parfümiert, fein geschmückt und zum erstenmal die Augenbrauen
schwarz gefärbt, die Nägel mit Henna bemalt, umdrängt, bewundert von ihren Gefährtinnen
und den weiblichen Gästen des Hauses. Unendlich stolz und beglückt sah die Kleine um sich,
denn morgen würde ihr der Schleier angelegt, morgen war ihr Hochzeitstag. Möglichst weit fort

von ihr auf der Bank saß der Bräutigam, ein Dreizehnjähriger, umdrängt von seinen Verwandten, die eifrig auf ihn einsprachen, bald scheltend, bald lachend. Aber der Bräutigam wollte sich durchaus nicht trösten lassen. Er schluchzte und weinte, und manchmal heulte er sogar laut auf vor Kummer. Er hatte durchaus keine Lust, die Lasten eines Ehemanns jetzt schon auf sich zu nehmen. Er wollte spielen, reiten, Schafe weiden, aber nicht heiraten. Jedoch die Eltern hatten es beschlossen, und der Waffenmeister war der wichtigste Mann in der Stadt, dem niemand einen Wunsch ausschlagen durfte.

Als der Waffenmeister aus dem Haus gerufen wurde, umdrängt von vielen Gästen, heulte der Bräutigam erst recht hemmungslos, so daß es für seine Verwandtschaft eine Schande war. Bis er jäh verstummte und sich eilig die Tränen aus den Augen wischte, weil seine Mutter ihm zugeflüstert hatte, ob er denn gar keine Angst vor dem Waffenmeister habe, der im ganzen Land dafür bekannt war, daß niemand so fein und genau wie er alle Gifte kannte und zu benutzen wußte. Dann doch immer noch lieber mit zusammengebissenen Zähnen heiraten, dachte der Bräutigam und schluckte allen Kummer in sich hinein.

Hakob Akunian verstand zwar nur wenig Kurdisch, aber an der Ratlosigkeit des Waffenmeisters, der den Brief Surejas unentschlossen zwischen den Fingern hielt, nachdem er erfahren hatte, daß es sich um einen Christen handelte, erkannte er doch die allgemeine Verlegenheit. Er befahl dem Kurden, der ihn hierher geleitet hatte, den Brief noch heute abend dem Fürsten zu überbringen, das Weitere werde er in einem armenischen Hause abwarten, wohin ihn sein Begleiter geleiten sollte. Alles war erleichtert, und der Kurde führte den Fürsten auf seinem Pferd langsam durch die Gassen in das Armenierviertel.

Nun war es Nacht geworden, und Hakob Akunian lag erschöpft, leicht fiebernd und voller Unruhe, die ihm wie ein Haufen Ameisen über die Haut und durch die Adern lief, in dem engen, dumpfen, heißen Raum, den ihm das erstbeste armenische Haus, an dem er angeklopft hatte, sofort und willig einräumte. Es waren sehr arme Leute, aber er war so zerschlagen, daß er keine Lust hatte, noch weiter zu reiten; und gerade diesen armen Leuten konnte seine Anwesenheit von größerem Vorteil sein als einer wohlhabenden armenischen Familie.

Das Haus war eine jener Hütten aus Lehm und Büffelmist, durch einige Bretter und junge Baumstämme gestützt, wie er ihnen überall in diesem Fürstentum begegnet war. Mehr als Milch und Brot, ein paar Gurken, Kürbisse und Melonen besaß das alte Ehepaar nicht, das ihn so zuvorkommend aufgenommen hatte. Neben der Hütte reckte sich ein Holzgestell aus geglätteten Baumstämmen viele Meter hoch in die Luft. In zwei Baumstämmen waren Querhölzer zu einer Leiter zusammengeschlagen, auf der man zu einer Art Plattform emporstieg. Auf ihr nächtigten die Hausbesitzer oder ihre Gäste an heißen Tagen.

Als es Nacht wurde, kletterte das alte Ehepaar zu diesem luftigen Nachtlager empor, das Hakob Akunian viel lieber gewesen wäre als der dumpfe heiße Wohnraum, der ihm überlassen wurde. Aber er wollte die alten Leute nicht kränken, die ihm ihr Haus anboten, und er fühlte sich fiebrig und so voller Unrast, daß er nicht sicher war, ob er in diesem Zustand am Ende nicht doch im Schlaf von der luftigen Plattform gestürzt wäre und sich alle Rippen gebrochen hätte.

So lag er denn allein in der Hütte, die außer ihm nur noch zwei junge Büffel beherbergte, die in einem offenen Verschlag untergebracht waren. Sie seufzten viel und schlugen mit den Schwanzquasten immer wieder nach den unzähligen Fliegen, die sich auf ihre haarlose Haut setzten. Hakob Akunian zog seinen Mantel über das Gesicht, auf dem sich immer wieder Scharen von Fliegen niederzulassen versuchten.

Ob Miryäm überhaupt noch im Harem des Fürsten lebte? Merkwürdig, daß er daran bisher eigentlich nie gezweifelt hatte, trotzdem doch viele Wochen vergangen waren, seitdem Sureja sie hierher hatte bringen lassen. Vielleicht war sie schon auf dem Herweg ihren Räubern entwischt? Das kam häufiger vor. Sureja war weit. Man brauchte ihm das ja nicht mitzuteilen. Ein zwölfjähriges Mädchen war doch keine solche Seltenheit, daß man von ihrem Verschwinden viel Aufhebens machte. Vielleicht auch war sie längst zu einer Nebenfrau des Fürsten geworden. Es war ein wenig viel verlangt für mohammedanische Begriffe, einem Christen ein persisches Mädchen aufzuheben. Es ging sogar jedem echten Mohammedaner gegen den Strich. Sureja mochte darüber anders denken, europäischer sozusagen, freier. Aber sein Bruder hatte sich bisher wenig in der nichtasiatischen Welt umgesehen. In ganz jungen Jahren war er einmal einem russischen Garderegiment attachiert worden, wie Sureja erzählt hatte, aber Rußland war immer noch mehr asiatisch als europäisch, wenn man von Petersburg absah; und soweit sich Hakob Akunian erinnerte, war der Fürst von Maku bei einem Regiment in Tiflis gewesen, das nur ganz oberflächlich russischen, aber keineswegs europäischen Charakter hatte.

Hakob Akunian riß den Mantel vom Gesicht und richtete sich auf. Irgend etwas Lebendiges hatte seine Füße berührt. Das Zimmer war schwarz vor Dunkelheit, so daß er nichts erkennen konnte. Jetzt glaubte er, schwere Schritte zu hören. Die Haustür stand offen. Draußen war es nicht so dunkel wie im Haus. Er erkannte den schwarzen Schatten eines Büffels, dann auch den des zweiten, die aus ihrem Verschlag ins Freie strebten. Vor Fliegen und Hitze hielten sie es offenbar nicht länger in der Hütte aus.

Er hörte, wie die beiden Büffel langsam, schwer, in gleichmäßigen Schritten um die Hütte wanderten, leicht schnaufend, mit den Schwanzquasten sich Rücken und Flanken klopfend.

Er erhob sich, schritt zur Tür und ließ sich vor ihr nieder. Die Büffel hatten ganz recht, hier war es weniger heiß und stickig als drinnen.

Er lehnte den Rücken an die Wand und sah den Sternen zu. Einige flackerten wild und hitzig. Ob es auf ihnen auch keine Ruhe gab? Andere blickten sehr streng, klar und unbewegt in den Raum. Wie unbestechliche Richter. Unbehaglich wurde einem dabei. Wieder andere blinzelten. Ganz verschmitzt und übermütig sah es aus. Als machten sie sich über die Erde und alles Gewürm auf ihr lustig. Komisch genug mochte die Erde ja für einen Beobachter in dieser Entfernung aussehen. Einige aber sahen bewundernd drein. Wie wohl auch ein Mensch vor einem Ameisenhaufen steht. Die einzelnen Ameisen zappelten sich schrecklich ab und mochten sich dabei für Augenblicke ganz unsinnig vorkommen. Aber schon aus der Entfernung des Menschenauges betrachtet, wie geordnet und sinnvoll erschien da jeder Ameisenhaufen. Für die einzelne Ameise, die sich an irgend etwas halbtot schleppt, ist das freilich nur ein magerer Trost. Auf einmal liefen die Sterne da oben sinnlos durcheinander, wie Ameisen. Für den Menschen aber war es schon gar kein Trost, das mit ansehen zu müssen. Wenn die Sterne nun auch nur der riesigen Entfernung wegen so friedlich und wohl geordnet ihre Bahn zu ziehen scheinen? Wenn man aber ganz dicht an sie herankam und näher zusah, am Ende war es dann auch nur ein sinnloses Durcheinander? …Die Sterne wurden blasser, ihr Licht wurde schwächer. Es war, als ob sie sehr müde würden und im nächsten Augenblick ebenfalls die Augen schlössen. Das beste, was man tun kann, wenn man sich hinreichend abgerackert hat und dann nicht einmal weiß, ob das Ganze überhaupt einen Zweck hatte.

Hakob Akunian fuhr auf, denn die Sonne stach ihm ins Gesicht. Er mußte tüchtig geschlafen haben. Die luftige Plattform war leer, die Büffel wanderten nicht mehr um das Haus. Er rieb sich die Augen und reckte sich. Ganz frisch und munter fühlte er sich. Ausgezeichnet hatte er geschlafen, und der Hunger knurrte ihm im Magen.

Da brachte auch schon die Hausfrau Milch, Brot und Tee vor die Tür. So gut hatte es ihm schon lange nicht mehr geschmeckt.

Er unterhielt sich mit ihr. Gewiß, der Fürst war gerecht und hielt seine Kurden in Zucht. Über Gewalttätigkeiten hatten die Armenier kaum zu klagen. Wenn nur das fruchtbare Land nicht so wenig und der Steine nicht soviel gewesen wären. Wenn nur die Täler nicht so schmal und die Berge so steil wären. Die Alte lächelte ein wenig trübselig. »Wir wollen nur immer an die Unseren in der Türkei denken, dann müssen wir schon zufrieden sein. Seines Lebens ist man wenigstens sicher. Doch wann ist der Mensch auf dieser Erde zufrieden? Es ist ihm nicht gegeben, seitdem er aus dem Paradies vertrieben wurde, und das ist lange her.«

Sie horchte und erhob sich mühsam. Flintenschüsse? Ach so, bei dem Waffenschmied wurde heute Hochzeit gefeiert. Doch nein, die Schüsse kamen näher, man hörte das Trappeln vieler Pferde. Die Alte schlug erschreckt die Hände über dem Kopf zusammen. Ein Wagen, von Bewaffneten eskortiert, kam im Galopp um die Ecke und hielt vor ihrer Hütte. Oh Ali! Ach so, es galt ihrem Gast. Gott sei gedankt!

Surejas Diener überreichte einen Brief des Fürsten, in dem er Hakob Akunian bat, sich des Wagens zu bedienen und bei ihm Wohnung zu nehmen.

Viel zu packen hatte er nicht, und da die Alte kein Geld nehmen wollte, beschloß er, ihr eine Ziege und Lebensmittel zu besorgen, so vieler er nur habhaft werden konnte.

Hakob Akunian trat an den Wagen. Es war eine leichte russische Kaljaßka, und der Kutscher thronte, obwohl es Sommer war, in einem schweren wattierten Mantel auf dem Bock. Man merkte, daß der Fürst von Maku einmal in Tiflis gelebt hatte. Vor das leichte Gefährt waren vier Hengste gespannt, je zwei nebeneinander. Auf jedem Handpferd saß ein Reiter. Seine Hände steckten dem Gast zu Ehren in weißen Baumwollhandschuhen, aber die Füße standen nackt in den Bügeln. Den Wagen umdrängte eine ganze Kavalkade von Soldaten, den Schaft der Flinten auf die Knie gestemmt.

Der Fürst sprang in den Wagen, die Pferde galoppierten an, und die Reiter schossen ihre Flinten ab, sowie sie ins Freie kamen. Das kann gut werden, dachte Hakob Akunian, und schon legte sich auch der leichte Wagen auf die Seite, und er flog in weitem Bogen auf den Boden.

Als sich das in wenigen Minuten zum drittenmal ereignete, trat Hakob Akunian zornig an den Kutscher heran, um ihn auszuschelten und deutlich seine Meinung zu sagen. Er schwieg aber betroffen, denn der Kutscher saß in seinem schweren wattierten Mantel zusammengedrückt wie ein Häuflein Unglück auf dem Bock, und dicke Tränen liefen ihm in den Bart. »Es brennt, es brennt!« jammerte er.

»Was brennt?«

»Es brennt, es brennt!« Er rieb sich ängstlich den Rücken. Wenn sein Herr von dem Unglück erfuhr, würde er furchtbare Schläge beziehen. »Es brennt, es brennt!«

Hakob Akunian lachte, sein Zorn war verflogen. Der arme Teufel hatte offenbar noch nie einen Wagen gelenkt. Er dachte wohl, zwischen Reiten und Fahren sei kein Unterschied. Aber schließlich war er nicht dazu da, um diesen Unglückskutscher im Fahren zu unterrichten.

»Ich werde zu Fuß neben dir hergehen, bis wir das Schloß erreicht haben.«

Der Kutscher heulte laut auf, denn wenn der Fürst das sah, ging es ihm erst recht schlecht. Also einigte sich Hakob Akunian mit dem Kutscher dahin, daß er kurz; bevor das Schloß in Sicht kam, wieder einsteigen würde, und der Kutscher nicht im Galopp, sondern im Schritt vorzufahren hatte.

So glich die festliche Einholung plötzlich einem Trauerzug, und der Kutscher hörte erst auf zu weinen, als der Fürst ihm feierlich versprach, seinem Herrn nichts zu erzählen.

Endlich war es so weit, daß Hakob Akunian wieder einsteigen mußte, und bei einer Biegung des schmalen Tales lag plötzlich das Schloß vor ihm, ein ganz europäisches Schloß, wie er deren namentlich in England viele gesehen hatte. Erst glaubte er, seinen Augen nicht trauen zu können. Eine Luftspiegelung, eine Fata Morgana? Aber nein, ein richtiges europäisches Schloß. Nach all den Hütten aus Lehm und Büffelmist, die er bisher in diesem Fürstentum zu sehen bekommen hatte, wirkte es um so verblüffender. Auch erinnerte es gar nicht an persische Bauten. Eine wirklich höchst absonderliche Überraschung.

Auf dem weiten freien Platz vor dem Schloß war ein großes Zelt aufgeschlagen, vor dem der Wagen hielt. Ein korpulenter, buntgekleideter Mann, der wie ein Eunuch aussah, stand am Eingang des Zeltes und geleitete ihn in sein Inneres, wo der Fürst ihn, umgeben von einer großen Zahl von Persern, erwartete. Woher kamen plötzlich all diese unverkennbar vornehmen Perser? Der Fürst, einen weißen Mantel um die Schultern geschlagen, erhob sich und begrüßte seinen Gast mit viel Würde. Weder äußerlich noch in seiner ganzen Art konnte Hakob Akunian irgendeine Ähnlichkeit mit Sureja entdecken. Wahrscheinlich hatten die Brüder verschiedene Mütter, wie es ja bei einem größeren Harem, der für einen reichen Mohammedaner einfach zu den Repräsentationspflichten gehörte, oft genug vorkam.

Die Perser gehörten zu einer Gesandtschaft des Schah, die erst vor wenigen Tagen aus Teheran angekommen war. Links neben dem Fürsten ein Neffe des ermordeten Schah. Es fiel Hakob Akunian auf, daß der Fürst diesen Ausdruck gebrauchte. Auch die anderen Perser stellte er seinem Gast vor und meinte, sie hätten es sich nicht nehmen lassen, ihn jetzt schon gemeinsam mit ihm zu begrüßen.

Jetzt hatte der Fürst von Maku eine große Ähnlichkeit mit der Art seines Bruders Sureja. Schon daß er den Neffen an die Ermordung seines Onkels erinnerte, und daß er die persischen Herren irgendwie zu der übertriebenen Höflichkeit genötigt hatte, ihn, einen Christen, schon vor dem Haus zu begrüßen, hätte auch Sureja fertig gebracht. Vielleicht war der ganze feierliche Empfang vor dem Hause sogar nur arrangiert worden, um die Perser damit ein wenig zu ärgern.

Es gab eine sehr lange, würdevolle, nichtssagende Unterhaltung, zu der Tee und Zigaretten gereicht wurden. Dann erhob sich der Fürst und trat mit seinen Gästen vor das Zelt.

Hakob Akunian konnte sich nicht enthalten, dem Fürsten seine Verwunderung über den unerwarteten Anblick dieses europäischen Schlosses auszudrücken.

Der Fürst lächelte, wie auch Sureja lächeln konnte, wenn ihn eine Bosheit kitzelte. »Sie haben ganz recht, sich beim Anblick dieses Gebäudes zu wundern, denn die Geschichte seiner Entstehung ist verwunderlich genug, und ich will sie Ihnen gerne erzählen, weil ich nicht befürchten muß, meine Gäste aus Teheran damit zu kränken, da ich annehmen darf, daß die Herren die Geschichte längst kennen.« Er sah sich freundlich im Kreise um, und die Perser aus Teheran lächelten, wenn auch etwas gezwungen.

Gemächlich Umschrift der Fürst von Maku mit seinen Gästen das Schloß und erzählte die Geschichte seiner Entstehung, die in der Tat nicht alltäglich war.

»Mein Vater war noch ganz ein Wolf, ein echter Kurde, wie Sunniten und Schiiten uns seither nennen. Namentlich in der Türkei ist der Name als Schimpf für uns gedacht. Wir Kurden selbst erklären den Namen ein wenig anders. Zur Zeit der Kreuzzüge soll sich nämlich ein Aelman, ein Ritter namens Wolf, zu uns mit seiner schönen Tochter verirrt haben. Sie hatte goldenes Haar, und unser Urahn verliebte sich in das Mädchen und nahm sie zum Weibe. Aber auch seine Untertanen verliebten sich in die neue Herrin, und so beschlossen sie, als ihr der erste Sohn geboren wurde, sich fortan mit dem Namen der Frau mit dem goldenen Haar, Wolf, das heißt Kurd, zu nennen.« Der Fürst lächelte. »Man gibt einem Volk einen Namen, um es dadurch in den Augen aller anderen verächtlich zu machen. Das so bestrafte Volk aber tut das beste, was es in solchen Fällen tun kann und macht für sich selbst aus dem Schimpfnamen einen Ehrennamen.«

Sie waren zur Rückseite des Schlosses gekommen, die schöne Gartenanlagen zeigte, und der Fürst bat seine Gäste, ein wenig anzuhalten und sich die Anlagen zu betrachten.

»Mein Vater«, begann der Fürst von neuem, »kam nie aus seinem Fürstentum heraus. Weder nach Teheran, obwohl man schon zu seiner Zeit begann, zwischen Teheran und Maku die freundlichsten Einladungen auszutauschen, noch nach Rußland oder gar wie mein Bruder Sureja nach Europa. Er war Großherr in seinem Fürstentum, und das genügte ihm. Damals lief die Karawanenstraße von Trapezunt nach Täbris noch dicht bei Maku vorbei. Inzwischen hat man sie längst ganz weit nach Süden verlegt, so daß sie mein Gebiet nicht mehr berührt.« Er lächelte wieder leise. »Der Karawanenweg ist dadurch ja auch verkürzt worden, wenn auch nicht gerade viel. Einst erfuhr mein Vater, daß die Königin von England dem damaligen Schah zu seinem Regierungsjubiläum reiche Geschenke zu übersenden gedachte, denn schon damals erhielten kleine Geschenke, auch große, die Freundschaft. Wenn es den Herren recht ist, können wir jetzt weitergehen!« Er neigte sich zu Hakob Akunian und flüsterte ihm russisch zu: »Als ich meinen Damen gestern abend von Ihrer Ankunft und meines Bruders Brief erzählte, baten sie mich, ihnen doch zu erlauben, Sie zu betrachten. Ich hoffe, sie haben Sie jetzt hinter dem Fenster dort hinreichend bewundert.«

Er wandte sich wieder persisch an seine Gäste: »Mein Vater erfuhr, daß eine ganze Karawane mit Geschenken der Königin von England für den Schah von Persien von Trapezunt aus nach Täbris und von dort nach Teheran aufgebrochen war. Mein Vater kannte, wie gesagt, Europa nicht, nicht einmal Rußland oder gar Persien, er war also gänzlich unzivilisiert, wie ich zu seiner Entschuldigung immer wieder betonen muß, ein Wolf, ein Kurd. Er überfiel die Karawane, als sie auf sein Gebiet kam und nahm an sich, was ihm gefiel. Was ihn nicht interessierte, ließ er mit der Karawane weiterziehen. Aber sehr vieles muß ihm gefallen haben, denn das Schloß ist heute noch voll davon. Unter dem, was in seinen Händen blieb, fanden sich auch mehrere Stiche von englischen Schlössern. Nach einem dieser Stiche, der ihm besonders zusagte, ließ er sich von syrischen Handwerkern dies Schloß bauen und stattete es mit den Geschenken aus, die nicht für ihn bestimmt waren.«

Der Fürst stand mit seinen Gästen wieder am Eingang. »Eigentlich gab es dabei für meinen Vater nur eine Schwierigkeit. Ein europäisches Schloß kennt keinen Harem. Ich war nicht in Europa, aber mein Bruder Sureja, der dort war, behauptet, die Europäer hätten das nicht nötig, denn sie könnten aus jedem Raum in jedem Haus einen Harem machen, wenn sie Lust dazu hätten. Mein Vater war jedenfalls dazu nicht zivilisiert genug, wußte sich aber trotzdem zu helfen, indem er einfach die linke Hälfte des Hauses zum Harem machte. Die rechte Hälfte und auch das Treppenhaus gehört den Männern.«

Der Fürst stieg mit seinen Gästen die schöne breite Wendeltreppe hoch in den ersten Stock und öffnete die erste Tür nach rechts. »Der schönste Raum in diesem Teil des Hauses. Mein Bruder nennt ihn den Herrensalon. Es ist mir eine besondere Freude, ihn für meine erlauchten Gäste aus Teheran stets zur Verfügung zu halten.«

Prachtvolle englische Möbel mit Seidendamast in Erdbeerrot überzogen. Ebensolche Seidenvorhänge an den gewaltigen Fenstern, die nach Westen gingen.

Der Fürst wandte sich an Hakob Akunian: »Sie wundern sich natürlich, daß England sich das gefallen ließ und daß auch der Schah die hohe Gnade hatte, meinem Vater zu verzeihen. Als ich noch sehr jung war, habe ich mich auch oft genug darüber gewundert. Bald aber kam ich zu der Erkenntnis, daß man dem Kurden einfach nicht die Ehre antun wollte, ihn ernst zu nehmen wie eine Macht, zu der man dann die Beziehungen abbricht, oder der man gar den Krieg erklärt. Wenn der Wolf ein Lamm frißt, bellen die Hunde, aber der Löwe bleibt großmütig. Er kann ja jederzeit so viel Schafe und Wölfe fressen, wie ihm beliebt, nicht wahr?«

Alle lächelten mehr oder weniger süß.

Hakob Akunian wurde immer ungeduldiger. Was war mit Miryäm? War sie auch unter denen, die ihn im Garten vom Haremsfenster aus betrachtet hatten? Strenggläubig schien auch dieser Kurde nicht zu sein, und er verstand es, seine Gäste auf die Folter zu spannen.

Wieder trat er zu Hakob Akunian und machte ihn auf die Bilder aufmerksam, die überall in prunkvollen Rahmen herumstanden und alle dasselbe darstellten, nämlich den Mörder des vorigen Schah. »Mein Vater liebte das Bild sehr und konnte gar nicht genug Reproduktionen von ihm in allen Größen in das Haus bekommen. Er verteilte sie über das ganze Schloß und verlangte von mir, daß sie erhalten blieben. Ich freue mich jedes Jahr, daß meine Gäste aus Teheran sich so gut an den Anblick gewöhnt haben. Ich wäre untröstlich, wenn das Bild sie störte, das ich als pietätvoller Sohn meines Vaters nicht entfernen darf.« Er verstand es wirklich, seine Gäste zu quälen.

An der Tür erschien wieder derselbe korpulente, buntgekleidete Mann, der wie ein Eunuch aussah, und meldete, daß das Essen bereit sei. Er schien eine Art Haushofmeister vorzustellen.

Der Fürst geleitete seine Gäste über einen Gang zu dem Speisezimmer, das man auch nach europäischen Begriffen einen Speisesaal nennen konnte. Es lag nach Norden und war am wenigsten heiß. Eine lange Tafel, die ganz nach russisch-europäischem Vorbild gedeckt war. Die Stiele der Messer und Gabeln üppig mit eingelegten Emailleblättern und -blüten in buntem, altbyzantinischen Stil bedeckt. Rechts vom Fürsten saß der Neffe des ermordeten Schahs, links Hakob Akunian. Hinter ihnen stand der Haushofmeister und Obereunuch. Am anderen Ende der Tafel der Koch, bereit, jede Schüssel vorzukosten. Zu jedem Gang gab es zuerst eisgekühlten Schärbät, bei jedem Gang aus einem anderen Fruchtsaft bereitet, dann Champagner.

Das Mahl dauerte lange und dem ungeduldigen Hakob Akunian kam es so vor, als dehne es der Fürst absichtlich in die Länge.

Nach dem Essen zogen sich die Perser in den ihnen zugewiesenen Herrensalon zurück und rollten sich auf dem dicken weichen Teppich zu einem Nachmittagsschläfchen zusammen. Der Fürst geleitete Hakob Akunian, hinter ihnen der Obereunuch, die Wendeltreppe hinab in das

Erdgeschoß, wo er eine Tür nach der linken Hälfte des Hauses öffnete und sagte: »Durch den Besuch aus Teheran sind die meisten Räume besetzt. Sie treffen es zu meinem Bedauern da nicht gut. Sureja hätte Sie darauf vorbereiten sollen, denn um diese Zeit ist jedes Jahr diese Gesandtschaft fällig. Er hat aber wohl nicht daran gedacht. Ich muß Sie also bitten, mit diesem Raum gütigst vorlieb nehmen zu wollen, bis mein Haus von den persischen Spionen wieder frei ist.« Er verneigte sich tief und konventionell vor dem Gast: »Möge Ihr Schlaf gut sein!« und zog sich zurück, ehe Hakob Akunian noch etwas erwidern konnte.

Hakob Akunian befand sich in dem üppigen Boudoir einer Haremsschönen. Der Duft einer verwöhnten, gepflegten, jungen Frau erfüllte die Luft des langen, schmalen Zimmers. Anderthalb Meter hoch waren in die Wände prachtvolle persische Kacheln in zartem Taubenblau eingesetzt, darüber bis zur Decke feine Plättchen aus funkelndem Silber. Die Decke war mit Paradiesbäumen bemalt, die weithin ihre Äste mit lockenden Früchten ausbreiteten. Zu Füßen der Bäume weideten friedlich Löwe, Wolf, Lamm und Reh. In den Zweigen sangen bunte Vögel und hockten braune Affen. Über die Bäume schwangen sich langgestreckte Silberreiher durch den lachenden blauen Himmel.

Vorsichtig drückte Hakob Akunian auf einen Türgriff aus vergoldeter Bronze, der einen Wolf in gestrecktem Lauf vorstellte. Die Tür öffnete sich nicht. Mit zwei Sprüngen war Hakob Akunian bei der Tür, durch die er eingetreten war. Derselbe Griff aus vergoldeter Bronze, derselbe Wolf in langgestrecktem Lauf. Die Tür war verschlossen. Immerhin ein üppiges Gefängnis. Er untersuchte das hohe Fenster auf der einen Schmalseite, die nach seiner Orientierung ins Freie ging. Es ließ sich leicht öffnen und das vergoldete Holzgitter davor ohne Schwierigkeit zerschlagen, wenn es nötig sein sollte.

Der Fürst lächelte. Ein echter Kurdenscherz. Wenn möglich, wollte man ihm einen kleinen Schreck einjagen. Dann dachte er vielleicht gar nicht an das Fenster. Vielleicht hoffte man, ihn dann ein wenig blaß und verstört auf den Kissen zu finden, wenn man die Tür wieder öffnete. Auch Sureja hätte sich die Gelegenheit zu einem solchen Scherz schwerlich entgehen lassen.

Ein prachtvoller Toilettentisch aus getriebenem Silber mit einem Dutzend Flakons aus Silber und Kristall darauf. Fast alle Flakons waren noch reichlich gefüllt mit Parfüms und wohlriechenden Essenzen. Auch silberne Dosen mit Puder und Schminken aller Art gab es. Das Boudoir schien bewohnt zu sein. Hatte man das verwöhnte Wesen, einfach ihm zu Ehren ausquartiert? Zwei silbergetriebene Kandelaber. Jeder mit sieben Armen, in denen dicke, hohe, honiggelbe Kerzen steckten. Gehörte das alles am Ende auch noch zu den Geschenken der längst verstorbenen Königin von England?

Bei dieser Vorstellung mußte er unwillkürlich lachen. Nein, das kam sicher nicht aus England, das alles war in der Grundform französisch und dann russisch ins Prunkvolle, Massige gesteigert. Was dem Fürsten von Maku der Handel mit Wolle doch alles einbringen mußte!

Er ließ sich in die üppigen Kissen fallen. Mit den Füßen drückte er auf den dicken, weichen Teppich in Silber und Graublau, der den Boden bedeckte. Es mußten mindestens drei Teppiche übereinanderliegen.

Wer bewohnte oder benutzte sonst dies Zimmer? Hoffentlich nicht Miryäm?

Die Tür zum Harem wurde geräuschlos geöffnet. In ihr erschien der Obereunuch, schob ein tief verschleiertes Wesen, das sich vergebens gegen seinen Griff wehrte, in das Zimmer und schloß sofort hinter ihm wieder die Tür. Jetzt hörte der Fürst auch, wie der Korpulente einen Riegel vorschob.

Hakob Akunian erhob sich. Die Verschleierte war zum Fenster geflüchtet und rührte sich nicht.

Sollte es Miryäm sein? Er hatte sich in diesen Wochen so viel mit ihr beschäftigt. Im Wachen und im Träumen. Sie waren einander dabei so vertraut geworden. Er konnte sich nicht gleich vorstellen, daß Miryäm sich vor ihm fürchtete, wie es die Verschleierte offenbar tat. Es konnte Miryäm nicht sein.

Er trat einen Schritt näher.

»Ich kratze«, flüsterte es hinter dem Schleier. Die Stimme kannte er nicht. Er hatte vergessen, daß er Miryäms Stimme bisher nur im Traum gehört hatte.

Er trat noch einen Schritt näher.

»Ich beiße«, flüsterte es hinter dem Schleier.

»Vielleicht haben Sie die Güte, den Platz mit mir zu tauschen? Ich stelle mich an das Fenster, und Sie lassen sich auf den Kissen nieder. Auf die Dauer wird es bequemer für Sie sein.«

Hinter dem Schleier schwieg es. Da sie gegen das Licht stand, konnte er nichts von ihrem Gesicht sehen, trotzdem der Schleier nicht dick war. Er tastete mit den Augen ihre Gestalt ab, aber sie war so dicht verhüllt, daß er nichts erkennen konnte.

»Belieben Sie sich zu den Kissen zu begeben, damit ich Ihren Platz einnehmen kann. Ich rühre Sie nicht an. Wenn Sie noch lange zögern, werde ich Sie dorthin tragen. Sie werden bemerkt haben, wie ich hoffe, daß ich der weitaus stärkere bin.«

Er trat beiseite. Sie huschte an ihm vorbei zu den Kissen. Eine Weile beobachtete sie ihn. Da er, wie versprochen, zum Fenster trat, ließ sie sich in den Kissen nieder.

»Sie können den Schleier beiseite nehmen, ich kenne Ihr Gesicht«, behauptete er kühn. Wer anderes sollte es sein als Miryäm? dachte er jetzt.

»Woher?« fragte sie verwundert.

Er nannte den Namen ihrer Heimatstadt. »Ich sah Sie bei einem Fest tanzen, das der Gouverneur gab.«

Verwundert schlug sie den Schleier zurück.

»Miryäm!« rief er und wollte auf sie zu. Doch ihr Gesicht wurde so böse, daß er es unterließ.

Sie erkannte ihn offenbar nicht wieder. Wie sollte sie auch? Er war einer unter vielen Gästen gewesen, und ihr Tanz galt jedem in jener Nacht, was so gut war wie keinem. Daß ihm das jetzt erst einfiel! Daran hatte er überhaupt noch nicht gedacht, und es war doch ganz selbstverständlich.

Er erzählte von jener Nacht. Er erzählte auch von dem Überfall, den die Kurden unternommen hatten, und bei dem sie geraubt worden war.

Immer verwunderter sah sie ihn an. »Sind Sie auch ein Kurde?«

Er nannte seinen Namen.

Ihr Mund verzog sich ein wenig geringschätzig. »Ein Christ.« Doch schon beherrschte sie sich wieder. Es war nicht klug, diesen Mann zu kränken, der ihr vielleicht nützlich sein konnte.

»Wo bin ich hier?« fragte sie.

»Hat man es Ihnen nicht gesagt?«

»Sonst würde Ich Sie nicht fragen«, meinte sie schnippisch.

»Dann werde ich es Ihnen auch nicht sagen«, erwiderte er ruhig.

Zornig fuhr sie ihn an. »Weshalb zerrt mich der Khayä hierher? Was soll ich hier? Wie kommen Sie hierher? Was wollen Sie hier? Sehen Sie nicht, daß hier ein Frauengemach ist?«

Der Fürst lächelte. »Das sind mehr Fragen, als ich auf einmal beantworten kann. Was ich hier will? Dich mitnehmen.«

Sie lachte höhnisch. Aber sie war doch ein wenig erschrocken, wie man ihr leicht ansehen konnte. »Sind Sie der Besitzer dieses Harems?«

»Nein, aber ein Freund des Besitzers.«

»Ein Isävi und ein Muselmann, die Freunde sind?« Das kam ihr sehr unwahrscheinlich vor. »So ist es.«

Nachdenklich und neugierig betrachtete sie ihn lange Zeit und meinte: »Dann mußt du sehr reich sein.«

Der Fürst lachte. »Du kannst nicht nur tanzen, sondern auch denken, wie ich sehe.«

»Ich kann noch viel mehr als tanzen und denken«, sagte sie stolz.

»Deshalb will ich dich mitnehmen.«

»Und wohin wollen Sie mich bringen, wenn ich mitgehe.«

»Nach Rußland.«

»Nach Musku, nach Pätär?« fragte sie neugierig.

»Wohin würden Sie lieber gehen?«

Sie lächelte listig. »Das kann ich erst sagen, wenn ich in Musku und Pätär gewesen bin.«

Er verließ das Fenster, ohne daß sie einen Einwand erhob und kam ihr näher.

»Ich würde dich zu meiner Souguli, meiner Lieblingsfrau machen, nicht zu einer Hävu, zur Mitfrau.«

»Du hältst mich immer noch für dumm. Ein Isävi hat keinen Harem.«

»Deshalb kann ich dich doch zur Souguli machen.«

»Man ist so allein, wenn man in keinem Harem ist. Schrecklich muß das sein.«

Er ließ sich in ihrer Nähe nieder, ohne daß sie ihm wehrte. »Ich denke es mir angenehmer für eine Frau, viele Dienerinnen zu haben, als Nebenfrauen.«

»Dann sind die Dienerinnen Nebenfrauen. Wo ist da der Unterschied?«

»Das verstehst du nicht.«

»Wie soll ich mich dafür interessieren, wenn ich es nicht verstehe?«

Mit einem schnellen Griff faßte er ihren Kopf und küßte sie.

Schon war sie seinen Händen entschlüpft und stand auf den Füßen.

»Wollen Sie nicht wieder Platz nehmen?«

»Wenn Sie sich wieder an das Fenster begeben.«

»Und wenn ich es nicht tue?«

Sie tastete nach dem Türgriff, dem bronzenen Wolf in gestrecktem Lauf.

»Sie erlauben, daß man Sie einschließt?« fragte sie spöttisch.

»Da ich mit Ihnen eingeschlossen bin.« Er stand auf. Sie maßen sich wie zwei Gegner. Er war natürlich stärker, so gewandt und geschmeidig sie auch war. Er ging zum Fenster zurück. Sie ließ sich wieder in den Kissen nieder.

»Haben Sie ein Haus in Musku oder in Pätär?« fragte sie nach einer Weile.

»Ich habe ein Haus in Choi, ich habe ein Haus in Tiflis, und es gibt Häuser in Rostow, in Musku und Pätär, an denen ich beteiligt bin. Auch in Baku und Barum.« Er hatte ja an all diesen Orten Bankfilialen oder war liiert mit Banken in diesen Städten.

Sie seufzte leicht. »Ich möchte immer nur tanzen.«

Er lächelte. »So tanze.«

»Wie soll ich tanzen ohne Musik?« fragte sie vorwurfsvoll.

»Also werde ich morgen einen Flötenspieler mitbringen.«

»Hier ist es zu eng«, meinte sie geringschätzig. Ihr Fuß schlüpfte aus dem leichten Schuh und prüfte den Boden. »Hier kann man überhaupt nicht tanzen. Zu viele Teppiche.«

Er kam wieder langsam näher. »Es gefällt dir in diesem Harem?«

Sie seufzte. »Ich kann nur Nebenfrau werden.«

»Ist die Hauptfrau schön?«

Ihre Lippen schürzten sich geringschätzig. »Eine Russin. Der Herr sieht nur sie. Sie hat ihm den Sohn geboren.«

»Und doch kannst du Nebenfrau werden?« Er saß wieder neben ihr.

»Wenn ich mir Mühe gebe, warum nicht?«

Er streckte sich aus, so daß sein Kopf in ihrem Schoß zu liegen kam. Sie hatte dagegen nichts einzuwenden.

»Ist der Herr sehr reich?« fragte sie.

»Ich glaube schon«, erwiderte er und haschte nach ihrer rechten Hand. Sie überließ sie ihm. Er spielte mit den schönen, kräftigen, gepflegten Fingern. Er zog die Hand an seinen Mund und drückte einen Kuß auf ihre Innenseite.

Nachsichtig entzog sie ihm die Hand und fragte: »Bist du reicher als er?«

Er haschte wieder nach ihrer Rechten und zupfte am Daumen. Dann spreizte er ihn ab von der Hand und zupfte am Zeigefinger. Dann am Mittelfinger, am Ringfinger, am kleinen Finger.

»Wieviel ist das?« fragte sie.

»Rate, Miryäm khanum.«

Ihr Gesicht rötete sich. Daß er sie Frau nannte, schmeichelte ihr. Sie beugte sich vor, so daß sie ihm in die Augen sehen konnte.

»Jeder Finger für sich?«

Er küßte die Spitze jedes Fingers.

»Jeder Finger tausend Tuman?« fragte sie atemlos.

Er haschte auch nach ihrer anderen Hand und küßte jeden Finger.

Sie neigte sich tiefer über ihn, um ihm schärfer in die Augen sehen zu können. »Zehntausend Tuman?«

Er nickte. Blitzschnell hob er die Arme und zog ihren Kopf zu sich herab, den er mit Küssen bedeckte, bis sie sich ihm wieder entzog. Aber ganz sanft und vorsichtig. »Du tust mir weh«, sagte sie entschuldigend.

Sie rückte von ihm ab, so daß sein Kopf in die Kissen fiel, schlängelte sich behend um ihn herum, so daß sie ihm jetzt zur Seite saß und direkt in die Augen sehen konnte. »Zehntausend Tuman?« wiederholte sie ihre Frage mit eindringlichem Ernst.

»Zehntausend Tuman für jeden deiner zehn Finger, Miryäm khanum.«

Einen Augenblick rechnete sie. »Hunderttausend Tuman?« Zornig sprang sie auf. »Du lügst!«

Er blieb ruhig liegen, wie er lag, und lachte.

Sie stampfte mit den Füßen. »Du lügst!«

Er lachte.

Tränen traten ihr vor Zorn in die Augen. »Du lügst!«

Er lachte immer hemmungsloser, denn er mußte plötzlich an allerhand Liebesromane denken, die er in Paris gelesen hatte. Der Kontrast zu dem Liebesgespräch hier war zu grotesk.

Sie kniete neben ihm nieder, trommelte mit beiden Fäusten auf seine Arme. »Sag', daß du lügst!«

»Aber ich kann das doch nicht sagen, Miryäm, wenn es wahr ist. Sei doch nicht so dumm!«

»Warum kaufst du mich dann nicht?« rief sie zornig.

»Aber von wem, Miryäm khanum? Der Onkel, die Tante sind tot, so viel ich weiß.«

»Von dem Herrn!« rief sie.

»Von welchem Herrn?« fragte er unsicher.

»Von dem Herrn, in dessen Harem ich bin«, sagte sie eifrig.

»Aber der will ja gar keinen Preis.«

»Das ist nicht wahr!« Empört sprang sie auf und dann brach sie schluchzend zusammen, verzweifelt über die Schande, die er ihr angetan hatte.

Der Fürst erschrak und sah verlegen drein. Da hatte er etwas Schönes angerichtet. Das kommt davon, wenn man kein Mohammedaner ist und zu lange in Europa war. Jetzt hatte er sie wider Willen wirklich schwer beleidigt und gekränkt. O weh. Was nun?

»Verzeihe mir, Miryäm, ich habe die Unwahrheit gesagt.«

Sie hob das tränenfeuchte Gesicht aus den Kissen. Es kam ihm jetzt erst recht reizend vor. Er wollte sie in die Arme schließen, aber sie wehrte empört ab. Zu tief war sie gekränkt worden.

»Ich bin kein Muselmann, du mußt mich recht verstehen. Ein Isävi kauft keine Frau, bevor er weiß, ob sie auch zu ihm will.«

»Du hast mich tanzen gesehen und willst mich umsonst haben«, schluchzte sie.

»Weil ich dich tanzen sah, will ich dich haben. Meinst du, ich hätte sonst die weite Reise hierher gemacht? Und meinst du, dein Herr ließe mich mit dir allein, wenn er nicht wüßte, daß ich ein reicher Mann bin, dem es auf Geld nicht ankommt? Aber bevor ich dich kaufe, will ich wissen, ob auch du mich haben willst. Ich bin ein Isävi, Miryäm.«

Sie hatte sich erhoben und ging langsam zum Fenster. Er ging ihr nach und drängte: »Willst du mich haben, Miryäm?«

Sie hatte sich die Augen getrocknet, sah ihn mißtrauisch an und sagte: »Das weiß ich jetzt nicht mehr.« Zu schwer hatte er sie beleidigt.

Es klopfte an der Tür, die zum Harem führte. Ärgerlich fuhr er herum. Für heute hatte er es mit Miryäm verdorben, das sah er deutlich. Er rief laut: »Bäli, ja!«

Der Eunuch steckte den Kopf durch die Tür.

Der Fürst küßte Miryäm die Hand. »Erlauben Sie, Miryäm khanum, daß ich Sie bitte, mich morgen wieder hier zu besuchen?«

Sie nickte stolz und unnahbar und verschwand im Harem.

So eine Dummheit! Hakob Akunian hätte sich die Haare raufen können. Lebte er immer noch nicht lange genug in Persien? Sie kannte ihren Wert. Wenn der Europäer von der Frau eine Mitgift verlangte, war das wirklich soviel edler, als wenn die Frau einen Preis verlangte, weil sie sich als eine Kostbarkeit wertet, die man nicht verschenkt wie eine Gurke oder eine Zwiebel? Weshalb sollte eine Frau nicht lieben können, wenn sie wie jede Kostbarkeit einen Preis haben wollte? Gar zu töricht hatte er sich betragen.

Die Tür nach dem Treppenhaus wurde von dem Eunuchen geöffnet. Den vergoldeten Schlüssel überreichte er dem Fürsten mit einer tiefen Verbeugung. »Ganz zu Ihren Diensten.«

Hakob Akunian bat um eine Zigarette. Als der Eunuch sie ihm reichte, überreichte er ihm einen größeren Geldschein.

»Möge ich dein Haupt umkreisen. Ich will für Sie zum Opfer werden. Ihre Freude mehre sich«, sagte der Eunuch, folgte ihm in den ersten Stock und öffnete die Glastür zu einer großen Veranda, auf welcher der Fürst von Maku saß und rauchte. Von dem weißen Mantel, dem Zeichen seiner Würde, schien er sich zu keiner Tageszeit trennen zu können.

Als sie sich nach der Begrüßung gesetzt hatten, entschuldigte sich der Hausherr nochmals, daß er seinem Gast kein bequemeres Zimmer hatte zur Verfügung stellen können und daß er ihm seine Frau nicht vorstelle. Er lächelte. »Trotzdem sie Russin ist, wünscht sie, auf die hiesigen Sitten Rücksicht zu nehmen. Schon der Dienerschaft wegen muß ich ihr nachgeben, obwohl ich über diese Dinge für meine Person ganz europäisch, das heißt russisch denke.« Er lächelte stärker. »Ich finde übrigens, unsere mohammedanische Sitte hat doch auch ihr Gutes und Angenehmes. Wenigstens denke ich es mir auf die Dauer sehr lästig, im ganzen Haus auf Schritt und Tritt immer seine Frau um sich haben, wie es in Rußland der Fall ist. Lästig ist das für beide Teile. Schließlich kann dabei nur ein Zwitterleben herauskommen, nicht männlich, nicht weiblich. So behält jedes seine eigene Welt, die nur für ihn paßt und in der er leben kann, wie es seiner Natur entspricht. Das gibt die männlichsten Männer und die fraulichsten Frauen. Wenn die Frau etwas will, schickt sie den Eunuchen. Wenn der Mann etwas will, geht er zur Frau.«

»Darüber kann wohl nur die Praxis entscheiden«, meinte Hakob Akunian. »In ihr habe ich noch keine Erfahrung, um mir ein Urteil bilden zu können.«

Wieder lächelte der Fürst von Maku. »Ich habe Ihnen auch noch ein Kompliment zu bestellen. Mein ganzer Harem, der uns sehr kritisch gemustert hat, ist sich darüber einig, daß Sie unter meinen Gästen diesmal am besten aussehen.«

Hakob Akunian wurde fast etwas verlegen, so unerwartet kam ihm dieser Ausspruch aus dem Mund eines Mohammedaners.

»Ich bin nicht nur in Ihren Augen ein schlechter Muselmann,« sagte der Fürst mit leichter Ironie. »Übrigens machte Sureja in seinem Brief Andeutungen über Pläne, die Sie und er mit mir zu beraten hätten. Ich stehe ganz zu Diensten. Oder wünschen Sie, daß wir erst die Ankunft meines Bruders abwarten?«

»Wenn Sie erlauben, scheint mir das praktischer zu sein.«

»Ganz wie Sie wünschen.«

Der Obereunuch tauchte wieder auf und flüsterte mit seinem Herrn.

»Die Gäste aus Teheran sind aufgewacht. Wenn Sie erlauben, lasse ich sie hierher bitten?«

»Ich bin Ihr Diener.«

Man saß zusammen, plauderte, trank Tee und machte einen kleinen Spazierritt, um sich auf die Abendmahlzeit vorzubereiten. Man aß zu Abend, trank Schärbet, plauderte, bis man wieder müde wurde und schlafen ging.

Der Obereunuch neigte sich zum Ohr Hakob Akunians. »Befehlen Sie, daß ich das Mädchen auf Ihr Zimmer bringe?«

Hakob Akunian hatte Mühe, seinen Schreck zu verbergen. »Gott behüte. Ich habe Miryäm khanum gebeten, mir morgen nach dem Essen um dieselbe Zeit wie heute die Ehre ihres Besuches zu erweisen.«

Der Obereunuch und Haushofmeister verneigte sich tief. »Bei meinen Augen!«

Am nächsten Nachmittag erschien Miryäm unverschleiert, und der Khajä brauchte sie nicht in das Zimmer zu zerren.

Als der Khajä den Riegel vorgeschoben hatte, sagte sie ernst: »Wollen Sie sich bitte an das Fenster begeben.«

Lächelnd tat es Hakob Akunian.

Sie machte es sich in den Kissen bequem und schlüpfte aus den leichten Schuhen, die ihr lästig waren.

Er wollte näher kommen, aber er blieb am Fenster, als sie sagte: »Wollen Sie bitte bleiben, wo Sie sind.«

Die gemessene Art der Zwölfjährigen machte ihm Spaß.

»Haben Sie mit dem Herrn gesprochen?«

»Natürlich habe ich mit ihm gesprochen.«

»Welchen Preis hat er gefordert?«

»Zehntausend Tuman«, sagte der Fürst aufs Geratewohl.

»Das ist zu viel, viel zuviel«, sagte sie ärgerlich.

»Ich kann das nicht finden,« meinte er lächelnd.

Aber sie blieb ernst und sagte: »Du mußt mit ihm handeln.«

»Was hieltest du denn für einen angemessenen Preis, Miryäm khanum?« fragte er neugierig.

»Fünftausend Tuman ist mehr als genug dafür, daß er mich hat rauben lassen.«

»Also fünftausend Tuman, wie du befiehlst?«

»Hast du sie auch?« fragte sie mißtrauisch.

»Wenn der Herr glaubt, zehntausend fordern zu können, werde ich wohl fünftausend haben.«

Das schien ihr einzuleuchten.

»Wann gibst du sie ihm?«

»Wann du befiehlst.«

»Beeile dich nicht zu sehr, sonst wird er wieder unverschämt und erhöht die Summe. Sei klug und mache es ihm nicht zu leicht. Biete erst viel weniger, ganz wenig, zweitausend Tuman.«

»Und wenn er mit zweitausend einverstanden ist?« fragte er neckend.

Sie rümpfte verächtlich die Nase. »Dann ist er nicht wert, daß er mehr als tausend bekommt.«

Er lachte hell auf.

»Du scheinst kein sehr ernster Mann zu sein«, meinte sie vorwurfsvoll.

»Magst du nur ernste Männer?«

»Ich mag keine jungen Männer, die immer lachen und lustig sind.«

»Vielleicht bin ich dir zu jung?«

Sie prüfte ihn aufmerksam. »Du bist gerade an der Grenze, um ernst werden zu können. Ich hoffe, du wirst es.«

»Ich werde mir Mühe geben, Miryäm khanum.« Er wollte zu ihr auf die Kissen, aber sie wehrte ab.

»Warte noch einen Augenblick.«

Sie erhob sich, trat auf den Teppich und warf die leichte Burqä ab, die sie eingehüllt hatte. Sie stand in einem Tänzerinnenkostüm vor ihm, wie er sie bei dem Gouverneur gesehen hatte. Sie kam langsam auf ihn zu, wiegte sich, drehte sich, neigte sich, stemmte die Hände in die Hüften, ließ die Lider wie Vorhänge über die Augen fallen, schlug sie wieder hoch und tänzelte immer näher heran. Er sollte sich selbst davon überzeugen, daß er bei fünftausend Tuman nicht übervorteilt wurde. Als sie dicht vor ihm stand, warf sie ihm schnell die Arme um den Hals und küßte ihn, daß es wie Feuer brannte. Im nächsten Augenblick aber hatte sie schon wieder die Burqä umgeworfen und lächelte ihn an.

Sie war zufrieden mit der Wirkung. Hakob Akunian stand immer noch bewegungslos auf demselben Fleck, so überrascht hatte sie ihn.

Sie ließ sich wieder in die Kissen fallen und lachte laut und vergnügt. Er brauchte sich ihrer nicht zu schämen, schien ihr. Kokett blinzelte sie ihm zu. »Sie können ein wenig näher kommen, Agha.«

Wahrhaftig, sie hielt ihn zum Narren, sie spielte mit ihm, diese Zwölfjährige.

Er ließ sich neben ihr nieder.

»Wann werden wir reisen, Agha?«

»Ich erwarte hier noch jemand.«

»Eine Frau?«

»Einen Mann.«

»Kann das noch lange dauern?«

»Acht bis zehn Tage.«

Sie nickte befriedigt. »Khub äst, gut.«

»Du hast es nicht eilig, von hier fortzukommen, wie mir scheint.«

»Wenn du drängst, wird der Herr den Preis zu erhöhen trachten.«

Hakob Akunian wurde ärgerlich. Ihre Gedanken schienen sich nur darum zu drehen.

»Wohin reisen wir von hier?« fragte sie neugierig.

»Nach Tiflis«, sagte er, weil es ihm gerade einfiel. Die Geschäfte, die er nun lange genug vernachlässigt hatte, riefen ihn dringend dorthin.

»Wo sind wir hier?«

»In Maku.«

Das sagte ihr offenbar gar nichts.

»Was tun wir in Tiflis?«

Er lachte. »Meine Mutter besuchen.«

»Ist sie eine alte Frau?«

»Weshalb interessiert dich das, Miryäm khanum?«

»Weil Mütter es nicht leiden können, wenn ihre Söhne sich Frauen nehmen. Sind die Mütter alt, ist es nicht mehr ganz so schwer für sie. Was ist sie für eine Frau?«

Er lachte, denn er wußte nicht, wie er dieser jungen Perserin eine Vorstellung von seiner Mutter geben sollte.

»Ist sie eine böse Frau?«

»Nein, Miryäm khanum, das ist sie nicht.«

Sie seufzte erleichtert. »Das ist gut.«

»Aber sie ist eine strenge Frau«, sagte er, weil er neugierig war, zu erfahren, was sie dazu sagen würde.

»Das sind alle Frauen, wenn sie alt werden«, meinte Miryäm, und sie fand das offenbar ganz selbstverständlich. Es machte weiter keinen Eindruck auf sie.

»Lebt sie von dir oder lebst du von ihr?«

»Jeder hat genug, um für sich zu leben.«

»Wenn sie von dir lebte, wäre es leichter für mich«, meinte Miryäm.

»Wie alt bist du eigentlich, Miryäm?«

»Es fehlt nur noch wenig bis zu dreizehn«, sagte sie etwas bekümmert, denn mit zwanzig war man ja schon keine junge Frau mehr. Nur noch sieben Jahre bis dahin. Kinder machen alt. Aber man verliert den Mann, wenn man ihm keinen Sohn gebiert. Das ewige Dilemma in jedem persischen Frauenleben.

»Hat sie gut getanzt, als sie jung war?« fragte Miryäm.

»Das weiß ich wirklich nicht, Miryäm.«

»War sie die Tochter eines Bauern?« fragte sie erschrocken.

»Nein, Miryäm, wie kommst du darauf?«

»Dann hätte sie arbeiten müssen und nie tanzen gelernt.«

Wie sollte er ihr klar machen, daß eine Frau reich sein kann und doch arbeiten? Vorläufig war ihr das überhaupt nicht klar zu machen. Er schwieg besser davon. Sonst gab es wieder Mißverständnisse. Vielleicht erschrak sie sogar über die Möglichkeit, einmal selbst nicht nur tanzen zu können, daß sie ihm jetzt noch einen Korb gab. Der Kaufpreis, von dem er gesprochen hatte, um sie nicht zu kränken, war ja noch nicht bezahlt. Damit war sie nach ihrer Auffassung noch frei und zu nichts verpflichtet. Er aber wollte sie unter allen Umständen festhalten. Jawohl, er liebte sie, er liebte sie leidenschaftlich.

»Habe ich Sie gekränkt, Agha?« fragte sie besorgt.

Er streckte die Arme nach ihr aus und küßte sie. Eine Weile ließ sie ihn gewähren. Dann aber befreite sie sich aus seinen Armen, lief zum Spiegel, der über dem Toilettentisch hing und betrachtete ihr Gesicht und ihr Kostüm sehr eingehend. Mit einem leichten Vorwurf meinte sie: »Sie sehen doch, Agha, ich habe mich als Tänzerin angezogen.«

Er lächelte. »Wann werden Sie sich für mich zum Küssen anziehen, Miryäm khanum?«

Sie warf ihm einen koketten Blick zu. »Vielleicht in Tiflis, wenn ich erst die Madärzän, die Schwiegermutter, gesehen habe, die keinen Mann mehr hat, was schade ist, denn mit dem Pädärzän hat man es leichter, wenn man jung ist.«

»Woher weißt du, daß mein Vater nicht mehr lebt?«

»Dann hättest du zuerst von ihm gesprochen und nicht von der Mutter.«

Sie ließ sich wieder an seiner Seite nieder, und sie plauderten, bis der Khajä wieder klopfte.

Wieder verabschiedete er sich feierlich. »Darf ich hoffen, Sie morgen wiedersehen zu dürfen, Miryäm khanum?«

Ehe er sich dessen versah, sprang sie ihm an den Hals und siegelte seine Lippen mit langen, heißen Küssen. Der Khajä war kein Mann. Vor ihm brauchte sie sich nicht zu genieren. Aber zur Not konnte sie ihn zu Hilfe rufen, wenn Hakob Akunian Agha zu heftig wurde.

Ehe er sich dessen versah, war sie schon hinter der Tür zum Harem verschwunden, die der Khajä verriegelte.

Sie konnte einem schon den Kopf verdrehen. Scheinbar noch ein Kind und zugleich doch schon ein ganz raffiniertes kleines Frauenzimmer. Wie es ihr gerade zweckmäßig erschien. Die Sinne schon wach, aber völlig beherrscht. Beides verdankte sie wohl dem Tanz. Aber das schweifte bei ihr alles noch ins Allgemeine und Weite, hatte sich noch nicht an einen einzelnen verloren. Er würde alles daran setzen, dieser einzelne zu werden, aus dem allein der einzige werden kann.

Endlich verabschiedeten sich die Perser feierlich in großer Audienz von dem Fürsten von Maku, der nicht verfehlte, zu versichern, daß er, sobald es die Verhältnisse gestatteten, nach Teheran aufbrechen und sich dem Zufluchtsort der Welt, dem Schatten Gottes, dem Sultan, Sohn eines Sultans, Gott erhalte seine Herrschaft, zu Füßen legen werde.

Für die Perser hatte es keinen Zweck, länger zu verweilen. Auch der jetzige Fürst war immer noch Großherr in seinem Fürstentum wie sein Vater. Seine Reiterei war stark, zuverlässig und gut ausgerüstet. Er hatte sie den Gästen wiederholt vorgeführt. Der Waffenschmied, den sie ein wenig ausgehorcht hatten, hing fest an seinem Herrn. Mit dem Christen war auch nichts zu machen. Man mußte sich auch weiterhin in Geduld fassen. Es ist kein Schutz und keine Macht außer bei Gott, dem Erhabenen und Erlauchten!

Einen Tag später erschien Sureja, der bei dem Waffenschmied gewartet hatte, bis die Perser abgereist waren.

»Wenn Sie wünschen, steht Ihnen ein geräumigeres Zimmer zur Verfügung«, meinte der Fürst zu Hakob Akunian.

»Ich wäre Ihnen zu Dank verpflichtet, wenn Sie mir erlauben wollten, zu bleiben, wo ich bin, bis ich wieder abreisen kann.«

»Ganz zu Ihren Diensten«, erwiderte der Fürst.

Auch Sureja verzog keine Miene. Damit war diese Angelegenheit für die beiden Kurden erledigt. Hingegen kostete es viel Mühe und bedurfte sehr vieler Unterredungen, bis der Fürst von Maku auch nur begriff, worum es sich bei den Plänen seines Bruders und des Armeniers eigentlich handelte, so fern lagen ihm solche Gedanken. Eine Art Vertrauensverhältnis zwischen

Kurden und Armeniern, wo fast jeder Kurdenstamm den anderen bekämpfte, und doch wohl auch die Armenier, die teils in Rußland, teils in Persien, teils in der Türkei wohnten, Interessen hatten, die sich schwerlich miteinander vertrugen, einander oft genug sogar, so weit er sah, entgegengesetzt waren? Er konnte zunächst nur immer wieder den Kopf über so phantastische Pläne schütteln. Es kostete Hakob Akunian große Mühe, Sureja dahin zu bringen, daß er wenigstens die Geduld nicht verlor und allzu heftig wurde.

Wenn man als Ziel beabsichtigt, die Türkei zu erobern, dafür könnte man ganz Kurdistan gewinnen, meinte der Fürst von Maku. »Das versteht jeder Kurde, dafür wäre vermutlich jeder zu haben, wenn man für die nötigen Waffen sorgt, und was sonst noch dazu gehört.«

»Das finde ich nun wieder phantastisch«, sagte Sureja ärgerlich.

»Zugegeben,« erwiderte der Fürst, »aber die Massen kannst du überhaupt nur für phantastische Pläne gewinnen. Du kannst ihnen sagen, wenn ihr mir folgt, werdet ihr in einem Jahr die Herren von Stambul sein. Du mußt die Frist kurz stellen, so kurz als möglich, denn was in zehn oder zwanzig oder noch mehr Jahren sein wird, interessiert die Massen nicht. Was morgen sein wird oder spätestens in einem Jahr, dafür sind sie zu gewinnen. Ein Braten, der ihnen nicht so dicht vor der Nase aufgehängt wird, daß sie ihn riechen, lockt sie nicht. In zehn Jahren sind wir tot, sagen sie. Was hilft uns dann noch der schönste Braten, denken sie. Du willst ihnen aber nicht einmal die Herrschaft über Stambul als Braten vor die Nase hängen. Lohnt es sich dann überhaupt, einig zu werden? Dann bleibt doch alles besser, wie es ist, indem jeder für sich seinen kleinen Vorteil sucht, so gut es geht. Das ist doch wenigstens etwas Sicheres. Und dann noch gar mit den Armeniern sich verbinden, ohne Stambul als lockenden Braten? Dann bringt es doch mehr ein, ihnen ihr Geld abzunehmen, ihr Vieh, ihre Mädchen und Frauen wie bisher. Auch das ist etwas Sicheres, worin man Erfahrung hat.«

»Es handelt sich ja vorläufig noch gar nicht um die Massen, sondern nur um ihre Führer. Auch nicht um jeden Dummkopf unter ihnen, sondern nur um ein Dutzend kluge Köpfe, die sich auch unter ihnen finden müssen. Und was die Massen angeht, habe ich, wenn wir erst soweit sind, einen ganz anderen Plan. Ich werde ihnen überhaupt keinen Braten vor die Nase hängen, mit dem sie dann doch nichts anzufangen wissen. Aber ich werde ihnen, wenn es soweit ist, Derwische wie Blutegel ansetzen, die sie so wild machen, wie wir es brauchen gegen die Sunnis. Sie verstehen es, auch aus Kurden fanatische Schiis zu machen. Darauf verlasse ich mich bei der Masse lieber als auf den schönsten Braten.«

Der Fürst sah seinen Bruder fragend an. »Yäzidian, Teufelanbeter?«

Sureja nickte. Der Fürst von Maku verfiel in Nachdenken, und Hakob Akunian verzog keine Miene, so tief er auch erschrocken war. Also das waren Surejas letzte Absichten, von denen er bisher noch nicht gesprochen hatte? Unmöglich, daß er dazu seine Zustimmung geben konnte. Er wollte schon Einwendungen machen, als ihm einfiel, das seien Sorgen, die noch in weiter Ferne lagen. Sureja hatte damit wohl zunächst auch nur auf seinen Bruder Eindruck machen wollen und dachte selbst im Ernst nicht an solchen Wahnsinn. Mit den Kurden konnte man ja überhaupt nur deshalb an ein Zusammenarbeiten denken, weil sie schlechte Mohammedaner waren. Wurden sie fanatisiert, waren nicht nur die Sunniten, sondern erst recht die Armenier nicht vor ihnen sicher.

Sureja lächelte. Es war nicht schwer für ihn, Hakob Akunian anzusehen, was er dachte. Aber der Weg bis zu seinem Ziel war noch weit. Nur der Weg war aktuell, nicht sein Ziel. Im Augenblick war die Hauptsache, daß er seinen Bruder nachdenklich gestimmt hatte. Er hätte darüber natürlich auch mit dem Bruder unter vier Augen sprechen können, aber wozu? Mitgegangen, mitgehangen. Nach dem Sieg über Scharef würde der Armenier noch eine weite Strecke mit ihm gehen. Wie er mit ihm. Das genügte vorläufig. Nur schadet es nichts, wenn man jetzt schon die Stelle zeigt, wo das letzte Stück Weg wirklich gefährlich wird. Ob er dann noch mitklettern kann, steht bei ihm. Sollten sich die Wege trennen, nimmt er die Höhe allein. Im Tal kann man sich wieder treffen, wenn Hakob Akunian für sich und die Seinen einen weniger gefährlichen Umweg vorziehen sollte.

So gingen die Gespräche zwischen den dreien noch manchen Tag, bis der Fürst von Maku soweit war, anzuerkennen, daß ein Versuch sich lohne, wenigstens die besten Köpfe unter den kurdischen Stämmen, mit denen man nicht in direkter Feindschaft lebte, also vermutlich einige Häuptlinge unter den Bergkurden und einige Khane im eigentlichen Kurdistan über den Plan auszuhorchen. Vorläufig aber nur in den Gegenden am kleinen und am großen Zab, an der persischen Grenze und in der persischen Provinz Ardelan, nicht in der Gegend von Diarbekr und Bitlis, wo die Türkei herrscht und die Kurden durch sie daran gewöhnt sind, sich an Armeniern schadlos zu halten, wenn ihnen irgend etwas wider den Strich geht. Auch Ostanatolien kam aus demselben Grunde vorläufig nicht in Betracht.

Je mehr man sich in die Einzelheiten des Planes vertiefte, um so klarer wurde es, daß man am schnellsten von der Stelle kam, wenn man zunächst die wichtigsten Kurden in Stambul aufsuchte, deren direkter Einfluß in Kurdistan besonders groß war. Da nun auch Hakob Akunian erklären mußte, daß seine besten Leute in Pera und Galata saßen, sowie man über Persien hinausgriff und vorerst nicht an die Armenier in Rußland dachte, denen die türkischen Nöte nicht so unmittelbar auf den Nägeln brannten, kam man zu dem Ergebnis, daß eine Reise nach Stambul der nächste Schritt sei, der unternommen werden mußte. Hatte Sureja diesen und jenen der führenden Kurden, die in Stambul lebten, ernstlich interessiert, und gelang Hakob Akunian dasselbe bei seinen Leuten, war Stambul auch der gegebene Ort, diese Leute vor allem an einem Tische zusammenzubringen, damit sich einer zunächst einmal an den Geruch des anderen gewöhnte, wie Sureja sich ausdrückte.

»Und was wird die türkische Polizei dazu sagen?« fragte der Fürst von Maku lächelnd.

»Wir werden nicht verfehlen, sie sofort aufzusuchen und um ihre Zustimmung zu unseren Absichten zu bitten«, spottete Sureja.

»Wann können Sie reisen, Durchlaucht?« fragte Sureja den Armenier.

Hakob Akunian überlegte. »In drei, vier Wochen wird es möglich sein. Vor allem muß ich nach Tiflis. Die Geschäfte verlangen es dringend.«

Sureja wandte sich lachend an seinen Bruder. »Der Fürst ist auch Bankier. Ich hatte es schon fast vergessen. Übrigens kann ich ihn dir dringend auch als Bankier empfehlen. Oder interessiert Sie Wolle nicht, Durchlaucht?«

»Durchaus, mein Prinz.«

»Sehen Sie sich meinen Bruder an, wie er lebendig wird. Ich schätze, über Wolle verständigen Sie sich mit meinem Bruder leichter als über Politik.«

»Es ist auch das weitaus anständigere Geschäft von beiden«, sagte der Fürst von Maku gemessen.

»Es geht nur um Geld und nicht um Menschen«, meinte Hakob Akunian nachdenklich.

»Wir brauchen beides«, entgegnete Sureja trocken.

»Wann können Sie in Stambul sein?« fragte Hakob Akunian.

»Jederzeit. Mich hält kein Geschäft hier fest. Wenn Sie drei, vier Wochen für Tiflis brauchen, treffen wir uns also in vier Wochen, damit Sie reichlich Zeit haben.«

»Also in vier Wochen. Ich wohne bei Tokatlian.«

»Ein Armenier?«

Hakob Akunian nickte.

»Ich im Pera Palasthotel. Zu einem anständigen Kurdenhotel haben wir es noch nicht gebracht.« Leise fragte er französisch, denn in einer orientalischen Sprache wäre es für ihn unmöglich gewesen: »Und wie denken Sie es mit der Kleinen zu halten?«

»Ich nehme sie mit, wenn Sie gestatten?«

»Nach Tiflis? Zu Ihrer Maman? Soweit ich den Vorzug habe, die Fürstin zu kennen, ich hatte ja nur einmal bei Ihnen das Vergnügen, ich muß Sie schon wieder bewundern, Durchlaucht. In welcher Lage Sie sich auch befinden, Sie sind und bleiben ein mutiger Mann.«

»Es ist nicht immer angenehm, aber immer noch das beste, Hoheit.«

»Aber Sie sind doch in vier Wochen in Stambul?«

Hakob Akunian lachte. »Darauf können Sie sich verlassen.«

»Das ist die Hauptsache ... Warten Sie einmal, da fällt mir etwas ein ... das trifft sich ja ausgezeichnet. Da kann ich mich ja mit eigenen Augen davon überzeugen, ob mein Experiment restlos gelungen ist.«

»Was für ein Experiment?«

»Erinnern Sie sich nicht mehr an den türkischen Spion, und was ich ihm befohlen habe?«

Hakob Akunian erinnerte sich im Augenblick nicht.

»Wir kommen noch zurecht zum Ramasan. Erinnern Sie sich jetzt? Ich sagte dem türkischen Hund: Am Abend des ersten Tages im Ramasan springst du von der neuen Galatabrücke und ertrinkst ... Erinnern Sie sich? Jetzt werde ich mich persönlich davon überzeugen können. Schon darum lohnt sich mir die Reise nach Stambul.«

Vierzehntes Kapitel

Sureja hatte dem Fürsten geraten, sich eine Dienerin aus dem Harem seines Bruders für ein paar Wochen zur Begleitung Miryäms auszubitten. Sonst würde sich die junge Perserin unmöglich unter den neuen, für sie fremden Verhältnissen zurechtfinden können. »Der Vogel fliegt Ihnen fort, bevor Sie in Tiflis sind, und ich möchte doch, daß Ihre Maman ihn sich wenigstens vorher ansieht. Auch würde ich es erst wagen, fremde persische Dienerschaft ins Haus zu nehmen, wenn der Vogel zahm geworden ist. Sonst hält sie sich an die Landsleute und nicht an Sie. Vielleicht ist ein Fanatiker unter ihnen, der zum nächsten Mulla läuft und von Entführung schreit. Wenn ein Mulla erst zu toben anfängt, ist der Teufel los. Ich habe den kleinen Raubvogel ja kennengelernt, als ich ihn für Sie fing. Er hat nicht gerade Lammblut in den Adern, wie ich glaube. Lassen Sie sich von meinem Bruder eine Kurdin mitgeben, die aufpaßt, daß der Vogel im Käfig bleibt und nicht gleich persischen Leuten in Tiflis etwas vorzwitschert, wenn er wild wird. Sonst treffe ich Sie in vier Wochen sicher nicht in Stambul, denn dann hat man Sie inzwischen erdolcht oder vergiftet, oder Sie laufen Ihrem Vogel nach, der fortgeflogen und nicht mehr leicht zu fangen ist.«

Hakob Akunian erkannte sofort, daß dieser Rat gut war, aber die Worte, in die er gekleidet wurde, mißfielen ihm um so mehr. Er fragte Miryäm selbst, und da sie sehr von dem Vorschlag entzückt war, bat er den Fürsten um eine kurdischa Dienerin, die dieser ihm bereitwillig zur Verfügung stellte.

Schon als man über den Araxes war und russisches Gebiet betrat, hatte er allen Grund, Sureja dankbar zu sein. Er hatte Eilpost bestellt, und Miryäm war entzückt von dieser bequemen Art zu reisen und nicht in einem Korb oder in einer Sänfte befördert zu werden, aber sie hüllte sich dicht in ihre Burqä und war nicht zu bewegen, das Gesicht zu entblößen. Auf tausend Schritt sah jeder, daß in dem Wagen eine Perserin saß und neben ihr ein Mann, der kein Mohammedaner war. Nun halten zwar auch die Armenierinnen, die in Persien groß geworden sind, stets den Mund verhüllt, geben aber wenigstens die Augen frei oder legen nur einen ganz dünnen Schleier vor das Gesicht, daß ihr Atem nicht direkt mit dem Atem eines fremden Mannes in Berührung kommen kann. Aber Miryäm empfand das als so schamlos und so bäurisch, daß die Kurdin große Mühe hatte, sie dahin zu bringen, wenigstens die Augen freizugeben, so lange der Wagen in Bewegung war. Die russischen Kutscher, Pferdeknechte und Posthalter kümmerten sich zwar nicht im geringsten darum, da aber bei jeder Poststation die Pferde gewechselt wurden, was alle drei bis vier Stunden geschah und immer einigen Aufenthalt machte, so brauchte nur ein Mohammedaner aus dem Posthaus zu treten oder in der Nähe des Posthauses zu stehen, um aufmerksam zu werden, denn die Perserin in ihrem sackartigen Überwurf mußte ihm auffallen.

Erst als man auf einer Station einen Eilpostwagen traf, in dem eine vornehme Russin saß, und die Kurdin an Hand dieses Beispiels Miryäm klarmachen konnte, daß in Rußland nur Bauernweiber ihr Gesicht verhüllen, Damen aber ihr Gesicht zeigen, entschloß sich die Perserin, fortan wenigstens die Augen frei zu lassen. Hakob Akunian hätte das nie zustande gebracht, denn ihm, dem Christen, hätte sie es nicht geglaubt. Der Kurdin und Mohammedanerin glaubte sie es. »Du siehst doch, daß die Frauen es hier überhaupt besser haben«, flüsterte die Kurdin. »Sie hocken nicht in einem Korb, sondern sitzen bequem in einem Wagen wie du auch und niemand wundert sich, wenn sie ihr Gesicht zeigen. Kein Mensch achtet darauf.«

Das war Miryäm schon aufgefallen. Auch war es natürlich viel angenehmer, mit offenen Augen durch diese neue Welt zu fahren, die so viel bunter und abwechslungsreicher war als die ihr bekannte. Aber wenn auf einer Station zufällig der Blick eines Mannes sie streifte, erschrak sie heftig und sah ängstlich nach ihrem Herrn, ob er es nicht bemerkt hatte. Mund und Stirn würde sie niemals fremden Blicken preisgegeben haben. Dann besaß der Herr einen rechtskräftigen Grund, sie wieder fortzuschicken, und vorläufig gefiel ihr dies Leben ausgezeichnet.

Der Fürst hatte im obersten Stock seiner Bank in Tiflis eine geräumige Junggesellenwohnung, die ihm ein altes, zuverlässiges Tatarenehepaar in Ordnung hielt, dem der Koran längst gleichgültig geworden war; und dessen einziges Gesetz in dem bestand, was sein Herr befahl.

Von unterwegs hatte er dem Ehepaar telegraphiert mit dem Befehl, weder der Fürstin noch sonst jemand in der Bank Mitteilung von seiner Ankunft zu machen. Hier konnte er Miryäm mit ihrer Kurdin leicht und gut unterbringen und sicher sein, daß von ihrem Vorhandensein nichts bekannt wurde, solange er es nicht ausdrücklich befahl. An sich war ein solches Telegramm für das Ehepaar ja nichts Neues, denn Hakob Akunian erschien gerne unerwartet und plötzlich in einem seiner Betriebe. Es erhöhte ihre Sicherheit, da man nie vor ihm sicher war.

Am nächsten Morgen, als er die Bankräume betrat, telephonierte er sofort mit seiner Mutter. Sonst hätte es irgendein Angestellter ohne sein Wissen ja doch getan. Er sagte sich bei ihr für den nächsten Sonntag zu Tisch an. Bis dahin müsse sie ihn entschuldigen, da er außerordentlich viel Arbeit vorgefunden habe, wie sie sich ja denken könne. So, nun hatte er wenigstens bis Sonntag Zeit, zu arbeiten, nach dem Rechten zu sehen, die dringendsten Geschäfte zu erledigen und zu überlegen, wie er der Mama die Geschichte mit Miryäm am besten beibrachte. Sie gefiel ihm immer besser, er würde sich nicht mehr von ihr trennen. Daran war nichts mehr zu ändern. Aebädän, niemals!

Als er sich am Sonntag in seinen Wagen schwang, dachte er, die Haremserziehung hat wirklich mancherlei für sich. Miryäm fragt nicht, wohin ich gehe. Sie fragt nicht, wann ich wiederkomme. Der Fürst von Maku hatte nicht so unrecht mit seinem Lob des Harems. Schließlich blieb doch auch der Frau dadurch manche überflüssige Aufregung erspart. Jedenfalls war Miryäm bis jetzt durchaus damit zufrieden, daß die kurdische Dienerin sie bediente und das Tatarenweib sie verwöhnte. Wenn der Herr für sie Zeit hatte, gut. Wenn er keine Zeit hatte, maschallah, wie Gott will. Man hatte ohnehin genug zu tun, um sich zu pflegen und zu schmücken, zu erzählen und sich erzählen zu lassen. Nur einen Eunuchen, der die Flöte spielen konnte, hätte sie gerne gehabt. Ohne Musik war es nichts Rechtes mit dem Tanzen. Die Kurdin und die Tatarin verstanden leider nichts von Musik. Wenn der Herr einmal besonders freigebig gelaunt war, würde sie ihn um einen Flötenspieler bitten, damit sie nicht zu sehr aus der Übung kam. Der Tanz war ja auch das, wodurch sie den Herrn am sichersten und längsten an sich fesselte.

Hakob Akunian hatte seiner Mutter viel zu erzählen. Einige der jungen Leute, die Hakob nach Rußland geschickt, hatten die Fürstin auf Wunsch des Sohnes natürlich sofort aufgesucht, um ihr über den Zug gegen Scharef zu berichten, aber davon konnte der Sohn doch besser, genauer und ausführlicher sprechen als jeder andere, der ihrem Herzen ferner stand. Die Erlebnisse in Täbris waren ihr sogar ganz neu. Der Fürst verfehlte nicht, Sureja dabei in das beste Licht zu setzen. Sie ließ es ohne Murren über sich ergehen, wenn sie auch kein anerkennendes Wort dafür über die Lippen brachte. Sie konnte nun einmal diesen Kurden nicht leiden und traute ihm nicht über den Weg.

So vergingen Stunden, bis der Sohn auserzählt und die Mutter ihn hinreichend ausgefragt hatte. Endlich gab es die erste längere Pause im Gespräch, und der Sohn sah verloren und unzufrieden aus dem Fenster. Er zerbrach sich den Kopf über das Problem, das noch nie ein Sohn gelöst hat, wie man seiner Mutter etwas Unangenehmes so beibringt, daß sie es als angenehm empfindet.

Ist er am Ende schon wieder verliebt? dachte die Fürstin beunruhigt.

Hakob Akunian lächelte etwas gezwungen. »Da ist noch etwas, was im Grunde nur mich persönlich angeht, das dich aber trotzdem interessiert, wie ich dich kenne.«

»Also etwas mir persönlich Unangenehmes«, sagte sie trocken.

»Mir ist es jedenfalls sehr angenehm, Maman. Vielleicht gewinnst du es über dich, das dabei zu berücksichtigen.«

»Das fängt gut an, Hakob. Wenn es so weitergeht, bin ich auf das Schlimmste gefaßt.«

»Das beruhigt mich, Maman, denn mir ist es etwas sehr Gutes.« Er war in einen ganz falschen Ton hineingeraten, wußte es, konnte sich aber nicht wieder aus ihm herausfinden.

»Du schnappst ja förmlich nach Luft, Hakob? Sitzt du so auf dem trockenen?« Sie wußte, daß dies nicht der richtige Ton war, aber sie fand sich um so weniger aus ihm heraus, als sie immer noch keine klare Vorstellung davon hatte, was eigentlich los war.

Er macht ein Gesicht wie einer, der nach dem Messer greift, aber sich noch nicht recht traut, zuzustoßen, dachte sie. Wenn ich nicht seine Mutter wäre, zögerte er keinen Augenblick, dafür kenne ich ihn. Und jetzt weiß ich ganz genau, daß er sich schon wieder verliebt hat. Du lieber Himmel! Kaum hat er Scharef besiegt, da ist er mit Mühe und Not gerade noch dem Galgen Amenisams entschlüpft und schon spukt ihm wieder eine Frau im Blut. Ist denn das menschenmöglich?

Ärgerlich brummte sie vor sich hin: »Alles ist menschenmöglich, wenn die Natur ihren Willen haben will.« Nur die Unsicherheit des Jungen brachte sie um allen Verstand.

Es war Dämmerung im Zimmer. Sie stand auf und machte Licht. »Also stoß zu, Hakob, und zögere nicht länger. Was für ein Weib ist dir schon wieder als Engel direkt vom Himmel vor die Füße gefallen?«

Der Sohn mußte lachen. »Du unterschätzt mich, Maman. Es handelt sich immer noch um denselben Engel.«

Die Fürstin sah ihn ratlos an. »Ich denke, ein Kurde hat sie geraubt? Ich denke, du hast es mir selbst erzählt? Seitdem habe ich überhaupt nicht mehr an sie gedacht. Doch nein, das ist nicht wahr. Zuweilen habe ich doch noch an sie gedacht. Aber dann habe ich mich damit getröstet, daß der Kurde ihr wohl bald zum Paradies verhelfen würde, ohne zu überlegen, ob Mohammedanerinnen überhaupt dahin kommen können. Für die Perser hat die Frau, so viel ich weiß, ja überhaupt keine Seele. Wohin mit ihr, wenn sie endlich tot ist?« Sie brach ab. Was schwatzte sie denn für dummes Zeug zusammen. Des Jungen Verrücktheit machte sie selbst verrückt.

Jetzt lächelte er sogar ganz freundlich. »Ich habe sie wieder gefunden, Maman.«

Die Fürstin sprang auf, schlug heftig auf den kleinen Tisch, der vor ihr stand, und rief: »Daran ist nur dieser Sureja von Maku schuld!«

»Aber Maman!«

Stöhnend sank sie in ihren Sessel zurück. »Darauf kannst du dich verlassen. Er tut alles, wenn er weiß, daß es mich ärgert und kränkt. Wenn ich nur wüßte, was ich ihm antun könnte! Aber gegen einen solchen Wolf ist man ja wehrlos.« Sie putzte sich energisch die Nase und fuhr sich schnell mit dem Taschentuch über die Augen. Das fehlte gerade noch, daß sie zu heulen anfing. Als ob Muttertränen schon je einen Sohn an einer Dummheit gehindert hätten, die er sich nun einmal in den Kopf gesetzt hat.

Der Fürst schwieg. Er wußte, daß es im Augenblick das klügste war.

Energisch schob sie das Taschentuch weit von sich. »Der Engel ist dir also zum zweitenmal vor die Füße gefallen. Du hast ihn sofort aufgehoben und fühlst dich vermutlich wie im Paradies deines Mohammed. Oder soll ich sagen: wie im Himmel? Ich weiß wahrhaftig nicht, was richtiger wäre.«

»In diesem Augenblick fühle ich mich weder im Paradies noch im Himmel, Maman.«

»Leider auch nicht in der Hölle, was viel besser für dich wäre.«

Er lächelte leicht. »In diesem Augenblick fühle ich mich ganz auf der Erde.«

»Ich fast schon unter der Erde.« Sie wollte doch wieder nach dem Taschentuch greifen, brummte aber nur ärgerlich: »Alberne Weibertränen, die zu nichts nütze sind!« Sie fuhr sich schnell mit dem Handrücken über die Augen.

Beide schwiegen eine Weile. Dann sagte sie ruhig: »Darf ich fragen, wo du diesen Engel untergebracht hast?«

»In Tiflis, Maman.«

Sie sprang auf, ließ sich aber gleich wieder in den Sessel zurückfallen.

»Entschuldige, ich vergaß, daß du mündig bist«, sagte sie bitter. »Man sieht, daß Männer die Gesetze machen. Hätte ich etwas zu sagen, fielen sie anders aus. Aber weshalb soll dein Engel nicht in Tiflis sein? Deine Mutter wohnt ja auch hier. Bequemer kann es sich der Sohn nicht machen.«

»Aber Maman, weshalb sollte ich dich erst fragen, da ich deine Antwort ohnehin schon wußte?«

Da hatte der Junge recht. Ganz schien er doch noch nicht um den Verstand gekommen zu sein.

»Hast den Engel wohl in der Bank einlogiert? Auf deine Tataren kannst du dich ja verlassen.«

»So ist es, Maman.«

»Schämst du dich denn gar nicht, Hakob?«

Er küßte ihr die Hand. »Gar nicht, Maman. Dafür fühle ich mich viel zu wohl.«

»Auch hier bei mir?«

»Jetzt endlich auch wieder hier bei dir.«

Sie war sprachlos und schüttelte den Kopf. Das hatte sie nicht erwartet, das war schlimm.

»Möchtest du dir sie nicht wenigstens einmal ansehen, Maman?«

»Wen? Deinen Engel?« Sie traute ihren Ohren nicht.

»Wen denn sonst, Maman.«

»Höre, Hakob, ich muß doch sagen...« Sie schwieg. Sie fühlte sich plötzlich ratlos. War sie wirklich in einer Stunde ganz alt und schwach geworden und besaß gar keine Energie mehr?

»Ich bitte dich sehr darum, Maman.«

»Hör auf, Hakob!«

Der Fürst zündete sich eine Zigarette an. Sie griff in sein Etui und zündete sich auch eine Zigarette an. Sie rauchten mehrere Zigaretten, ohne zu sprechen.

»Erst sehen, dann urteilen, Maman.«

»Ich bin nicht verliebt.«

»Um so besser, Maman.«

Dem Jungen war, wie es scheint, nicht mehr zu helfen. Schrecklich. Und alles, was sie sagte, war natürlich zwecklos. Erst sehen, dann urteilen, Maman. Wie sicher er war. Wie ein Blinder, der sich von einem Schäfchen führen läßt und meint, es sei der liebe Gott in eigener Person. Wie soll man ihm den Star stechen, wenn man das Lamm nicht zum Sprechen bringt, daß er seine wahre Stimme hört? Vorausgesetzt, daß der Blinde nicht auch schon taub geworden ist. Sie seufzte schwer und etwas kläglich zugleich. Aber ansehen mußte man sich die Person, bevor man weiterreden konnte. Sonst war alles nur in den Wind geredet. Man predigt und er lacht. Erst sehen, dann urteilen, Maman.

Resolut sprang sie auf. »Fahren wir also in die Bank.«

»Ich danke dir, Maman.«

Sie wehrte energisch ab. »So weit ist es noch lange nicht, Hakob. Erst sehen, dann urteilen.«

Im Wagen fragte sie plötzlich: »Spricht sie Russisch?«

»Nein, Maman.«

»Mir fällt ein Stein vom Herzen. Ich garantiere für nichts, Hakob, wenn ich sie sehe. Um so besser für sie, wenn sie es nicht versteht.«

»Und du verstehst kein Persisch, nicht wahr, Maman?«

»Da hast du recht, Hakob.«

Er lachte laut auf. »Mir fällt ein Stein vom Herzen. Es ist am besten, wenn ihr beide nicht gleich versteht, was ihr sagt. Auch sie ist nicht auf den Mund gefallen, Maman, wie du anzunehmen scheinst.«

»Das kann ja nett werden«, brummte die Fürstin.

Miryäm lag in ihren Kissen. Vor ihr hockten die Kurdin und die Tatarin. Zwischen ihnen ein Dambrett, auf dem sie spielten.

Die Tatarin sprang sofort auf, als sie die Fürstin erkannte und küßte ihr den Kleidersaum. Die Kurdin erhob sich ebenfalls und tat dasselbe. Miryäm rührte sich nicht und sah fragend auf den Fürsten.

»Die Madär will dich begrüßen, Miryäm.«

Langsam erhob sie sich, langsam schritt sie auf die Fürstin zu, griff nach ihrer Hand, beugte sich über sie und führte sie an die Lippen, ohne sie aber zu küssen.

Die Fürstin sagte ein paar Worte auf Russisch, die Miryäm aber nicht verstand.

»Ist die Madär stumm?« fragte sie den Fürsten.

»Sie spricht Russisch mit dir.«

»Digär hitsch, weiter nichts?« sagte Miryäm verwundert und trat einige Schritte zurück. Sogar die Tatarin verstand Persisch, wenn sie es auch sehr schlecht sprach. Und dies war eine vornehme Frau und sprach nicht einmal Persisch? Das kam ihr sehr merkwürdig vor. Oder tat sie nur so?

»Französisch versteht sie natürlich auch nicht«, sagte die Fürstin ein wenig geringschätzig.

»Was sagt sie?«

»Du sollst Französisch lernen, Miryäm«, erwiderte der Fürst.

»Soll die Madär erst einmal Persisch lernen.«

»Was sagt sie?« fragte die Fürstin.

Hakob Akunian lächelte. »Sie meint, ob du nicht Persisch lernen möchtest?«

»Das fehlte mir gerade noch auf meine alten Tage.«

Die beiden Frauen musterten sich eingehend und mißtrauisch.

»Jung ist sie«, meinte die Fürstin. »Ein glattes Fell hat sie ebenfalls und wird es noch eine ganze Weile behalten. Wenn dir das genügt, Hakob...«

»Ich versichere dich, sie hat etwas mehr als ein glattes Fell, Maman.«

Miryäm drehte sich wohlgefällig im Kreis.

»Mein Gott, will sie nach Petersburg zum Ballett? Aber vielleicht paßt sie wirklich am besten dorthin.«

»Du bist nicht sehr liebenswürdig, Maman.«

»Wozu? Sie versteht mich ja doch nicht.«

»Was sagt sie?« fragte Miryäm.

»Sie meint, du wärst eine gute Tänzerin, Miryäm.«

»Weshalb macht sie ein so böses Gesicht dazu? Weil sie zu alt ist zum Tanzen?«

»Was sagt sie, Hakob?«

»Sie fürchtet, sie gefällt dir nicht besonders.«

»Das ist nicht wahr, Hakob. Ganz etwas anderes hat sie gesagt. Ich sehe es ihrem Gesicht an.«

Der Fürst lachte. »Ich kann dich versichern, Maman, es ist ein wahrer Segen für mich, daß ihr euch nicht versteht.«

»Für mich nicht, Hakob.«

Miryäm stampfte mit dem Fuß auf. »Du sollst mir sagen, was sie sagt.«

»Ein netter Engel«, meinte die Fürstin spöttisch.

»Sie sagt, du seist ein hübscher Engel, Miryäm.«

Miryäm lächelte und verneigte sich leicht vor der Fürstin.

»Was hast du ihr eben vorgelogen, Hakob?«

»Ich habe ihr wörtlich übersetzt, was du gesagt hast, Maman: Ein netter Engel.«

»Aber Hakob, das war doch nicht wörtlich gemeint.«

Er lächelte. »Dann übersetze du es, wenn du es besser weißt, Maman.«

»Das ist ja heillos, ich sage kein Wort mehr.«

Miryäm trat näher zu Hakob Akunian und flüsterte ihm ins Ohr. »Versprich mir, daß ich morgen noch Russisch lerne. Ich will verstehen, was die Madär sagt.«

»Was flüstert sie dir ins Ohr?«

»Sie will morgen anfangen, Russisch zu lernen.«

»Endlich ein vernünftiges Wort. Sag ihr, daß sie es bis morgen nicht schon wieder vergessen soll.«

»Was sagt sie?«

»Sie freut sich, daß du Russisch lernen willst, Miryäm.«

Über das Gesicht der Perserin huschte ein Lächeln und sie warf der Madär einen dankbaren Blick zu.

»Jetzt kokettiert sie sogar schon mit mir«, brummte die Fürstin und nahm die Tatarin beiseite, um sie ein wenig auszuhorchen.

Miryäm legte sich wieder in die Kissen, befahl die Kurdin zu sich und beschäftigte sich wieder mit dem Dambrett. Solange sie die Madär nicht verstand, hatte es keinen Zweck, sich mit ihr zu unterhalten. Schrecklich alt war sie und schon deshalb so streng und unfreundlich. Wie soll man freundlich und vergnügt sein, wenn man weiße Haare bekommt und Runzeln hat. Arme Madär!

Von der Tatarin war auch nichts als Schönes und Gutes über das persische Lamm zu hören. Ärgerlich ließ die Fürstin sie stehen, die sich sofort wieder neben der Kurdin an das Dambrett niederhockte.

Die Fürstin nahm den Arm des Sohnes und besichtigte die Räume. »Unterhalten kann man sich mit deinem Lamm ja doch nicht.«

Immer wieder schüttelte die Fürstin den Kopf. »Einen richtigen Harem hast du aus deiner anständigen Wohnung gemacht.« Sie seufzte.

»Weshalb seufzt du, Maman?«

»Wenn sie nur in einem Harem sitzen, tanzen und spielen kann, einerlei, ob er in Persien, Rußland oder sonstwo ist. Sie bekommt kein Heimweh, so lange sie nur Haremsluft atmen kann. Weiter braucht sie nichts, um glücklich zu sein.«

»Hattest du erwartet, Maman, ich würde es ihr möglichst unbehaglich und fremdartig machen?«

»Gewiß nicht, mein Sohn. Ich erwarte vorläufig überhaupt nichts von dir, was vernünftig ist. Aber ich hatte gehofft, sie würde Heimweh bekommen und nach Persien verlangen, und dann würde sie Gesichter schneiden und weinen, wie es Kinder an sich haben, die so verwöhnt werden, wie du es mit ihr treibst. Das würde dir dann bald zu viel werden. Wenn eine Frau weint, wird es jedem Mann sehr bald zu viel. Ihr seid nun einmal solche Egoisten. Dein Engel hat keinen Grund zu weinen, und von Natur scheint er dafür auch nicht besonders veranlagt zu sein.«

»Das kann dir doch nur gefallen, Maman.«

»Das habe ich bisher auch geglaubt, Hakob. Bei ihr gefällt es mir gar nicht«, sagte sie grimmig.

Sie kamen wieder in den Raum, wo Miryäm mit der Kurdin und der Tatarin über dem Dambrett saß.

»Da sitzt sie nun, das Wurm, ist vergnügt und hat keine Ahnung, was sie mir angetan hat und noch alles antun wird. Am liebsten würde man ihr eine Puppe in die Arme drücken. Das wäre das einzig richtige für sie. Aber das paßt ihr wohl nicht mehr, seitdem sie eine so große und so lebendige Puppe gefunden hat, die alles tut, was sie will. Es kribbelt mir in allen Fingern, wenn ich sie so ansehe. Ich könnte sie mir über den Schoß legen wie ein Kind, das unartig gewesen ist, prügeln könnte ich deinen Engel, Hakob. Vielleicht würde mir dann etwas leichter.«

»Sei nicht so egoistisch, Maman, als ob du ein Mann wärst.«

»Zum Kinderspott wird man, und du benimmst dich auch nicht wie ein halbwegs erwachsener Mensch.«

Unentwegt blickte die Fürstin auf Miryäm, die sich nicht im geringsten um sie kümmerte, da sie ganz von ihrem Spiel besessen war.

»Wenn man sie tüchtig verprügelt hätte, könnte man sie vielleicht auf den Arm nehmen, die Puppe, und küssen.« Sie wandte sich ab. »Für heute habe ich genug, Hakob, ich will nach Hause.«

»Die Madär will sich von dir verabschieden, Miryäm«, sagte der Fürst.

Sofort erhob sie sich, beugte sich wieder über die Hand der Fürstin und zog sie an ihre Lippen. Aber einen Kuß drückte sie nicht auf die Hand. Dazu war die Madär denn doch nicht liebenswürdig genug gewesen.

Der Fürst geleitete seine Mutter zum Wagen.

»Ich ersticke da oben. Ein nettes Narrenhaus hast du aus deinem Bankhaus gemacht, das muß ich dir doch noch sagen, Hakob.«

Er schmunzelte. »Etwas anderes habe ich für heute auch gar nicht erwartet.« Ehe sie sich dessen versah, küßte er ihr beide Wangen und beide Hände.

Noch lange schüttelte die Fürstin immer wieder den Kopf. Barmherziger Himmel. Ein Kind spielt Frau und ein Mann gibt die Puppe dafür ab, und beide nehmen das Spiel ernst und reden sich ein, es sei viel mehr als ein Spiel. Alte Leute verständen nur nichts mehr davon. Hübsche Hände hatte die Kleine und gutgeformte Ohren. Ein Mann konnte sich schon in beides verlieben.

Als sie zu Hause war, vermochte sie sich endlich wieder eine Importe anzustecken, die erste seit dem Tee, bei dem Hakob sie mit seiner neusten Narrheit überrascht hatte.

Die Fürstin kam nur selten auf Besuch in den Harem, wie sie jetzt das ganze Bankhaus nannte, und der Sohn machte auch keinen Versuch, ihr da hineinzureden. Um so häufiger erschien er zum Tee bei seiner Mutter. Man mußte sich doch dankbar dafür zeigen, daß sie die schwere Wunde, die er ihr geschlagen, so tapfer trug. Er sprach auch nicht von Miryäm, wenn sie nicht direkt danach fragte, und das tat sie eigentlich nur, wenn er erschien und wenn er fortging. Sozusagen aus Höflichkeit.

Eines Nachmittags aber meinte sie: »Da du immer noch so begeistert bist, muß ich dich auf eine Gefahr aufmerksam machen.«

»Eine Gefahr? Du siehst Gespenster, Maman.«

»Es spricht sich herum, daß du dir einen Harem angelegt hast, Hakob. Wenn du auch zu blind und taub bist, um es zu merken. Aber ich habe noch offene Ohren und Augen. Ich sehe es unseren Freunden an, und im persischen Basar zeigt man mir plötzlich finstere Gesichter, wenn ich Obst einkaufe. Wenn du nicht sehr gut aufpaßt, kann aus deinem Idyll ein Trauerspiel werden, ehe du dich dessen versiehst.«

»Gerüchte«, meinte der Fürst geringschätzig.

»Ich will dir mal was sagen, Hakob. Meine Haut ist nicht mehr glatt. Ich gebe zu, daß ich da gegen deinen Engel im Nachteil bin. Aber auf meinen Verstand kannst du dich immer noch verlassen.«

»Habe ich je daran gezweifelt, Maman?«

»Da gibt es gar nichts zu lächeln, Hakob. Zu dem Verstand kommt noch die Erfahrung und darin bin ich sogar dir über. Von deiner Puppe gar nicht zu reden. Unterschätze ein Gerücht nicht. An dem, was die Basare sich zuraunen, ist immer etwas Wahres. Der gelehrteste Professor mag das gelehrteste Buch schreiben, und ich halte es trotzdem für möglich, daß kein wahres Wort in ihm steht, aber an einem Gerücht, das im Volk umgeht, ist nie alles gelogen. Darauf kannst du dich verlassen, und das ist das Gefährliche dabei.«

»Worauf willst du eigentlich hinaus, Maman?«

»Was die Bekannten sich erzählen, sagen sie dir und mir nicht, denn als unsere Freunde sind sie dafür zu rücksichtsvoll. Aber sie erzählen es anderen, woran sie kein Zartgefühl hindert. Was die Basare sich zuraunen, hängen sie dem nicht auf die Nase, den es am nächsten angeht. Aber alle anderen erfahren davon. Es braucht nur ein Mulla und ein Pope davon zu hören, und der Skandal ist fertig. An Gott glauben sie beide, behaupten es wenigstens, und mögen sie auch noch so verschiedene Propheten haben, der Gott, an den sie beide glauben, gibt beiden das Recht, gegen dich mobil zu machen, zumal du nur ein Armenier bist. Vergiß das nicht, Hakob; und es ist noch sehr die Frage, ob sich die russische Statthalterei nicht plötzlich zu demselben Gott bekennt wie Mulla und Pope, wenn es für sie bequemer ist und die wenigste Arbeit macht.«

»Was also fürchtest du?«

»Eines Freitags wird ein Mulla gegen dich predigen, eines Sonntags wird ein Pope in dasselbe Horn blasen und eines Montags wird die russische Geheimpolizei dich zu sich bitten. Der persische und russische Pöbel wird derweil den niedlichen Vogel gemeinsam aus dem Käfig holen. Möglich, daß sie dann darüber uneins werden, was mit ihm zu geschehen hat, wahrscheinlich werden sich auch der Mulla und der Pope darüber in die Haare geraten, aber dir nützt das dann nichts mehr.«

»Du meinst also, es wäre gut, Miryäm woanders unterzubringen?«

»Wenn ich das nicht meinte, Hakob, würde ich kein Wort über die Angelegenheit verlieren. So muß ich dir wenigstens darüber die Augen öffnen, wenn ich es auch in anderen Dingen nicht mehr vermag. Ich nehme nämlich an, daß du noch kein Verlangen danach trägst, dir einen neuen Engel zu suchen.«

»Da hast du ganz recht, Maman.«

»Siehst du, auf meine Augen und Ohren kann ich mich immer noch verlassen. Ich stecke den Kopf nicht in den Sand, wenn ich auch zuweilen die größte Lust dazu hätte.«

»Du beunruhigst mich wirklich und ich danke dir dafür. Dabei muß ich auch noch in wenigen Tagen nach Stambul.«

»Das wirst du verschieben müssen, bis du deinen Engel anderswo in Sicherheit gebracht hast.« Er sprang erregt auf. »Das kann ich nicht, das ist unmöglich.«

»Das sagt man immer, wenn einem etwas in die Quere kommt. Nachher geht es doch.«

»Diesmal geht es nicht, unter keinen Umständen.«

Die Fürstin lächelte grimmig. »Du hältst es offenbar für selbstverständlich, derweil du in Stambul bist, daß ich dein Vögelchen so lange versorge, betreue und behüte? Nimm es mir nicht übel, Hakob, aber es ist wirklich etwas viel verlangt, daß ich noch auf meine alten Tage Kindermädchen spielen soll. Gewiß, es ist ja ganz nett, daß sie schon auf russisch sagen kann: Guten Tag, wie geht es Ihnen, das Wetter ist warm heute, ohne daß man ihr vorher auf den Magen zu drücken braucht wie einer gewöhnlichen Puppe, aber Hakob, was soll ich sonst mit ihr anfangen? Ich bin doch kein Mann, der in sie verliebt und schon deshalb sehr anspruchslos ist?«

»Ich bitte dich, Maman!«

»Wenn du die Reise nicht aufschieben kannst, ist es schon am besten, du nimmst sie mit.«

»Nach Stambul?«

»Du sagtest doch eben, daß du dorthin müßtest. Das ist sogar das einzig Vernünftige. Sie kommt den Leuten hier aus den Augen und damit aus dem Gerede.«

»Aber wohin mit ihr in Stambul, wo ich selbst recht fremd bin?«

Die Fürstin überlegte eine Weile, dann sagte sie: »Gib mal acht, Hakob. Du gibst sie zu den Amerikanern ins Robert-College. Wie bisher geht das sowieso nicht lange mehr weiter. Entweder du erziehst sie dir zu einem Menschen, der für dich auch in späteren Jahren noch brauchbar ist, oder du läßt sie wieder aus dem Käfig. Einen Harem findet sie so, wie sie jetzt ist, leicht wieder. Verlaß dich endlich einmal wieder auf deine Mutter, mein Sohn. Sie fliegt ebenso munter in einen anderen Käfig, wie sie dir zugeflogen ist. Sein Besitzer muß nur reich sein. Sie ist ja noch ein halbes Kind, Hakob.«

»Ich lasse sie nicht mehr aus der Hand!« sagte er erbittert.

»Gut. Dann gib sie für eine Weile ins Robert-College nach Konstantinopel. Das ist immer noch die beste Europäisierungsanstalt, die wir in Asien haben. Teuer, aber gut. Das wenige Gute auf der Welt muß ja immer teuer bezahlt werden.«

Der Fürst setzte sich wieder.

»Bilde dir doch nicht ein, daß du das auch nur noch ein halbes Jahr so weiter aushältst, Hakob. Ich gebe zu, du bist in Persien heimischer geworden, als ich je erwartet habe. Sogar seinen Haremssitten hast du Geschmack abgewonnen. Aber für wie lange? Für dein ganzes Leben sicher nicht. Sie fängt schon an, Russisch zu lernen. Ohne dich lächerlich zu machen, kannst du die Fenster in deiner Privatwohnung nicht auch noch vergittern lassen. Sie ist doch kein Kassenschrank fürs Erdgeschoß, dem man Eisen vors Fenster legt und von allem absperren kann außer vor Banknoten. Ist sie noch ein halbes Jahr in Rußland, paßt sie nicht mehr in einen persischen Harem. Heute geht es noch. Willst du das nicht, mußt du sie auch behalten. Willst du sie behalten, mußt du sie dir für den Hausgebrauch europäisch zurechtstutzen lassen, denn wir asiatischen Christen sind nur noch Halbasiaten, ob wir wollen oder nicht, und du, Hakob, bist es überhaupt nur noch vorübergehend. Zur Zeit leidest du an einem akuten asiatischen Fieber, aber es geht vorüber, glaube mir, und nachher sitzt du da mit deiner hübschen Puppe, wo du nach einem Menschen verlangst, wenn er auch nur weiblichen Geschlechts ist, was ihr Männer erst für voll nehmt, wenn er über die Fünfzig ist. Aber bis dahin ist noch ein langer Weg für deinen Engel. Laß ihn dir im Robert-College zurichten. Ich traue ihm Besseres zu als unseren, feinsten Instituten in Petersburg. Mag sein, es taugt im Grunde auch nicht mehr, und ich bilde mir das nur ein, weil ich Petersburger Institute kenne und das Robert-College nicht. Aber irgendeine Illusion muß sich der Mensch erhalten. Wenn er alt und grau wird, tut er gut daran, sich wenigstens noch über Dinge, die er nicht kennt, Illusionen zu machen. Es sind ohnehin nur noch wenige. Da droht ihm wenigstens keine Enttäuschung. Mehr kann man vom Leben nicht verlangen, wenn man über Fünfzig und kein Dummkopf ist. Schick die Kurdin wieder nach Maku, wo sie hingehört, und nimm die Tatarin mit, die in die Kleine fast so verliebt ist wie du. Das ist mein Rat, der beste, den ich dir geben kann, wenn du mich auch nicht darum gebeten hast. Mütter sind nun einmal so. Daran kann ich nichts mehr ändern. Auch für meine Person nicht.«

»Ich glaube, du hast recht, Maman. Ich werde mit Miryäm darüber sprechen.«

»Du willst sie erst fragen? Oh Ali, bist du ein schlechter Asiat, Hakob!«

»Ich denke, sie wird nicht nein sagen.«

»Das denke ich auch. Stambul, die Pforte der Glückseligkeit, wie die Türken sagen. Sie müßte keine Mohammedanerin sein, wenn sie da nicht gerne hinflöge.«

»Aber sie ist Schiitin, nicht Sunnitin.«

Die Fürstin lachte. »Glaubst du wirklich, eine Frau dächte nur einen Augenblick an so etwas, wenn ihr die ›Pforte der Glückseligkeit‹ winkt? Wie schlecht kennst du die Frauen!«

Er stand auf, und sie begleitete ihn bis zum Wagen.

»Noch eins, Hakob. Sieh dir die Leute gut an. Vielleicht wäre es gar nicht dumm, wenn du durchblicken ließest, hier gäbe es eine Seele für den Himmel zu retten. Als gute Geschäftsleute halten diese Amerikaner auch auf einen sicheren Fond fürs Jenseits. Man kann nie wissen. Auch dem lieben Gott soll man im Hauptbuch ein Konto einrichten. Irre ich mich nicht, Hakob, sollst du einmal sehen, wie sie dann erst recht auf deine Puppe aufpassen und sie für den amerikanischen Himmel herrichten. Und den besten Rat, wie du sie unterbringst, ohne daß die Mohammedaner Lärm schlagen, werden sie dir dann auch geben. Er kostet ja dein Geld und nicht ihres. Sei klug, Hakob. Doch wenn es sich um das Beste für deinen Engel handelt, brauche ich mir ja keine Sorgen zu machen. Da sind auch Dümmere als du immer noch gescheit genug.«

Miryäm war begeistert. »Und wenn ich wiederkomme, wird die Madär nicht mehr stumm sein und ich werde mit ihr sprechen können.«

»Legst du denn so großen Wert darauf, Miryäm?«

»Ich muß doch wissen, was in ihr ist, wenn sie meine Madärzän wird und kein Pädär mehr da ist, der mir hilft, wenn es nötig wird.«

Als sie in Konstantinopel ankamen, war Sureja von Maku noch nicht eingetroffen. Das paßte Hakob Akunian sehr gut, denn nun konnte er sich ganz der Aufgabe widmen, für Miryäm zu sorgen; und bald erkannte er, wie vorzüglich der Rat seiner Mutter gewesen war. Die Amerikaner nahmen sich seiner Braut, wie er sie vorstellte, auf das beste und vorsorglichste an, und da einer der Herren in Täbris gewesen war und der dortigen Baptistenmission nahestand, fand er bei ihm sogar besonderes Verständnis für die etwas außergewöhnliche Lage dieses ungewöhnlichen Brautstandes, seine besonderen Schwierigkeiten und Gefahren und die Methoden, solchen Schwierigkeiten und Gefahren zu begegnen. Schon nach wenigen Tagen war alles so glücklich geordnet, daß Hakob Akunian genügend freie Zeit hatte, sich der anderen Aufgabe zu widmen, die ihn hierhergeführt, Verbindungen mit führenden Landsleuten herzustellen und mit ihnen über seine und Surejas Pläne zu beraten.

Schlendert man am Pera-Palast-Hotel die Rue Gabristan entlang, an dem Munizipalgarten und der englischen Botschaft vorbei, so gelangt man zu einer schmalen Gasse, die so steil nach dem goldenen Horn abfällt, daß sie von Fußgängern nur wenig und von Fuhrwerken so gut wie gar nicht benutzt wird, einst eine Hochburg der Straßenhunde des ganzen Viertels.

An der Ecke dieser Gasse lehnt sich ein schon verfallenes Haus, das sich nur noch aus alter Gewohnheit einigermaßen aufrecht hält, an ein dreistöckiges Haus, das einst sehr imposant dagestanden haben muß. Irgendein kleiner Grieche mit großen Plänen im Kopf hat es vor Zeiten gebaut und bewohnt. Als seine großen Pläne Wirklichkeit geworden, wurde es ihm für seine neuen, noch größeren Pläne zu klein. Er vermietete die Stockwerke an die verschiedensten Parteien, die für Erhaltung und Pflege des Hauses schon deshalb kein Interesse hatten, weil sie doch nur vorübergehend und für kurze Zeit in ihm wohnten. Entweder machten sie pleite, und dann wurde die Miete für sie zu teuer, oder ihr Geschäft schlug ein, dann war ihnen das Haus bald nicht mehr ansehnlich genug und sie wechselten hinüber zur Grand Rue de Pera.

So verwahrloste das Haus immer mehr, um das sich sein Herr gar nicht mehr kümmerte, seitdem er ihm einen Verwalter gegeben hatte. Dieser hatte nur Interesse an der Miete, aber kein Interesse daran, das Haus instand zu halten. Das brachte nichts ein, sondern kostete nur Unruhe und Arbeit. So lange er lebte, würde es ihm schon nicht auf den Kopf fallen. Wenn er tot war, kümmerte es ihn ohnehin nicht mehr.

Die Tür des Hauses stand den Tag über immer offen und führte auf eine hohe, geräumige, gepflasterte Diele. Wenn es besonders heiß war, trat mancher ein, um in ihrer Kühle ein wenig zu verschnaufen. Wenn ein Gewitter sich entlud, flüchtete mancher vor dem strömenden Regen in ihren Schutz. Menschen und Hunde. Links vom Eingang ein Gewölbe, das immer verschlossen war, rechts ein Gewölbe, dessen Tür immer offen stand. Hier saß der Verwalter des Hauses inmitten seines Geschäfts, in das sich der gedruckte Schmutz aus der ganzen Welt in allen Sprachen der Welt, in unzähligen, verwahrlosten, zerlesenen Exemplaren ergoß. Er hockte bei Kaffee und Tschibuk, ließ die Sandelholzkugeln unermüdlich durch die Finger gleiten, und die glänzenden schwarzen Augen waren immer in Bewegung wie die einer Elster. Ein Vierzigjähriger, ein Levantiner, einer, in dessen Blut sich alle Rassen des Orients vermischt hatten, griechisch, italienisch, armenisch, türkisch, und auch ein dicker Tropfen Negerblut war dabei, der ihm wolliges Haar, hart und kraus wie aus einer alten Matratze, über den ganzen Schädel bis tief in die Stirn und tief in den Nacken getrieben hatte. Seit Urgroßelternzeiten hatten die Mütter ihren Kindern aus den verschiedensten Harems immer neue Blutmischungen fürs Leben mitgegeben, die sich eifrig fortpflanzten und immer grotesker aussehende menschliche Produkte hervorbrachten. Schön sah das letzte Resultat dieser Zucht bei Kaffee und Tschibuk nicht aus, aber eins war ihm als vollwertiger Ersatz dafür zuteil geworden: ein ungewöhnlich klarer, scharfer Verstand für alles, was seinen Vorteil anging, so daß er nie Grund hatte, einen anderen um seine Schönheit zu beneiden.

Manche Passanten, die eine Weile auf der steinernen Diele vor der Hitze oder vor einem Gewitterregen verschnauften, wurden von den verwahrlosten und verstaubten Bücherhaufen magnetisch angezogen und fanden dann auch bald, was sie hierher zog. Verstanden sie noch dazu ein wenig Französisch, bot sich hier eine gute Gelegenheit, für billiges Geld seine Sprachkenntnisse zu erweitern. Andere Passanten aber trieb die Neugierde zu der breiten Wendeltreppe im Mittelpunkt der Diele. Die Stufen waren ausgetreten und niedrig. Sehr bequem kam man auf ihnen höher und immer höher. Überall standen die Türen offen. Hier hauste ein Teppichhändler, dort ein Uhrmacher, ein Schneider, ein Schuster, ein Goldschmied, eine Wäscherin oder dergleichen. Eine Weile stand man still und sah diesem oder jenem bei der Arbeit zu. Dann stieg man auf dieser bequemen Treppe ein Stockwerk höher.

Nur im dritten Stock waren die Türen geschlossen und nirgends eine Aufschrift. Was hatte das zu bedeuten? Man lauschte, aber es war nichts zu hören. Vielleicht war nur der Lärm, der aus all den offenen Türen der anderen Stockwerke nach oben drang, schuld daran. Ängstlichen Gemütern wurde beklommen zumut, und sie kehrten leise um. Alle Türen im ganzen Haus standen offen. Nur hier nicht. Da gab es etwas zu verbergen, das bedeutete nichts Gutes. Zwar auch die Tür zu dem Gewölbe links unten war verschlossen, aber man brauchte ihm nur die Nase zuzuwenden, um zu wissen, daß hinter der Tür nichts weiter war als ein Lagerraum für Petroleumfässer und dergleichen.

Mutige Leute drückten, wenn sie besonders neugierig waren, versuchsweise auf die Klinke einer der Türen im dritten Stock. Sie gab nach und eine Glocke gellte. Man wollte schleunigst zurücktreten, aber da erschien auch schon ein Herr. Man entschuldigte sich und wollte sich empfehlen. Aber da erschien auch schon ein zweiter Herr. Beide forderten den Fremden auf, einzutreten. Da saß wahrhaftig ein dritter Herr. Die drei fragten einen aus, was man wäre, was man wolle, wen man suche, und schließlich verlangten sie einen Ausweis. Führte man ihn nicht bei sich, mußte man seine Wohnung angeben und bleiben. Es wurden Kaffee und Zigaretten serviert. Eigentlich war es ganz nett und gastfrei. Aber ein unbehagliches Gefühl wurde man doch nicht los, und man atmete auf, wenn ein anderer Herr erschien, den man noch gar nicht kannte, und sagte: »Wir danken Ihnen. Wenn Sie mit unserem Kaffee zufrieden waren, beliebten Sie sich wieder zu entfernen.« Man bedankte sich und schlich schnell und ein wenig beschämt von dannen. Man hatte das Gefühl, der Geheimpolizei in eine Falle geraten zu sein, und freute sich, ihr mit heiler Haut noch einmal entwischt zu sein. Oder war man in eine geheime Gesellschaft geraten? Jedenfalls empfahl es sich, darüber den Mund zu halten.

Die glänzenden schwarzen Augen des Verwalters flogen an jedem Passanten in der Diele ein paarmal auf und ab, wenn sie ihn noch nicht kannten. Dann kannten sie ihn, und wenn der Passant die Wendeltreppe hochstieg, folgten ihm die Ohren des Verwalters. Die hölzerne Treppe war alt und knarrte, und je höher man stieg, um so mehr ächzte und stöhnte sie. Der Verwalter konnte ohne Schwierigkeit erkennen, ob einer bis zum dritten Stock kam. Dann ließ er die Treppe nicht mehr aus den Augen, und wer in den verstaubten Büchern kramte, blieb ungestört und hatte Zeit, sich nach Belieben in dem Haufen gedruckten Unrats umzutun. Es kam nämlich vor, daß ein Mensch, unter dem die Treppe zum dritten Stock geächzt und gestöhnt hatte, überhaupt nicht wieder erschien. Möglich, daß er bei der Handelsgesellschaft im dritten Stock übernachtete. Das geschah häufiger. Dann sah ihn der Verwalter erst am nächsten Tag wieder. Es kam aber auch vor, daß er ihn nie wiedersah; und darüber genau Bescheid zu wissen, darauf kam es ihm am meisten an.

Als Handelsgesellschaft war der dritte Stock angemeldet und eingetragen, und das Gewölbe links unten hatte sie dazu gemietet. Eine Hintertreppe führte vom dritten Stock in das Gewölbe. Mehr Lagerräume waren in dem Haus nicht zu vermieten. Andere Lagerräume besaß die Gesellschaft eben in anderen Häusern. In diesem Hause lagerten nur Fässer, Petroleumfässer, Ölfässer, Wasserfässer, volle und leere, wovon der Verwalter sich ordnungsmäßig überzeugt hatte. Alles Weitere ging ihn nichts an. Die Gesellschaft bezahlte ihre Miete, wie es sich gehörte und gab dem Verwalter bald noch einen tüchtigen Aufschlag, als er sich darüber beschwerte, daß zuweilen des Nachts noch ein Faß aus dem Haus geschafft werden mußte, was ihn zwang, das Bett zu verlassen, um das Haustor zu öffnen und wieder zu schließen. Der Hausherr wußte natürlich nichts davon, und es ging ihn ja auch nichts an, solange sein Verwalter nicht Beschwerde führte.

Wenn zu nachtschlafender Zeit kein Faß aus dem Gewölbe geschafft werden mußte, um so besser. Wenn es aber mehr als zweimal im Monat vorkam, so war der Verwalter fest entschlossen, die Herren von der Handelsgesellschaft um die Verdoppelung seiner Bezüge anzugehen, denn es konnte ihm unmöglich zugemutet werden, daß er noch häufiger um Bett und Schlaf kam, ohne daß er dafür besonders bezahlt wurde.

Deshalb interessierte ihn jeder Passant, der in das Haus trat und den er noch nicht kannte. Kam er die Treppe nicht wieder herunter, auch nicht am nächsten Tag, dann interessierte ihn das erst recht, denn dann wurde bald wieder des Nachts ein Faß aus dem Hause geschafft, und er kam um Bettwärme und Nachtruhe, die ihm so teuer waren.

Eines Tages trat Sureja von Maku in das Haustor, und der Verwalter erhob sich und verneigte sich tief vor dem Herrn. Mindestens ein Jahr war es her, daß er ihn nicht gesehen hatte, aber er erkannte ihn sofort. Es war einer der Herren von der Handelsgesellschaft, die nicht in Pera wohnten, weil er ihn sonst häufiger gesehen hätte. Er sah am vornehmsten und reichsten von allen aus.

Als Sureja in die Handelsgesellschaft eintrat, begrüßten ihn zwei Herren, mit denen er sich sofort in ein abseits gelegenes kleines Zimmer zurückzog. Die drei Herren hängten ihren roten Fes an einen Kleiderhaken und ihre langen, schwarzen Gehröcke daneben, die gebräuchlichste Tracht aller besseren Mohammedaner in Konstantinopel. Einem Schrank entnahm jeder eine schwarze Bluse, die er anzog, und einen schwarzen Turban, den er aufsetzte. Sie ließen sich an einem dreifüßigen Tisch nieder, dessen Platte aus Kupfer ein spitzwinkeliges Dreieck bildete. An jeder Winkelspitze nahm einer der Herren Platz, und Sureja berichtete, worüber er mit den Vorstehern ihres Heiligtums bei dem Fest zur Erinnerung an den Scheich Adi bin Musafir, die letzte Fleischwerdung Allahs, einig geworden war. Sie hatten seine Pläne mit Hakob Akunian gebilligt, ihre Unterstützung zugesagt, und die beiden anderen Herren küßten Sureja als ihrem »Bruder für das Jenseits« zum Zeichen des Gehorsams die Hand.

Nachdem noch einige geschäftliche Angelegenheiten der Handelsgesellschaft besprochen waren, verabschiedete sich Sureja wieder und kehrte in das Pera Palast-Hotel zurück. Daß Hakob Akunian schon in Konstantinopel war, dessen hatte er sich im Fremdenbuch des Hotels Tokatlian vergewissert, aber sollte er ihn heute schon anrufen? Er beschloß, es auf morgen zu verschieben, denn er war abgespannt und müde, und der erste Tag des Ramasan war ja auch erst morgen. Morgen würde er ihn anrufen, ihn erst bei der Handelsgesellschaft bekanntmachen und am späten Nachmittag mit auf die neue Galatabrücke nehmen, um den ungläubigen Isävi von der Macht der Hypnose zu überzeugen, die selbst nach so langer Zeit noch ebenso wirksam war wie am ersten Tage, wenn man nur das geeignete Objekt dafür gefunden hatte, und ein solches war der türkische Spion, den er so mühelos im Hause des Fürsten Akunian gemartert hatte.

Sureja gab die Weisung, daß er heute für niemand mehr zu sprechen sei, auch nicht telephonisch, nahm ein kaltes Bad, verdunkelte sein Schlafzimmer und legte sich zu Bett, um einmal gründlich auszuschlafen. Das tat er immer nach einem Aufenthalt bei seinen »Brüdern für das Jenseits«. Nervöse Überreizung, nichts weiter, er kannte das.

Er schloß die Augen. Aber sofort stand das Heiligtum seiner »Brüder für das Jenseits« wieder vor ihm. Man muß die Vorstellung gewähren lassen, dachte er, denn sie ist stärker als der Wille. Dem Willen setzt sie sich entgegen. Läßt man sie in Ruhe, klingt sie von selber ab.

Er lächelte mit geschlossenen Augen. Eine ganz hübsche Ironie, daß dieses Heiligtum offensichtlich einmal ein christliches Kloster gewesen war. Was Hakob Akunian wohl für ein Gesicht machen würde, wenn er eine Ahnung davon hätte? ... Nun sah er sich selbst in dem Gewand des Heiligtums, das rot und schwarz gestreift war, und um ihn her im Kreise die Greise und Vorsteher des Heiligtums in demselben Gewand. In der Mitte stand eine breite, nicht sehr hohe, silberne Schüssel, neben der Pflanzenwurzeln der verschiedensten Art aufgehäuft waren. Er wußte, daß sie bei Vollmond nach Anweisung des ältesten der Greise an den Abhängen eines der Berge, zwischen die das Heiligtum eingebettet war, gegraben wurden. Er wußte, daß sie von verschiedenen Pflanzen stammten, aber der Greis verriet ihm weder das Aussehen noch die Namen der Pflanzen. Und von einem anderen war das auch nicht zu erfahren, denn der Älteste nahm nur den für diese Nacht Auserwählten unter den jungen Dienern des Heiligtums mit in die Berge. Kamen sie zurück mit den Wurzeln, blieb der junge Diener verschwunden bis zu der nächtlichen Feier, an deren Ende er starb.

Der junge Auserwählte für die Feier, der die Wurzeln gegraben hatte, trat ein in den dunklen Raum, der nur von einem großen Holzfeuer gespenstisch erleuchtet wurde. Er war nackt, trat in den Kreis der Männer, kniete vor dem Ältesten nieder und öffnete den Mund soweit wie möglich, den der Alte sorgfältig besah, betastete und beroch, ob er auch rein und gesund war. Der Alte nickte befriedigt, und der Junge begann kniend die Wurzeln zu kauen und den Brei in die silberne Schüssel zu spucken, bis sie halb voll war. Der Alte füllte aus einer silbernen Kanne Wasser zu, bis sie dreiviertel voll war. Der Junge zitterte, zuckte und bebte, schlug lang hin, wurde von vier bereitstehenden Dienern aus dem Kreise gezogen und an Armen und Beinen, die immer krampfhafter zuckten, festgehalten. Er keuchte schwer, der Mund war geöffnet und Schaum trat aus ihm hervor.

Derweil ging die silberne Schale von Hand zu Hand im Kreise herum. Jeder trank einen Schluck aus ihr. Dann wurde sie wieder in die Mitte des Kreises gesetzt, und jeder hielt die Fingerspitzen hinein. In der Schüssel wurde es lebendig, ihr Inhalt begann zu schäumen, er dampfte vor Hitze, und doch wurde er gleichzeitig zu kalten, klebrigen Schlangen, die sich um die Finger ringelten.

Sureja kannte das. Es war die Wirkung des Wurzelbreis. Halluzinationen nennen es die Europäer und haben es am Opiumrausch zu studieren versucht. Aber hier war die Wirkung viel stärker, und die kalten Schlangen in dem heißen Brei plastisch, physisch, körperlich. Die Greise und Vorsteher wiegten sich leise singend von rechts nach links, von links nach rechts, was die Wirkung verstärkte.

Langsam erkaltete der Brei und beruhigte sich. Der junge Auserwählte des Heiligtums lag wie tot. Die Greise und Vorsteher saßen starr, mit verglasten Augen um die erkaltete Schüssel.

Auch das begriff Sureja sehr wohl. Sie waren, in Tiefschlaf verfallen.

Von den Augen des Ältesten und des jungen Dieners sah man nur noch das Weiße. Aus dem leicht geöffneten Mund des Alten kamen Fragen, ohne daß die Zunge sich dabei bewegte, die von dem Jungen beantwortet wurden. Der Geist des Scheich Ali bin Musafir war gegenwärtig. Ihn befragte der Alte nach dem Heiligtum und seinen Erwählten, und er antwortete durch den Mund des Jungen in einem Altkurdisch, das noch nicht mit Arabisch und Türkisch vermengt war und das nur die Alten und Vorsteher verstanden.

Da sagte Sureja zu dem Ältesten: »Frage Scheich Ali bin Musafir, wie es Sureja von Maku, dem treuen Sohn seiner Mire, in Stambul ergehen wird, wohin er von hier reisen muß.«

Der junge Auserwählte des Festes zuckte leicht zusammen und röchelte: »Sonnenuntergang ... Donner über der Brücke ... Tausend Lichter in Stambul ... ein Blitz über dem Wasser ... dunkel ... Nacht ... hüte dich vor Zora ... ich sehe nicht mehr.«

Der Mund des Ekstatikers klappte mit einem Ruck zusammen, die Zähne knirschten. Dank Dr. Durville wußte Sureja über das alles auch wissenschaftlich genau Bescheid. Nur daß Dr. Durville, wie die meisten Europäer, zu glauben schien, daß sich in der Ekstase der Geist vom Körper löse, während er sich völlig doch nur vom Verstand löst. Bei dem jungen Auserwählten hatte er sich jetzt freilich für immer von Körper und Verstand gelöst, denn er war tot. Es war auch das beste für diesen jungen Bruder des Jenseits. Wenn sein Geist sich wieder mit dem Körper vereinigt hätte, würde dieser zwar weiterleben, aber nur noch ein völlig irre gewordener Verstand hauste in ihm, weil sich sein Geist viel stärker vom Verstand losgerissen hatte als vom Körper.

Mit einem Schrei richtete sich Sureja im Bett auf. Wer war Zora? Es gab genug Kurden, die so hießen, auch Türken, aber er kannte niemand dieses Namens ... Sonnenuntergang, Donner über der Brücke, Lichter in Stambul, Blitz über dem Wasser, dunkel, Nacht – das paßte durchaus zu dem ersten Abend des Ramasan, und was er auf der neuen Galatabrücke erwartete. Wer aber war Zora? Hieß vielleicht der Spion so, der ins Wasser springen mußte? Aber von ihm hatte er doch wirklich nichts zu fürchten. Von jedem anderen eher als gerade von diesem ungewöhnlich somnambul begabten türkischen Hund, der ganz und gar in seiner Gewalt war.

Sureja legte sich wieder nieder. Hörte er jetzt nicht ganz deutlich die Stimme Nataschas? Aber von ihr hatte er schon gar nichts zu fürchten, sie war tot. Er lächelte.

Er warf sich auf die linke Seite, zog die Knie hoch, schob die Hände zwischen die Kniescheiben und entspannte die Halsmuskeln, so daß der Kopf schlaff und schwer zur Seite sank. Er nannte es die Lage des Embryos und hatte sie schon oft als besonders günstig erprobt, um schnell und ruhig einzuschlafen. Sie bewährte sich auch diesmal. Er schlief ein, schlief fest und tief und erwachte erst spät am Morgen, frisch und neu gestärkt.

Als Sureja von Maku mit Hakob Akunian durch die Haustür trat, leuchtete das Auge des Verwalters hell auf. Der ihm unbekannte Herr sah so aus, als würde er die Wendeltreppe nicht wieder herunterkommen. Endlich kam der lang erwartete Augenblick, seine Bezüge zu verdoppeln. Er zog seinen Stuhl ein wenig näher zur Tür seines Gewölbes, damit ihm nur ja nichts entging, was im Hause geschah.

Der Levantiner war schwer enttäuscht, mit Haß und Erbitterung sah er auf den Unbekannten, als er in eifrigem Gespräch mit dem ihm bekannten Herrn nach einiger Zeit wieder die Treppe herunterkam. Doch vielleicht sollte er, der ebenfalls reich und vornehm aussah, erst sicher gemacht werden, und man würde schließlich doch noch seinen Vorteil dabei finden. Nur niemals ungeduldig werden und immer die Augen offen halten.

Es ging auf den Abend zu. Türkische Handwerker und Lastträger hockten auf Steinen und Türschwellen, starr und erschöpft wie Fliegen. Der erste Fasttag war immer schwer. Sie waren ja auch sonst mehr als genügsam, aber wenn es verboten ist, etwas zu essen, wird die Enthaltsamkeit zur Marter, und darin liegt ihr Verdienst, wie es die Religion verheißt. Doch wie leicht wäre sie zu ertragen, hätte man wenigstens rauchen dürfen. Erst das machte die Marter unerträglich.

In Galata herrschte ein großes Gedränge. Alle Mohammedaner, die tagsüber in Pera und Galata zu tun hatten, strömten jetzt über die Brücken nach Stambul, um zu Hause zu sein, wenn der Kanonenschuß von der Serailspitze über das Goldene Horn und weit über Marmarameer und Bosporus dröhnte, zum Zeichen, daß die Sonne untergegangen und die erste Nacht festlichen Tafelns, Singens und aller Ausgelassenheiten angebrochen war.

Was nicht in Stambul wohnte, drängte sich an den Kais zusammen, um dem Kanonenschuß möglichst nahe zu sein. Auf den Wassern des Goldenen Horns lagen zu Hunderten dicht beieinander die Kähne der Fischer und Hafenarbeiter, vollgestopft mit ihren Leuten, die sehnsüchtig nach der Serailspitze schauten, wo das Pulverwölkchen in jedem Augenblick aufsteigen mußte, das den Schuß begleitete. Je länger es dauerte, um so unruhiger ging das Blut. Immer wieder griffen die Männer in den Kähnen hinter die Ohren, ob die Zigarette auch noch da war, damit keine Sekunde verlorenging, wenn die Kanone dröhnte, sie zu entzünden und den ersten Zug aus ihr zu tun, der tief in den Schlund hinabmußte, daß alle hungrigen Poren satt daran wurden, der erste Zug der Erlösung.

Langsam wurden Sureja von Maku und Hakob Akunian mit dem Menschenstrom auf die neue Brücke gespült und ließen sich bis zu ihrer Mitte weiter treiben. Die beiden mußten sich am Geländer festhalten, um nicht mit dem Menschenstrom über die Brücke nach Stambul hineingeschwemmt zu werden.

Endlich verringerte sich die Kraft des Stromes immer mehr. Nur noch über die Mitte der Brücke zog sich von Galata nach Stambul sein dunkles Band, auf dem das Rot des Fes und das Weiß und Grün der Turbane schwamm. Das Band wurde immer schmäler und dünner. Es taten sich Lücken auf, die immer größer wurden.

»Beugen Sie sich an dieser Seite über das Geländer« sagte Sureja. »Ich gehe auf die andere Seite der Brücke. Man sollte immer an alles denken, aber daran habe ich doch nicht gedacht. Ich sagte dem Hund nicht, auf welcher Seite er ins Wasser springen soll. Geben Sie gut acht. Er darf uns nicht entgehen.«

Mit schnellen Schritten überquerte Sureja die Brücke. Der Strom floß nur noch spärlich, aber er trieb seinen Mann sicher hierher. Dessen war er gewiß. Er musterte die Leute, die über die Brücke hasteten. Dann sah er wieder über das Geländer, ob die Kähne nicht zu nahe an die Brücke herankamen. Dann wurde der Mann vielleicht noch gerettet. Doch jeder war so mit sich, seiner Zigarette und dem Blick nach der Serailspitze beschäftigt, daß er nichts sah und hörte, was immer sonst in diesem Augenblick sich auch ereignen mochte.

Der Kanonenschuß dröhnte. Musik, Gelächter, Freudenschreie, tausend Lichter leuchteten in Stambul auf. Hakob Akunian beugte sich weit über das Geländer. Kein Mann sprang ins Wasser. Wenigstens auf seiner Seite nicht.

Er atmete erleichtert auf und wandte den Kopf nach Sureja auf der anderen Seite der Brücke. Er sah, wie ihm ein Türke den Dolch tief in den Rücken stieß und im nächsten Augenblick in wilden Sätzen nach Stambul zu rannte, den Dolch in der hoch erhobenen Rechten. Nun schleuderte er den Dolch ins Wasser. Er sah, wie Sureja wankte, zusammenbrach und einen wilden Schrei ausstieß: »Zora!«

Schon kniete Hakob Akunian neben dem Prinzen. Die Lunge war durchbohrt. Mit dem Blut quollen nur noch stoßweise einzelne Worte aus dem Mund: »Die Wachspuppe nicht vergessen, die Puppe. Einen Nagel durchs Herz stoßen, sofort!« Dann war nichts mehr zu verstehen.

Musik, Gelächter, Freudenschreie, immer neue Lichter leuchteten in Stambul auf. Der Fürst eilte nach Galata zurück. Als die Wache alarmiert war und über die Brücke rannte, war Sureja schon tot. Der Leutnant sah sich nach dem Herrn um, der ihn alarmiert hatte. Er war verschwunden. Der Leutnant lächelte. Man kann es niemand verdenken, wenn er allen Scherereien, die mit so etwas verbunden sind, aus dem Wege geht. Zumal heute, am ersten Ramasan, da es wirklich Angenehmeres zu tun gibt, wenn man nicht gerade Wache hat.

Hakob Akunian hatte sich unter die Lastträger gemischt, die an der neuen Börse hockten, lachten, schwatzten und rauchten. Er hockte sich zwischen sie auf die Treppenstufen und stützte den Kopf in die Hände. Der ihm wichtigste Mann war tot. In diesem Augenblick kam ihm seine eigene Person ganz unbedeutend und klein vor, wenn er an die großen Pläne dachte. Nicht ein belangloser Türke, ein großer Plan war ins Wasser gefallen. Ob er der Mann dazu war, ihn doch noch vor dem Ertrinken zu retten? Er fühlte sich so zerschlagen, entsetzt und entmutigt. Von allen Unwahrscheinlichkeiten kam ihm dieser Tod am unwahrscheinlichsten vor.

Er hielt sich die Ohren zu, um das Schwatzen und Lachen ringsum nicht hören zu müssen. Da hörte er plötzlich die Stimme Vater Gregors, die laut und deutlich sagte: »Dein Plan ist doch nicht so gut und edel, Hakob, daß er Sureja von Maku tragen kann.«

Er sprang keuchend die steilen Treppen empor, die am schnellsten nach Pera hineinführen. Was nun? Für den Toten konnte er nichts mehr tun, und seinen letzten Wunsch würde er ihm auch nicht erfüllen können. Seine kleinen Wachsmodelle rührte er nicht an.

Er ließ sich in der Empfangshalle seines Hotels nieder und brütete vor sich hin. Nach einer Weile stand er wieder auf, und ein leichtes Lächeln huschte über sein Gesicht. Baräkhullah, Gott sei gepriesen! Miryäm war ja noch da ... Oh Ali!

Ende.